2

삼보태감三寶太監

서양기西洋記 통속연의通俗演義

(명) 나무등 저

홍상훈 역

明文堂

● 일러두기

1. 이 번역은 [明] 羅懋登 著, 陸樹崙·竺少華 校點, 《三寶太監西洋記通俗演義》(上·下), 上海: 上海古籍出版社, 1985 제1쇄의 소설 본문을 저본으로 했다.
2. 원작에 인용된 시문(詩文)과 본문 중의 오류는 역자가 각종 자료를 참조해 교감하여 번역했으며, 소설 작자의 창작된 문장이 많이 들어간 상소문이나 서신 등을 제외한 나머지 인용문들은 한문 독해 능력이 있는 독자들의 이해를 돕기 위해 최대한 원문을 함께 수록했다.
3. 본 번역의 주석에서는 작품에 인용된 서양 풍물에 대한 묘사들은 대부분 마환(馬歡)의 《영애승람(瀛涯勝覽)》과 비신(費信)의 《성사승람(星槎勝覽)》, 공진(鞏珍)의 《서양번국지(西洋番國志)》, 《명사(明史)》 〈외국열전(外國列傳)〉 등의 전적에 담긴 내용을 변용한 것이지만, 본 번역에서는 특별한 경우가 아니면 원래 기록과 일일이 비교하여 설명하지 않았다. 이에 관한 좀 더 전문적인 비교 분석은 본 번역의 저본 말미에 〈부록〉으로 수록된 샹다[向達]와 자오징선[趙景深]의 논문을 참조하기 바란다.
4. 본 번역의 역주는 필자의 역량으로 접근할 수 있는 범위에 한정해서 수록했기 때문에, 일부 미흡하거나 오류가 있을 수도 있다.
5. 본서의 번역 과정에서 중국어로 표기된 외국 지명을 확인하는 데에는 인터넷 학술 사이트인 남명망(南溟網, http://www.world10k.com/)으로부터 많은 도움을 받았다.
6. 본 번역에서는 서양의 인명을 가능한 한 실제 역사서에 등장하는 인물의 이름을 찾아 표기했고, 가상 인물일 경우에는 중국어 발음을 고려하여 서양인의 이름에 가깝게 번역했다. 예) 쟝 훌츠[姜忽剌], 쟝 지니어[姜盡牙], 쟝 다이어[姜代牙]……
7. 본 번역에서 전집류나 단행본, 장편소설 등은 《 》로, 그 외의 단편소설이나 시사(詩詞), 악곡(樂曲) 등의 제목은 〈 〉로 표기했다.

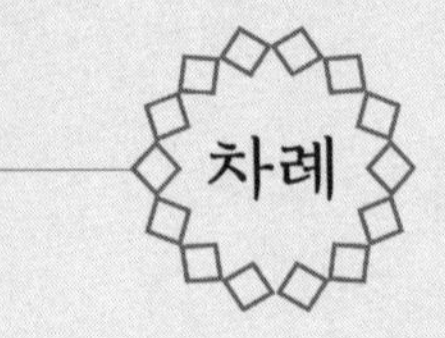

차례

삼보태감三寶太監
서양기西洋記 통속연의通俗演義

제13회

장 천사는 황궁에 단을 세우고 벽봉장로는 하늘 문을 물에 잠기게 하다

張天師壇依金殿　金碧峰水淹天門

你是僧家我道家	그대는 승려, 나는 도사[1]
道家丹鼎煮烟霞	도사는 단약 솥에서 안개와 노을을 삶는다네.
眉藏火電非閑說	눈썹에 번개를 숨겼다는 것은 헛소리가 아니요
手種金蓮不自誇	몸소 황금 연꽃 심고도 자랑하지 않지.
三尺太阿爲活計	석 자 검으로 생계를 꾸리고

1 인용된 시는 당나라 때 여암(呂巖)이 지은 것으로 알려진 〈칠언(七言)〉의 제12수의 일부를 바꾼 것이다. 원작은 다음과 같다. "우습구나, 속인들의 질문이여, 우리가 지팡이에 구름 메고 안개와 노을 피워낸다네. 눈썹에 번개를 감추고도 달리 기뻐하지 않고, 몸소 황금 연꽃 심고도 자랑하지 않지. 석 자 거문고로 생계를 꾸리고, 좋은 술 한 병으로 평생을 즐기지. 용을 타고 멀리 삼신산을 돌아보나니, 밤은 깊은데 달빛 감상하는 이 없구나.[堪笑時人問我家, 杖擔雲物惹烟霞. 眉藏火電非他說, 手種金蓮不自誇. 三尺焦桐爲活計, 一壺美酒是生涯. 騎龍遠出遊三島, 夜久無人玩月華.]"

半肩符水是生涯	한쪽 어깨에 짊어진 부적으로 평생을 살지.
幾回遠出遊三島	멀리 삼신산을 유람한 것이 몇 번이던가?
獨自歸來只月華	홀로 돌아오는 길에 달빛만 휘영청 하구나!

이 시 역시 도가가 불가보다 뛰어나다는 생각을 얘기하고 있다.

어쨌든 진 시랑이 여기저기로 승려를 찾아다니는데, 갑자기 동료 하나가 손가락으로 가리키며 말했다.

"저기 옥 난간 아래 있는 게 승려가 아닌가?"

이 승려는 '진인은 모습을 드러내지 않고, 모습이 드러나면 진인이 아님[眞人不露相, 露相不眞人]'을 몸소 보여주고 있었다. 진 시랑이 올려다보니 옥 난간 아래 과연 승려가 한 명 있는데, 너무나 느긋하여 있는지 없는지조차 알 수 없을 정도였다. 진 시랑이 다가가 상아 홀(笏)을 들어 그 승려의 등을 살짝 두드렸다.

"누구시오?"

"그대도 신통력을 보이셔야 하지 않겠소?"

"무슨 신통력을 부려보라는 말씀이시오?"

"사대부와 농부, 장인, 상인은 각기 하나의 직업을 갖고 있소. 그대는 장 천사와 내기를 하고 있으니 이겨야 하지 않겠소!"

"어떻게 하면 이기는 것이오?"

"장 천사는 거창한 제단을 마련하고 그 위에 서서 머리를 풀어헤치고 검을 찬 채 천강성과 북두성의 자리를 밟으며 주문을 외우고 있으니, 곧 천지가 어두워지면서 그가 부릴 신장(神將)이 내려올 것이오. 그러니 그대도 무슨 불법을 시행할 마당을 마련하거나 부적을 쓰고, 주문을 외고 해서 장 천사가 부른 신장이 제단에 내려오지 못하게 막아야 이기는 것이지요."

"장 천사는 부릴 사람도 많고 제단을 세울 수도 있지만, 나는 그럴 처지가 아니지 않소? 도사야 주문 같은 걸 외울 수 있지만, 우리 승려들은 그런 걸 할 줄 모른다오."

"〈보암주(普庵呪)〉[2]가 사악한 것을 물리치는 효능이 아주 뛰어나니, 그거라도 좀 읊어보시구려."

"그건 범어(梵語)가 많이 나오는데 저는 아직 배우지 못했소이다."

"그럼 경전이라도 암송하시구려."

"경전도 암송할 줄 모릅니다."

"《반야심경》이 뜻도 분명하고 내용도 간단하니까 암송하기 편할 것이오."

"그거라면 어릴 적에 반쯤 외울 수 있었는데, 지금은 외우고 있던 부분마저 기억이 흐릿합니다."

---

2 〈보암주(普庵呪)〉는 남송 강서(江西) 땅의 임제종(臨濟宗) 승려인 보암선사(普庵禪師: 1115~1169, 자는 숙인[肅印])가 얘기한 것으로서 《선문일송(禪門日誦)》에 들어 있는 주문 가운데 하나이다. 이것은 수많은 단음절어를 조합하여 자연스러운 선율을 만들어 천지와 인간이 융합하듯 자연스럽게 청정허무(清淨虛無)의 정지로 들어가게 해 주고, 아울러 인간의 기원을 반드시 들어주는 보살의 정신과 감응하여 특별한 영험함을 드러내는 효용이 있다고 알려져 있다.

"대체 그대는 어릴 때부터 출가한 것이오, 아니면 나이가 든 후에 출가한 것이오?"

"어릴 때부터 출가했지요."

"그럼 어떻게 사부님도 없단 말이오?"

"저도 몇몇 유명한 분을 사부로 모신 적이 있소이다."

"허허, 그것마저 하지 않았더라면 지금 어떤 좀 벌레 같은 모습이 되었을지 궁금하구려!"

벽봉장로는 이 벼슬아치가 백방으로 도와주려 하는 것을 보고 지혜의 눈으로 그를 다시 살펴보았다. 알고 보니 이 사람은 다섯 번의 윤회를 거치는 동안 남자로 태어났고, 일곱의 윤회를 거치면 지선(地仙)이 될 운명이었다.

'내가 좀 일깨워 줘야겠구나.'

이런 생각으로 그가 말했다.

"제가 경전도 욀 줄 모른다고 걱정하시는데, 두 마디만 말씀드리겠습니다."

"저도 불교를 믿는 사람이니 무슨 말씀인들 따르지 않겠습니까?"

"그럼 이 말을 기억해두십시오. '달마가 서쪽에서 왔을 때는 글자 하나 가져오지 않았고, 오로지 마음에 의지해 수행했다네.' 종이 위에서 깨달음의 길을 찾는 것은 동정호 수면에 글을 쓰는 것과 마찬가지로 헛된 일입니다."

진시랑은 깜짝 놀라 안색이 변했다.

"스님께서 내기에 이기시면 제가 스승으로 모시겠습니다."

"그대는 과연 불교의 가르침 안에 있는 분이구려."

"이제 천지가 캄캄해지고 신장들이 당장 제단에 내려오게 될 텐데, 스님께서 내기에 지시면 불교에도 좋지 않은 영향을 미칠 겁니다."

"뭐가 그리 급한 일이 있기에 이렇게 저보다 더 초조해하시는지요?"

"저는 스님을 생각해서 드린 말씀인데 오히려 신경조차 쓰지 않으시는군요. 지금 때가 어느 때입니까? 바로 하늘과 땅이 뒤집히고 귀신이 구슬피 통곡하고 있으니, 스님께서도 필요한 것들이 있으실 텐데, 왜 말씀을 하시지 않습니까?"

"그렇게 물으시니 말씀드리지 않을 수 없겠군요."

"필요한 게 무엇입니까?"

"우선 제가 가서 몇 가지 물건을 가져오겠습니다."

"필요한 게 있으시면 관청의 아전을 보내 가져오거나 관청 창고에서 마련해 달라고 할 수도 있고, 조정에서 폐하께 부탁드릴 수도 있으니 어서 말씀해 보시구려."

"그것들은 모두 정결하지 않으니까 차라리 제 것을 쓰겠습니다."

"그럼 어서 가져오시지요."

벽봉장로가 소매에 손을 넣고 이리저리 더듬으며 또 물었다.

"그대는 문반과 무반 가운데 어느 쪽에서 무슨 일을 하십니까?"

진 사랑은 속으로 깜짝 놀라 소리가 나도록 이를 깨물었다. 대체 이 승려는 솜뭉치처럼 온순하기 그지없고 계속 다른 얘기만 해 대는지라, 자기가 오히려 조급해져서 목소리를 높여 다그쳤다.

"내가 무슨 자리에 있든 무슨 상관이오? 어서 스님께서 쓰실 물건이나 꺼내시지요!"

벽봉장로는 이리저리 한참 뒤적이더니 바리때 하나를 꺼냈다.

"아이고, 이 스님, 갈수록 부끄러워 말씀도 못 하시더니 여태 공양도 못 챙겨 드셨습니까?"

"그게 아닙니다."

"그게 아니라면 그걸 어디다 쓰려고요?"

"물이 좀 필요해서요."

"겨우 물을 달라고 하실 거면서 무슨 말씀을 이리 길게 하셨습니까?"

마침 하얀 장화를 신은 이가 지나가자 진 시랑이 물었다.

"그대는 누구인가?"

"소인은 순찰하는 교위입니다."

"이 스님께 물 좀 떠다 드리게."

교위가 바리때를 들고 떠나자 벽봉장로가 연신 소리쳤다.

"여보시오, 당장 돌아오시오!"

진 시랑이 말했다.

"스님, 왜 이리 번거롭게 구십니까? 물을 뜨러 가는 사람을 왜 또 돌아오라고 부르시는 겁니까?"

"제가 무슨 물이 필요한지 모르시지 않습니까?"

그 교위는 그래도 친절한 사람이어서 얼른 돌아와서 물었다.

"어떤 물이 필요하십니까?"

"손발 씻은 물은 안 됩니다."

"제가 어찌 감히 그런 물을 떠오겠습니까?"

"항아리 안에 들어 있는 물도, 처마 아래 고인 물도, 양어장의 물도, 도랑물도 안 됩니다."

진 시랑이 도저히 참지 못하고 끼어들었다.

"스님, 필요 없는 물만 말씀하시지 마시고 필요한 물을 말씀하시지요."

"머리에 상투 튼 그대가 아니었더라면, 그 필요 없는 물의 종류는 내일까지 늘어놓아도 끝이 없을 겁니다."

그 말에 진 시랑은 화도 나고 우습기도 했다.

"이렇게 천하태평이시니 스님이 되실 수 있었겠지요. 그나저나 무슨 물을 원하시는 겁니까?"

"저는 '뿌리 없는 물[無根水]'이 필요합니다."

그런데 그 교위는 '뿌리 없는'이라는 말을 듣자마자 바리때를 내려놓고 밖으로 내빼려 했다. 그러자 진 시랑이 급히 불러 세웠다.

"잠깐! 왜 갑자기 가 버리려는 건가?"

"나무나 대나무쯤 되어야 뿌리가 있는 것이지, 물에도 뿌리가 있느니 없느니 하는 소리는 금시초문입니다. 저는 그런 물을 떠 올 수 없으니까 다른 사람을 찾아보십시오."

진 시랑이 다시 물었다.

"스님, 물이면 다 같은 물이지 왜 뿌리가 있니 없니 따지시는 겁니까?"

"항상 흐르는 물은 결국 강이나 바다로 통하는데, 이걸 일컬어 뿌리 없는 물이라고 하는 겁니다."

교위는 그제야 무슨 말인지 알아듣고 곧 바리때를 들고 떠났다. 그런데 벽봉장로가 다시 불렀다.

"여보시오, 당장 돌아오시오!"

진 시랑은 애가 탔다.

"스님, 왜 이렇게 두 번 세 번 되돌아오게 만드는 것입니까?"

"아직 못다 한 얘기가 남아 있습니다."

교위가 다시 돌아와서 말했다.

"마저 말씀하십시오. 듣고 나서 다녀오겠습니다."

"물을 뜰 때 왼손으로 떴으면 왼손에 들고 와야지 오른손에 들고 오면 안 됩니다. 반대의 경우도 마찬가지고요. 그리고 길을 다닐 때 어느 한쪽으로 치우쳐서 걷거나 도중에 발걸음을 멈추면 안 됩니다. 그 상태로 곧장 저한테 가져오셔야 진정 뿌리 없는 물인 것입니다."

"아, 예! 알겠습니다!"

교위가 황급히 떠나려 하자 벽봉장로가 다시 불러 세웠다.

"잠깐! 돌아오시오!"

진 시랑도 이제 짜증이 치밀어 더 이상 이유를 묻지 않았다. 하지만 그 교위는 인연이 있었는지 다시 달려 돌아와 물었다.

"또 무슨 분부가 있는지요?"

"그 바리때로 물을 뜰 때 바리때 바닥으로부터 맨 아래쪽에 있는 주름까지만 떠야 합니다. 그보다 더 많이 뜨면 들고 올 수 없습니다."

"예, 예! 알겠습니다!"

교위는 서둘러 대전을 떠나 오봉루 앞으로 나서 곧장 옥하(玉河) 강가로 갔다.

'이 물이 곧장 강과 바다로 통하니까 뿌리 없는 물이긴 하지. 이걸 떠서 가자. 가만! 그 스님 말씀이 너무 많이 뜨면 들고 갈 수 없다고 하셨는데, 정말 그런지 볼까? 겨우 요만 한 바리때인데, 삼천 근도 들 수 있는 팔 힘을 가진 내가 어떻게 들지 못한다는 거야? 어디, 가득 떠서 한 번 들어보자.'

그런데 물을 가득 뜨자 정말 들어 올릴 수가 없는 것이었다. 두 손으로 아무리 용을 써도 바리때는 꼼짝도 하지 않았다. 조금 덜고 나서 들어 올리려 해 보았으나 여전히 마찬가지였다. 이렇게 조금씩 덜고, 덜고, 또 덜어서 바리때 바닥에서 맨 아래쪽 주름까지 내려가자 겨우 들 수 있었다. 그제야 교위도 그 스님이 예사로운 분이 아니라는 것을 깨달았다, 그는 곧 한 손에 바리때를 받쳐 들고 한눈팔지 않고 손을 바꿔 들지도 않은 채 곧장 달려가 벽봉장로 앞에 이르렀다. 그 바람에 그는 온몸이 땀으로 흥건하게 젖어 줄줄 흘러내렸다. 벽봉장로가 말했다.

"바닥에 내려놓으시구려. 그리고 버들가지 두 개가 필요합니다."

교위는 바리때를 내려놓고 다시 버들가지 두 개를 꺾어다 건네준 다음, 작별인사도 하지 않고 떠났다.

벽봉장로는 내기를 그저 장난으로 여기는 듯, 손톱에 물을 묻혀 벽돌이 깔린 길 위에 물 '수(水)'자를 쓰더니 왼발로 그걸 밟았다. 그리고 바리때를 오른쪽에 놓고 오른발로 버들가지를 밟았다. 그러자 진 시랑이 말했다.

"스님도 제단을 세우고 술법을 부려보시지요."

"저는 세울 단도 없고, 하물며 술법 같은 것은 더욱 없습니다."

"너무 그렇게 어려워 마시고 말씀만 하십시오. 탁자 백 개든, 의자 백 개든, 물 항아리 백 개든, 화로 백 개든, 복숭아나무 막대기 백 개든, 오방 깃발 오백 개든, 경전을 읊을 승려 오백 명이든, 푸른 옷을 입은 하인 오백 명이든, 군인 오백 명이든, 마갑 백 묶음 천 장이든 간에 말씀만 하시면 마련해 드릴 수 있습니다."

"그건 장 천사나 쓰는 것이지 저는 쓸 줄도 모릅니다."

"그럼 어떻게 이기시겠다는 말씀입니까?"

"이 바리때의 물만 있으면 됩니다."

진 시랑이 한숨을 쉬며 말했다.

"화살촉이 망가졌으면 살대를 부러뜨려 버리지요. 어차피 쓸모없는 건 마찬가지니까요."

"염려하실 필요 없습니다. 저한테도 나름대로 대책이 있습니다."

진 시랑은 어쩔 수 없이 작별인사를 하고 자기 자리로 돌아갔다.

한편 승려와 도사의 내기를 위해 장 천사가 대전 앞에 제단을 세웠는데, 문무백관은 대부분 그의 심복인지라 노래를 부르거나 도정(道情)을 흥얼거리며 다들 그저 장 천사의 편만 들었다. 벽봉장로는 모르는 척 옥 난간 아래 서 있었다. 하지만 장 천사도 속이 깊은 사람인지라 계속 벽봉장로에 대해 신경을 쓰고 있었다. 그러다가 하늘의 구름이 동남쪽으로 향해 점점 흩어지면서 날아 맑아지자 벽봉장로는 장 천사에게 뭔가 뜻대로 풀리지 않는 것이 있다는 것을 눈치챘다. 그는 손가락으로 탁자 위를 가리키며 연달아 두세 번이나 큰소리로 외쳤다.

"장 천사, 하늘의 신들을 불러냈다면 내 머리를 주겠소!"

장 천사는 오경 무렵에 단에 올라 술법을 부렸는데 한낮이 되도록 아무 효험이 나타나지 않고, 게다가 벽봉장로가 제단 아래에서 그렇게 소리치자 기분이 조금 상했다. 그는 《황정경》을 외던 도사들과 풍악을 연주하는 이들에게 잠시 멈추라고 하고, 다섯 방위에서 깃발을 들고 있던 교위들만 깃발을 계속 흔들고 있으라고 지시하고, 자신은 칠칠 사십구 개의 탁자 위에서 머리를 풀어헤치고 검을 찬 채 천강성과 북두성의 자리를 밟으며 주문을 외었다. 그리고 선천의 기운을 써서 자기의 원신에게 급히 영패(令牌)를 꺼내 손에 들고 탁자 위로 연달아 세 번 내리치면서 큰 소리로 명령을 내리게 했다.

"첫 번째 칠 때 하늘 문이 열리고, 두 번째 칠 때 땅의 문이 갈라지고, 세 번째 칠 때 마(馬), 조(趙), 온(溫), 관(關) 네 원수(元帥)[3]는 제

3 도교의 호법신장(護法神將)인 사대영관(四大靈官)을 가리킨다. 이 가운데 마 원수는 마천군(馬天君) 또는 화광천왕(華光天王), 화광대제(華光大帝)라고도 부르고 조 원수는 무재신(武財神) 조공명(趙公明) 또는 조현단(趙玄壇)을, 온 원수는 동악대제(東嶽大帝)의 부장(部將)인 온경(溫瓊)을, 관 원수는 관우(關羽)를 가리킨다.

단 앞으로 나오라!"

장 천사가 또 뭔가 명령을 내리자 과연 동남쪽에서 안개가 일어나고 서북풍이 불기 시작했다. 그것은 정말 대단한 바람이었는데, 가을바람을 노래한 한 편의 율시가 이것을 증명한다.

白帝陰懷肅殺心	백제[4]가 남몰래 비정한 마음 품으니
梧桐落盡又楓林	오동잎 다 떨어지고 또 숲에 단풍이 든다.
江蘆爭刮盈盈玉	강가 갈대는 다투어 옥갈이 아름다운 자태 뽐내고
籬菊搖開滴滴金	울타리의 국화는 한들한들 황금 방울 피워냈다.
張翰棄官知國難	장한(張翰)[5]이 벼슬 버린 것은 나라가 어려워짐을 알았기 때문이고
歐陽問僕覺商音	구양수는 하인에게 물어보고 상음(商音)을 깨달았지.[6]

4 백제(白帝)는 고대 중국의 신화에서 5명의 천제(天帝) 가운데 하나로 서방(西方)의 신이며, 서쪽은 가을을 가리킨다.

5 장한(張翰: ?~?)은 자가 계응(季鷹)이고 진(晉)나라 때 오군(吳郡) 사람이다. 그는 낙양(洛陽)에서 벼슬살이하다가 가을이 되자 고채(菰菜)와 순갱(蒓羹), 농어회(鱸魚膾) 등 고향의 요리가 그리워져서 곧 벼슬을 버리고 고향으로 돌아갔다고 한다.

6 구양수(歐陽脩)의 〈추성부(秋聲賦)〉에는 구양수가 하인과 대화하면서 만물이 시들기 시작하는 가을의 소리인 상성(商聲)이 곧 서방(西方)의 음(音)이고, 죽임[戮]을 뜻하는 이(夷)가 곧 7월의 음률[律]이라고 설명하는 내용이 들어 있다.

無端更妒愁人睡	시름겨워 잠든 사람 괜히 또 시기하며
亂送孤城月下砧	외로운 성 달빛 아래 어지러이 다듬이질 소리 들려오네.

이때는 바로 태양이 머리 위에 뜬 정오 무렵이었는데, 이 바람이 한바탕 휩쓸자 태양도 빛을 잃어 손을 펼쳐도 자기 손바닥이 보이지 않고, 코앞의 사람조차 보이지 않을 지경이 되었다. 문무백관은 대부분 장 천사의 심복이었기 때문에, 다들 신장이 곧 제단에 내려오게 될 테니 승려가 내기에서 질 거라고 쑤군거렸다. 조정에서도 이렇게 천기가 컴컴해지자 벽봉장로가 도망칠까 싶어서 수많은 관리에게 용상 앞의 길과 섬돌을 단단히 에워싸게 했다. 그리고 섬돌 위에는 백이십 쌍의 등롱을 밝혔다. 그런데 그 등롱들도 제법 신기한 구석이 있어서, 원래 그런지 잘 만들어서 그런지 모르지만 바람이 거세질수록 더 밝게 타오르는 것이었다. 다만 이 등롱들은 바람을 무서워하지 않아도 하늘의 구름은 그렇지 않았다. 바람이 세차게 불어오자 먹구름들이 모두 날려 가 버렸던 것이다. 잠시 후 구름이 걷히고 해가 나타났을 때는 막 미시(未時. 오후 1~3시)로 넘어가려 하고 있었는데, 공중의 태양이 사방을 환히 비추고 하늘에 구름 한 점 없으며 바람도 모두 사라져 버렸다. 그러자 장 천사를 편드는 관리들이 또 웅성거렸다.

"하늘에 구름이 다 걷혀 버린 걸 보니, 아마 신장들이 오는 도중에 돌아가 버린 모양이군."

장 천사는 칠칠 사십구 개의 탁자 위에서 격분하여 길길이 날뛰었는데, 그 바람에 온몸의 땀이 쏟아져 겉옷까지 흥건히 적셔버렸다. 그가 당황스러워할 때 햇빛까지 환히 비쳐서 부적들이 모두 사라져 버렸는데, 다시 부적을 태워도 사라져 버리고, 또 태워도 마찬가지였다. 이렇게 연달아 마흔여덟 번이나 부적을 태웠지만 모두 사라져 버리고 신장은 코빼기도 비치지 않았다. 그런데 벽봉장로가 또 탁자 위를 올려다보며 큰소리로 외쳤다.

"신선의 후예이자 조사(祖師)의 현손(玄孫)이라는 당신은 알고 보니 몇 가지 눈을 속이는 술법[障眼法]으로 조정을 능멸하고 사흘 동안 조정의 돈과 곡식을 낭비했소. 당신처럼 뻔뻔한 도사가 어떻게 진정한 승려인 나를 이길 수 있겠소? 당신 모가지 위의 그 머리를 갖고 싶어도 살계(殺戒)를 범할까 걱정스럽고, 용서해 주자니 승려를 없애려 한 당신의 죄를 갚게 할 방법이 없소. 어쨌든 조정에서 황제께서 위에 계시고 문무백관도 지켜보고 있소. 예로부터 '남을 용서하는 것은 바보짓이 아니요, 어리석은 자만이 남을 용서하지 않는다.[饒人不是癡, 癡漢不饒人]'고 했으니, 내 잠시 당신을 용서해 주겠소. 그러니 스스로 산으로 돌아가시오!"

그 말이 채 끝나기도 전에 벽봉장로의 몸에서 수만 갈래 금빛이 피어나더니 어느새 그의 모습이 사라져 버렸다.

보증을 섰던 관리들이 일제히 대전 위로 올라가 황제 앞에서 아뢰었다.

"오늘 내기를 벌였는데, 승려가 이미 산으로 돌아가 버렸사옵니다."

"어느 쪽이 이겼는가?"

"장 천사는 마흔여덟 번이나 부적을 살랐지만 신장을 제단으로 불러내지 못했사옵니다. 그 승려는 '조정에서 황제께서 위에 계시고 문무백관도 지켜보는 앞에서 내 잠시 당신을 용서해 주겠소. 그러니 스스로 산으로 돌아가시오!'라는 말을 남겼사옵니다."

"승려는 용서해 주었지만 짐은 용서할 수 없노라. 짐이 용서하면 죄를 은폐하고 용납해 준 꼴이 될 테니, 어찌 왕법이 공평무사하다고 할 수 있겠는가?"

그리고 즉시 어명을 내려 금의위 장관에게 장 천사를 묶어 제단 아래로 끌어 내린 다음 저자로 데려가 참수형에 처하고, 그 목을 가져와 바치라고 했다. 그 말에 문무백관은 모두 혼비백산했다. 잠시 후 황제가 내린 석 자 검을 든 호랑이처럼 사나운 금의위가 사람들을 휙 몰고 나가 피가 철철 흐르는 머리들을 들고 와서 바칠 것이기 때문이다. 황제의 이 어명에 대해서는 입이 백 개라도 변명할 여지가 없었던 것이다. 금의위가 장 천사를 묶어 목을 치려 하자, 장 천사가 계속 고함을 질렀다.

"억울하오!"

황제는 살인을 좋아하지 않는 이였기 때문에 '억울'하다는 소리를 듣자 정말 그렇다면 곤란하다고 생각해서, 즉시 어명을 내려 장 천사를 대전으로 데려와 심리하게 했다. 장 천사가 대전에 오르자 황제가 물었다.

"그대는 오늘 내기에서 지고 조정을 모독했거늘 왜 억울하다는 것인가?"

"제게는 쉰 개의 부적이 있는데 조금 전에는 마흔여덟 개만 살라서 아직 두 개가 남아 있사옵니다. 처형을 두 시간만 미뤄주신다면 다시 제단에 올라가 신장들을 불러내 보겠사옵니다. 이번에도 실패하면 그때는 제 목을 치시옵소서. 저도 기꺼이 감수하겠나이다."

황제는 곧 어명을 내려 두 시간 동안 처형을 연기하라고 했다. 장 천사는 다시 칠칠 사십구 개의 탁자 위로 올라갔는데 이번에는 복숭아나무 막대기를 두드리는 이도, 오방의 깃발을 휘두르는 이도, 물 항아리의 물을 휘젓는 이도, 화로에 부채질하는 이도, 《황정경》을 외는 이도, 악기를 연주하는 도사도 없이 자기 혼자 머리를 풀어헤치고 칼을 찬 채 천강성과 북두성 자리를 밟으며 한참 동안 주문을 외었다. 그리고 영패를 꺼내 손에 들고 연달아 세 번 내리치며 소리쳤다.

"첫 번째 칠 때 하늘 문이 열리고, 두 번째 칠 때 땅의 문이 갈라지고, 세 번째 칠 때 마, 조, 온, 관 네 원수는 단 앞으로 나오라!"

그렇게 세 번 내리치고 서둘러 두 개의 부적을 태웠다. 그러자 갑자기 허공에서 "휘리릭!" 하는 소리가 울리더니 네 명이 신이 내려왔다. 그들은 모두 똑같이 키가 서른여섯 길에 몸통이 열아홉 아름이나 되었다. 다만 첫 번째 신은 온몸이 눈처럼 새하얀 모습이었다.

一稱元帥二華光	첫째는 원수요, 둘째는 화광(華光)이라 부르나니

眉生三眼照天堂	미간의 세 번째 눈이 이마 위에서 빛나네.
頭戴叉叉攢頂帽	머리에는 송곳 모양으로 뾰족한 모자를 쓰고
五金磚在袖兒藏	소매 속에 오금(五金)[7]으로 만든 벽돌을 넣고 있네.
火車脚下團團轉	발아래 불 수레를 빙빙 돌리며
馬元帥速赴壇場	마 원수가 신속하게 단에 내려왔다네.

두 번째 신은 온몸이 쇠처럼 시커먼 모습이었다.

鐵作幞頭連霧長	쇠로 만든 두건에선 안개가 피어나고
烏油袍袖峭寒生	까맣게 기름칠한 소매에선 한기가 풀풀 날리네.
濆花玉帶腰間滿	꽃무늬 새겨진 옥 허리띠 허리에 차고
竹節鋼鞭手內擎	대나무처럼 마디 있는 강철 채찍 손에 들었네.
坐下斑斕一猛虎	앉은 모습 오색 얼룩무늬의 사나운 호랑이 같고
四個鬼左右相跟	좌우에는 네 명의 귀신이 따라다니네.

세 번째 신은 온몸이 청대[靛]처럼 시퍼런 모습이었다.

7 원래 금과 은, 구리, 쇠[鐵], 주석[錫]의 다섯 가지 금속을 가리키는 말이지만, 일반적으로 각종 금속류를 아울러 일컫는 말로도 쓰인다.

藍靛包巾光滿目	질푸른 도포와 두건 눈부시게 빛나고
翡翠佛袍花一簇	비취색 승복에는 꽃무늬 가득하구나.
朱砂髮梁遍通紅	주사를 바른 듯 머리카락 온통 빨갛고
青臉獠牙形太毒	퍼런 얼굴에 사나운 송곳니 모습도 무시무시하구나.
祥雲靄靄離天宮	상서로운 구름 자욱하게 피우며 하늘 궁전을 떠나
狠狠牙妖精盡伏	사납게 송곳니 휘두르면 모든 요괴가 굴복하지.

네 번째 신은 온몸이 피처럼 시뻘건 모습이었다.

鳳翅綠巾星火裂	봉황 깃털 꽂은 초록 두건 쓰고 별들을 헤치나니
三綹髭鬚腦後撇	세 가닥 수염이 머리 뒤로 빗겨 날린다.
臥蠶一皺肝膽寒	누에 같은 눈썹 꿈틀하면 간담이 서늘해지고
鳳眼圓睁神鬼怯	봉황 같은 눈 부릅뜨면 귀신도 겁을 먹지.
青龍刀擺半天昏	청룡도 휘두르면 하늘이 반쯤 어둑해지는데
跨赤兎壇前漫謁	적토마 타고 느긋하게 단 앞으로 찾아온다.

알고 보니 얼굴이 새하얀 이는 마 원수였고, 시커먼 이는 조 원수, 시퍼런 이는 온 원수, 시뻘건 이는 관 원수였다. 네 원수는 일제

히 장 천사에게 허리를 숙여 절하고 물었다.

"무슨 일로 부르셨는지요?"

장 천사는 그들을 보자 기쁘면서 화가 나기도 하고, 화가 나면서 기쁘기도 했다. 왜냐? 이들이 진즉 내려왔더라면 내기에서 지지 않았을 테니 기쁘면서도 화가 났던 것이고, 그래도 결국 그들을 불러내는 데에 성공해서 처형을 당하는 것은 면했으니 화가 나면서도 기뻤던 것이다.

"조금 전에 승려하고 내기할 때는 왜 내려오지 않았소?"

네 원수가 일제히 대답했다.

"내기를 하고 계신 줄은 전혀 몰랐습니다."

"내가 불살라 날린 부적을 보지 못하셨단 말씀이시오?"

"못 보았습니다."

"마흔여덟 번이나 불살라 날렸는데 어떻게 하나도 보지 못했다는 말씀이시오?"

"방금 날린 두 개밖에 보지 못했습니다."

"그 전에 마흔여덟 장을 날려 보냈다는 말씀이오."

"저희는 정말 보지 못했습니다."

"하늘 관청에서 내 부적을 숨기기라도 했다는 말씀이시오?"

"누가 감히 그런 짓을 했겠습니까?"

"여러 신이 그곳에서 공무를 보고 있는데 아무도 부적을 보지 못했다는 것이오?"

"올해 하늘 남쪽 대문 밖에 큰 물난리가 났는데, 세상 모든 강물이 거꾸로 흐르고 호수와 바다가 모두 뒤집힌 것처럼 파도가 서른 여섯 길이 넘게 치솟아 영소보전(靈霄寶殿)이 잠겨버리는 바람에 도솔천까지 뒤집힐 뻔했습니다. 그래서 저희도 모두 남쪽 대문 밖에서 물을 퍼야 했습니다. 조금 전에야 겨우 물길이 물러났는데, 그때 두 개의 부적이 도착해서 저희가 보고 찾아온 것입니다."

장 천사는 그들에게 감사하고 제단에서 내려와 보고했다. 그때 호위를 맡고 있던 어느 교위가 싱긋 웃으며 진 시랑을 쳐다보았고, 진 시랑도 그를 보며 슬쩍 고개를 끄덕였다. 이들이 왜 그랬을까? 알고 보니 하늘 대문 밖의 그 물난리는 바로 벽봉장로의 바리때 들어 있던, 조금 전에 싱긋 웃었던 그 교위가 떠 온 옥하의 '뿌리 없는 물'이었던 것이다. 다른 이들이야 헛소리라고 하겠지만, 그 둘은 직접 목격했기 때문에 그 교위는 싱긋 웃었고 진 시랑도 고개를 끄덕였던 것이다.

문무백관은 네 신장이 장 천사에게 하는 말을 듣자 토씨 하나 빠뜨리지 않고 모두 황제에게 보고했다. 이렇게 해서 하늘나라의 사정에 대해 알게 된 황제가 말했다.

"하늘나라에도 그런 물난리가 났는데, 올해 천하 백성들은 어떨지 모르겠구먼."

그야말로 측은지심(惻隱之心)으로 가득 찬 말이었다. 그때 장 천사가 단에서 내려와 계단 앞에 엎드려 보고하자, 황제가 말했다.

"하늘나라에 물난리가 나서 천장들이 늦게 왔으니 그대의 죄를 사하노라. 다만 사형은 면해주겠으나 용서할 수 없는 죄가 더 있노라."

"성은을 베푸시어 사형까지 사해 주셨는데, 어찌 또 다른 죄를 물으려 하시나이까?"

"짐이 그대에게 서양으로 가서 옥새를 가져오라 했는데 여태 행하지 않고 있으니, 이 죄를 용서하란 말인가?"

"폐하, 성은을 베푸소서. 옥새를 가져오는 것은 전혀 어려울 게 없는 일이옵니다."

"왜 그렇다는 것인가?"

장 천사는 눈썹을 꿈틀하며 속으로 계책을 생각했다.

'오늘 그 중 때문에 고생을 많이 했으니, 옥새 가져오는 일로 복수를 해야겠구나.'

그리고 곧 이렇게 아뢰었다.

"제가 내일 상소문을 올려 한 사람을 추천하겠사옵니다. 그를 시키면 전혀 어려울 게 없을 것이옵니다."

"짐은 하루라도 빨리 옥새를 갖고 싶은데, 내일 상소문을 올린다는 것은 또 시간 낭비가 아니오? 글로 쓰는 것보다 직접 말로 하는 것이 나을 테니, 지금 바로 얘기해 보시오."

"저는 조금 전에 내기에 이긴 그 승려를 추천할까 하옵니다. 그 분은 재주가 아주 뛰어나니 바다 건너 서양으로 가서 보물을 가져올 것이옵니다."

"그 승려는 이름도 모르는데 어떻게 일을 시킬 수 있겠소?"

"보증 섰던 관리들을 추궁하면 아실 수 있을 것이옵니다."

이에 황제가 즉시 어명을 내렸다.

"도 학사와 성의백을 들라 하라!"

두 신하가 즉시 계단 앞에 엎드려 아뢰었다.

"무슨 분부가 계시옵니까?"

"그대들이 승려의 보증을 섰는데, 그 승려의 성명이 무엇이오?"

도 학사가 아뢰었다.

"제가 쓴 보증서에 따르면 그 승려의 속가(俗家)의 성이 김씨이고 법명은 벽봉이어서 김벽봉장로라고 부른다 하옵니다."

그러자 장 천사가 아뢰었다.

"바로 그 김벽봉에게 일을 맡기시옵소서."

그러자 성의백이 말했다.

"장 천사, 그건 잘못된 말씀이오! 조정에서 옥새가 필요하다고 하니까 그대는 아무 이유 없이 승려를 없애라고 상주하더니, 오늘 내기에서 지니까 또 그 승려에게 일을 맡기라고 천거하시는구려. 대체 조정을 능멸하려는 거요, 아니면 그 승려를 모함하려는 거요?"

그게 그다지 심한 말은 아니었지만 장 천사는 너무 놀라서 마흔여덟 장의 부적을 태울 때 흘렸던 땀을 다시 흘려야 했다.

그때 네 명의 노신이 나와서 계단 앞에 납작 엎드렸다. 황제가 물었다.

"그대들은 누구인가?"

알고 보니 이들은 성국공 주 아무개와 영국공 장 아무개, 위국공 등 아무개, 정국공 서 아무개였다. 그들이 일제히 아뢰었다.

"장 천사는 승려를 없애려 하기도 했고 또 승려를 보호하려 하기도 했으니, 죄와 공이 각기 하나씩 있는 셈이옵니다. 폐하, 부디 통촉하시옵소서!"

"짐이 왜 관용을 베풀어야 한다는 말씀이오?"

"장 천사가 허접한 승려들을 없앴기 때문에 성승(聖僧)을 만날 수 있었사옵니다. 그러지 않았더라면 어떻게 그분을 만날 수 있었겠사옵니까? 그러니 공과(功過)를 상쇄하여 관용을 베풀어 주시옵소서."

"좋소. 그대들의 뜻에 따라 장 천사의 죄를 묻지 않겠소. 그런데 그 승려가 어디로 갔는지 모르니 어떻게 찾는단 말이오?"

그러자 장 천사가 말했다.

"제가 신령한 마전과(馬前課)[8]의 점을 칠 줄 아옵니다."

"어서 잘 점쳐보시구려."

"하하, 제가 점을 쳐 보니, 그분은 서북방 오대산(五臺山)의 문수사리사(文殊師利寺)에서 설법하고 계십니다."

"그의 거처는 점칠 줄 알면서 어떻게 그 재능은 점치지 못하고 내기에서 졌을꼬?"

"이미 네 번이나 점을 쳐봤사옵니다. 첫 번째 점에는 그분이 늠선생원(廩膳生員)[9]이라고 했고, 두 번째 점에서는 어느 제후(諸侯),

---

8 원래 《마전과(馬前課)》는 제갈량(諸葛亮)이 출병(出兵)하기 전에 군중에서 한가한 시간에 쓴 예언을 담은 점술책이다. 여기서는 단순히 예언의 점술이라는 정도의 뜻으로 쓰였다.

9 옛날 과거제도에서는 수재(秀才)라는 총칭 밑에 자격에 따라 세 가지 이름으로 나뉘니, 가장 우수한 것이 '늠선생원'(줄여서 '늠생[廩生]'이라고도 함)이

세 번째 점에서는 거지, 네 번째 점에서는 아흔아홉 살의 노인으로서 여든일고여덟 살쯤 되어 보이는 맥없는 할멈을 데리고 다녔사옵니다. 그러니까 이것은 음양이 반복되는 경우로서, 도저히 어떤 인물인지 알 수 없었사옵니다."

그러자 성의백이 말했다.

"장 천사는 남의 마음까지 잘 점치신다면서, 어떻게 남자인지 여자인지조차 제대로 맞히지 못하신단 말씀이오?"

어쨌든 황제의 어명이 내려졌다.

"장 천사는 내일 새벽에 조정에 들어와 명을 받고 오대산으로 가서 반드시 벽봉장로를 모셔오도록 하시오. 오늘 조회는 여기서 마치겠노라!"

문무백관이 조정을 나오자 장 천사도 따라 나왔다. 그러자 그에게 보증을 섰던 네 명의 노신들이 말했다.

"아까 그 승려는 불쏘시개[起火樹] 같은 분입니다."

장 천사 물었다.

"그걸 어찌 아시오?"

"못 보셨소? 아까 그분이 '쌩!' 하는 소리와 함께 어느새 하늘나라

고, 다음은 '증광생원(增廣生員)'(줄여서 '증생[增生]'이라고도 함)으로, 모두 정해진 보수[定額]가 있었다. 또 그 다음으로 '부학생원(府學生員)'(줄여서 '부생[府生]'이라고도 함)이 있는데, 정해진 보수가 없었다. 늠생은 달마다 유학(儒學)으로부터 쌀 여섯 말[斗](수량은 시기마다 달랐다)을 받아 '식름(食廩)'으로 불렸다. 유학의 명부에는 자격 면에서 늠생의 이름이 앞자리에 있고, 또 '세공(歲貢)'에 우선적으로 뽑힐 수 있었다.

에 올라가 있지 않았소?"

그러자 승려의 보증을 섰던 두 대신이 말했다.

"그 스님은 무슨 유황마[硫磺馬] 같은 걸 타신 모양[10]입디다."

"그걸 어찌 아시오?"

"못 보셨소? 아까 그분 엉덩이에서 연기가 한 가닥 나오던데요?"

그때 진 시랑이 이들의 농담을 듣고 한 마디 거들었다.

"오늘 그 스님은 아무래도 기생 후리는 법에 통달하신 모양이더군요."

"그걸 어찌 아시오?"

"못 보셨습니까? 재미만 보고 얼른 내빼 버리지 않았습니까?"

그때 진 시랑의 말 아래에서 걷고 있던 교위가 말했다.

"그 스님은 기생 후리는 법뿐만 아니라 《대학(大學)》하고 《중용(中庸)》에도 통달하신 분입니다."

진 시랑이 물었다.

"그걸 어찌 아는가?"

"나리께서도 보셨지 않습니까? 그 스님의 바리때 안에 든 것이 '오늘 마실 물 한 홉[今天水一勺][11]'이었지 않습니까?"

---

10 '유황마를 타다[騎硫磺馬]'라는 명나라의 속어에 대해서는 여러 가지 해석이 있으나, 대체로 1)행동이 민첩하거나 2)남을 속이는 행위를 비유하는 뜻으로 쓰인 것으로 보인다.

11 이것은 《중용》 제26장의 "이제 저 밝은 빛이 많이 모인 것인데, 그 무궁함에 이르면 해와 달과 별도 거기에 매달리고 만물이 거기에 덮인다. …… 이제 저 물은 한 홉의 물들이 모인 것인데 그 깊이를 헤아릴 수 없는 지경

이렇게 다들 한참 동안 농담을 나누다가 각자 관아도 돌아갔다.

어느새 한밤중이 되고 다시 새벽이 되어 닭이 울면서 흐릿하게 여명이 밝아오자 문무백관은 조회에 참석하기 위해 조정으로 들어갔고, 장 천사도 들어가 어명을 받았다.

장 천사가 어명을 받은 후 벽봉장로를 데려와 공을 세우는지, 벽봉장로는 장 천사가 어명을 받고 자신을 데리러 온다는 사실을 알고 있는지는 다음 회를 보시라.

에 이르면 악어와 교룡, 자라가 거기 살고 재화가 풍부하게 들어 있게 된다.[今夫天, 斯昭昭之多. 及其無窮也, 日月星辰繫焉, 萬物覆焉. ……今夫水, 一勺之多, 及其不測, 黿鼉蛟龍魚鼈生焉, 貨財殖焉.]"라는 구절을 뒤섞어 해학적으로 엮은 것이다.

제14회

장 천사는 벽봉장로를 거꾸로 매장하고 벽봉장로는 먼저 황제를 알현하다

張天師倒埋碧峰　金碧峰先朝萬歲

天仗宵嚴建羽旌	천자께서 일찌감치 깃털 장식 깃발 세우시니[1]
春雲送色曉鷄號	봄날 구름 빛을 잃고 새벽닭이 우는구나.
金爐香動螭頭暗	황금 향로에 향 연기 피어나니 벼루가 어둑하고
玉佩聲來雉尾高	옥패 소리 들려올 때 치미선(雉尾扇)[2] 높이 들린다.
戎服上趨承北極	군복 입은 군인들 달려가 조정을 호위하고
儒冠列侍映東曹	문관들 줄지어 늘어서서 동쪽 관서를 가린다.

---

1 이것은 당나라 때 한유(韓愈)의 시 〈고부의 상서승(尙書丞) 노정(盧汀)의 '정월 초하루 조회를 마치고 돌아오며'에 화답하다[和庫部盧四兄曹長元日朝迴]〉이다.

2 천자가 외출할 때 시중드는 이들이 들고 사방을 가리던 부채이다.

太平時節難身遇	태평한 시절이라 등용될 때를 만나기 어려운데
郎署何須笑二毛	시랑(侍郎)의 관서에서 희끗한 수염 비웃어 무엇 하리?[3]

이 시는 조회에 대한 것이다.

어쨌든 승려와 도사의 내기가 끝나고 나서, 다음날 새벽에 황제가 대전에 오르자 문무백관이 조정에 들어왔고, 장 천사도 일찌감치 오문에 나와 대기했다. 황제는 문무백관과 나랏일을 논의하고 나서 장 천사를 불러 어명을 내려 금패(金牌)를 하사했다.

"남경에서 오대산까지는 얼마나 되오?"

"사천육백 리 떨어져 있사옵니다."

"그대가 그걸 어찌 아시오?"

"저는 천문과 지리를 살필 줄 알아서, 어디가 어디에서 얼마만큼 떨어져 있는지 모르는 게 없사옵니다."

"그럼, 오늘 출발하면 언제 돌아올 수 있겠소?"

"내일이면 돌아올 것입니다."

---

3 이 두 구절은 《한무고사(漢武故事)》에 수록된 이야기와 관련된 것이다. 무제가 낭중들이 근무하는 부서에 들렀다가 수염과 머리가 허옇게 센 이를 발견하고 누구냐고 물었다. 그러자 그 노인이 자신은 문제(文題) 때 낭중이 되었는데 문제가 문관을 좋아했지만 자신은 무예를 잘하기 때문에 등용되지 못했고, 경제(景帝)는 잘생긴 얼굴을 좋아했지만 자신은 못생겨서 등용되지 못했고, 무제는 젊은이를 좋아하지만 자신은 늙어서 또 등용되지 못하고 있다고 했다. 이에 무제는 그를 회계도위(會稽都尉)로 삼았다고 한다.

"아니! 사천 리가 넘는 길을 그렇게 빨리 다녀올 수 있다는 말씀이오?"

"무릇 어명을 받아 파견된 관리는 육로로는 나귀 한 마리만 타고 산에 올라 고개를 넘고, 물길로는 배 한 척만으로 순풍에 돛을 펴는 법이옵니다. 하지만 저는 육로로도 물길로도 가지 않사옵니다."

"설마 축지법이라도 쓰는 거요?"

"축지법을 쓸 필요도 없이 짚으로 엮은 용을 타고 구름과 안개를 몰아서 가기 때문에, 어딜 가더라도 길이 막힐 일이 없사옵니다."

"그렇다면 어서 다녀오도록 하시오."

장 천사는 황제에게 작별인사를 하고 오문을 나와서 은밀한 주문을 외고 짚으로 엮은 용에 올랐다. 이어서 구름과 안개가 자욱하게 일면서 어느새 그는 공중에 떠서 오대산 문수사로 향했다.

한편 벽봉장로는 법단에 앉아 경전을 강론하면서도 진즉 이런 사정을 알고 있었다. 그는 즉시 경전을 덮어 놓고 법단을 벗어나며 생각했다.

'이놈의 장 천사가 상당히 귀찮게 하는구나. 옛날이든 근래든 그 자한테 원수진 일도 없는데, 왜 또 황제 앞에서 내가 서양에 갈 거라고 장담했을까? 그나저나 내가 가자니 승려로서 할 짓이 아닌 것 같고, 가지 않으면 또 불교를 일으킬 수 없겠지.'

그는 한참 동안 생각에 잠겨 있다가 한 가지 계책을 생각해내고 주지를 불렀다.

"주지, 이 절의 모든 승려에게 알리게. 오늘 조정에서 금패와 함께 어명이 내려올 텐데, 파견된 자는 바로 장 천사일세. 나를 조정으로 데려가 서양에 가서 국새를 가져오게 할 모양이야. 그 자가 못된 마음을 품고 있으니, 내가 묘책을 하나 마련해서 대처하려 하네. 그러니 다들 계책에 따라 행동하라고 하게. 실수해서 일을 그르치지 않도록 하게."

승려들이 일제히 "아미타불!"을 외면서 다짐했다.

"누가 감히 명의 어기겠나이까?"

이에 벽봉장로가 주지에게 귓속말로 여차여차 계책을 알려주었다. 벽봉장로가 자리에서 일어나자 제자인 비환과 사손인 운곡이 말했다.

"사부님, 저희한테도 장 천사에게 뭐라고 얘기해야 하는지 말씀해 주십시오."

"너희는 나를 따라오너라."

벽봉장로는 그들 두 사부와 제자를 이끌고 느긋하게 휘적휘적 걸어 해조관음전(海潮觀音殿)으로 갔다. 벽봉장로는 윗자리에 앉아 입정에 들고 비환은 동쪽에, 운곡은 서쪽에 앉아 역시 입정에 들었다. 그야말로 이런 모습이었다.[4]

---

4 인용된 시는 당나라 때 유창(留滄: ?~?, 자는 온령[蘊靈])의 시 〈가을 산사에서 벗을 그리며[秋日山寺懷友人]〉에서 마지막 두 구절을 고쳐 쓴 것이다. 제2구의 '경(磬)'자는 인용할 때 '무(霧)'로 바꾸어 놓았으나, 본 번역에서는 원작에 맞춰서 고쳐놓았다. 원작의 마지막 두 구절은 다음과 같다. "그리워도 만나지 못하고 또 한 해를 지났나니, 솔숲 비치는 창을 바라보며 거문고를 타노라[相思不見又經歲, 坐向松窗彈玉琴]."

蕭寺樓臺對夕陰	적막한 절 누대에서 어스름한 저녁을 바라보나니
淡烟疏磬散空林	열은 안개 속 성긴 풍경소리 빈 숲에 흩어진다.
風生寒渚白苹動	바람 부는 쌀쌀한 물가에 시든 마름 떠다니고
霜落秋山黃葉深	서리 내린 가을 산에 누런 낙엽이 쌓여간다.
雲盡獨看晴塞雁	구름 걷힌 하늘에는 북에서 날아오는 기러기 보이고
月明遙聽遠村砧	밝은 달빛 속에서 먼 마을의 다듬이소리 들려 온다.
高人入定渾閑事	고인은 입정에 들어 세상사를 잊은 채
一任縱橫車馬臨	수레와 말들 멋대로 찾아와도 내버려 두지.

한편 장 천사는 구름과 안개를 거두고 짚으로 엮은 용을 아래로 내려 오대산을 지나 문수사리사로 찾아갔다. 그는 산문을 들어서자마자 큰 소리로 불렀다.

"어명이다! 승려들은 어서 향로와 탁자를 준비하여 어명을 받을 준비를 하라!"

그때 몇 명의 승려들이 나왔는데 어린 승려나 늙은 승려, 키가 크고 작고 상관없이 다들 하얀 비로모를 쓰고 삼베옷을 입은 채, 허리에는 풀로 엮은 새끼를 묶고 짚신을 신고 있었다. 그들은 우르르 몰려가서 불상 앞에 놓여 있던 탁자와 꽃병, 향로를 날라다 차려놓고 어명을 받을 준비를 했다. 장 천사가 버럭 화를 내며 꾸짖었다.

"중들이 대담하기도 하구나! 너희는 조정의 통제를 받지 않겠다는 게냐?"

그러자 승려들이 되물었다.

"무슨 말씀이신지요?"

"그게 아니라면 이 절에 김벽봉이라는 우두머리가 있을 텐데, 왜 어명을 영접하러 나오지 않았다는 말이냐? 그리고 너희는 어찌 감히 이런 상복을 입고 나왔느냐?"

"나리, 고정하십시오. 사실 그분은 저희의 사부이자 사조이십니다."

"그런데 그자는 왜 어명을 영접하러 나오지 않았느냐?"

"그저께 남경에서 나리와 내기를 하시면서 나리를 너무 노엽게 하셨다고 절에 돌아오신 뒤에 이런저런 근심 걱정을 하시더니, 뜻밖에 어제 삼경 무렵에 서천(西天)으로 돌아가시고 말았습니다."

"무슨 헛소리를! 그자는 만 년을 살아도 망가지지 않을 몸을 가졌는데, 어떻게 죽을 수 있다는 말이냐?"

"못 믿으시겠거든 방장(方丈) 안에 들어가 보십시오. 지금 그곳에 영구가 안치되어 있습니다."

장 천사는 믿기지 않아서 직접 방장 안으로 걸어 들어갔다. 그런데 안에 들어가서 보니 과연 관이 하나 놓여 있는데, 관 뚜껑에는 네 개의 못이 박혀 있고, 머리 쪽에는 천이 덮여 있었다. 또 관 앞에는 향이 피워진 향로 하나와 두 개의 촛불, 그리고 제삿밥 한 그릇이 놓여 있었다. 장 천사가 그걸 보고 껄껄 웃으며 말했다.

"김벽봉이 어디 있는지 몰라도 이런 가짜 관으로 나를 속일 수 있을 것 같으냐?"

"어떻게 감히 가짜 관을 놓아두었겠습니까?"

"가짜가 아니라면 관 뚜껑을 열어봐라."

그 말에 승려들이 깜짝 놀라 서로 얼굴만 쳐다보았다. 그러자 장 천사는 더욱 의심이 생겨 소리쳤다.

"칼과 도끼를 가져와라!"

이렇게 연달아 세 번이나 소리치자 승려들은 어쩔 수 없이 칼과 도끼를 가져왔다.

"관을 열어라!"

하지만 감히 나서는 승려가 없었다.

이 사람한테 열라 하면, "제자 된 몸으로 어찌 사부님의 관을 열겠습니까?" 하고, 저 사람더러 열라 하면, "사손 된 몸으로 어찌 사조님의 관을 열겠습니까?" 하면서 핑계를 대는 것이었다. 그 모습을 보자 장 천사는 더욱 의심스러워 자기가 직접 도끼를 들었다. 그리고 두세 번 내리쳐서 관을 쪼개버렸다. 그런데 관을 열고 보니 불교에서도 제법 재간이 있어서, 그 안에 틀림없이 벽봉장로가 뻣뻣하게 굳은 채 누워 있는 것이었다.

"감히 산 채로 누워 있으면서 우리를 속이려고?"

그러면서 손을 뻗어 이리저리 만져 보니 벽봉장로의 두 눈은 쇠처럼 단단히 감겨 있고, 온몸은 눈처럼 차가워서 정말 죽은 것이 틀림없었다. 장 천사는 다시 계책을 떠올렸다.

'설마 숨을 닫는 술법인 폐기법(閉氣法)을 쓴 것일까? 저자의 술수에 넘어가면 수천 리 길을 달려온 보람도 없고, 저자가 쓸데없는 소리를 지껄이도록 빌미를 주는 것밖에 되지 않겠지. 아예 쐐기를 박아서 나중에 후환이 없도록 하는 게 낫겠어. 그때 후회해 봐야 소용없으니까!'

그러자 승려들이 말했다.

"나리, 직접 보셨으니 아시겠지요? 저희 사부님께서 정말 시신이 되시지 않았습니까?"

장 천사는 일부러 자비로운 표정을 지었다.

"처음 봤을 때는 거짓으로 죽은 척하고 있는 줄 알았는데, 정말 죽었을 줄이야! 하지만 영구를 여기 두면 불편할 테니 내가 묻어주도록 하지."

"아니, 왜 나리께서 저희 사부님을 묻으신단 말씀입니까?"

"자네들이 모르는 게 있는데, 자네들 사부가 나하고 내기할 때 내 목숨을 구해 준 적이 있다네. 그런데 내가 구명의 은혜를 갚을 길이 없어서 법단(法壇) 아래에서 큰절을 네 번 올리고 자네들 사부를 스승으로 모셨다네. 이제 그분이 승천하셨으니, 나도 백일 동안 상을 치러야 마땅하지 않겠는가? 상을 치러야 할 제자로서 스승의 시신이 관에서 꺼내져서 죽어도 묻히지 못하게 만들 수 있겠는가? 그러니까 자네들도 내가 여기 있을 때 함께 안장해 드리자는 얘기일세. 그러면 좋지 않겠는가!"

장 천사는 황제가 파견한 몸이니 누가 감히 그 말을 거역할 수 있었겠는가? 그들은 어쩔 수 없이 그 말을 따르는 수밖에 없었다.

"나리 말씀대로 따르겠습니다."

그런데 개중에는 아무 말도 하지 않고 각자 생각에 잠겨 있는 이들도 있었다. 장 천사가 말했다.

"이 절에 조종(祖宗)들을 안치하는 묘지가 있는가?"

"예."

"어디인가?"

"산문 왼쪽으로 백 걸음도 되지 않는 곳에 있습니다."

"선조를 편히 모시는 것도 인지상정이라고 할 수 있지."

"저희는 그저 나리 뜻대로 따르겠습니다."

"나하고 자네들 가운데 이런 일을 할 줄 아는 몇 명이 우선 거기로 가서 묏자리를 골라 풀을 베고 땅을 파세. 그리고 관을 안치할 자리를 쌓고 봉분을 쌓을 주변을 다듬도록 하세. 나머지는 절에 남아서 상례에 따라 영구를 내오도록 하게."

장 천사는 몇 명의 승려들을 데리고 먼저 묘지로 갔다. 절에 남은 나머지 승려들은 감히 장 천사의 명을 어기지 못하고, 어쩔 수 없이 영구를 들고 나오며 곡을 하고, 악기를 연주하고, 몇 쌍의 만장(輓章)을 만들어 세우고, 관 위에 씌울 덮개를 준비했다.

한편 장 천사는 묘지에 도착하자 몸소 묏자리를 정했는데, 바로 조종들의 무덤들 뒤쪽에 있는 높다란 언덕 위였다. 그러자 승려들이 말했다.

"자리가 좀 높지 않나요? 천강성(天罡星)의 자리를 범한 것 같습니다."

"벽봉 스님은 일반적인 승려와는 다르니까 조금 높은 곳에 안장해야 서천에 더 가까워지네."

구덩이를 파고 관을 안치할 자리를 만들 때, 장 천사는 앞에 서서 일꾼들에게 구덩이의 폭은 석 자까지만 하고 깊이는 오히려 한 길이나 되게 파라고 지시했다.

"나리, 구덩이가 어째 좀 어색하지 않습니까?"

"모르는 소리! 벽봉 스님은 성승이시니, 매장하는 법도 당연히 일반적인 승려들과는 달라야지."

이어서 관을 끌어다 구덩이에 넣으려 하는데, 장 천사는 다시 관을 열어 벽봉장로의 시신을 확인하고 나서 자신이 직접 관을 끌었다. 그리고 관의 머리 부분을 먼저 내려가게 하고 다리 쪽이 위로 올라가도록 거꾸로 세워서 넣었다.

"나리, 그러면 거꾸로 묻는 거 아닙니까?"

"그건 아무것도 모르는 속된 생각일세. 다리가 하늘로 향하니 결국 구름과 안개를 밟고 있는 셈이니, 움직이면 곧장 천당으로 가지 않겠는가? 다리가 땅을 향하면 걸음을 옮기자마자 바로 지옥으로 떨어질 거란 말일세. 성승을 매장할 때는 이렇게 해야 하는 법일세. 책에도 기록되어 있네. 자네들은 책을 많이 읽지 않아서 아는 게 별로 없구먼."

승려들 가운데 주지는 속으로 웃음을 참지 못했지만, 나머지는 속이 부글부글 끓고 있었다. 사정을 알고 있는 주지는 '장 천사가 쓸데없는 수작을 부리는군.' 하고 생각했고, 나머지 이들은 '이 양반이 우리 사부님을 이렇게 대하면 안 되지!' 하고 생각하고 있었다. 그런데 주지는 어떻게 사정을 환히 알고 있었을까? 원래 벽봉장로는 장 천사가 올 것을, 게다가 못된 마음을 품고 있으리라는 것을 미리 알고, 주지에게 그저 자신이 죽었다고만 얘기하라고 귓속말로 일러 주었던 것이다. 그리고 장 천사가 믿지 않을 테니, 절 밖의 인가에서 관을 하나 빌려다가 방장 안에 놓아두라고 했다. 또 장 천사가 분명히 관을 열어 확인할 테니 자신의 구환석장을 관 속에 넣어 두라고 하면서, 장 천사가 관을 거꾸로 묻으려 할 테지만, 그저 하자는 대로 내버려 두라고 했던 것이다.

이런 사정을 모르는 장 천사는 벽봉장로의 관을 거꾸로 묻고, 그가 죽었다고 믿으며 속이 시원하다고 생각했다. 그는 즉시 문수사를 나와서 오대산을 떠나 주문을 외어 짚으로 엮은 용을 타고 구름과 안개를 일으키며 허공에 떠올라 남경으로 돌아갔다.

한편 이날 새벽이 되자 황제가 다시 대전에 오르고, 문무백관도 조정으로 들어갔다. 그야말로 이런 모습이었다.

月轉西山回曙色	서산에 달이 기우니 새벽이 돌아오고
星懸南極動雲霄	별 걸린 남극에 구름이 피어나네.
千年瑞鶴臨丹地	천년의 상서로운 학이 조정에 강림하고

五色飛龍繞赭袍	오색의 용이 날아 천자를 둘러싸네.
閶闔殿開香氣杳	황궁의 대문 열리며 아득한 향기 풍기나니
崑崙臺接佩聲高	황제 맞이하는 곤륜대에는 패옥 소리 드높구나.
百官敬撰中興頌	문무백관 공손히 중흥가(中興歌)를 짓고
濟濟瑤宮上碧桃	정중히 요지(瑤池) 궁궐에 벽도(碧桃)를 바치네.

어쨌든 황제가 대전에 오르자 문무백관이 조정으로 들어갔다. 벽봉장로는 남경에 이르자 금빛 광채를 거두고 두 제자에게 회동관(會同館)에서 쉬고 있으라고 해 놓고, 홀로 오문 밖에 이르러 황제에게 알현을 청했다. 황제는 문무백관과 몇 가지 나랏일을 상의하고 여러 가지 조정 업무에 대해 결재했다. 그때 황문관이 아뢰었다.

"저번에 섬돌에서 장 천사와 내기를 했던 승려가 비로모를 쓰고 검은 승복을 입고 한 손에는 바리때를, 한 손에는 선장(禪杖)을 짚은 채 오문 밖에 서서 폐하를 알현하게 해 달라고 간청하고 있사옵니다."

"간청이라니 표현이 과하구나. 어서 모시도록 하라!"

이에 시중드는 관리가 나가서 어명을 전했다.

"스님, 안으로 모시겠습니다."

벽봉장로는 예전처럼 휘적휘적 걸어 조정으로 들어가더니, 황제를 보고도 큰절을 올리지 않고 그저 한 손을 가볍게 들며 문안 인사를 했다. 황제는 처음 만났을 때와는 달리 그를 무척 공경하면서 금란전 위로 청해서 비단 방석에 앉게 했다.

"국사(國師), 짐이 금패와 초청장을 마련해서 장 천사에게 귀 사원으로 가서 모셔오라고 했는데, 장 천사를 만나셨습니까?"

"장 천사에 대해서는 한 마디로 다할 수 없습니다."

"아니, 무슨 말씀입니까?"

"장 천사는 어명을 받고 파견되어 어지(御旨)를 적은 문서와 금패를 들고 저희 절로 찾아왔습니다. 어쨌든 폐하의 엄명이 있으니 그 사람도 어쩔 수 없었겠지요. 하지만 그의 본심으로 말씀드리자면, 늙어도 고집불통인 울지공(尉遲恭)[5]과 같다고 하겠습니다. 저는 그의 속내를 잘 알고 가벼운 계책을 내서, 제자들에게 제가 죽었다고 얘기하고 그를 돌려보내라고 했습니다. 그런데 장 천사는 제 관을

---

5 울지공(尉遲恭: 585~653)은 자가 경덕(敬德)이며 선비족(鮮卑族) 출신이다. 그는 당나라의 명장(名將)으로서 능연각(凌烟閣)에 초상화가 그려진 스물네 명의 개국공신 가운데 하나이며, 태종(太宗) 이세민(李世民)이 제위를 찬탈하는 데에 협력하여 악국공(鄂國公)에 봉해졌다. 사후의 시호(謚號)는 충무(忠武)이며, 민간에서는 그를 진경(秦瓊: ?~638, 자는 숙보[叔寶])과 함께 사악한 귀신을 막고 집안의 안녕과 복을 기원하는 문신(門神)으로 모시게 되었다. 한편 원(元)나라 때 양재(楊梓)가 편찬한 잡극(雜劇) 《공신연경덕불복로(功臣宴敬德不伏老)》(《하고려경덕불복로(下高麗敬德不伏老)》라고도 함)에 따르면 그는 태종이 공신들에게 베푼 연회에서 자신에 대한 예우가 미흡한 데에 불만을 갖고 있던 차에 황족인 이도종(李道宗)이 거만하게 굴자 그에게 따귀를 때린 죄로 평민으로 강등되어 삼년 동안 시골 농장을 관리하게 되었는데, 마침 그때 고려(高麗)가 침공했다. 이에 조정에서는 그를 복직시켜 출전하게 하려고 했지만 그는 한사코 거절하는데, 결국 이적(李勣: 594~669, 본명은 서세적[徐世勣], 자는 무공[懋功] 또는 무공[茂公])의 계책과 설득으로 인해 결국 출정하여 큰 공을 세운다. 다만 여기서는 이 이야기를 늙어도 고집불통이라는 의미로 사용하고 있다.

열고 시신을 확인하더니, 그 틈을 이용해서 제 관을 거꾸로 세워 묻어버리고 나서야 산을 내려갔습니다."

"아니, 어찌 그런 일을! 남을 원망하기에 앞서 자신을 탓해야 하거늘!"

그 말이 채 끝나기도 전에 황문관이 아뢰었다.

"폐하, 장 천사가 오문 밖에서 어명을 기다리고 있사옵니다."

그러자 벽봉장로가 말했다.

"폐하, 저는 저쪽에 가 있겠습니다. 장 천사가 뭐라고 보고하는지 보도록 하시지요."

"여봐라, 여기 국사님을 문화전(文華殿)으로 모셨다가, 조금 후에 짐이 분부하면 다시 모시고 오도록 하라!"

그리고 벽봉장로가 나가자 황제는 장 천사를 들게 하라고 어명을 내렸다. 장 천사는 삼량관(三梁冠)[6]을 쓰고, 참최복(斬衰服)[7]을 입

6 옛날에 공후(公侯)가 입는 정식 복장에 맞춰 쓰는 모자이다. 한나라 때 채옹(蔡邕)이 편찬한 《독단(獨斷)》에 따르면 문관(文官)이 쓰는 모자를 진현관(進賢冠)이라고 하는데, 앞쪽은 높이가 7치[寸]이고 뒤쪽은 3치, 길이는 8치이다. 그리고 이 가운데 모자 안에 댄 대나무 틀이 3개가 들어간 삼량관은 공후가 쓴다고 했다. 한편 부모의 상을 치를 때 자녀는 부모의 음덕(蔭德)으로 공후와 같이 훌륭한 인물이 되라는 의미에서 반드시 볏짚으로 엮은 모자를 쓰는데, 이 모자를 '삼량관'이라고도 부른다. 이 경우 죽은 이의 조카와 손자뻘 되는 이들은 '쌍량관(雙兩冠)'을, 현손(玄孫)은 '단량관(單梁冠)'을 쓴다. 그러므로 여기서 장 천사가 삼량관을 쓴 것은 부모와 마찬가지인 스승의 상을 치른다는 의미를 나타내기 위한 것이라고 하겠다.

7 참최복(斬衰服)은 옛날 5가지 상복(喪服) 가운데 가장 중요한 것으로서, 삼년상을 치를 때 입는다. 마포(麻布)로 만들며 좌우와 아래쪽에 바느질하지

고, 허리에는 삼을 꼬아 만든 새끼줄을 매고, 나막신을 신은 채 꺼이꺼이 우는 듯한 표정으로 들어왔다. 황제는 그 내막을 환히 알고 있었지만, 일부러 모르는 체 물었다.

"천사, 무슨 일로 그 상복을 입은 것이오? 법도로 따지자면, 친부모의 상이 아닐 경우 짐에게 유장(諭葬)과 유제(諭祭)[8]를 청할 때나 상복을 입고 조정에 들어오는 법이 아니오? 그저 친척의 상을 당했다면 상복을 입고 조정에 들어올 수 없다는 걸 모르시오?"

"이건 제 스승님을 위해 입은 것이옵니다."

"아니, 사부가 죽었는데 삼년상까지 치른단 말이오?"

"천지와 군주, 사부. 이 셋은 사람이 태어나서 똑같이 섬겨야 할 대상이옵니다. 그래서 저는 제 사부님을 위해 이 상복을 입었사옵니다."

"어떤 사부를 말씀하시는 거요? 짐이 듣기로 그대는 집안의 가업을 물려받았지, 어떤 사부를 모시지는 않았다고 하던데 말씀이오."

"저번에 저와 내기에서 이기신 김벽봉 사부님이옵니다."

"그대들 둘은 결코 양립할 수 없는 사이인데, 어떻게 그분을 스승으로 섬길 수 있단 말씀이오?"

않은 것이다. 삼년상은 죽은 부모의 아들과 출가하지 않은 딸, 며느리, 직계 손자가 입는다. 또 남편이 죽었을 때 그 처첩(妻妾)도 이렇게 삼년상을 치르며, 선진(先秦) 시대에는 천자가 죽었을 때 제후가, 군주가 죽었을 때 신하가 삼년상을 치렀다.

8 유장(諭葬)과 유제(諭祭)는 천자가 어명을 내려 신하의 장례와 제사를 지내도록 하는 것을 가리킨다.

"그날 내기에서 이기시고도 그분은 제 목을 베지 않으셨는지라, 제가 큰절을 네 번 올리고 사부로 모셨사옵니다."

"김벽봉이 그대의 스승이라서 그분을 위해 상복을 입고 있다면, 설마 그분에게 뜻밖의 변고가 생겼다는 것이오?"

"그분은 오대산 문수사에 도착하셨다가 한밤중에 서천으로 돌아가셨사옵니다."

"거기서 그분을 만나셨소?"

"조금 늦게 도착해서 뵙지는 못했사옵니다."

"그럼 장례는 어떻게 치러드렸소?"

"저는 영전에 절하고 곡하는 식의 예법들은 모두 부질없는 짓이라고 생각하옵니다. 예로부터 살아서는 예의에 맞춰 섬기고, 죽으면 예의에 맞춰 묻고 예의에 맞춰 제사 지내야 한다고 했사옵니다. 이제 사부님께서 돌아가셨으나 저는 제자로서 정성을 다할 방도가 없어서, 조종들의 무덤 옆에 안장해 드렸사옵니다. 제가 직접 묏자리를 살펴서 찾아서 풀을 베고 흙을 파서 관을 안치할 자리를 만들어 안장해 드리고 나서 남경으로 돌아와, 오늘에야 폐하를 알현하게 되었사옵니다."

"김벽봉과는 잠깐 만나 알게 된 사이인데, 이제 그분이 세상을 뜨자 그래도 그대가 장례를 치러드렸구려. 그대는 지금 조정에서 높은 벼슬을 살면서 많은 녹을 받고 있는데, 어느 날 짐이 피할 수 없는 죽음의 날을 맞이하게 되면 그대는 짐에게 어떤 식으로 대우해 줄 생각이오?"

장 천사는 황제의 속내를 전혀 몰랐기 때문에 그저 황제에게 아부할 생각으로 목소리를 높여 말했다.

"만년의 장수를 누리고 용이 바다로 돌아가시면, 저는 사부님께 해 드렸던 것과 똑같이 해 드릴 것이옵니다."

"그렇다면 짐도 거꾸로 매장하겠다는 게요?"

장 천사는 '거꾸로 매장'이라는 말을 듣자마자 너무 놀라서 예전에 마흔여덟 장의 부적을 살랐을 때 흘렸던 것과 같은 땀이 다시 쏟아졌다.

"천사, 놀라지 마시오. 다만 한 가지 문제가 있소. 이 스님이 없어졌으니 그 전국옥새는 어떻게 가져오실 생각이오?"

"그분이 안 계시면 아무래도 가져오기 어렵사옵니다."

"다른 승려를 보내도 되지 않겠소?"

"김벽봉 같은 뛰어난 승려는 더 이상 없사옵니다."

"그대가 어제 오대산으로 떠난 뒤에 새로 스님 한 분이 오셨는데, 그분 역시 승려를 없애려는 그대의 행위가 잘못이라고 하면서 그대와 내기를 하겠다고 합디다."

그 말을 듣자 장 천사는 속으로 생각했다.

'내 팔자에 중들하고 무슨 악연이 엮인 거지? 그게 아니라면 어떻게 하나가 없어지자 또 하나가 나타날 수 있겠어?'

그러면서 황제에게 물었다.

"새로 왔다는 그 승려는 지금 어디 있사옵니까?"

"문화전에 있소."

"이리 불러서 만나볼 수 있게 해 주실 수 있사옵니까?"

"그분하고 또 무슨 내기를 하시지는 마시오."

"저는 그저 영명하신 폐하의 명에 따를 뿐이옵니다."

이에 황제는 문화전에 있는 승려를 불러오라고 어명을 내렸다. 장 천사는 멀리서 걸어오는 그 승려의 모습을 금방 알아보았다. 알고 보니 그가 벌써 거꾸로 묻어버린 스승이 아닌가! 김벽봉을 알아본 장 천사는 만면에 수치스러운 표정을 지으며 옷이 축축이 젖도록 땀을 흘렸다.

'분명히 내가 거꾸로 묻었는데, 어떻게 다시 일어났지?'

벽봉장로가 장 천사를 보고 물었다.

"천사, 누구를 위해 그렇게 상복을 입고 있소?"

장 천사는 대답이 궁해져서 서둘러 삼량관을 벗고, 참최복을 벗고, 삼을 꼬아 만든 새끼줄을 푼 다음, 황급히 도사의 모자를 쓰고 법복(法服)을 입고, 허리띠를 둘렀다. 그리고 벽봉장로를 향해 합장하며 마치 승려들이 하는 것처럼 공손하게 인사를 했다. 그러자 벽봉장로가 말했다.

"내 제자라고 자처하면서, 왜 절을 올리지 않는 게냐?"

"방금 고개를 숙여 절하지 않았습니까?"

"제자가 사부를 거꾸로 묻는 건 사부가 무슨 잘못을 저질렀기 때문이더냐?"

"아, 아닙니다. 어찌 감히!"

"거꾸로 묻은 건 은덕에 대한 보답이더냐, 아니면 원수를 갚은 것이더냐?"

"이후로는 감히 허튼짓하지 않겠사오니, 제발 용서해 주십시오!"

그러자 황제가 말했다.

"국사, 앉으시지요. 짐이 한 가지 여쭐 일이 있소이다."

벽봉장로가 자리에 앉아서 대답했다.

"말씀하십시오."

"국사께서는 속가의 성이 김씨이고 법호가 벽봉이라고 하던데, 맞습니까?"

"그렇습니다."

"짐이 알기로는 출가한 이는 수염과 머리카락을 자른다고 하던데, 국사께선 왜 머리만 깎고 수염은 기르고 계신지요?"

"제가 머리를 깎은 것은 번뇌를 없앤 것이고, 수염을 남겨놓은 것은 대장부임을 나타내기 위한 것입니다."

황제는 그 말에 더욱 그를 존중하는 마음이 들어서 서양에 다녀오는 일에 대해 간청했다.

"짐이 국사를 조정으로 모신 것은 상의 드릴 일이 한 가지 있기 때문이오이다."

"무슨 분부가 있으십니까?"

"짐이 쓸 전국옥새가 서양으로 유출되었는데, 예전에 어느 음양관(陰陽官)이 서양에 황제의 별이 나타났다고 얘기하더이다. 그래서 서양에 가서 그 옥새를 가져와야 하는데, 번거롭지만 국사께서 바닷길을 한 번 다녀오실 수 있겠습니까?"

"장 천사라면 다녀올 수 있을 것입니다."

그러자 장 천사가 말했다.

"아무래도 국사께서 다녀오셔야지요! 제가 조상들께 전수받은 것이라고 해 봐야 기껏 도장하고 검, 부적 같은 것들뿐인데, 이걸로는 귀신이나 부리고 요괴나 처단할 수 있을 뿐입니다. 그런데 서양으로 가게 되면 험난한 전투를 벌여서 적의 수장을 베고 군기(軍旗)를 빼앗아야만 폐하의 어명을 욕되게 하지 않는 것인데, 제가 어떻게 그런 일을 할 수 있겠습니까?"

"저는 연약한 불가의 승려라서 그저 경전을 읽고 염불하는 것밖에 못 합니다. 게다가 병사를 이끌고 칼을 휘둘러 사람을 죽이는 것은 승려가 할 일이 아닙니다."

황제가 말했다.

"어떻게 국사께 병사를 이끌고 칼을 휘둘러 사람을 죽이는 일을 하시라고 하겠습니까? 그저 국사께서 가시면서 일행을 이끌 전체적인 고견만 제시해 주시면 충분합니다."

"제가 가야만 공덕을 증명할 수 있는 상황이라면 어찌 감히 어명을 어기겠습니까? 하지만 장 천사도 이 일에서 빠져서는 안 됩니다."

"장 천사도 가야 겠구려."

황제가 이렇게 말하자 장 천사가 난색을 표했다.

"제가 떠나면 용호산을 지킬 사람이 없어지게 되옵니다."

벽봉장로가 말했다.

"그건 아니지요! '나라를 위해서는 집안 걱정도 하지 않고 수고로운 일도 꺼리지 않는다.[爲國忘家不憚勞]'라는 말도 들어보지 못했소?"

별것 아닌 말이었지만 그 말에 장 천사는 유구무언(有口無言)으로 어쩔 수 없이 응낙할 수밖에 없었다.

"갑니다. 간다고요!"

황제가 물었다.

"서양까지는 길을 얼마나 가야 합니까?"

벽봉장로가 대답했다.

"십만 팔천 리 남짓 됩니다."

"육로로 가는 게 편하겠습니까, 아니면 뱃길로 가는 게 낫습니까?"

"남방에서 서양으로 가려면 육로는 없고 뱃길로 가는 수밖에 없으니, 뱃길로 가야 합니다."

"국사께서는 가는 길을 아십니까?"

"대충 알고 있습니다."

"혹시 몸소 다녀오신 적이 있습니까? 아니면 책에서 보고 아신 겁니까?"

"저는 행각승인지라 사대부주(四大部洲)를 대충 다 돌아다녀 봤습니다."

황제는 그 말을 듣자 깜짝 놀라며 물었다.

"혹시 다녀오셨다는 증거가 있습니까?"

"그걸 증명하는 율시가 한 편 있습니다."

"어떤 율시입니까?"

"제가 읊어보겠습니다."

踏遍紅塵不計程	속세를 두루 돌아다니니 그 길을 헤아릴 수 없고
看山尋水了平生	산 보고 물 찾으며 평생을 지냈다네.
已經飛錫來南國	벌써 석장 날려 남쪽 나라로 왔는데
又見乘杯渡北溟	또 찻잔을 타고 북명(北溟)을 건너게 되었구나.
花徑不知春坐穩	꽃길에서도 편히 앉아 봄을 즐길 수 없고
松林未許夜談淸	솔숲에서도 밤에 청아한 이야기 나눌 수 없지.
擔頭行李無多物	짊어진 봇짐에는 들어 있는 것도 별로 없어
一束詩囊一藏經	시 지어 넣을 주머니하고 불경 한 편뿐이라네.

"국사, 그 길에 대해 기억하고 계신 것이 있으시면 짐에게도 짤막하게 좀 들려주시지요."

"장 천사도 알고 있으니, 저 대신 설명해 드릴 것입니다."

장 천사가 말했다.

"저는 이미 설명해 드린 적이 있습니다."

황제가 말했다.

"그렇긴 하지만 짐은 진즉 다 잊어버렸소이다."

벽봉장로가 말했다.

"말로만 해서는 증거가 없으니, 이 접는 수첩을 드리겠습니다. 여기에는 제가 도중에 이것저것 그리고 기록해 놓은 것이 들어 있습니다."

"어디 좀 봅시다."

벽봉장로가 두 손으로 수첩을 바치자 황제는 아홉 마리 용이 새겨진 탁자에 수첩을 놓았다. 그러자 시중들던 환관이 공손히 펼쳐 보였다. 황제가 읽어보니 수첩에 적힌 것은 모두 푸른빛과 초록빛으로 장식된 이야기들이었다. 푸른 것은 산인데, 거기에는 작은 글씨로 무슨 산이라는 설명이 적혀 있었다. 초록색은 물인데, 거기에도 작은 글씨로 무슨 물이라는 설명이 적혀 있었다. 작은 물은 강인데, 거기에도 작은 글씨로 무슨 강이라는 설명이 적혀 있었다. 커다란 물은 바다인데, 거기에는 작은 글씨로 무슨 바다라는 설명이 적혀 있었다. 작은 동그라미로 표시된 것은 나라인데, 그 안에는 작은 글씨로 그 나라의 이름이 적혀 있었다. 그 동그라미를 지나자 또 하나의 동그라미가 나왔는데, 그 안에도 작은 글씨로 그 나라의 이름이 적혀 있었다. 그림도 자세하고 글씨도 아주 깔끔했다. 황제는 무척 기뻐했다.

"국사, 많이 배웠소이다! 만 리 강산이 눈에 다 들어오는구려!"

그리고 환관에게 어명을 내렸다.

"여봐라, 이걸 받아들고 가는 길에 거치게 되는 곳들을 모두 소리 내서 읽어보도록 하라."

벽봉장로가 말했다.

"그냥 제가 읽어드리겠습니다."

"그럼 배를 타는 곳부터 시작하시지요."

"배는 새로 난 운하를 통해 장강(長江) 어귀로 내려가서 조금 돌아가면 나오는 금산(金山)[9]이라는 곳입니다."

"그 금산의 물이 바로 천하제일천(天下第一泉)에서 나온 게 아닙니까?"

"맞습니다. 금산을 지나면 맹하(孟河)[10]가 나오고, 맹하를 지나면 그 앞쪽에 바로 홍강(紅江) 어귀입니다. 그곳을 지나면 백룡강(白龍江)[11]이고, 그 강을 지나면 앞쪽은 모두 바다입니다. 여기서 배를 타고 남쪽으로 향하다 보면 오른쪽은 모두 폐하의 금수강산에 속하는 절강(浙江)과 복건(福建) 일대이고, 왼쪽은 일본 부상국(扶桑國)입니다. 앞쪽은 유구국(琉球國)이지요. 일본과 유구국을 지나 서쪽으

---

9 금산(金山)은 지금의 장쑤성[江蘇省] 전장시[鎭江市] 서북쪽, 양쯔강 남안(南岸)에 있다. 본문에서 말하는 '천하제일천'은 바로 이곳에 있는 중령천(中泠泉)을 가리킨다.

10 맹하(孟河)는 무진(武進) 지금의 장쑤성 창저우시[常州市] 신베이구[新北區]을 지나는 장강의 강변에 있는 작은 마을이다.

11 백룡강(白龍江)은 원래 가릉강(嘉陵江)의 지류로서, 민산(岷山)에서 발원하여 감숙(甘肅)을 거쳐서 사천(四川)으로 들어가서 가릉강으로 이어지는 강물이다. 다만 여기서는 오늘날 상하이시 근처의 작은 하천인 용강(龍江)을 가리키는 듯하다. 한편, 감숙의 벽구진(碧口鎭)이라는 작은 항구도시가 '작은 상하이[小上海]'라는 별명으로도 불리는데, 어쩌면 이 소설의 작자가 이로 인해 착오를 일으켜서 백룡강을 언급한 것인지도 모르겠다.

로 향하면 오른쪽은 광동(廣東)과 광서(廣西), 운남(雲南), 귀주(貴州)이고 왼쪽은 교지국(交趾國)입니다. 교지국을 지나면 앞쪽이 바로 연수양(軟水洋)이고, 거기를 지나면 흡철령(吸鐵嶺)이 나타납니다."

"왜 흡철령이라고 불리는 것인지요?"

"이 고개는 남해 속에 있는데 길이가 오백 리 남짓 됩니다. 그 주위는 모두 단단한 돌 언덕으로 되어 있습니다. 그런데 그 돌 언덕은 쇠로 된 것만 보이면 바로 빨아들여 버리기 때문에 그곳을 흡철령이라고 부르는 것입니다."

"물밑에 그렇게 쇠를 빨아들이는 바위가 있다는 말씀입니까?"

"그 오백 리 남짓 되는 지역에서는 물가이든 물 위이든 온통 이 쇠를 빨아들이는 바위뿐입니다."

"나중에 짐이 그대와 서양으로 가려면 배가 그곳을 어떻게 지나지요?"

"제가 지나가 본 적이 있습니다."

"감사하오이다. 그런데 그 연수양이라는 곳은 어떤 곳입니까?"

"연수양은 팔백 리쯤 펼쳐져 있습니다. 무릇 천하의 물이란 대부분 단단해서 배가 뜰 수 있으니, 우리가 아는 강이나 호수, 바다는 모두 마찬가지입니다. 하지만 이곳의 물만은 그 성질이 연약해서 터럭 하나, 풀 한 포기도 모두 바닥으로 가라앉아버립니다."

"나중에 서양으로 갈 때 그곳을 어떻게 지납니까?"

그 연수양을 지날 수 있는지, 벽봉장로가 이 연수양을 헤쳐나간 적이 있는지는 다음 회를 보시라.

제15회

벽봉장로는 서양 각 나라의 지도를 그리고
황제는 임무를 맡을 장수를 선발하다

碧峰圖西洋各國　朝廷選掛印將軍

雨足江湖水色新	넉넉한 비 내려 강과 호수 물빛이 새로워지고
碧琉璃滑淨無塵	푸른 물결 유리처럼 티 없이 깨끗하구나.
潮回萬頃鋪平縠	물결이 돌아와 드넓은 수면은 비단을 펼쳐놓은 듯하고
風過千層簇細鱗	바람이 지나면 작은 비늘들처럼 천 겹의 물결 일어나지.
野鷺沙鷗爭出沒	들판의 해오라기 모래 위 갈매기들 다투어 오가고
白蘋紅蓼倩精神	하얀 개구리밥 빨간 여뀌 자태도 아름답구나.
個中浩蕩無窮趣	그 속에 호탕하게 무한한 즐거움 누리는 것은
都屬中流擧釣人	모두 중류의 낚시꾼 몫이라네.

이것은 충숙공(忠肅公) 우겸(于謙)[1]의 〈가을 물결[秋波]〉이라는 시인데, 천하의 물이 모두 연수양의 부드러운 물과는 다르다는 것을 보여준다.

어쨌든 황제는 이 부드러운 물에 관한 얘기를 듣자 기분이 조금 나빠졌다.

"물이 그렇다면 나중에 서양으로 갈 때 어떻게 지나갈 수 있겠습니까?"

"제가 지나가 본 적이 있습니다."

그러자 갑자기 장 천사가 끼어들었다.

"불교는 연약하고 약수(弱水)도 연약하니 둘은 한 집안인 셈이군요. 그러니까 말이 됩니다."

벽봉장로가 말했다.

"연약하기 때문이 아니라면 거꾸로 묻힐 일도 없었겠지!"

장 천사는 자기도 모르게 얼굴이 새빨갛게 달아올랐다.

"또 그 말씀이시군요."

황제가 말했다.

"연수양을 지나면 앞에는 무엇이 나옵니까?"

---

1 우겸(于謙: 1398~1457)은 자가 정익(廷益)이고 호는 절암(節庵)이다. 그는 명나라 초기에 서부 몽고 민족인 오이라트(瓦剌, Oirat)의 침입을 격퇴한 공으로 소보(少保)에 봉해졌으나, 천순(天順) 1년(1457)에 억울하게 역모죄(逆謀罪)를 뒤집어쓰고 처형당했다. 이후 홍치(弘治: 1488~1505) 연간에 숙민(肅愍)이라는 시호(諡號)를 받았으며, 만력(萬曆: 1573~1620) 연간에 충숙(忠肅)으로 고쳐졌다.

벽봉장로가 설명했다.

"그 아래쪽은 여전히 남선부주이고, 서쪽으로 가면 서우하주가 나옵니다."

"서우하주는 어떤 곳입니까?"

"바로 서양국(西洋國)이라고 불리는 곳입니다."

"그곳이 서양이라면 거기서 여행이 끝나겠군요."

"서양이라는 것은 전체적인 이름일 뿐이고, 그 안에 지리적인 경계가 있어서 여러 나라가 있습니다. 폐하, 조금 전에 드린 그 수첩을 보시면 이해하실 것입니다."

황제는 수첩을 살펴보고 나서야 그곳에 열여덟 개의 나라가 있다는 것을 알았다.

"알고 보니 이렇게 많은 나라가 있었구려."

"그렇습니다. 첫 번째 나라는 금련보상국(金蓮寶象國)이고 둘째는 자바 왕국[爪哇國], 셋째는 여아국(女兒國), 넷째는 수마트라[蘇門答剌] 왕국, 다섯째는 살발국(撒髮國), 여섯째는 유산국(溜山國), 일곱째는 대갈란(大葛蘭) 왕국, 여덟째는 가지(柯枝) 왕국, 아홉째는 소갈란(小葛蘭) 왕국, 열 번째는 고리(古俚) 왕국, 열한 번째는 금안국(金眼國), 열두 번째는 시그라[吸葛剌] 왕국, 열세 번째는 모가디슈[木骨] 왕국, 열네 번째는 호르무즈[忽魯] 왕국, 열다섯 번째는 은안국(銀眼國), 열여섯 번째는 아덴[阿丹] 왕국, 열일곱 번째는 천방국(天方國), 열여덟 번째는 풍도귀국(酆都鬼國)입니다.[2]"

2 이상의 나라들에 대해서는 제9회의 주석을 참조할 것.

수첩이 펼쳐진 상태에서 벽봉장로가 또 분명하게 설명했다. 그 얘기를 들은 황제는 마음이 벌써 서양 왕국들로 날아가서 몸소 옥새를 가져오지 못하는 것이 안타까웠다.

"국사, 서양으로 가는 길은 짐도 이미 알았으니, 이 수첩은 짐이 갖고 있겠소이다. 그런데 서양으로 가는 길에 관리들과 병졸들은 얼마나 필요하신지요?"

"관리나 병졸은 그다지 많이 필요하지 않습니다. 저에게 또 접는 수첩이 하나 있으니, 이걸 드리겠습니다. 살펴보시기 바랍니다."

"오, 훌륭합니다! 국사께 또 다른 수첩이 있었군요. 어서 줘보십시오."

벽봉장로가 두 손으로 바치자, 황제가 받아서 아홉 마리 용이 새겨진 탁자 위에 놓았다. 시중들던 환관이 수첩을 펼치자 황제가 자세히 살펴보았다. 그런데 이 수첩에는 푸른색도 초록색도 없고 그저 하얀 바탕에 글씨가 몇 줄 적혀 있었다.

"여봐라, 이 수첩에 적힌 글을 소리 내어 읽어보도록 하라!"

환관이 소리 내어 읽었다.

"첫째 줄에는 목록[計開]이라고 적혀 있고, 둘째 줄에는 정서대원수(征西大元帥)라는 직인을 찬 총병관(總兵官) 일 명이라고 적혀 있사옵니다. 셋째 줄에는 정서부원수 직인을 찬 부총병관(副總兵官) 일 명, 넷째 줄에는 정서좌선봉대장군(征西左先鋒大將軍)의 직인을 찬 좌선봉(左先鋒) 일 명, 다섯째 줄에는 정서우선봉대장군 직인을 찬 우선봉(右先鋒) 일 명, 여섯째 줄에는 정서대도독(征西大都督)

직인을 찬 오영대도독(五營大都督)으로서 각기 중도(中都)와 좌도(左都), 우도(右都), 좌도(坐都), 행도(行都)로 구별되어 있사옵니다. 일곱 번째 줄에는 정서부도독(征西副都督) 직인을 찬 사초부도독(四哨副都督)으로서 각기 참장(參將)과 유격(遊擊), 도사(都事), 파총(把總)으로 나뉘어 있사옵니다. 여덟 번째 줄에는 지휘관 백 명, 아홉 번째 줄에는 천호관(千戶官) 백오십 명, 열 번째 줄에는 백호관(百戶官) 오백 명, 열한 번째 줄에는 관량초호부관(管糧草戶部官)[3] 일 명, 열두 번째 줄에는 관성두음양관(觀星斗陰陽官) 열 명, 열세 번째 줄에는 통역번서교유관(通譯番書教諭官)[4] 열 명, 열네 번째 줄에는 통역사[通事]의 일을 담당할 사인(舍人) 열 명, 열다섯 번째 줄에는 잡일을 할 일꾼 열 명, 열여섯 번째 줄에는 의약을 담당할 의관(醫官)과 의사(醫士) 백서른두 명, 열일곱 번째 줄에는 장인(匠人) 삼백육십 조[行]이며 각 조는 스무 명으로 구성된다고 적혀 있사옵니다. 열여덟 번째 줄에는 용감한 병사 삼만 명 남짓, 열아홉 번째 줄에는 신악관(神樂觀)의 도사 이백오십 명, 스무 번째 줄에는 천조궁(朝天宮) 도사 이백오십 명. 이렇게 적혀 있사옵니다."

"알고 보니 국사께서는 '법력이 삼천 세계에 미치고 가슴에 백만 명의 병사를 품으신[法演三千界, 胸藏百萬兵]' 분이셨군요."

---

3 곡식과 가축의 먹이 등을 관리하는 벼슬아치라는 뜻이다.

4 외국의 말과 글을 통역하고 번역하는 임무를 맡은 벼슬아치라는 뜻이다.

그러다가 황제는 의아한 생각이 들어서 물었다.

"그런데 장 천사는 무슨 직책을 맡게 되는 것입니까? 목록 가운데 어느 줄에 들어가는지요?"

"장 천사는 원래의 관직을 갖고 군사 업무를 관리하면 되기 때문에, 별도의 관직이 필요하지 않습니다. 그래서 명단에는 넣지 않은 것입니다."

"그럼 국사께는 무슨 직책을 맡으십니까? 목록의 어느 줄에 들어가는지요?"

"저는 그저 공덕을 증명하는 일만 하기 때문에, 제 이름을 써넣지 않았습니다."

"국사와 천사의 성함을 쓰지 않은 것은 번거롭게 벼슬을 갖지 않으시려는 의도인 것 같은데, 이건 짐도 억지로 맡기지 않겠습니다. 다만 나중에 출발하실 때 요괴를 물리치는 일은 천사께서 맡으실 테고, 위기와 재난에서 구원하는 일은 국사께서 맡아주십시오. 서로 마음과 힘을 다해 공을 이루고 개선하셔서, 지금 이렇게 믿고 일을 부탁하는 짐의 마음을 저버리지 말아 주십시오."

"저하고 장 천사는 당연히 각자 맡은 바에 온 힘을 다해서 폐하의 뜻을 저버리지 않을 것입니다."

"서양으로 가는 길에 대해 적어 놓은 수첩이 하나 있다는 것은 짐도 알겠습니다. 함께 갈 관리들과 병졸들에 대해서도 적어 놓은 수첩이 있다는 것도 알겠습니다. 그런데 국사께서 말씀하시길 '남방에서 서양으로 가는 데에 육로는 없고 오직 뱃길로만 갈 수 있다.'라고 하셨는데, 그렇다면 배는 얼마나 필요하신지요? 그리고 어떤 모양으로 만들어야 할까요? 이에 대해서는 생각해 놓으신 바가 있습니까?"

"바닷길을 가는 데에 필요한 배들의 수와 모양에 대해서도 따로 적어 놓은 게 있사옵니다. 여기 수첩을 바칠 테니 살펴보십시오."

"과연 대단하십니다! 그것도 적어 놓으셨군요. 어서 좀 봅시다."

벽봉장로가 두 손으로 바치자 황제가 받아서 아홉 마리 용이 새겨진 탁자에 놓았다. 시중드는 환관이 펼치자 황제가 자세히 살펴보았다. 이 수첩에는 또 파란색과 초록색으로 치장한 이야기가 들어 있었다. 파랗게 그린 것은 산이고 초록색으로 그린 것은 바다였는데, 바다에 그려진 것은 배들이었다. 그리고 배는 몇 개의 대열로 나뉘어 있었고, 각 대열은 다시 몇 개의 번호로 나뉘어 있었다. 하지만 전체 대열의 수와 번호의 수는 알 수 없었다. 황제는 하루 내내 즐거운 일에 기분이 너무나 좋았고, 종이 가득 피어나는 안개가 너무 아름다워서 환관을 부르지도 않고 몸소 살펴보았다. 첫 번째 대열에 있는 배는 대략 서른여섯 척이었는데, 각각의 배에는 아홉 개의 돛대가 설치되어 있었다. 거기에 적힌 작은 글씨는 이런 내용이었다.

보선(寶船) 서른여섯 척. 길이 마흔네 길[丈] 넉 자[尺], 폭 열여덟 길.

둘째 대열에 그려진 배는 대략 백팔십 척쯤 되는데, 각각의 배에는 다섯 개의 돛대가 설치되어 있었다. 거기에 적힌 작은 글씨는 이런 내용이었다.

전선(戰船) 백팔십 척. 길이 열여덟 길[丈], 폭 여섯 길 여덟 자.

셋째 대열에 그려진 배는 대략 삼백 척쯤 되는데, 각각의 배에는 여섯 개의 돛대가 설치되어 있었다. 거기에 적힌 작은 글씨는 이런 내용이었다.

좌선(坐船) 삼백 척. 길이 스물네 길[丈], 폭 아홉 길 넉 자.

넷째 대열에 그려진 배는 대략 칠백 척쯤 되는데, 각각의 배에는 여덟 개의 돛대가 설치되어 있었다. 거기에 적힌 작은 글씨는 이런 내용이었다.

마선(馬船) 칠백 척. 길이 서른일곱 길[丈], 폭 열다섯 길.

다섯째 대열에 그려진 배는 대략 이백사십 척쯤 되는데, 각각의 배에는 일곱 개의 돛대가 설치되어 있었다. 거기에 적힌 작은 글씨는 이런 내용이었다.

양선(糧船) 이백사십 척. 길이 스물여덟 길[丈], 폭 열두 길.

이렇게 다섯 대열에 모두 천사백오십육 척의 배가 그려져 있었는데, 각 배의 중간에는 사방이 트인 대청이 세 개, 벽과 문으로 막힌 대청이 다섯 개, 그리고 사방이 트인 전각 다섯 개, 그리고 벽과 문으로 막힌 전각 일곱 개가 있었다. 또 배들에는 각기 삼층의 천반(天盤)[5]이 있는데, 그 안에는 스물네 명의 관군(官軍)이 배치되어 낮에는 바람과 구름 같은 날씨를 살피고 밤에는 별자리를 관측하게 했다.

황제는 이 수첩을 보자 기쁘기도 하고 두렵기도 했다. 기쁜 것은 이 배가 있게 되면 서양에 갈 수 있고, 서양에 가게 되면 전국 옥새를 구할 수 있기 때문이었다. 하지만 배가 이렇게 많고 제작 또한 정밀해서 비용이 많이 들어가니 천하 열세 개 성(省)의 돈과 곡식을 동원해야 할 판이라 두려울 수밖에 없었다. 하지만 옥새를 얻고 싶은 마음이 너무 강해서 어떻게든 일이 되도록 만들고 싶었다.

이때는 이미 해가 저물어 까마귀들이 줄지어 날고 있었다. 황제는 조회를 파한다는 어명을 내려 문무백관을 해산하게 하고, 승록사(僧錄司)의 관리들에게 명하여 벽봉장로를 장간사(長干寺)로 모

5 천반(天盤)은 대개 풍수지리를 살피는 이들이 쓰는 일종의 나침반을 가리키는데, 이것은 12지(支)를 12궁(宮)으로 만들고, 각 궁마다 2층의 쌍산(雙山)을 두었다. 위쪽의 판을 왼쪽으로 돌리면 하늘의 운세에 부응하고 오른쪽으로 돌리면 하늘의 각도에 맞도록 했다. 또 술수가(術數家)에서 하늘을 수시로 자리를 바꾸는 12진(辰)의 분야(分野)로 나누어 놓은 것도 천반이라고 부른다. 여기서는 전자를 가리키는 듯하다.

서서 주지들이 돌아가며 접대하게 했다. 그리고 도록사(道錄司)의 관리들에게 명하여 장 천사를 도록사로 모셔서 도사들이 돌아가며 접대하도록 했다. 황제는 건정궁(乾靜宮)으로 돌아가면서도 줄곧 노심초사했다. 왜냐? 서양으로 가는 일이 중대하긴 하지만 비용이 너무 많이 들기 때문에 실행하느냐 마느냐는 모두 황제의 생각에 달려 있었기 때문이다. 황제는 아홉 마리 용이 수놓아진 침대에 이르러서도 잠을 이루지 못하고 하염없이 시간을 보냈는데, 밤은 길기도 했다. 그야말로 이런 격이었다.[6]

秋夜長　　긴 가을밤은
殊未央　　유난히 빨리 새지 않아
月明白露澄清光　　밝은 달빛 아래 하얀 이슬 밝게 빛날 때
層城綺閣遙相望　　겹겹 성안의 고운 누각에서 아득한 곳을 바라본다.
川無梁　　개울엔 다리도 없고
北風厲節南雁翔　　북풍이 사납게 몰아칠 때 기러기는 남으로 날아가고
崇蘭委質時菊芳　　무리 지어 자란 난초 하늘거릴 때 국화는 향기 피운다.
鳴環曳履出長廊　　패옥(佩玉) 짤랑거리며 신을 끌고 긴 회랑을 나와

6 인용된 시는 당나라 때 왕발(王勃)이 지은 〈긴 가을밤[秋夜長]〉이다.

爲君秋夜擣衣裳	그대 위해 가을밤에 옷에 다듬이질하지.
纖羅對鳳凰	얇은 비단에는 봉황 한 쌍 수놓아져 있고
丹綺雙鴛鴦	붉은 천에는 원앙 한 쌍 수놓아져 있다.
調砧亂杵思自傷	어지러이 다듬이질하나니 마음이 절로 아프니
征夫萬里戍他鄉	만리타향에서 수자리 서는 남편 때문이지.
鶴關音信斷	학관(鶴關)에서는 소식도 끊어졌고
龍門道路長	용문(龍門)까지는 길도 멀지.
君在天一方	그대는 하늘 한구석에 있는데
寒衣徒自香	방한복만 부질없이 혼자 향기롭구나.

황제는 잠을 이루지 못하고 환관을 불러 영롱하게 장식된 여덟 개의 창을 모두 활짝 열고 주렴과 붉은 휘장을 모두 걷어 올리게 했다. 그때 아득한 하늘에는 밝은 달이 떠 있었으니, 그야말로 이런 모습이었다.[7]

三五月華流烟光	보름이라 고운 달이 안개 같은 빛을 흘리는데
可憐懷歸道路長	가련하다, 돌아가고 싶어도 길은 멀기만 하구나.
逾江越漢津無梁	강 건너 한나라로 가려 해도 다리가 없어

7 인용된 시는 당나라 때 이여벽(李如璧: ?~?)이 지은 〈명월(明月)〉이다. 인용된 시에서 원작과 다른 몇 글자는 원작에 따라 고쳐서 번역했다.

遙遙永夜思茫茫	먼 변방의 길고 긴 밤 그리움만 아득하네.
昭君失寵辭上宮	왕소군(王昭君)[8]은 총애를 잃고 궁궐을 떠나
蛾眉嬋娟臥氈穹	고운 얼굴로 양탄자 깔린 천막에 누워야 했지.
胡人琵琶彈北風	오랑캐의 비파를 북풍 속에 타는데
漢家音信絶南鴻	남쪽 고국의 소식 담은 기러기는 오지 않았지.
昭君此時怨畵工	그때 그녀는 화공을 원망했을 텐데
可憐明月光朣朧	가련하게도 밝은 달만 흐릿하게 빛을 뿌렸지.
節旣秋兮天向寒	계절은 가을이라 날씨는 추워지고
沅有漪兮湘有瀾	원수(沅水)에 물결치고 상수(湘水)도 일렁였지.
沅湘糾合淼漫漫	원수와 상수 합쳐져서 물길은 아득히 흐르는데
洛陽才子憶長安	낙양의 재주 많은 선비는 장안을 그리워하지.

8 왕소군(王昭君)은 한나라 명제(明帝: 57~75 재위) 때의 궁녀로서 이름은 장(嬙)이며, 당시 한나라는 흉노족과 화친하기 위해 그녀를 흉노족의 왕인 호한야선우(呼韓邪單於)에게 시집보냈다. 전설에 따르면 원제는 궁녀가 많아서 화공이 그린 초상화를 보고 총행(寵幸)을 베풀었는데, 당시 궁정의 화가 모연수(毛延壽) 등이 뇌물을 준 궁녀들은 예쁘게 그리고 왕소군처럼 그렇지 않은 이들은 원래 모습과 달리 밉게 그려서 황제의 총애를 받지 못하게 했다. 훗날 왕소군의 흉노의 왕비로 선발되어 나갈 때 원래 모습을 본 원제는 사건을 조사하여 모연수 등의 화공들을 처형했다고 한다.

可憐明月復團團	가련하게도 밝은 달 다시 둥글어져
逐臣戀主心愈恪	군주를 그리는 쫓겨난 신하는 마음이 더욱 조심스럽구나.
棄妾忘君情不薄	버림받은 첩이 남편을 잊더라도 정이 박한 것은 아니나니
已悲芳歲徒淪落	슬프다, 어느새 꽃다운 나이 부질없이 시들어 버렸구나!
復恐紅顔坐銷鑠	또 그로 인해 고운 얼굴 늙어질까 무서운데
可憐明月方照灼	가련하게도 밝은 달이 한창 빛나고 있어
向影傾身比葵藿	그림자 향해 몸을 기울이니 해바라기 같구나.

밝은 달이야 별 게 아니라 해도 하늘에는 또 별들이 가득 빛나고 있었다. 그야말로 이런 모습이었다.[9]

萬物之精爲列星	만물의 정화가 별들이 되어
庶民象兮元氣英	백성들의 징조를 보이나니 원기도 빼어나구나.
認彴約兮其欃槍	유성과 혜성을 알아보고

9 인용된 부(賦)는 송나라 때 오숙(吳淑)이 지은 《사류부(事類賦)》 〈천부(天部)〉 〈성(星)〉의 구절들을 토대로 변형하여 지은 것이다. 그러나 인용하는 과정에서 글자를 잘못 쓰는 바람에 해석이 불가능해진 구절들이 몇 군데 있는데, 이것들은 원작을 참조하여 수정해서 번역했다.

瞻瑤光兮其玉繩	요광(瑤光)과 옥승(玉繩)[10]을 쳐다본다.
歌既稱兮列重耀	이미 노래로 칭송했나니 밝게 빛나는 별들의 모습[11]
傳常聞兮還夜明	듣자 하니 항성(恒星)이 보이지 않는 건 밤이 환하기 때문이라지.
牽牛服箱兮不以	견우는 수레 끌지 않아[12]
今夕在戶兮識取	오늘 밤은 방안에서 볼 수 있지.
辰參主兮爲晉商	신수(辰宿)와 삼수(參宿)가 상진(商晉)을 주관하고[13]
箕畢分兮見風雨	기수(箕宿)와 필수(畢宿)가 나뉘니 비바람 나타나지.[14]

---

10 요광(瑤光)은 북두칠성의 일곱 번째 별을 가리키며, 옥승(玉繩)과 옥형(玉衡)은 그 가운데 북쪽에 있는 두 개의 별을 가리키는 말이다.

11 최표(崔豹)의 《고금주(古今注)》에 따르면 한나라 명제(明帝)가 태자였을 때 악사에게 노래를 짓게 했는데, 거기에 "별이 밝게 빛나는데 태자와 한마음일세.[星重耀太子比德]"라는 구절이 들어 있었다고 한다.

12 《시경》〈소아(小雅)〉〈대동(大東)〉에 "저 빛나는 견우성은, 수레를 끌지 않네.[睆彼牽牛不以服箱]"라는 구절이 있다.

13 《좌전》에 따르면 옛날 고신씨(高辛氏)에게 두 아들이 있었는데 큰아들은 알백(閼伯), 작은아들은 실침(實沈)이라고 했다. 그런데 둘이 매일 전쟁을 일으켜 서로 다투자 고신씨가 알백을 상구(商丘)로 보내서 신수(辰宿)를 주관하게 했는데, 상(商) 지역 사람들이 여기에서 나왔다. 이 때문에 신수가 상성(商星)이 되었다. 또 실침을 대하(大夏)로 보내서 삼수(參宿)를 주관하게 했는데, 당(唐) 지역 사람들이 여기에서 나왔다. 이 때문에 삼수가 진성(晉星)이 되었다고 한다.

14 기수(箕宿)와 필수(畢宿)는 각기 바람과 비를 관장한다고 한다.

爲張華兮而見坼	장화(張華)[15]에게 대성(臺星) 보여주었고[16]
感仲弓兮以常聚	중궁(仲弓)에게 감응하여 늘 모이곤 했지.[17]
中方定兮作楚宮	중앙이 정해지니 초(楚)나라 궁궐을 지었는데
三五彗兮彼在東	보름에 혜성이 동쪽에 보였지.
子韋識宋公之德	자위(子韋)[18]는 송(宋)나라 경공(景公)의 덕을 알아보았고
史墨知吳國之凶	사묵(史墨)[19]은 오(吳)나라의 흉조를 예견했지.

---

15 장화(張華: 232~300, 자는 무선[茂先])는 범양(范陽) 방성(方城, 지금의 허베이성[河北省] 구안[固安]) 사람이다. 서진(西晉) 때 사공(司空) 벼슬을 지냈던 그는 혜제(惠帝) 때 대성(臺星)이 갈라지는 보습을 보았다. 그의 아들이 사공의 자리를 자신에게 물려달라고 하자 장화는 하늘의 뜻은 오묘하니 조용히 기다려보자고 대답했는데, 얼마 후 '팔왕(八王)의 반란'이 일어났을 때 조왕(趙王) 사마륜(司馬倫)에게 살해당했다고 한다.

16 장화의 《박물지(博物志)》에는 "오랑캐 군대는 조두를 금탁이라고 한다. [番兵謂刁斗日金柝.]"라는 기록이 있다. 조두는 구리로 만든 솥처럼 생긴 기구로서, 군대에서 밥을 짓거나 밤에 시간을 알릴 때 두드리는 용도로 썼다.

17 《이원(異苑)》에 따르면 진(陳)나라의 중궁(仲弓)이 자질(子姪)들을 이끌고 순계(荀季)에게 찾아가 부자(父子) 사이를 화목하게 해 주었다. 이때 덕성(德星)이 모이는 것을 보고, 태사(太史)가 왕에게 상주하기를 오백 리 안의 현인(賢人)들이 모일 것이라고 했다고 한다. 인용문에서는 '중궁(仲弓)'을 '중니(仲尼)'로 잘못 표기해 놓았으나, 번역에서 바로잡았다.

18 자위(子韋: ?~?)는 춘추시대 송(宋)나라의 천문을 관찰하는 '사성(司星)'으로 있을 때 형혹성(熒惑星) 즉 화성(火星, Mars)의 움직임을 통해 경공이 뛰어난 군주가 되리라는 것을 알아보았다고 한다.

19 사묵(史墨)은 춘추시대 말엽 오(吳)나라에서 진태사(晉太史)를 지낸 채묵

軒轅大電兮繞樞　　헌원씨(軒轅氏)는 큰 번개 일으켜 북두칠성을 감쌌고[20]

白帝華渚兮流虹　　백제(白帝)는 화저(華渚)에서 흐르는 무지개를 보았지.[21]

東井漢祖兮興起　　동쪽 정수(井宿)에 오성(五星)이 모이니 한나라가 일어났고[22]

梁沛曹公兮居止　　양패(梁沛) 땅에 황성(黃星)이 나타났으니 조조(曹操)가 살던 곳이라.[23]

(蔡墨: ?~?)을 가리킨다. 천문과 오행, 점술에 뛰어났던 그는 오나라가 초(楚)나라를 공격해서 일으킨 전쟁에서 오나라의 승리를 예견하고, 또 훗날 오나라가 월(越)나라에게 멸망할 것을 예견했다고 한다.

20 《사기》〈오제본기(五帝本紀)〉에 따르면 황제(黃帝)의 어머니 부보(附寶)가 기(祁) 땅의 교외에서 커다란 번개가 북두칠성을 감싸는 것을 보고 감응하여 임신했는데, 24개월 후에 수구(壽丘)에서 황제를 낳았다고 한다. 이 때문에 훗날에는 성인(聖人)이 탄생하게 되는 것을 '전요추광(電繞樞光)'이라고 부르게 되었다.

21 《송서(宋書)》〈부서지상(符瑞志上)〉에 따르면 제지소호씨(帝摯少昊氏)의 어머니 여절(女節)이 꿈에 무지개처럼 늘어선 별들이 화저(華渚)로 흘러내리는 것을 보고 소호씨를 낳았다고 한다.

22 《사기》〈장이진여열전(張耳陳餘列傳)〉에 따르면 한왕(漢王) 유방(劉邦)이 진(秦)나라 관문을 들어설 때 수성과 금성, 목성, 화성, 토성 오성(五星)이 동쪽 정수(井宿) 자리에 모였는데, 정수는 진나라를 가리키는 별자리이기 때문에 그곳에 먼저 도착한 이가 천하의 패자가 된다고 했다.

23 《삼국지(三國志)》《위지(魏志)》〈무제기(武帝紀)〉에 따르면 동한(東漢) 환제(桓帝: 132~167) 때 초(楚)나라와 송(宋)나라 땅을 가리키는 별자리에 황성(黃星, jewish star)이 나타났는데, 당시 천문에 뛰어났던 요동(遼東)의 은규(殷馗)라는 이가 50년 후에 양패(梁沛) 지역에서 진인(眞人)이 나타날 텐데 그 예봉(銳鋒)을 감당할 자가 없을 것이라고 예언했다고 한다. 그로부

驚嚴光兮帝共臥	놀랍게도 엄광(嚴光)[24]은 황제와 나란히 누웠고
笑戴逵兮自求死	우습게도 대규(戴逵)[25]는 스스로 죽기를 바랐구나!
息夫指之兮獲罪	식부궁(息夫躬)[26]은 천문을 얘기했다가 죄를 얻었고

터 50년 후에 과연 조조(曹操)가 원소(袁紹)를 격파하고 천하에 누구도 대적하지 못할 위세를 떨쳤다.

24 엄광(嚴光: ?~?, 자는 자릉[子陵])은 동한(東漢) 때의 저명한 은사(隱士)이다. 그는 원래 성이 장(莊)씨인데 동한 명제(明帝) 유장(劉莊)의 이름을 피해서 성을 바꾸었다고 한다. 그는 후한(後漢) 광무제(光武帝) 유수(劉秀)와 친한 벗이자 함께 공부한 사이로서, 유수가 후한을 세우는 데에 많은 도움을 주었다. 그러나 25년에 유수가 황제로 즉위하자 그는 이름을 감추고 부춘산(富春山)에 은거해 살다가 80세의 나이로 그곳에서 죽었다.

25 대규(戴逵: 326~396, 자는 안도[安道])는 동진(東晉) 시기의 저명한 미술가이자 음악가이다. 그는 여러 차례 조정의 부름을 받았음에도 고고한 절개를 지키며 평생 벼슬살이를 하지 않았다. 동진(東晉) 손성(孫盛)의 《진양추(晉陽秋)》에 따르면 회계(會稽) 땅의 사부(謝敷)는 자가 경서(慶緖)인데 약야산(若耶山)에 은거해 지냈다. 어느 날 달이 소미성(少微星)의 자리를 침범했는데, 소미성은 처사성(處士星)이라고도 불리는 별이었다. 당시 대규의 이름이 사부에게 알려졌는데, 당시 사람들이 걱정했다. 이 때문에 얼마 후 사부가 죽자, 회계 사람들은 대규를 놀리면서 오(吳) 땅의 고상한 은사는 죽으려 해도 죽지 못했다고 쑤군거렸다고 한다.

26 식부궁(息夫躬: ?~?)은 한나라 때 하내(河內) 사람으로서 말재주가 좋고 간사하여 애제(哀帝: 기원전 25~기원전 1)를 기만하여 의릉후(宜陵侯)에 봉해지기도 했으나, 훗날 천문의 이변을 내세워 반란이 일어날 것을 예견하면서 변방을 지키는 군수(郡守)를 처단하라고 간언했다가 조정 대신들의 반대와 때맞춰 일어난 일식(日蝕) 때문에 애제가 마음을 돌렸고, 이후 그의 죄상이 밝혀져서 벼슬까지 잃게 되었다. 또 그 뒤에 자신 또한 황제를 저

巫馬戴之兮出治	무마시(巫馬施)[27]는 별빛을 머리에 이고 정사(政事)를 돌보러 나갔지.
燦連貝兮倚莎蘿	늘어선 조개껍질처럼 찬란하게 보리수(菩提樹)에 기대 있고
授人時兮命羲和	역법(曆法)을 전수하며 희화(羲和)에게 명했지.[28]
二使兮隨之入蜀	두 명의 사신(使臣)이 별을 따라 촉(蜀) 땅으로 들어갔고[29]
五老兮觀之遊河	다섯 노인이 되어 황하에서 노니는 게 목격되었지.[30]

주했다는 누명을 쓰고 옥에 갇혀 있다가 결국 칠공(七空)에서 피를 흘리며 죽었다고 한다.

27 무마시(巫馬施: ?~?, 자는 자기[子旗])는 공자(孔子)가 아끼던 제자로서, 공자보다 30살이 어렸다고 한다. 그는 춘추시대 노(魯)나라의 작은 읍(邑)인 단보(單父)를 다스릴 때 근면하고 공정한 자세로 일하여 그곳 백성들을 평안하게 해 주었으며, 훗날 노나라의 승상(丞相)으로서 적지 않은 치적을 남겼다고 한다.

28 《상서(尙書)》〈요전(堯典)〉에 "이에 희씨와 화씨에게 명하여 드높은 하늘을 경건히 따르게 하고 해와 달과 별들의 운행을 자주 관측하여 삼가 사람들에게 수확할 때를 알리게 했다.[乃命羲和, 欽若昊天, 歷象日月星辰, 敬授人時.]"는 내용이 들어 있다.

29 범엽(范曄)의 《후한서》에 따르면 화제(和帝)가 두 명의 사신을 따로 지방으로 보내 그곳에 유행하는 노래를 채집하게 했는데, 두 사람이 익주(益州)의 여관에 이르렀을 때, 그곳에서 여관을 관리하던 이합(李郃)이라는 관리가 전날에 하늘의 별을 관찰하여 그 두 사신이 오리라는 것을 미리 알았다고 얘기했다고 한다.

30 《논어참(論語讖)》에 기록된 공자의 말에 따르면 요(堯)와 순(舜)이 수양산(首陽山)에 나들이 갔다가 황하에서 노닐고 있는 다섯 명의 노인을 만났는데,

歲則降靈於方朔	세성(歲星)은 동방삭(東方朔)에게로 신령이 강림했고[31]
昴則淪精於蕭何	묘성(昴星)은 소하(蕭何)에게 정령이 내려왔다지.[32]
淸爲柳兮濁爲畢	맑으면 버들이요 흐려지면 필수(畢宿)가 되나니[33]
訝如雨兮隕如石	비처럼 쏟아지는 운석(隕石)에 놀라기도 했지.
天錢瞻兮於北落	북락사문(北落師門) 근처에서 천전(天錢)을 보고[34]

그들은 하도(河圖)가 나타날 것을 예언했다. 그리고 용이 나타나서 하도가 담긴 금과 옥으로 장식된 상자를 주자, 다섯 노인은 유성(流星)으로 변해 묘수(昴宿)의 자리로 날아 올라갔다고 한다.

31 《한무고사(漢武故事)》에 따르면 동방삭이 죽었을 때 서왕모(西王母)의 사자가 찾아왔는데, 무제(武帝)가 연유를 묻자 이렇게 대답했다고 한다. 즉 동방삭은 목제(木帝)의 정령으로서 세성(歲星)이 되었는데, 인간 세상에 내려와 천하의 모든 이들이 황제의 신하인 것은 아니라는 것을 보여주려 했다는 것이다.

32 소하(蕭何: 기원전 257?~기원전 193)는 진(秦)나라 말엽에 유방(劉邦)이 한나라를 건립하는 데에 큰 공헌을 한 인물로, 시호(諡號)는 문종후(文終侯)이다. 《춘추좌조기(春秋佐助期)》에 따르면 그는 묘성(昴星)의 정기를 받아 태어났다고 한다.

33 《이아(爾雅)》의 주석에 따르면 토끼를 잡는 그물인 필(畢)을 '탁(濁)'이라고 부르기도 하는데, 필수(畢宿)을 구성하는 여덟 개의 별들이 마치 그 그물 모양으로 분포되어 있다고 한다. 옛날 사람들이 이 별자리가 전쟁과 비를 주관한다고 여겼다. 그러므로 이 구절은 작자가 원래 의미를 제대로 이해하지 못함으로써 비롯된 오해라고 하겠다.

34 북락사문(北落師門)은 남쪽 하늘에 있는 큰 별의 이름인데, 《대상열성도

老人指兮於南極	남극(南極)에서 노인을 가리키지.[35]
任彼彗光兮竟天	그 밝은 빛들을 온 하늘에 비추지만
然而聖朝兮妖不勝德	성스러운 왕조에서 요사한 것들은 천자의 성덕(聖德)을 이기지 못하리!

황제는 달과 별을 보며 감회에 젖어 있다가, 갑자기 한 가지 일이 떠올라서 급히 어명을 내려 인수감(印綬監)에서 인장을 관리하는 태감을 불렀다. 이는 바로 '대전 위에서 한 번 호령하면 계단 아래 누군들 복종하지 아니하랴!'라는 격이었다. 인수감의 태감이 즉시 대령하여 주렴 밖에 무릎을 꿇고 어명을 기다렸다.

"네가 인수감에서 인장을 관리하는 태감이더냐?"

"그렇사옵니다."

"그곳에 남아 있는 금 인장이나 은 인장이 있더냐?"

"없사옵니다."

"저번에 짐이 남경에 다녀올 때 용이 똬리를 틀고 있는 조각이 들어 있는 마흔여덟 냥짜리 황금 인장 몇 개와 다리를 버티고 선 호랑이의 모습을 조각한 쉰네 냥짜리 은 인장이 몇 개, 규룡과 호랑이, 똬리를 튼 뱀, 오어(鰲魚), 구룡의 수염 문양, 새우수염을 조각한

(大象列星圖)》에 따르면 그 서쪽에 '하늘의 돈[天錢]'이라고 불리는 10개의 별이 있다고 했다.

35 용골자리(Carina)의 α성(星) 즉 주성(主星)인 남극노인성(南極老人星)을 가리킨다. 이 별은 노인성(老人星) 또는 수성(壽星)이라고도 불리며 민간에서 신으로 숭배되었다.

서른여섯 냥짜리 인장은 그 수를 헤아릴 수 없이 많았다. 그런데 인장을 관리하는 네가 어찌 하나도 없다는 얘기를 한단 말이냐?"

"소인이 어명을 받들어 인장을 관리하고 있었사온데, 예부에서 공문을 보내 급히 그것들을 녹여 하나의 인장으로 만들고 새롭게 글자를 새긴다고 하였사옵니다. 이 때문에 옛날 인장은 하나도 없게 되었사옵니다."

"그렇다면 그 옛날 인장들은 어디로 갔는가?"

"옛날 도장은 보물에 속하는지라, 보장고(寶藏庫)에 들어가 있지 않을까 사료되옵니다."

"당장 보장고의 관리자를 불러오도록 하라!"

원래 보장고는 내전(內殿)에 설립되어 있었기 때문에, 다른 관리가 아닌 태감이 관리하고 있었다. 어명이 내려지자 보장고를 담당한 태감이 나는 듯이 달려와 바닥에 머리를 찧으며 아뢰었다.

"폐하, 무슨 분부가 계시옵니까?"

"보장고 안에 옛날 쓰던 금과 은, 구리, 쇠로 만든 인장이 보관되어 있더냐?"

"예! 예!"

"즉시 가서 용이 조각된 마흔여덟 냥짜리 황금 인장 두 개와 다리를 버티고 선 호랑이가 조각된 쉰네 냥짜리 은 인장 두 개, 규룡과 호랑이가 조각된 서른여섯 냥짜리 인장 다섯 개, 규룡의 수염이 조각된 서른네 냥짜리 인장 네 개를 가져오도록 하라!"

보장고의 태감이 즉시 이들 인장을 가져오자 황제는 인수감의 태감에게 그것들을 받아 들게 했다. 이때 마침 닭이 울고 새벽 동이 터서, 황제가 대전에 오르자 문무백관도 조정에 들어왔다. 이윽고 정편(淨鞭)이 세 번 울리자 문무백관이 일제히 자기 자리에 공손히 시립했다. 황제가 말했다.

"오늘 문무백관이 모두 모인 자리에서 짐이 명하노니, 그대들은 자세히 듣고 널리 전하도록 하라!"

"만세, 만세, 만만세! 하명하시옵소서. 삼가 명을 받들겠나이다!"

"짐은 지금 천하의 부를 모두 소유한 천자의 몸으로서, 위로 백대(百代) 제왕의 정통을 이어받고 아래로 백대 제왕의 장래를 열고 있노라. 하지만 역대 제왕들께서 전한 옥새가 서양으로 흘러가 짐이 심히 근심하는바, 마땅히 장수들을 파견하여 서양 오랑캐들을 소탕하고 옥새를 가져와야 할 것이로다. 먼저 총병관 한 명에게 정서대원수의 직인을 하사하고자 하노라. 여기 용이 조각된 황금 인장이 있으니, 서양의 원정을 나가고자 하는 장수가 있다면 즉시 나서서 이 인장을 받도록 하라!"

이렇게 연달아 서너 번을 물었지만 문관 반열은 쥐 죽은 듯이 고요했고, 무관 반열에서도 누구 하나 나서려 하지 않았다. 황제가 다시 한번 물었을 때, 문무백관의 반열에서 네 명의 관리가 나와 의관을 바로잡고 계단 앞에 일제히 엎드렸다.

'설마 이 사람들이 직인을 받으려는 것인가? 아무래도 인물들이 못나서 서양으로 보내기 어려울 것 같은데……'

황제가 이런 생각을 하고 있을 때 시중들던 환관이 말했다.

"각자 관등성명을 밝히시오!"

그러자 네 관리가 차례로 말했다.

"저는 흠천감의 오관령대랑(五官靈臺郞)인 서(徐) 아무개이옵니다."

"저는 흠천감의 오관보장정(五官保章正)인 장(張) 아무개이옵니다."

"저는 흠천감의 오관보장부(五官保章副)인 진(陳) 아무개이옵니다."

"저는 흠천감의 오관서호정(五官絜壺正)인 고(高) 아무개이옵니다."

황제가 물었다.

"흠천감의 관리들은 무엇을 보고하려는 것인가?"

그러자 네 명의 흠천감들이 일제히 아뢰었다.

"저희가 한밤중에 천문을 관측하는데 '장수별이 북두칠성의 자루 부분으로 들어가고, 상서(尙書)의 자리에서 빛이 나는[帥星入斗口, 光射尙書垣][36]' 현상을 발견했기에 감히 이렇게 아뢰는 바이옵니다."

"그렇다면 혹시 오부(五府)의 공(公), 후(侯), 부마(駙馬), 백(伯) 가운데 하나를 가리키는 것인가?"

"아니옵니다. 그 작위들은 자루 부분이 아니라 우필성(右弼星)의 자리에 상응하옵니다."

"그렇다면 상서나 시랑을 가리키는 것인가?"

"아니옵니다. 그 벼슬들은 자루 부분이 아니라 좌필성(左弼星)의 자리에 상응하옵니다."

36 원작에서는 이 부분에서 '장수별[帥星]'을 '수심(帥心)'이라고 표기했으나, 뒷부분에서는 '장수별'로 써놓았기 때문에 이에 맞춰서 고쳐 번역했다.

"무장도 아니고 문관도 아니라면 장군의 직인을 내릴 사람을 어디서 찾는단 말인가?"

"북두칠성의 자루 부분은 폐하의 좌우 측근과 상응하옵니다."

"좌우 측근이라 해 봐야 기껏 환관들밖에 없는데, 개중에 누가 이 직인을 차고 서양에 갈 수 있단 말인가?"

그때 대전 동쪽의 앞쪽 반열에서 딸깍딸깍 나막신 소리와 짤랑짤랑 패옥 소리가 들리더니, 젊은 후백(侯伯) 하나가 앞으로 나와서 의관을 바로잡고 만세삼창을 했다. 황제가 살펴보니 성의백 유 아무개였다.

"성의백, 상주할 일이 있는가?"

"제가 그 일을 맡을 만한 환관 한 명을 추천하겠사옵니다."

"누구인가?"

"지금 사례감(司禮監)을 맡고 있는 태감인 정화(鄭和)이옵니다."

"그 사람이 이 일을 맡을 만하다는 걸 어찌 아는가?"

"저는 천문과 지리를 살필 줄 알아서 인간 세계의 복과 재앙, 과거와 미래를 환히 알 수 있사옵니다. 제가 관상을 보아하니 이 사람은 몸에서 하정(下停)이 짧고 상정(上停)이 길어서[37] 틀림없이 재

37 옛날 관상을 볼 때 얼굴과 신체를 세 부분으로 나누어 '삼정(三停)'이라고 불렀다. 얼굴에서는 산근(山根, 콧등)부터 준두(準頭, 코끝)까지, 몸에서는 허리가 중정(中停)에 해당한다. 그리고 얼굴에서는 머리카락이 나는 부분으로부터 인당(印堂, 미간)까지, 몸에서는 머리가 상정(上停)에 해당한다. 또 얼굴에서 인중(人中)부터 지각(地閣, 아래턱)까지, 몸에서는 발이 하정(下停)에 해당한다.

상으로서 군왕을 보좌할 것이고, 서민으로 태어났다면 창고에 금은보화를 쌓아 놓고 살 관상이옵니다. 그리고 얼굴은 넓고 턱이 겹쳤으니 석숭(石崇)[38]처럼 천승(千乘)의 부를 누릴 것이요, 호랑이 같은 두상(頭狀)에 제비 같은 볼을 가졌으니 반초(班超)[39]처럼 만 리의 봉토(封土)를 다스릴 제후에 봉해질 관상이옵니다. 또 눈동자는 위아래가 반듯하고 길며 입은 크고 깊으니[河目海口][40] 천종(千鐘)의 봉록을 받을 관상이요, 무쇠 같은 얼굴 피부에 칼날처럼 곧은 눈썹을 가졌으니 만 리의 병권(兵權)을 쥐고 흔들 관상이옵니다. 안색을 보건대 삼양(三陽)[41] 즉 눈에서 발그레한 빛이 나니 평생 재산이 넉넉할 것이요, 고광(高廣) 즉 이마에 누르스름한 기운이 피어나니 틀림없이 열흘 안에 벼슬길에서 승진할 운세이옵니다."

---

38 석숭(石崇: 249~300, 자는 계륜[季倫])은 서진(西晉)의 개국공신 석포(石苞)의 아들이다. 그는 부친에게서 유산을 물려받지 못했지만 혼자 힘으로 엄청난 부를 축적하여 황제의 외숙인 왕개(王愷)와 다툴 정도였다. 훗날 벼슬길이 어려워지자 그는 낙양(洛陽) 근처에 금곡별업(金谷別業)을 짓고 천하의 문인들을 초빙하여 술과 시가 어우러진 풍류를 즐겼다. 그러나 나중에 손수(孫秀)에게 모함을 당해 역적으로 몰려서 삼족이 멸해졌다.

39 반초(班超: 32~102)는 동한의 저명한 역사가 반고(班固)의 동생으로서, 본인 또한 뛰어난 군사 전략가이자 외교관으로 명성을 날렸다. 《후한서》에 수록된 전기에는 그가 젊었을 때 어느 관상쟁이가 그를 보고 '제비 같은 볼에 호랑이 같은 목[燕頷虎頸]'을 가졌으니 '만 리 땅을 다스릴 제후[萬里侯]'에 봉해질 관상이라고 했다는 기록이 있다.

40 이것은 예로부터 성현(聖賢)의 관상을 나타낼 때 흔히 사용되던 표현이다.

41 관상학에서는 눈을 좌, 우, 중앙으로 나누는데, 이를 아울러 삼양(三陽)이라고 부른다.

"사례태감은 조금 나이가 많지 않을까 싶소이다."

"생강하고 대추는 오래될수록 좋다고 했으니, 나이가 많으면 더욱 좋지 않겠사옵니까? 이야말로 '귀식(龜息)과 학형(鶴形)[42]으로 여동빈(呂洞賓)은 꿈을 꾸자마자 신선 세계로 돌아갔고, 야명주가 바다로 들어가니 강태공(姜太公)은 여든 살에 문왕(文王)을 만난' 격이 아니겠사옵니까?"

"그런데 그런 사람이 왜 태감이 되었단 말이오?"

"얼굴 피부가 귤처럼 얽어서 거세를 당할 수밖에 없었고, 인당이 너무 좁아서 처자식을 가질 수 없는 팔자이기 때문에 폐하의 태감으로 있게 된 것이옵니다."

"사례감이라면 삼보태감(三寶太監)을 말하는 것인가?"

그러자 좌우에서 시중들던 환관이 아뢰었다.

"그렇사옵니다."

"삼보태감이 그럴 만한 재목이라면, 어서 짐의 명을 전해 그를 조정으로 불러오도록 하라!"

즉시 어명이 전해지고, 곧이어 삼보태감이 달려 들어와 머리를 조아리며 성은에 감사했다.

"짐이 오늘 서양 오랑캐를 소탕하고 전국옥새를 가져올 장수를 임명하려 하는데, 정서대원수의 직인을 하사할 사령관 한 명이 필

---

42 귀식(龜息)과 학형(鶴形)은 도가의 수련법 가운데 하나이다. 귀식은 잠을 잘 때 입으로 숨을 내쉬지 않고 코로도 내쉬지 않고 귀로 내쉬는 것이고, 학형은 길을 걸을 때 마치 학이 걷듯이 다리를 땅에서부터 석 자 남짓 되도록 높이 들고, 어깨를 약간 기울인 채 목을 가늘고 길게 빼고 걷는 것이다.

요하다. 성의백이 그대를 천거했는데, 그대가 과연 이 직책을 감당하여 임무를 수행해낼 수 있겠는가?"

"폐하의 크나큰 복에 힘입어 진정으로 바다에 나가 공을 세우고 만 리 천하에 위세를 떨칠 수 있게 되기를 바라옵니다. 소인은 대원수의 직책을 맡아 서양으로 갈 수 있사옵니다!"

"인수감은 그에게 직인을 전하고, 중서과(中書科)에 알려 임명장을 적어 전하도록 하라!"

이에 삼보태감은 직인을 걸고 임명장을 받고 나서 성은에 감사한 후 계단 아래로 내려갔으니, 이를 증명하는 시가 있다.[43]

鳳凰池上聽鸞笙	봉황지(鳳凰池)[44]에 아름다운 생황 소리 들리면

43 인용된 시는 당나라 때 위섬(韋蟾: ?~873?, 자는 은규[隱珪])의 〈영무로 가는 상서 노번을 전송하며[送盧藩尙書之靈武]〉를 변용한 것인데, 원작과는 많은 부분에서 차이가 있다. 원작은 다음과 같다. "하란산 아래 과수원 만들어져 있는데, 북쪽 변방과 강남은 예로부터 유명했지. 물길과 숲 우거져 대갓집 붉은 대문에 어둑하게 그늘 드리우고, 활과 칼 든 수많은 기병 갑옷이 번쩍인다. 마음이 대범하여 장수가 될 만하고, 대담한 기세는 병사 지휘하기에 적당하지. 그런데도 변방 마을의 자제들은, 말 앞에서도 서생이 아닌가 의심하는구나![賀蘭山下果園成, 塞北江南舊有名. 水木萬家朱戶暗, 弓刀千騎鐵衣明. 心源落落堪爲將, 膽氣堂堂合用兵. 却使六蕃諸弟子, 馬前不信是書生.]"

44 봉황지(鳳凰池)는 황궁의 연못을 가리키는데, 위(魏)·진(晉)·남북조시대에는 중서성(中書省)을 '봉황지'라고 부르기도 했고, 당나라 때는 재상을 '동중서문하평장사(同中書門下平章事)'라고 불렀기 때문에 '봉황지'를 재상의 지위를 가리키는 뜻으로 쓰기도 했다.

司禮趨承舊有名	사례감이 천자 모심은 예전부터 알려진 일.
袍笏滿朝朱履暗	도포에 홀을 든 신하들 조정에 가득하여 붉은 신 어둑하고
弓刀千騎鐵衣明	활 메고 칼 찬 기병들 갑옷도 밝게 빛나는구나.
心源落落堪爲將	마음 씀씀이가 크니 장수의 직책 감당할 만하고
膽氣堂堂合用兵	대담하고 당당하여 병사 부리기에 알맞구나.
捻指西番盡稽顙	서양 오랑캐 무찔러 천자의 은혜에 보답하려 하니
一杯酒待故人傾	벗들이 격려하며 술 한 잔 따라주는구나.

황제가 말했다.

"다음으로 서양에 가서 옥새를 가져오는 데에 정서부원수의 직인을 하사할 부총병 한 명이 필요하오. 여기 용이 웅크린 모습을 조각한 황금 인장이 하나 있는데, 누가 이 일을 맡겠는가?"

하지만 다시 물어도 나서는 이가 아무도 없었다.

"조금 전에 흠천감이 '장수별이 북두칠성의 자루 자리로 들어가고, 상서의 자리에서 빛이 났다.'고 했는데 사례감이 자루 자리에 상응했소. 그러니 이번 부원수 자리는 분명 상서 자리에서 찾을 수 있을 테니, 육부의 관원들 가운데 한 사람이 나와야 할 것이오."

그 말이 채 끝나기도 전에 오른쪽 대열에서 대신 하나가 나와서 의관을 바로잡고 만세삼창을 했다.

“제가 가겠나이다.”

황제가 살펴보니 그는 키가 아홉 자에다 허리둘레가 열 아름은 됨직하고, 넓적한 얼굴에 반듯한 입, 살은 풍성하고 기골이 튼실한 사람이었다. 그런데도 학문을 연마하여 진사에 급제한 그는 간의랑(諫議郎)을 역임했으며, 여러 직책을 두루 거쳐서 요직에 오르고 있는 인물이었다. 일찍이 삼변총재(三邊總制)로서 만리장성에서 근무한 적이 있고, 지금은 상서(尙書)로서 천하의 군적(軍籍)을 관리하고 있었다. 기무(機務)를 보조하면서 중요한 역할을 수행하고 있으며, 관서 안에서도 협동하면서 문무를 겸비한 인물이었다. 당당한 외모는 무슨 만 리 땅을 다스릴 제후의 자질은 아니었으며, 올곧은 마음은 언제나 나라 위해 희생할 준비가 되어 있는 사람이었다. 그야말로 대문에서는 수많은 손님을 맞이하고 집안에 사나운 병사 백만 명을 둘 수 있는 인재였다. 알고 보니 이 사람은 병부상서로 있는 산동(山東) 청주부(青州府) 출신의 왕(王) 아무개였다.[45]

“병부상서, 그대가 이 직책을 맡아 서양에 다녀올 수 있겠는가?”

---

45 원래 정화와 함께 원정에 나선 이는 환관 왕경홍(王景弘: ?~?)이었다. 그는 복건(福建) 장평(漳平, 지금의 룽옌시[龍巖市]에 속함) 사람으로서, 홍무(洪武: 1368~1398) 연간에 환관으로 궁에 들어갔다. 이후 그는 정화와 함께 여러 차례 서양 원정을 다녀왔다. 일반적으로 역사서에서 그는 제1, 2, 3, 4, 7차 원정에만 참여한 것으로 기록되어 있으나, 실제로는 모든 원정에 참여했을 것이라고 주장하는 이들도 있다. 다만 이 소설에서는 그의 신분을 병부상서로 설정하여 실제 역사와는 다르게 되어 있다.

"폐하의 위엄에 의지하여 기필코 이역 땅에서 공을 세우고 만 리를 다스리는 제후로 봉해지고야 말겠사옵니다. 기꺼이 이 임무를 받겠사옵니다."

"인수감은 병부상서에게 직인을 주고, 중서과에 알려 임명장을 적어 전하도록 하라!"

이에 왕 상서는 직인을 걸고 임명장을 받고 나서 성은에 감사한 후 계단 아래로 내려갔으니, 이를 증명하는 시가 있다.

海嶽儲精膽氣豪	바다와 산악의 정기 모아 담력도 호방하고
班生彤管呂虔刀	반고의 붉은 피리[46]요 여건(呂虔)의 칼[47]일세.
列星光射龍泉劍	늘어선 별들처럼 빛을 뿌리는 용천검(龍泉劍)[48]

46 《시경》〈패풍(邶風)〉〈정녀(靜女)〉에 동관(彤管)이라는 단어가 나오는데, 이에 대해서는 역대로 '붉은 피리' 또는 '주묵(朱墨)에 적신 붓으로 일을 기록하는 여자[女史]'라는 뜻으로 풀이했다. 여기서는 후자의 의미로서 반고(班固)의 여동생 반소(班昭)를 가리킨다. 그녀는 오라비인 반고가 미완성으로 남긴 《한서(漢書)》를 마무리하여 완성한 것으로 알려져 있다.

47 삼국시대 위(魏)나라의 자사(刺史)를 지낸 여건(呂虔)에게 아끼는 칼이 하나 있었는데, 대장장이가 살펴보더니 틀림없이 삼공(三公) 같은 지위에 오르는 이가 차고 다닐 칼이라고 했다. 이에 여건이 그 칼을 왕상(王祥)에게 주었는데, 과연 왕상이 삼공의 지위에 올랐다. 또 왕상이 죽을 때 그 칼을 다시 자신의 아우인 왕람(王覽)에게 주었는데, 왕람은 훗날 대중대부(大中大夫)에 올랐다고 한다.

48 용천검(龍泉劍)은 용연검(龍淵劍)이라고도 한다. 《동관한기(東觀漢記)》에

瑞霧香生獸錦袍	상서로운 안개 속에 향을 풍기는 수금포(獸錦袍).
威震三邊勳業重	위세를 온 변방에 떨쳐 공훈이 크고
官居二品姓名高	이품의 벼슬에 올라 명성도 높구나.
今朝再掛征西印	오늘 아침 다시 서양 원정의 직인을 걸게 되었으니
兩袖天風拂海濤	두 소매로 떨친 바람으로 바다의 파도 잠재우리라!

황제가 말했다.

"서양에 다녀오는 일에 정서좌선봉대장군(征西左先鋒大將軍)의 직인을 하사할 좌선봉(左先鋒) 한 명이 필요하오. 여기 다리를 버티고 선 호랑이를 조각한 은 도장이 하나 있는데, 이 일을 감당할 만한 사람이 있는가?"

이렇게 여러 차례 물었지만 누구도 선뜻 나서려 하지 않았다. 왜 그랬을까? 알고 보니 '바다로 나간다.'라는 말에 사람들이 약간 겁을 집어먹었기 때문에, 문무 벼슬아치 가운데 감히 나서는 사람이 없었던 것이다. 황제가 다시 묻자 대전 동쪽의 앞쪽 반열에서 연로한 신하 하나가 나막신을 딸깍딸깍, 패옥을 짤랑짤랑 하면서 앞으로 나섰다. 알고 보니 그는 영국공 장 아무개였다. 그는 곧장 섬돌 위로 올라가 만세삼창을 하고 머리를 조아리며 아뢰었다.

따르면 동한 장제(章帝)가 생각이 깊고 계책을 잘 세우는 상서(尚書) 한릉(韓棱: 41~98, 자는 백사[伯師])에게 이 검을 하사했다고 한다.

"제가 좌우 선봉을 맡을 만한 무관 두 명을 추천하겠사옵니다."

"좌선봉 하나도 구하기 힘든 마당에 우선봉까지 추천하겠다고 하니, 이야말로 경이 나라를 위해 현명한 인재를 구하는 옛날 훌륭한 신하의 풍모를 잘 체득하셨다는 것을 잘 보여주는 일이로군요. 그런데 추천하시겠다는 이들이 누구인지요?"

"두 사람 모두 세가(世家)의 후손이요 장군 가문의 자제이옵니다. 창을 들고 사직을 지키며 늘 맹부(盟府)[49]의 공훈을 헤아리고, 손무(孫武)[50]를 스승으로 모시며 《육도(六韜)》[51]의 군사전략을 깊이 통달했사옵니다. 한 사람은 호랑이 같은 두상(頭狀)에 제비 같은 턱을 가졌고 볼까지 덮은 덥수룩한 구레나룻을 기르고 있으며, 몸집이 장대하여 힘으로 이기기 어려운 용맹한 사내이옵니다. 다른 하나는 철석처럼 대담하고 높다란 코에 퉁방울 같은 눈, 그리고 얼굴도 큼지막해서 장군감이라 할 만하옵니다. 한 사람은 무예가 뛰어

---

49 맹부(盟府)는 맹약(盟約)의 문서를 보관하는 일을 담당하는 고대의 관청이다. 여기서 말하는 맹약이란 공훈에 따라 작위(爵位)를 하사받은 이가 맹세한 말을 적은 것을 가리킨다.

50 손무(孫武: 기원전 535?~?, 자는 장경[長卿])는 춘추시대 제(齊)나라 사람이다. 그는 뛰어난 군사 전략가이자 정치가로서 오(吳)나라 군대를 통솔하여 초(楚)나라 군대를 대파한 적이 있으며, 유명한 《손자병법(孫子兵法)》을 남겼다.

51 《육도(六韜)》는 《태공륙도(太公六韜)》 또는 《태공병법(太公兵法)》이라고도 불리는 것으로서 주(周)나라 때 강상(姜尙, 또는 여상[呂尙])이 지었다고 알려진 병법서이나, 대체로 전국시대 무렵의 후세 사람이 위탁(僞托)하여 지은 것으로 보인다.

나서 큰 도끼나 작은 도끼, 긴 창, 짧은 칼 등등을 모두 능숙하게 다룰 줄 아옵니다. 다른 하나는 눈매가 매서워서 먼 곳을 쏘는 화살이며 가까운 곳을 치는 추(錘), 날리는 탄환, 휘두르는 채찍 등을 모두 능숙하게 다룰 줄 아옵니다. 한 사람이 버티고 서면 마치 인간 세계에 내려온 탁탑천왕처럼 위풍당당한데 다만 손에 항마검(降魔劍)만 들지 않았을 뿐이옵니다. 다른 한 사람이 버티고 앉으면 마치 진무대제가 북극을 다스리는 듯이 위엄이 넘치는데 그저 앞에 칠성기(七星旗)만 세워 놓지 않았을 뿐이옵니다. 한 사람은 사나운 호랑이 같으면서도 나는 용처럼 말을 잘 타는데, 머리에 두른 두건 찬란하고 번개처럼 휘날리는 깃발이 해와 달보다 밝사옵니다. 다른 한 사람은 위풍이 땅을 뒤흔들고 살벌한 기운이 하늘로 치솟아, 호통을 한 번 내지르면 사방이 어둑해지고 우레 같은 북소리에 산하가 진동할 정도이옵니다. 첫 번째 인물은 정원(定遠) 사람인 장계(張計)로서, 지금 우림좌위도지휘(羽林左衛都指揮)[52]로 있사옵니다. 두 번째 인물은 합비(合肥) 사람인 유음(劉蔭)으로서, 지금 우림우위도지휘(羽林右衛都指揮)로 있사옵니다. 이 두 무관이야말로 서양을 정벌하는 데에 좌우 선봉의 임무를 맡을 만한 자격이 충분하옵니다."

"좋소. 경의 천거를 받아들이겠소."

52 우림위(羽林衛)는 고대 중국에서 가장 오랜 역사를 지닌 황제의 호위부대로서 시기마다 그 조직과 체계, 직권 등이 조금씩 달랐다. 명나라 때는 '위소제(衛所制)'를 실시했는데, 그것들은 황제 직속부대인 '친군경위(親軍京衛)'와 '오군도독부(五軍都督府)'에 속해 있었다.

황제는 즉시 두 가지 어명을 내려 우림위의 그 두 관리를 불러들였다. 두 관리는 즉시 금란전으로 달려왔다. 황제가 살펴보니 과연 영국공이 추천할 만한 인재들이었다.

"인수감에서는 저 둘에게 호랑이 조각이 있는 은 도장을 전하고, 중서과에 알려서 선봉장으로 임명한다는 문서를 발급하게 하라!"

두 장수는 직인을 받아 걸고 임명장을 받은 후, 황은에 감사하고 각자 소속된 원래 부대로 돌아갔으니, 이를 증명하는 시가 있다.

英杰天生膽氣豪	타고난 영웅호걸 기개도 호방하니
先鋒左右豈辭勞	좌우 선봉으로 어찌 수고를 마다하랴?
斗牛幷射龍泉劍	하늘 별자리에서 나란히 용천검 휘두르고
雨露均沾獸錦袍	비와 이슬 나란히 짐승 수놓은 도포를 적시는구나.
九陛每承皇詔寵	아홉 계단 아래에서 황제의 부름을 받으니
雙眸慣識陣雲高	두 눈동자는 전장에 높이 뜬 구름 늘 보았다네.
此回一吸鯨波盡	이번에 숨 한 번 들이쉬면 큰 파도도 잠재우리니
歸向南朝讀六韜	중국으로 돌아올 때 군사전략 공부하지.

영국공도 자기 자리로 돌아가자, 황제가 말했다.

"서양에 다녀오는 데에 또 정서대도독(征西大都督)의 직인을 내릴 오영대도독(五營大都督) 다섯 명과 정서부도독(征西副都督)의 직인을 내릴 사초부도독(四哨副都督) 네 명이 필요하오. 인수감에서 직인을 준비했으니, 문관과 무관을 막론하고 서양에 다녀올 수 있는 이는 즉시 나오도록 하시오."

그 말이 채 끝나기도 전에 대전 동쪽의 맨 앞쪽 반열에서 딸가닥 나막신을 끌고 짤랑짤랑 옥패를 흔들며 연로한 신하 하나가 나왔는데, 바로 정국공 서 아무개였다. 그는 곧장 섬돌 위로 올라가 만세삼창을 하고 머리를 조아리며 아뢰었다.

"삼군(三軍)에 대한 명령은 한 명의 장수에게 달려 있으니 신중하게 등용해야 하옵니다. 이번에 서양에 다녀오는 일은 가벼운 일이 아니고, 오영과 사초의 지휘관 또한 한 사람이 아니오니, 제 생각에는 문무 각 반열에서 추천을 받아 임명하심이 바람직할 듯하옵니다."

"경의 말씀에 따르리다. 문부백관은 즉시 도독과 부도독의 임무를 맡길 만한 인재 몇십 명을 추천하도록 하라!"

문무백관은 어명을 받자 자신들이 알고 있는 오부(五府)의 도독으로 천거할 인재에 대해 상의했다.

"장군으로 쓸 인재를 뽑아 심사하는 것은 본래 병부의 일이 아닌가?"

이에 그들이 허리를 숙여 예를 표하며 말했다.

"병부상서께서 결정하시지요."

"이번 일은 시간의 제약이 있지만 창졸간에 대충 처리할 수 없으니, 여러분께서 제게 추천해 주십시오."

"그렇다면 오부(五府)의 후백(侯伯)들께서 결정해 주십시오."

그러자 정국공이 말했다.

"출정할 장수를 선발하는 것은 중대한 일인데, 한 사람이 천하의 인재를 두루 살피기는 어렵소이다. 누가 도독을 맡을 만하고 누가 부도독을 맡을 만한지는 우선 오부의 후백들이 추천하고 육부(六部)의 상서들이 보증한 다음, 본 병영에서 담당 관리가 자세히 심사하여 폐하께 결정하시도록 청을 올려야 할 것이오. 이렇게 두세 번의 절차를 거치면 아마 누락된 인재가 없어서 장차 일을 망치는 일이 없을 것이오."

이에 문무백관이 일제히 말했다.

"총병(總兵) 어르신의 말씀이 지당하십니다."

그리하여 즉시 오부에서 한 명을 추천하고 육부 상서들의 보증을 받아 본 병영의 담당 관리가 자세히 심사했다. 이렇게 여러 차례 추천하고 보증하고 심사하여 순식간에 기다란 후보자의 명단을 작성했다. 개중에는 추천은 받았으나 보증을 받지 못한 이, 보증까지 받았지만 본 병영 담당 관리의 심사를 통과하지 못한 이도 있었다. 이에 다시 추천하고 보증하고 심사하여 대략 스무 명 남짓한 이들의 명단을 작성했다. 이윽고 문무백관이 섬돌 앞에 엎드려 머리를 조아리며 아뢰었다.

"도독과 부도독의 임무를 감당할 만한 관리들의 성명을 작성하였사오니, 살펴보시고 결정을 내려 주시옵소서."

황제가 선정하자 문무백관은 어명에 따랐다. 즉시 선정된 인원들이 조정으로 들어와 섬돌 아래에서 절을 올렸다. 인사가 끝나자 황제의 시중을 드는 환관이 말했다.

“오영대도독 다섯 분은 섬돌 왼쪽에, 사초부도독 네 명은 섬돌 오른쪽에 서십시오.”

이에 홍려시가 호명하자 인수관이 직인을 건네주었고, 중서과에서 임명장을 전달할 차례였다. 오영대도독들과 사초부도독들이 각자 섬돌 좌우에 가지런히 서자 홍려시가 대열 앞에 서서 호명했다.

“제일영 대도독 왕당(王堂)!”

“예!”

그는 직인을 받아 걸고 임명장을 받은 후 성은에 감사하고 계단 아래로 내려갔다.

“제이영 대도독 황동량(黃棟梁)!”

“제삼영 대도독 김천뢰(金天雷)!”

“제사영 대도독 왕명(王明)!”

“제오영 대도독 당영(唐英)!”

이들도 각기 대답하고 직인을 받아 걸고 임명장을 받은 후 성은에 감사하고 계단 아래로 내려갔으니, 이를 증명하는 시가 있다.[53]

---

53 인용된 시는 당나라 때 허혼(許渾: 791?~858?, 자는 용회[用晦] 또는 중회[仲晦])의 〈정서구졸(征西舊卒)〉을 변형한 것이다. 원작은 다음과 같다. “젊은이 용기 내어, 수많은 전투에서 오랑캐 무찔렀네. 변방 전투에서 온 힘을 바쳐, 공을 세우고 대장군이 되었네. 새벽바람이 호각을 불고, 저무는 달 성문에 걸쳐 있구나. 스스로 목숨을 돌보지 않는다고 하더니, 창칼에 맞은 상처 밑에 옛 상처의 흔적 있구나![少年乘勇氣, 百戰過烏孫. 力盡邊城難, 功加上將恩. 曉風聽戍角, 殘月倚營門. 自說輕身處, 金瘡有舊痕.]”

少年乘勇氣	젊은이 용기 내니
五虎過烏孫	용감한 장수 오랑캐 땅을 정벌하지.
力盡軍勞苦	힘이 다하고 군대는 고단하지만
功加上將恩	공을 세워 상장군이 되었구나.
曉風吹戍角	새벽바람이 호각을 불고
殘月倚城門	저무는 달 성문에 걸쳐 있구나.
共掛征西印	정서대도독의 직인 함께 걸었으니
鯨波漾月痕	거센 파도에 달빛 흔적 일렁이리라!

오영대도독에 대한 임명이 끝나자 사초부도독 차례가 되었다. 홍려시가 또 호명했다.

"제일초 황전언(黃全彦)!"

"예!"

그는 직인을 받아 걸고 임명장을 받은 후 성은에 감사하고 계단 아래로 내려갔다.

"제이초 허이성(許以誠)!"

"제삼초 장백(張柏)!"

"제사초 오성(吳成)!"

이들도 각기 대답하고 직인을 받아 걸고 임명장을 받은 후 성은에 감사하고 계단 아래로 내려갔으니, 이를 증명하는 시가 있다.[54]

---

54 인용된 시는 당나라 때 이상은(李商隱: 812?~858?, 자는 의산[義山], 호는 옥계생[玉溪生] 또는 번남생[樊南生])의 〈젊은 장수[少將]〉에서 몇 구절을

族亞齊安睦	가족은 황실의 친척이요
風高漢武威	위풍은 한나라 때 무위장군처럼 드높구나.
營門連月轉	영채에서 몇 달을 연이어 지내나니
戍角逐烟催	호각소리 바삐 연기를 쫓아간다.
青海聞傳箭	청해에서 전쟁 소식 전해지는데
天山報合圍	천산에서 적을 포위되었다고 하네.
今朝携劍起	오늘 아침 칼을 들고 일어나
馬上疾如飛	말을 타고 나는 듯이 달려가지.

황제가 말했다.

"서양을 정벌하는 데에 지휘관 백 명과 천호관 백오십 명, 백호관 오백 명이 더 필요하니 병부상서는 적임자를 추천하시오. 직인을 주조하여 하사하도록 하겠소."

황제가 이들을 어디에 중용하려는지, 병부상서는 또 어떤 이들을 선발하는지는 다음 회를 보시라.

변용한 것이다. 원작은 다음과 같다. "가족은 황실의 친척이요, 위풍은 한나라 때 무위장군처럼 드높구나. 봄빛 한창일 때 별장에서 취하도록 놀고, 달빛 밝은 꽃길 따라 집으로 돌아오곤 했지. 청해에서 전쟁 소식 전해지는데, 천산에서 적에게 포위되었다고 하네. 하루아침에 칼을 들고 일어나, 말에 오른 즉시 나는 듯이 달려가지. [族亞齊安睦, 風高漢武威. 煙波別墅醉, 花月後門歸. 青海聞傳箭, 天山報合圍. 一朝攜劍起, 上馬即如飛.]"

제16회

병부에서는 장수를 선발하여 군사를 조련하고 훈련장에서는 군사를 모으고 말을 사다

兵部官選將練師　教場中招軍買馬

十八羽林郎	열여덟 살 우림랑[1]
戎衣事漢王	군복 입고 황제를 모시네.
臂鷹金殿側	황궁 옆에서 팔뚝에 매 앉히고
挾彈玉輿傍	황제의 수레 곁에서 활을 끼고 있지.
馳道春風起	말 달리는 길에 봄바람 일어나니
陪遊出建章	황제 모시고 건장궁(建章宮)을 나간다네.

侍獵長楊下	장양궁(長楊宮) 아래에서 사냥하는 황제 시중들고
承恩更射飛	성은 받들어 다시 활을 쏘지.
塵生馬影滅	먼지 일어 말 그림자 사라지고

1 인용된 시는 당나라 때 이억(李嶷: ?~?)의 시 〈소년행(少年行)〉 3수 가운데 제1수와 제2수이다.

箭落雁行稀	화살에 떨어져 기러기도 수가 줄어드네.
薄霧隨天仗	엷은 안개 속에 천장(天仗)[2]을 따르고
聯翩入鎖闈	줄지어 황제의 사냥터로 들어가지.

그러니까 황제가 이렇게 말했다.

"서양을 정벌하는 데에 지휘관 백 명과 천호관 백오십 명, 백호관 오백 명이 더 필요하니 병부상서는 적임자를 추천하시오. 직인을 주조하여 하사하도록 하겠소."

병부상서가 섬돌에 엎드려 머리를 조아리며 아뢰었다.

"폐하, 서양으로 갈 장수를 선발하는 일은 가벼운 일이 아니오니 반드시 지혜와 용기, 문무를 겸비한 인재라야 공을 세워서 어명에 누를 끼치지 않을 것이옵니다. 이렇게 막중한 책무를 맡길 인재를 제가 감히 함부로 뽑을 수는 없사옵니다."

"그렇다면 그대의 생각은 무엇이오?"

"약간의 기한을 주신다면 저희가 오부의 후백들과 함께 훈련장에서 엄격한 심사를 거쳐서 우수한 이들을 선발하여 어명을 받들게 하겠사옵니다."

"그렇게 하시오. 사흘 안에 보고하도록 하시오."

이윽고 황제는 내궁으로 돌아가고 문무백관도 물러났다.

병부상서가 병부 관아로 돌아간 후 오부에 자문을 구하는 문서

2 천장(天仗)은 황제가 사냥할 때 사용하던 병장기(兵仗器)를 가리킨다.

를 보내자, 오부의 후백들은 각 병영에 명령을 내려 지휘관들과 천호관, 백호관들에게 각자 병영의 무기와 말들을 준비하여 이튿날 새벽에 모두 훈련장으로 나와 무술대회를 열게 했다. 그 가운데 무예가 뛰어나거나 군사전략에 밝은 자가 있으면 즉시 명단을 작성해서 조정에 보고하고, 황제의 어명을 받아 서양으로 출정하는 대열에 합류시키게 했다.

어느새 달이 지고 해가 떠올라 동이 틀 무렵이 되었다. 병부상서는 곧 가마를 타고 훈련장으로 행차했다. 경영(京營)의 장수들이 빽빽하게 모여 말들이 서로 머리가 맞닿을 정도로 늘어서 있었다는 것은 말할 필요도 없다. 그리고 오부의 공(公), 후(侯), 백(伯), 자(子), 남(男)들이 번쩍번쩍하게 차려입고 자리를 가득 채우니, 진주를 장식한 모자들이 이리저리 흔들려서 마치 하늘 가득한 별빛 같았다. 잠시 후 병부상서가 병영으로 들어와서 이들과 서로 인사를 나누고 서열에 따라 자리에 앉았다. 병부상서가 무술대회에 참가한 이들의 명단을 살펴보니 대략 이천사백 명 남짓 되었다.

'오늘 이 많은 사람 가운데 찾아보면 분명히 훌륭한 장수들을 구할 수 있겠지.'

그가 즉시 지휘대에 올라 보니 동쪽에는 커다란 금빛으로 "위국륜재(爲國掄材: 나라를 위해 인재를 고르다)"라고 적힌 깃발이, 서쪽에는 역시 커다란 금빛으로 "흠차선사(欽差選士: 어명을 받아 무사를 선발하다)"라고 적힌 깃발이 세워져 있었다. 이어서 명령을 내리자 무장들은 먼저 궁술과 기마술을 시험하고, 이어서 쇠뇌[弩], 창(槍),

칼[刀], 검(劍), 창[矛], 방패, 도끼[斧], 큰 도끼[鉞], 양날 창[戟], 채찍, 굴대 쇠[鐗], 북채[撾], 갈래 창[叉], 병거[鈀], 맨손 박투[白打], 밧줄[綿繩], 오랏줄[套索]까지 열여덟 가지 무예를 하나하나 시험했다. 그다지 어려운 시험은 아니었는데도 상당히 많은 장수가 통과하지 못했다. 원래 이천사백 명의 인원 가운데 시험이 끝났을 때 장부에 남아 있는 인원을 살펴보니, 천칠백여 명이 떨어지고 겨우 칠백 명 정도만 남아 있었다. 장부에는 현재 지휘관을 맡고 있는 장상(張相) 등 열여덟 명과 천호관 및 백호관을 맡고 있는 철릉(鐵楞) 등 서른여섯 명이 포함되어 있었다. 이들은 다른 무리와는 달리 열여덟 가지 무예에 두루 정통하고 육도삼략(六韜三略) 같은 병법도 능숙하게 익히고 있었다. 상서는 무척 기뻐하며 즉시 명단을 모아 조정에 상소문을 올렸는데, 다만 황제가 요구한 인원보다 쉰 명이 부족했다. 이에 오부의 후백이 말했다.

"앞으로 발전 가능성이 있는 이들을 찾아보도록 합시다."

이렇게 해서 각자 몇 명씩 더 찾아서 인원수를 채우고 나서 관리들은 자리를 떠났다. 이튿날 새벽 어스름하게 동이 트자 황제가 대전에 올랐고 문무백관도 조정에 들어갔다. 그야말로 이런 모습이었다.[3]

紫殿俯千官　　자전에서 수많은 관리 내려다보니

3 인용된 시는 당나라 때 두숙향(竇叔向: ?~?, 자는 유직[遺直])이 지은 〈봄날 아침 조회에서 어명을 받아 지은 시[春日早朝應制詩]〉이다.

春松應合歡	봄날 소나무는 합환화(合歡花)에 응하지.
御爐香焰暖	궁궐 향로에선 따스한 연기 피어나고
馳道玉聲寒	길에서 말 달리니 패옥 소리 싸늘하게 들려온다.
乳燕翻珠綴	어린 제비는 깃발 장식 위에서 날개 파닥이고
祥烏集露盤	상서로운 새들 승로반(承露盤)[4]에 모였구나.
宮花一萬樹	궁궐에는 꽃나무가 만 그루인데
不敢擧頭看	감히 고개 들어 쳐다보지 못하네.

황제가 대전에 오르자 문무백관도 모두 조정에 들어가 반열을 나누어 가지런히 시립했다. 다른 신하들의 간언이 끝나자 병부상서가 대열에서 나와 엎드려 만세삼창을 하고 머리를 조아리며 아뢰었다.

"장수를 선발하라는 성지를 받들어 시험을 통해 인재를 선발했사옵니다. 이제 지휘관을 맡을 만한 인재 백 명과 천호관을 맡을 만한 인재 백오십 명, 백호관을 맡을 만한 인재 오백 명의 명단을 작성하여 올리옵니다."

그리고 명단을 바치자 황제가 살펴보았다.

4 승로반(承露盤)은 한 무제가 이슬을 받기 위해 건장궁(建章宮)에 설치한 것으로, 높이 24길의 구리 기둥 위에 금동으로 빚은 신선이 쟁반을 받쳐 든 모습이었다고 한다.

"이들은 지금 어디 있는가?"

"지금 오문 밖에서 어명을 기다리고 있사옵니다."

황제는 그들을 불러들이라고 분부했다. 이에 그 칠백오십 명의 장수들이 일제히 조정으로 들어가 섬돌 아래 가지런히 무릎을 꿇었다. 황문관이 말했다.

"갑옷을 입은 장수들은 큰절을 올리지 않는 법이니, 장수들은 일어서시오."

이에 장수들이 일제히 "만세, 만세, 만만세!"를 외치며 일어섰다. 그야말로 이런 모습이었다.

一個個頭戴爛金盔映日	다들 번쩍이는 투구 쓰고
一個個身穿鎖子甲鋪銀	은빛 번쩍이는 철갑 사슬로 꿰어 입었네.
一個個紮袖兒半寬半窄	다들 느슨하지도 바짝 조이지도 않게 소매 묶었는데
織成五彩文章	오색 무늬가 짜여 있구나.
一個個絛須兒不短不長	다들 짧지도 길지도 않게 수실을 달았는데
斜拽三春楊柳	봄날 버들가지처럼 비스듬히 매달렸구나.
一個個掛一把戒手刀	다들 한 자루씩 계수도(戒手刀)를 차고 있는데
夜靜青龍偃月	고요한 밤 달빛 베는 청룡언월도라네.

一個個挎一口防身劍	다들 한 자루씩 호신검(護身劍)을 차고 있는데
秋高白虎臨門	가을날 백호가 대문 앞을 지키는 듯하구나.
一個個掩心鏡兒明幌幌	번쩍이는 호심경(護心鏡)
照耀乾坤	하늘과 땅을 환히 비추는 듯하구나.
一個個獸呑頭兒黑沉沉	시커멓게 입을 벌리고 있는 수탄두(獸呑頭)[5]
鋪堆烟雨	금방이라도 으스스 비가 내릴 듯하구나.
一個個弓衣兒邊邊	다들 궁의(弓衣)를 단정히 차려입었는데
早三弦	아침에 세 발
晝三弦	낮에 세 발
晩三弦	저녁에 세 발
弦上擐許多的虎豹	시위에는 수많은 호랑이 표범 같은 화살이 걸려 있지.
一個個箭壺兒小小	다들 자그마한 전통을 지나고 있는데
上八洞	위쪽에 여덟 개
中八洞	중간에 여덟 개
下八洞	아래에 여덟 개

5 맹수가 머리를 집어삼킬 듯 입을 쩍 벌리고 있는 모양으로서 대개 투구나 어깨에 걸치는 갑옷의 모양을 묘사할 때 상투적으로 쓰는 표현이다.

洞裏有無限的神仙	전통 안에는 신선의 능력 지닌 화살들 무수히 들어 있지.
一個個遠望處	다들 먼 곳을 쳐다보고 있는데
紺地勾文	감청색 바탕에 무늬 있는 옷에는
虎頭連壁	호랑이 머리 연이어 수놓아져 있구나.
赫奕兮最是英明	눈부시구나, 누구보다 영명한 이들이여
一個個近前時	다들 가까이 가서 보면
虬龍列象	규룡이 늘어선 듯
樓堞成形	망루와 성가퀴를 이루는 듯
炳爛兮越加壯麗	번쩍번쩍 더욱 웅장하고 아름답구나.
一個個擦掌摩拳	다들 손바닥 문지르며 주먹을 말아 쥔 채
呲牙俫齒	이를 악물고
略略綽綽	흉험하기 그지없으니
那裏再尋這個混世魔王	어디서 또 찾으랴, 이런 혼세마왕(混世魔王)[6]을!

6 혼세마왕(混世魔王)은 세상을 어지럽히고 인간에게 재난을 주는 악한 신을 가리킨다. 《서유기》에서 그는 손오공이 도술을 배우러 간 사이에 화과산에 있는 원숭이들을 겁박했다가, 나중에 돌아온 손오공에 의해 죽는 것으로 묘사되어 있다. 《서유기》에서는 그에 대해 단지 손오공보다 키가 크고 커다란 강철 칼을 무기로 쓴다는 것 외에 생김새나 내력에 대해서는 자세한 설명이 없다. 다만 여기서 말하는 혼세마왕이 구체적으로 누구인지는 알 수 없다.

一個個橫眉竪髮	다들 눈썹 치뜨고 머리카락 곤두세운 채
斗角拳毛	말아 올린 머리카락
傴傴兜兜	움푹 들어간 눈
就是生成狠的當年太歲	이야말로 사납기 그지없는 이 시대의 태세신(太歲神)일세!

이는 바로 이런 격이었다.

渾身有膽能披難	온몸에 담력 있어 재난을 헤쳐나갈 수 있고
奮武何人敢敵鋒	무예를 떨치면 누가 감히 대적하랴?
豺虎陣中驅戰馬	사나운 진영 속에서 전마(戰馬)를 치달리고
貔貅隊裏捉眞龍	맹수들 무리 속에서 진짜 용을 잡는다네.

황제가 말했다.

"먼저 직인을 주조하여 저들에게 주되, 서로 협력하여 일을 처리하도록 하라."

장수들이 물러나자 황제가 다시 말했다.

"서양을 정벌하는 데에는 또 곡식과 마초(馬草)를 담당한 관원 몇 명과 음양관 몇 명, 통역관 몇 명, 의약에 정통한 의관(醫官) 몇백 명, 그리고 의사 몇십 명이 필요하오. 이것을 해당 부서에 통지하도록 하시오."

호부상서가 즉시 절강사랑중(浙江司郎中) 아무개의 성명을 바쳤고, 흠천감에서는 열 명의 음양관 명단을, 사이관(四夷館)에서는 통역관 열 명의 명단을, 태의원에서는 의관 백 명과 의사 서른 명의 명단을 올렸다. 이에 황제가 분부했다.

"이들에게 각자 임무를 맡기도록 하시오."

이를 증명하는 시가 있다.

耀武揚威海上洲	찬란한 무예로 바다 위에서 위세 떨치니
百官濟濟借前籌	문무백관 일제히 계획을 빌려주네.
襟裾華夏未爲遠	중원을 품에 안는 것도 머지않았으니
俯仰堪輿不盡遊	지리 형세에 따라 끝없이 여행하네.
任是怪禽呼姓字	괴이한 새들이 이름 부른다 한들
何難海鳥佐朋儔	바닷새로 벗 삼기 어찌 어려울까?
明朝來享來王日	명나라가 천하의 왕 노릇을 하는 날
一統車書闕下收	한 수레의 책들을 궁궐 아래에서 거두리라!

황제가 말했다.

"서역을 정벌하는 데에 또 정예병 십만 명과 명마 천 필이 필요하니, 해당 부서에 통지하시오."

이에 병부에서는 병사를 모집하라는 명을 받고, 태복시(太僕寺)[7]에서는 말을 구입하라는 명을 받았다. 이렇게 해서 열흘도 되지 않

7 황제의 수레와 말을 관리하는 관청으로서, 해당 부서의 최고 장관인 태복시경(太僕寺卿)은 종삼품(從三品)의 직위에 해당한다.

아 병부에서는 정예병 십만 명을 모아서 매일 훈련장에서 대열을 나누어 훈련하게 했다. 장간문(長干門) 밖에 중앙과 좌우, 전후로 다섯 개의 영채를 세웠다. 여기서 말하는 '중앙[中]'이라는 것은 유수중(留守中)이니 무공중(武功中), 제양중(濟陽中), 무성중(武城中), 부유중(富峪中), 대녕중(大寧中)이라는 뜻이 아니다. 여기서 '좌(左)'라는 것은 금오좌(金吾左)니 우림좌(羽林左), 부군좌(府軍左), 유수좌(留守左), 호분좌(虎賁左), 영청좌(永淸左), 무공좌(武功左), 무양좌(武驤左), 등양좌(騰驤左), 반양좌(潘陽左), 신무좌(神武左)를 가리키는 것이 아니다. 여기서 '우(右)'라는 것은 금오우(金吾右)니 우림우(羽林右), 연산우(燕山右), 유수우(留守右), 호분우(虎賁右), 영청우(永淸右), 무공우(武功右), 무양우(武驤右), 의용우(義勇右), 등양우(騰驤右), 심양우(潘陽右)를 가리키는 것이 아니다. 여기서 '전(前)'이라는 것은 금오전(金吾前)이니 우림전(羽林前), 부군전(府軍前), 연산전(燕山前), 유수전(留守前), 의용전(義勇前), 충의전(忠義前), 내영전(大寧前)을 가리키는 것이 아니다. 여기서 '후(後)'라는 것은 금오후(金吾後)니 부군후(府軍後), 유수후(留守後), 의용후(義勇後), 충의후(忠義後)를 가리키는 것이 아니다. 그들은 스스로 훈련하고 스스로 영채를 세워서 오로지 황제의 파견 명령이 떨어질 때만을 기다리고 있었다. 이를 증명하는 〈종군행(從軍行)〉[8]이라는 시가 있다.

8 이것은 당나라 때 최융(崔融: 653~706, 자는 안성[安成])이 지은 시이다. 인용문 가운데 몇 글자는 원작과 다른데, 여기서는 원작에 맞춰 바꾸어 번역했다.

穹廬雜種亂金方	궁로(穹廬)[9]의 잡종들이 서방(西方)을 어지럽히니
武將神兵下玉堂	무장이 신병을 이끌고 궁궐에서 내려왔네.
天子旌旗過細柳	천자의 깃발이 세류(細柳)[10]를 지나니
匈奴運數盡枯楊	흉노의 운수는 시든 버드나무처럼 다해버렸지.
關頭落月橫西嶺	관문에 지는 달은 서쪽 고개에 걸쳐 있고
塞下凝雲斷北荒	변방에 서리는 구름 황량한 북방을 가린다.
漠漠邊塵飛衆鳥	아득한 변방의 먼지 속에 새들이 날고
昏昏朔氣聚群羊	어둑한 북방의 공기 속에 양 떼가 모여 있다.
依稀蜀杖迷新竹	가는 대지팡이는 새로 난 대나무인 듯하고
髣髴胡牀識故桑	어렴풋한 북방의 침대는 고향의 뽕나무 생각하게 하지.
臨海舊來聞驃騎	청해 주변엔 오래전부터 표기장군[11] 소문 들리고
尋河本自有中郞	황하 찾는 것은 본래 중랑(中郞)의 일이었지.

9 궁로(穹廬)는 북방 유목민들의 이동식 천막집인 게르(ger), 또는 북방 오랑캐를 가리키는 말이다.

10 지금의 산시성[陝西省] 셴양시[咸陽市] 서남쪽 위하(渭河)의 북안(北岸)을 가리킨다. 이곳은 한나라 때의 명장 주아부(周亞夫)의 군대가 주둔했던 곳이다.

11 한나라 때의 명장으로서 표기장군(驃騎將軍)에 봉해진 곽거병(霍去病)을 가리킨다.

坐看戰壁爲平土	성벽이 평지 되는 것을 앉아서 지켜보고
近侍軍營作破羌	군영에서 가까이 모시면서 오랑캐를 무찔렀지.

병부상서가 병사를 모집한 일을 보고하자 황제가 말했다.

"엄격하게 훈련을 시켜서 출발일을 기다리도록 하시오."

한편 태복시에서는 말을 구입하라는 어명을 받자 천하의 명마를 두루 찾아서, 열흘도 되지 않아 모든 말들을 준비했다. 이 말들은 예사로운 것들이 아니어서 모두가 비룡(飛龍), 적토(赤兎), 요뇨(騕褭)[12], 화류(驊騮), 자연(紫燕), 숙상(驌驦), 교슬(嚙膝), 유휘(逾暉)[13], 기린(麒麟), 산자(山子), 백희(白羲)[14], 절진(絶塵), 부운(浮雲), 적전(赤電), 절군(絶群), 일표(逸驃), 녹려(騄驪), 용자(龍子), 인구(麟駒), 등상총(騰霜驄), 교설총(皎雪驄), 응로총(凝露驄), 조영총(照影驄), 현광총(懸光驄), 결파유(決波騟), 비하표(飛霞驃), 발전적(發電赤), 분홍적(奔虹赤), 유금려(流金駈)[15], 조야백(照夜白), 일장오(一丈烏)[16], 오화규(五

---

12 원문에서는 준뇨(駿騕)라고 표기했으나, 고명(高明: 1305~1359, 자는 칙성[則誠], 호는 채근도인[採根道人])의 《비파기(琵琶記)》 제10착(齣)의 표기에 따라 수정했다.

13 원문에서는 유휘(騟暉)라고 표기했으나, 고명의 《비파기》 제10착(齣)의 표기에 따라 수정했다.

14 원문에서는 백의(白蟻)라고 표기했으나, 고명의 《비파기》 제10착(齣)의 표기에 따라 수정했다.

15 고명의 《비파기》 제10착(齣)에는 유금호(流金弧)라고 했다.

16 일장오(一丈烏)는 오대(五代) 양(梁)나라 태조가 탔다는 검은 말의 이름이다.

花虬), 망운추(望雲騅), 홀뢰박(忽雷駮), 권모추(卷毛騶), 사자화(獅子花), 옥숙요(玉驌騕)[17], 홍적발(紅赤撥)[18], 자질발(紫叱撥), 금질발(金叱撥)과 같은 명마들이었다. 털도 예사롭지 않아서 모두가 포한(布汗), 논성(論聖), 호라(虎喇)[19], 합리(合里), 오자(烏赭), 아아야(啞兒爺), 굴량(屈良), 소로(蘇盧), 조류(棗騮), 해류(海騮), 율색(栗色), 연색(燕色), 토황(兎黃), 진백(眞白), 옥면(玉面), 은종(銀鬃), 향박(香膊)[20], 청화(靑花) 등으로 다양했다. 마구간도 예사롭지 않아서 모두가 비호(飛虎), 상린(翔麟), 길량(吉良), 용매(龍媒)[21], 추도(騶駼), 결제(駃騠), 원란(鵷鸞)[22], 출군(出群)[23], 천화(天花), 봉원(鳳苑), 황환(荒豢), 분성(奔星), 내구(內駒), 외구(外駒), 좌비(左飛), 우비(右飛), 좌방(左坊), 우방(右坊)[24], 동남내(東南內), 서남내(西南內) 등과 같은 것들이었다. 태복시는 말을 모두 준비해 놓고 어명이 떨어지기만을 기다렸다.

---

17 고명의 《비파기》 제10착(齣)에는 옥소요(玉逍遙)라고 했다.

18 고명의 《비파기》 제10착(齣)에는 홍질발(紅叱撥)이라고 했다.

19 고명의 《비파기》 제10착(齣)에는 호자(虎刺)라고 했다.

20 고명의 《비파기》 제10착(齣)에는 수박(繡膊)이라고 했다.

21 원문에서는 용매(龍騋)라고 표기했으나, 고명의 《비파기》 제10착(齣)의 표기에 따라 수정했다.

22 원문에서는 원란(駌鸞)이라고 표기했으나, 고명의 《비파기》 제10착의 표기에 따라 수정했다.

23 원문에서는 육군(六群)이라고 표기했으나, 고명의 《비파기》 제10착의 표기에 따라 수정했다.

24 좌방(左坊)과 우방(右坊)의 '방(坊)'을 원문에서는 '방(方)'이라고 표기했으나, 고명의 《비파기》 제10착의 표기에 따라 수정했다.

이를 증명하는 〈천마가(天馬歌)〉[25]라는 시가 있다.

漢水揚波洗龍骨　한수의 물결 일어나 준마를 씻고

房星墮地天馬出　방성(房星)이 땅에 떨어지니 천마가 나왔구나.

四蹄蹀躞若流星　네 발굽으로 따각따각 유성처럼 달리고

兩耳尖修如削竹　뾰족하고 긴 귀는 대나무를 깎아 붙인 듯

天閑十二連青雲　천한(天閑)[26]에 열두 달 내내 고관대작 이어지고

生長出入黃金門　태어나 자라면서 궁궐을 드나들었지.

鼓鬉振尾恣偃仰　갈기 날리고 꼬리 흔들며 편안하게 지냈는데

食粟何以酬主恩　여물 먹여준 주인의 은혜 어떻게 보답할까?

豈堪碌碌同凡馬　어찌 평범한 말처럼 무능해서

長鳴噴沫奚官怕　거품 물고 울어 대며 사육사를 겁내게 하랴?

入爲君王駕鼓車　들어가서는 군왕 위해 고거(鼓車)를 몰고

出爲將軍靜邊野　나가서는 장군 위해 변방 들판을 조용히 달리지.

將軍與爾同死生　장군은 그대와 함께 생사를 같이하며

25 이것은 원나라 때 위구르족 시인 살도랍(薩都拉: 1271~1368)이 지은 시로서, 원래 제목은 〈제화마도(題畫馬圖)〉이다.

26 천한(天閑)은 황제가 말을 기르는 곳을 가리킨다.

要令四海無戰爭　　　천하에 전쟁 없게 하여
千古萬古歌太平　　　천만년 동안 태평성대를 노래하리라!

태복시에서 말을 구입하라는 어명에 대해 결과를 보고하자 황제가 말했다.

"그곳 관아에서 기르면서 출발일을 기다리도록 하라."

이튿날 황제가 대전에 오르고 문무백관이 조정에 들어갔다. 정편이 세 번 울리자 문무백관이 가지런히 시립했고, 황제는 어명을 내려서 장간사로 사람을 보내서 벽봉장로를 모셔오게 했다.

한편 벽봉장로는 장간사의 음정상인(歆定上人)과 고첨상인(古瞻上人), 광선상인(廣宣上人), 영총상인(靈聰上人), 원서상인(元敍上人) 등이 있는 자리에서 제자인 비환과 운곡을 거느린 채 불경을 강설하고 설법하여 정과를 향해 나아가도록 했다. 그러다가 어명이 내려왔다는 소식을 듣자, 이것 좀 보라지. 비로모를 쓰고 승복을 입은 채 한 손에는 바리때, 한 손에는 구환석장을 들고 휘적휘적 걸어 금란전으로 갔다. 황제는 먼 길을 온 그를 위해 서둘러 어명을 내려서 환관에서 수놓은 방석을 펴게 했다. 벽봉장로는 자리에 앉으며 황제에게 그저 두 손을 모아 가볍게 문안 인사를 했다. 황제가 말했다.

"국사, 벌써 뵌 지가 열흘이 지났구려."

"폐하께서 연일 공무가 있어서 장수를 선발하고 군대를 모아 조련하고, 말을 구입하느라 바쁘시다는 것을 알고, 국가 대사에 방해가 될까 싶어 들어오지 못했습니다."

"그 얘기가 나와서 드리는 말씀인데, 짐은 마음이 무척 불편합니다."

"아니, 왜요?"

"이 조정에 있는 아홉 명의 공(公)과 열여덟 명의 후(侯), 서른여섯 명의 백(伯)이 모두 일품의 고관으로서 천 종(鍾)의 녹을 받으며 역사에 이름을 올리고 공후의 깃발을 세운 채 맹세를 하고 이 나라와 더불어 복을 누리고 있소이다. 그런데 이들이 모두 죽음을 두려워하여 서양에 가려 하지 않더란 말씀입니다."

"그걸 어떻게 아셨습니까?"

"저번에 조회를 열었을 때, 용이 똬리를 튼 문양이 조각된 마흔여덟 냥짜리 황금 인장 몇 개를 내놓고 그걸 받아서 서양 원정에 나갈 사람이 있느냐고 물었는데, 아무도 나서는 이가 없었더란 말씀입니다."

"이 일은 사례태감이 주동이 되고 병부상서의 협조를 받아서 처리했어야 하지 않습니까?"

"국사, 혹시 무슨 고견이 있으십니까?"

"제가 밤에 천문을 살펴보니, 장수의 별이 북두칠성의 자리로 들어가고 상서의 자리에서 빛이 나더이다."

"흠천감에서도 그런 얘기를 했습니다. 그런데 그 북두칠성의 자루가 삼보태감을 얘기하는 것입니까?"

"누가 삼보태감을 추천했습니까?"

"성의백 유 아무개입니다."

"흠천감은 세 등급을 승진시키고, 성의백은 공후로 작위를 올려야겠습니다."

"그건 무슨 말씀입니까?"

"흠천감은 천문을 제대로 살폈고, 성의백은 공평무사한 인물이기 때문입니다."

"흠천감이 천문을 제대로 살폈다는 거야 그렇다 치고, 성의백이 공평무사하다는 것은 무슨 말씀입니까?"

"온 조정의 문무백관이 모두 서양에 갈 만한 자격이 없지만 삼보태감만은 그럴 수 있으니, 이는 하늘과 땅이 안배해 놓았기 때문입니다. 그런데 성의백이 직언하여 천거했으니, 어찌 공평무사한 인물이 아니겠습니까?"

"삼보태감에게 그럴 자격이 있다는 것을 어찌 아십니까?"

"그 사람은 예사 인물이 아니라, 하늘나라 은하수에 살던 두꺼비가 인간 세상에 환생한 몸입니다. 그 사람은 천성적으로 높은 산이나 육로를 좋아하지 않지만 물만 보면 자기 집처럼 여기니, 바다 건너 서양으로 갈 수 있다는 것입니다."

"그럼 병부상서는 무슨 이유로 자격이 있다는 것입니까?"

"그 사람도 예사 인물이 아니라 하늘나라 백호성(白虎星)이 환생한 몸입니다. 이런 호랑이 같은 장수가 군대를 통솔해야 썩은 나무를 쓰러뜨리듯이 쉽게 적을 물리칠 수 있지 않겠습니까?"

황제는 두 원수가 모두 하늘의 별이 환생한 몸이라는 얘기를 듣자 속으로 생각했다.

'세상에 별신이 환생한 몸이 어찌 이리 많단 말인가? 나중에 서양을 정벌할 때 흥미로운 얘깃거리가 있을는지 모르겠구나.'

"그렇다면 좌우 선봉에 대해서도 알고 계셨습니까?"

"예."

"무얼 알고 계시다는 말씀입니까?"

"저는 점을 치지 않고도 모든 것을 미리 알 수 있습니다."

황제가 다시 생각했다.

'오오, 원래 이런 분이셨구나!'

"그렇다면 그 좌우 선봉은 자격이 되는 인물들입니까?"

"자격이 될 뿐만 아니라 아주 중요한 인물들입니다."

"혹시 그 사람들도 중요한 별신이 환생한 몸입니까?"

"그건 아니지만 상생상응(相生相應)할 수 있는 몸이기 때문에 중요하다는 것입니다."

"상생상응이라니요?"

"삼보태감은 두꺼비의 정령인데, 장계라는 사람은 호가 서당(西塘)이고 유음은 호가 동당(東塘)입니다[27]. 두꺼비가 연못을 보면 물속에 들어가려 하지 않겠습니까? 게다가 서쪽 연못[西塘]까지 함께

27 원문에는 장계와 유음의 호인 서당과 동당이 서로 뒤바뀌어 있는데, 제22회 제목에서 장계를 '장서당(張西塘)'이라고 칭했기 때문에 이에 맞추어 수정했다.

있으니 틀림없이 그 사람이 서양으로 갈 수 있게 해 줄 것입니다. 또 동쪽 연못[東塘]이 있으니 틀림없이 이 나라로 돌아올 수 있게 될 것입니다. 이러니 중요한 상생상응의 작용을 하는 게 아닙니까!"

"나머지 장수들도 모두 하늘의 별이 환생한 몸입니까?"

"한마디로 말씀드리기 곤란하기도 하고 천기를 누설할 수도 없으니, 나중에 저희가 서양으로 떠난 후 흠천감에 명령을 내려 언제 어느 별이 어느 방향에서 나타났는지 정확히 기록하라고 하십시오. 저도 서양에도 공덕을 증명하고 아울러 문서를 적어서 언제 누가 출전했는지 기록해 두겠습니다. 그리고 돌아와서 두 기록을 대조해 보면, 누가 어느 별이 환생한 몸인지 폐하께서도 분명히 아시게 되실 것입니다."

"이렇게 주도면밀하시니 짐은 도저히 당해 내지 못하겠습니다. 그나저나 이제 군대와 말은 모두 준비되었으니, 배를 만드는 일은 국사께서 처리해 주셨으면 합니다."

"배를 준비하는 일은 대단히 중요하니, 호부에 명령을 내려 천하 열세 개 지역[省]의 재물을 모으고, 공부에 명령을 내려서 질 좋은 목재를 준비하게 해야 합니다. 또 하늘의 때와 땅의 이로움을 살펴서 길일의 좋은 시간을 정하고, 조선소를 하나 만들어야 백성과 관청의 능력을 제대로 활용하고 갖가지 재물의 이로움을 모두 쓸 수 있습니다. 삼백예순 분야의 장인들 가운데 고르고 골라 최정예를 동원하여 정해진 기한 내에 작업을 완수해야 하니, 이를 일컬어 '용의 목에 걸린 여의주를 얻으려면 우선 용을 잡을 사람을 구해야 한다.'라는 것입니다."

황제는 한참 생각하더니 이렇게 말했다.

"짐에게 복안이 있습니다. 지금 황궁을 짓기 위해 준비한 재물과 목재가 이미 갖춰져 있으니, 잠시 그 공사를 멈추고 이 재물과 목재를 모두 조선소로 옮길까 합니다. 이렇게 하면 서로 유익하고 백성들이 고생하지 않아도 되지 않겠습니까?"

"폐하께서 이렇게 백성을 염려하시니 사직의 복이 아닐 수가 없습니다. 천하 백성들에게 원망을 사지 않는 이는 바로 하늘이 내린 관리입니다. 이번에 서양에 가서 백전백승하게 되면 그건 모두 오로지 백성을 아끼시는 폐하의 그 마음 덕분일 것입니다."

황제는 '백전백승'이라는 말에 무척 기뻐했다.

"모두 국사의 가르침에 따르겠습니다."

그리고 즉시 어명을 내려 황궁 축조 공사를 잠시 중지하고 재물과 목재를 모두 조선소로 옮기게 했다. 해당 부서에서 명을 받들자, 다시 어명을 내려서 조천궁의 장 천사를 조정으로 불러들여 선박 건조 작업을 시작하기 위한 길일의 좋은 시간을 잡으라고 했다. 또 어명을 내려서 선박을 담당하는 부서에서 조선소를 세울 만한 장소를 알아보게 했다. 그리고 다시 삼백예순 분야의 장인들을 선발하여 대기하도록 했다. 어명이 떨어졌으니 누가 감히 어기겠는가? 장 천사는 직접 조정으로 들어와 상소문을 올려서 그해 구월 초엿새 인시(寅時)에 작업을 시작하는 게 좋겠다고 했다. 이에 황제가 말했다.

"오늘이 벌써 팔월 이십일인데, 너무 촉박한 게 아니오?"

그 말이 채 끝나기도 전에 공부에서 선박 건조를 담당하는 부서의 상소문이 올라왔다.

> 대공사를 위해 저희가 조사해 본바, 하신하(下新河) 삼차구(三汊口) 초혜협(草鞋夾)의 지형이 넓어서 그곳에 조선소를 지었사온데, 공사가 완료되어서 보고하옵니다.

"그렇다면 구월 초엿새에 작업을 시작하도록 하라!"

또 그 말이 채 끝나기도 전에 목수들을 감독하는 관리가 상소문을 올렸다.

> 대공사를 위해 저희가 삼백예순 분야의 장인들을 선발하고, 그 명단을 작성하여 보고하옵니다.

"그렇다면 구월 초엿새에 조선소에서 작업을 시작하도록 하라!"

이어서 호부에서도 상소문이 올라왔다.

> 대공사를 위해 저희가 어명에 따라 이전의 재물을 분명히 정리하여 조선소에 쓸 수 있도록 준비했기에, 우선 이를 보고하옵니다.

"공부에 이 사실을 통지하도록 하라!"

또 공부에서도 상소문이 올라왔다.

대공사를 위해 저희가 목재를 채취했사온데, 이미 성안으로 들여온 것은 모두 써버렸고 아직 사용하지 않은 것들은 용담강(龍潭江) 천녕주(天寧洲)에 산재해 있사옵니다. 하오나 겨울에 강물이 줄어들면 물길로 운반하기에 거리가 너무 멀고, 또 목재가 너무 커서 짧은 시간 안에 운반하기 어려운지라, 어명으로 정한 기한을 지키지 못할 것 같사옵니다. 이에 우선 이 사실을 보고하는 바입니다.

"지금은 수량도 줄어들어 뭍이 높으니 과연 목재를 나르기가 불편하긴 하겠지만, 초엿새까지는 수량의 많고 적음에 상관없이 작업을 시작하도록 하라!"

그러자 벽봉장로가 말했다.

"아니 되옵니다! 목수가 좋은 나무를 얻으면 바로 왕이 기뻐하며 맡은 바 일을 잘 처리했다고 칭찬하고, 목수가 깎아 작게 만들면 왕이 진노하며 맡은 바 일을 제대로 해내지 못했다고 질책한다고 하지 않겠습니까? 작업을 시작하는 날에는 반드시 목재가 모두 갖춰져 있어야 합니다."

"강물이 얕아서 운반하기 어렵다는데, 이걸 어쩌지요?"

그러자 장 천사가 나섰다.

"그렇다면 제가 하늘의 장수들을 시켜 운반하게 하겠습니다!"

벽봉장로가 말했다.

"이번에도 마흔여덟 장의 부적을 썼다가 저번처럼 하늘 장수들이 응하지 않으면 어쩌려고 그러시오?"

장 천사는 마흔여덟 장의 부적 얘기가 나오자 기가 죽었다. 다행히 장 천사가 무시당했다고 생각할까 염려한 황제가 얼른 나섰다.

"그럼, 국사의 고견에 따르겠습니다."

"제가 점을 쳐 보니 초닷새 인시(寅時)에 목재가 모두 조선소에 도착할 것 같습니다."

그 말을 듣고 장 천사가 속으로 의아해했다.

'이놈의 중이 날짜는 물론이고 시간까지 한정하다니, 이 무슨 야밤중의 헛소리란 말인가?'

황제도 약간 미심쩍은 마음이 들었으나 겉으로는 믿는다는 표정으로 말했다.

"국사께서 그걸 어찌 아시는지요?"

"천기를 누설할 수는 없으니, 초닷새가 되면 알게 되실 겁니다."

논의가 끝나자 황제는 내궁으로 돌아가고, 문무백관은 해산하고, 장 천사는 조천궁으로, 벽봉장로는 장간사로 떠났다.

어느덧 시간이 쏜살같이 흘러 구월 초순이 되었다. 호부에서는 재물을 이미 모두 준비해둔 상태였고, 조선소에서도 장인들의 업무를 분담하여 맡기는 일까지 준비가 끝나서 삼백예순 분야의 장인들도 대기하고 있었지만, 목재가 아직 도착하지 않고 있었다. 구월 사일이 되자 매일 세 차례의 상소문이 올라왔는데, 목재는 여전히 운반하지 못하고 천녕주에 있는 상태라고 했다. 이에 황제가 생각했다.

'스님이 이번엔 조금 헛소리를 한 모양이구먼.'

장 천사도 속으로 생각했다.

'이놈의 중이 이번엔 주둥이를 잘못 놀린 게야.'

그렇게 사일 밤이 되자 천녕주의 목재 운반을 담당하는 관리와 인부들 사이에 시끌벅적 말들이 많았다.

"조정의 어느 잘난 국사님께서 목재가 초닷새에 조선소에 도착할 거라고 했다는구먼."

그들은 이렇게 떠들어 대며 초저녁인 일경에 휴식을 취하고 이경에 잠자리에 들어서, 삼경이 되자 조용해졌다가, 사경에는 잠꼬대를 해 대고 보니, 오경이 되어 닭이 울고, 육경에 날이 밝았다. 무슨 육경이란 게 있느냐고? 이 관리들과 인부들이 날이 밝도록 자고 아무도 일어나 살펴보지 않았으니, 육경이 아니고 무엇이겠는가? 어쨌든 그들이 잠에서 깨어나 눈을 비비며 밖을 쳐다보니 망망히 펼쳐진 강물에 거센 파도가 일어 만 리 하늘까지 닿을 정도였다. 대나무로 엮은 천막에서 자던 이들은 천막이 물에 떠서 온몸이 흠뻑 젖었고, 방 안에서 자던 이들도 침실이 모두 잠겨버렸다. 침실이 잠긴 것이야 그렇다 치고, 공부에서 도장을 찍어 관리하던 목재가 수천만 개나 되는데 그것들이 하나도 보이지 않는 것이었다. 그러니 관리와 인부들은 물론이요, 감독관들도 모두 당황할 수밖에 없었다.

"목재에 무슨 일이라도 생긴다면 우리는 골육이 가루가 되어도 모자랄 엄벌을 받을 거야!"

그들은 황급히 강의 하류와 상류를 헤매며 목재를 찾았다.

한편. 초닷새 새벽에 황제가 아직 대전에 오르지 않았을 때, 갑자기 조선소 관리자가 급히 상소문을 올렸다.

> 오늘 장강에서 엄청난 밀물이 들이닥쳐서, 해가 질 무렵부터 해가 뜰 무렵인 인시 즈음에는 파도 높이가 쉰 길이 넘어서 조선소가 몽땅 물에 잠겨버렸사옵니다. 저희가 물속에 서 있는데 거의 머리까지 잠길 지경이었사옵니다. 그런데 잠시 후에 수면 위로 수천만 개의 목재가 밀물을 따라 밀려와 그대로 조선소 아래까지 몰려왔사옵니다. 저희는 간신히 물으로 올라와 겨우 목숨을 건졌사온데, 순식간에 밀물이 물러갔사옵니다. 자세히 살펴보니 나무들이 모두 세워져 있는데, 모두 공부의 도장이 찍혀 있었사옵니다. 이에 저희가 함부로 처리하지 못하고 삼가 이렇게 보고하는 바입니다.

황제는 상소문을 보자 내막을 짐작했다.

'대단한 스님이로다! 이야말로 천지의 조화를 본받으면서도 법도를 넘어서지 않고, 만물의 변화에 따라 일을 이루면서 빠뜨림이 없는[28] 경지가 아닌가!'

그리고 즉시 대전에 오르자 문무백관과 장 천사, 벽봉장로도 조

---

28 《주역(周易)》〈계사상(繫辭上)〉 제4장: "範圍天地之化而不過, 曲成萬物而不遺."

정에 들어왔다. 황제가 말했다.

"목재가 조선소에 도착했소이다. 국사의 도움에 감사하는 바이오."

벽봉장로가 말했다.

"폐하의 홍복이 하늘 같아서 귀신이 도와 밀물이 위로 치솟고 몟목이 조수를 따라 올라오게 했을 뿐인데, 제가 어찌 감히 하늘의 공을 탐내서 제 것으로 만들겠습니까!"

너무나도 겸손한 이 말에 문무백관은 모두 감복했다.

황제는 즉시 조선소에 어명을 내려 공사를 시작하게 하고 말했다.

"조선소에 담당 관리가 몇 명 있기는 하지만, 그래도 대신들 가운데 몇 분이 가서 감독해야 하지 않겠소?"

그 말이 끝나기도 전에 공부상서가 대열에서 나와 아뢰었다.

"배를 건조하는 일은 본래 저희 부서의 소관이오니, 제가 한시도 게으름 피우지 않고 감독하겠나이다."

"작업이 너무 방대해서 한 사람이 맡기에는 어려우니, 다른 안배가 더 필요할 듯하오."

그 말이 끝나기도 전에 사례태감이 대열에서 나와 아뢰었다.

"제가 가겠사옵니다. 두 분 상서님과 협력하여 한시도 쉬지 않고 감독하겠나이다."

"모든 관료가 이처럼 게으름을 피우려 하지 않으니, 대양을 건너 서양을 정벌하는 일쯤이야 뭐가 어려우랴!"

황제는 즉시 태감 한 명과 상서 두 명을 조선소에 파견했다. 이어서 황제는 내궁으로 돌아가고, 대신들은 해산하고, 장 천사와 벽봉장로도 각자 묵고 있던 곳으로 돌아갔다.

한편, 삼보태감과 두 상서는 가마를 타고 길을 열며 조선소로 갔다. 그리고 그곳에 도착하자 가마에서 내려 인사를 나누고 감독관을 만나 장부를 조사하고 장인들을 점검한 후, 하늘과 땅의 신에게 지전을 살라 제사를 올리고 작업을 개시해서 금방 모든 준비를 마쳤다. 다만 그 목재는 원래 깊은 산속에서 채취해 온 것이라서 둘레가 열 아름이나 되었고, 수령(樹齡)도 오래되어 단단하기 그지없었다. 아무리 도끼질하고 자귀로 파내고, 톱질하고, 대패질하고, 못질하고, 송곳으로 후벼도 도무지 꿈쩍도 하지 않았다. 그 바람에 작업을 시작한 지 한 달 남짓 지났지만 진척이 전혀 없었다. 매일 삼보태감과 두 상서가 말을 달려 조선소를 찾아갔다.

마 상서가 말했다.

"이렇게 일이 어려워서야 십 년이 걸려도 배를 건조하지 못하겠구려."

왕 상서가 말했다.

"십 년이 지나도 서양으로 출발하지 못하겠구려."

그러자 삼보태감이 피식 웃으며 말했다.

"두 분께서는 십 년이 지나도 서생 신세를 벗어나지 못하시겠군요."

그 말에 마 상서가 속으로 생각했다.

'배를 건조하는 일은 결국 우리 공부의 업무이니, 이 책임은 결국 내가 져야겠구나.'

그는 속으로 한 가지 계책을 생각해내고 두 사람 몰래 장간사로 달려가 벽봉장로에게 도움을 청했다.

"이 공사에는 별다른 수단을 부릴 수 없이, 그저 천하의 장인들을 널리 불러 모으다 보면 자연히 해결책이 나올 것입니다."

마 상서는 작별하고 돌아가면서도 마음속으로는 오로지 이 공사가 빨리 끝나지 않을까 걱정했다.

어느 날 그는 가마를 타고 가다가 문득 벽봉장로의 말을 떠올렸다.

'천하의 장인들을 널리 불러 모으다 보면 자연히 해결책이 나올 거라고 하셨으니, 배를 건조할 방법은 모두 이 말 속에 들어 있을 거야.'

그는 즉시 포고문을 써서 큰길에 내걸어 천하의 장인들을 널리 초빙하면서, 이 일에 공을 세운 이에게는 벼슬을 내리겠다고 약속했다. 이 소식을 들은 장인들이 천 리를 멀다 하지 않고 사방에서 구름처럼 몰려들었다. 그 가운데 골라보니 과연 해결책이 보였다. 톱질이든 도끼질이든 끌질이든 자귀를 다루는 일이든 대패질이든 못질이든 송곳질이든 더 빨리 해 낼 수 있는 이들이 있었던 것이다. 그는 벽봉장로에게 선박의 설계도를 달라고 해서 거기에 그려진 수대로 배를 건조하면서 배의 길이며 넓이, 장치 등도 모두 적혀 있는 대로 맞춰서 작업하게 했다. 다만 네 척의 배는 설계도의 모양과는 달리 황제의 분부에 따라 이렇게 저렇게 만들었다.

그렇다면 어느 네 선박이 달랐다는 것인가?

제1호는 사령부로서 두문(頭門)과 의문(儀門), 섬돌(丹墀), 적수(滴水)[29], 관청(官廳), 천당(穿堂)[30], 후당(後堂), 고사(庫司)[31], 곁방(側屋),

그리고 서재와 공중화장실 등이 설치되는데 기둥이며 들보가 모두 화려하게 치장되고, 코끼리 코처럼 치켜 올라간 처마 위에는 구리로 엮은 그물을 설치해서 새들이 더럽히지 않도록 했다. 이것은 바로 정서대원수의 집무실이자 거처인 것이다.

제2호도 사령부와 똑같은 모양으로 만들어지는데, 이것은 정서부원수의 집무실이자 거처이다.

제3호는 벽봉선사(碧峰禪寺)로서 산문(山門)에서 금강전(金剛殿)을 거쳐 천왕전(天王殿)으로 이어지는데, 천왕전의 양쪽에는 진흙으로 빚은 금강역사(金剛力士)의 상과 나무를 조각하여 만든 '풍조우순(風調雨順)' 즉 사대천왕(四大天王)의 상이 높다랗고 기괴하여 살기가 충만하게 세워진다. 다시 그곳을 지나면 비로소 대웅전에 이르게 되는데, 여기에는 삼존고불(三尊古佛)과 그 양쪽으로 늘어선 십팔나한(十八羅漢)이 모셔진다. 이 십팔나한은 모두 단향목(檀香)으로 조각한 것인데, 높이가 일곱 자 남짓 된다. 대웅전 뒤쪽은 비로각(毗盧閣)으로서 따로 방장(方丈)과 반당(袢堂)[32]이 있으며, 그 안

29 건축에서 빗물 등 실외의 물이 직접 창틀이나 베란다를 통해 흘러내려 벽을 침식하는 것을 방지하기 위해 창틀이나 베란다 아래에 설치하는, 안쪽으로 움푹 파인 구조물을 가리킨다.

30 건물과 건물 사이를 연결하는 길의 역할을 하는 지붕과 양쪽의 벽, 창이 있는 건물을 가리킨다. 공(工)자 형의 건물에서는 앞뒤 건물을 연결하는 부분을 가리키며, 주랑(柱廊)이라고도 부른다.

31 재무관리인을 가리킨다.

32 정확한 뜻은 알 수 없으나 방장 옆에 딸린 방을 가리키는 듯하다.

에 황금으로 만든 금련화(金蓮花) 꽃잎 천 개를 엮어 만든 '천엽련대(千葉蓮臺)'라는 보좌(寶座)가 설치된다. 또 높이가 세 길 다섯 자이고 양쪽에 여러 천신(天神)의 모습을 그려 넣어 색다른 맛을 풍기는 현경대(懸鏡臺)가 설치된다. 이곳은 바로 벽봉장로가 쓰는 곳이다.

제4호는 장 천사의 집무실이자 거처로서 두문과 중문을 지나면 사계절 내내 시들지 않는 천 그루의 신령한 복숭아나무가 심겨 있다. 중앙에는 삼청전(三淸殿)이 지어지고, 그 뒤에 옥황각(玉皇閣)이 지어진다. 또 그 뒤에는 취신대(聚神臺)가 설치되는데, 그 위에는 마(馬), 조(趙), 온(溫), 관(關)의 네 분 천신의 상이 들어서고, 그 양쪽으로는 삼십륙 천강(天罡)과 칠십이 지살(地煞)의 상이 늘어서게 된다. 그 외에 기화이초가 가득하여 인간 세계의 별천지라고 할 수 있는 진인불로궁(眞人不老宮)이 지어진다. 이곳은 바로 용호산 장 천사가 쓰는 곳이다.

이 배들은 수많은 황금을 쓰고 황제의 많은 배려 속에 여덟 달도 되지 않아서 완성되었다. 이에 마 상서와 왕 상서, 삼보태감이 함께 모여서 공동으로 상소문을 올렸다.

> 선박 건조 공사가 끝났사오니, 공로자들에게 상을 내려 주시옵소서.

황제는 그 상소문을 보고 진노하여 급히 문무백관을 소집했다.

황제가 왜 진노했는지, 문무백관을 급히 소집하여 무슨 어명을 내리는지는 다음 회를 보시라.

제17회

조선소에서 노반(魯班)이 도와주고 닻 공장에서 신선이 능력을 베풀다

寶船廠魯班助力　鐵錨廠眞人施能

大明開鴻業	위대한 명나라가 창업하니[1]
巍巍皇猷昌	드높아라, 황제의 책략과 교화 번창하도다!
止戈戎衣定	전쟁을 끝내고 갑옷을 거두고
修文繼百王	학문을 닦아 수많은 왕에게 잇게 하셨네.
統天崇雨施	천하를 다스리시며 은택을 베푸시고
治物體含章	만물을 다스리시며 아름다운 덕을 체현하셨네.
深仁諧日月	깊은 인자함은 해와 달과 같으시고
撫運邁時康	시운(時運)에 순응하여 태평성세 이루셨네.
幡旗旣赫赫	군대의 깃발 웅장하여

1 인용된 시는 신라(新羅)의 왕 김진덕(金眞德)이 당나라를 칭송하여 지은 〈태평송(太平頌)〉인데, 여기서는 첫 구절의 대당(大唐)을 대명(大明)으로 바꾸어 인용하고, 마지막 구절은 원작에서 "우리의 황조 당나라를 비추네.[昭我皇家唐.]"인데 약간 바꾸었다.

征鼓何鍠鍠	충정의 북소리 얼마나 우렁차던가!
外夷違命者	황명을 어긴 오랑캐는
剪覆被天殃	토벌되어 하늘의 재앙을 받으리라.
和風凝宇宙	온화한 바람 우주에 서리고
遐邇競呈祥	원근(遠近)에서 다투어 상서로운 징조 나타나네.
四時調玉燭	사계절은 화장하고
七曜巡萬方	칠요(七曜)[2]는 만방을 순행하네.
維嶽降宰輔	산악의 신은 재상 노릇을 할 인재 내려 주시고
維帝任忠良	황제께서는 충성스럽고 뛰어난 인재 임용하시네.
五三咸一德	오성과 삼신(三辰)[3]이 모두 하나의 덕으로
於昭虞與唐	태평성세를 비추어주네!

그러니까 공부상서가 상소문을 올려 선박 건조가 끝났으니 유공자에게 상을 내려 달라고 하자, 황제가 그걸 보고 진노하여 급히 문무백관을 소집했다. 정편이 세 번 울리자 문무백관이 일제히 시립했다. 황제가 말했다.

---

2 고대 중국에서는 각각 태양(太陽)과 태음(太陰)을 가리키는 해와 달, 그리고 태백(太白) 즉 금성, 세성(歲星) 즉 목성, 신성(辰星) 즉 수성, 형혹(熒惑) 즉 화성, 진성(鎭星) 즉 토성을 아울러 '칠요(七曜)' 또는 '칠정(七政),' '칠위(七緯)'라고 불렀다.

3 삼신(三辰)은 옛날 천문학에서 해와 달과 별을 아울러 칭하는 말이다.

"오늘 만조백관들이 모인 자리에 공부에서 상소문을 올렸는데, 선박 건조가 마무리되었다고 하오. 이게 사실인가?"

마 상서가 대열에서 나와 아뢰었다.

"하늘에 이르는 폐하의 홍복 덕분에 며칠 안에 마무리될 수 있게 되었사옵니다."

왕 상서도 대열에서 나와 아뢰었다.

"천지신명과 귀신의 도움으로 선박 건조가 순조롭게 진행되었사옵니다."

삼보태감도 대열에서 나와 아뢰었다.

"저희가 밤낮으로 독려하여 확실히 공사가 끝났사옵니다."

황제가 말했다.

"너희들이 모두 짐을 속이는구나! 이렇게 큰 공사가 어찌 이리 빨리 끝날 수 있다는 말이더냐?"

그러자 문무백관이 일제히 무릎을 꿇고 머리를 조아리며 아뢰었다.

"신하 된 몸으로 어찌 감히 폐하를 기만하겠사옵니까?"

황제가 살펴보니 문무백관 가운데 유독 성의백 유 아무개만이 입을 열지 않고 있었다.

"성의백, 그대는 왜 아무 말이 없는가?"

"용서하시옵소서. 점을 쳐 보느라 미처 아뢰지 못했사옵니다."

"그래, 점괘가 어떻게 나왔는가?"

"폐하, 점괘에 의하면 과연 조선소에 천신의 도움이 있어서 일이 순조롭게 끝났사오니, 이상하게 생각하지 마시옵소서."

"아무리 그래도 내 눈으로 그 천신을 직접 보기 전에는 믿을 수가 없소."

"그거야 어렵지 않사옵니다."

"정말이오?"

"성심이 없으면 신이 나타나지 않는 법이옵니다."

"그렇다면 짐이 열흘 동안 재계한 후 직접 조선소에 가서 보겠소. 탁자 아홉 개로 단층의 대를 만들어서 정말 천신이 그 위에 날아온다면 짐도 믿겠소이다."

만조백관들이 일제히 아뢰었다.

"어명을 받드옵니다!"

황제가 내궁으로 돌아가고 문무백관도 해산했다. 마 상서는 성의백에게 여러 차례 허리를 숙여 절하며 말했다.

"폐하께서 천신을 보고 싶어 하시는데 어떻게 보여 드릴 셈이신지요?"

"이렛날이 되면 자연히 천신이 내려오실 겁니다."

비록 성의백이 그렇게 얘기했지만, 마 상서는 사실 마음이 놓이지 않았다.

어느새 이레가 되자 과연 황제는 수레를 타고 문무백관을 거느린 채 조선소로 갔다. 그곳에는 이미 금칠을 한 탁자 아홉 개가 단층으로 놓여 있었다. 황제는 그곳에 도착하자 즉시 천신이 나타나게 하라고 했다. 만약 천신이 나타나지 않으면 황제를 기만한 죄를 적용하여 그곳 관리들과 장인들을 모조리 참수하겠다고 했다. 그 '참수'라는 말에 다들 목을 움찔하며 혼비백산하지 않을 수 없었다. 얼마 후 주방에서 솥에 불을 때던 이가 봉두난발에 맨발로 달려 나와 장인들에게 말했다.

"제가 여기서 아무 공도 세우지 않은 채 일곱 달 동안 녹을 얻어 먹었으니, 오늘 여러분을 위해 잠시 힘을 쓸까 합니다. 여러분이 그저 '천신이 나타났다!' 하고 함께 소리쳐서 제 기운을 북돋아 주신다면, 제가 제대로 능력을 보여 드리겠습니다."

이에 사람들이 "천신이 나타났다!" 하고 소리치자 그가 몸을 훌쩍 날려 아홉 장의 탁자로 만든 단 위로 올라갔다. 황제는 깜짝 놀랐다.

'이야말로 신이 없다고 말하지 말라, 실제로 있노라[莫道無神也有神][4]라는 격이로구나!'

그러면서 황제가 물었다.

"천신이시여, 그대의 성함은 무엇이오?"

"내가 이름이고, 이름이 바로 나올시다."

황제는 고개를 돌려 시중드는 환관을 불렀다. 그런데 다시 고개

---

4 이것은 풍몽룡(馮夢龍: 1574~1646)의 《경세통언(警世通言)》 권15 〈김령사미비수수동(金令史美婢酬秀童)〉 말미에 들어 있는 시의 한 구절로서, 전편은 다음과 같다. "벼락신이 전당포를 불태우니, 못된 귀신 쫓는다는 말 과연 정말일세. 현도관에 장피작이 있으니, 신이 없다 말하지 말라, 실제로 있나니![雷人曾將典庫焚, 符驅鬼祟果然眞. 玄都觀裏張皮雀, 莫道無神也有神.]" 장피작(張皮雀)은 이 이야기에 등장하는 하늘의 신선이다.

를 돌려 보니 그 천신의 모습이 벌써 사라져 버린 것이었다. 황제는 무척 기분이 좋았다. 지금 천신이 도와주니 나중에 서양을 정벌할 때도 좋은 결과가 있으리라 짐작했기 때문이다. 그는 즉시 장인들을 불렀다. 장인들은 황제의 어가(御駕)를 보자 머리까지 힘이 다 빠져서 일제히 납작 엎드렸다. 황제가 물었다.

"저기 탁자 위에 있던 이는 누구였는가?"

"솥에 불을 때던 일꾼이었사옵니다."

"그의 성명이 무엇이라 하더냐?"

"그저 성이 증(曾)씨라는 것만 알고 이름은 모르옵니다."

"차림새가 어떠하더냐?"

"하루 내내 봉두난발에 맨발로 다니는데, 허리에 주먹만 한 구슬 네 개를 꿴 염주를 매달고 있었사옵니다. 왼발 위에는 구슬을 문 호랑이 한 마리를 그려 장식했고, 오른발 위에는 난초를 옆에 둔 모란꽃을 그려 장식했사옵니다. 먹는 양이 엄청나서, 매일 한 대야든 한 동이든 남은 음식을 모조리 먹어치웠사옵니다. 남은 음식이 없으면 보름 동안 아무것도 먹지 않았사옵니다."

"과연 진정한 천신이로구나."

황제는 곧 장인들을 보내고 성의백을 불러들였다.

"다시 한번 점을 쳐서 그 천신의 성명을 알아보시오."

"점을 칠 필요도 없이, 장인들이 이미 분명하게 설명했사옵니다."

"장인들은 이름을 모른다고 했소."

"성이 증씨라고 했고 허리에 주먹만 한 구슬 네 개를 꿴 염주를 매달고 있었다고 했으니, '증(曾)'자의 허리에 점 네 개를 더하면 '노(魯)'가 되지 않사옵니까? 왼발에는 짐승의 왕인 호랑이가 있고 오른발에는 꽃들의 왕인 모란꽃이 있다고 했사옵니다. 호랑이가 구슬을 하나 물고 있다고 했으니, 이것은 점 하나를 가리킵니다. 모란꽃 옆에 난초가 있다고 했으니 이것은 삐침 획을 가리킵니다. 두 개의 '왕(王)'자 중간에 점 하나와 삐침 하나를 넣으면 '반(班)'자가 되지 않사옵니까? 이렇게 보건대 분명 노반(魯班)[5]이 내려와서 도와주었을 것이옵니다. 그러니까 '내가 이름이고, 이름이 바로 나'라고 했을 것이옵니다."

"일리 있는 말씀이오."

그리고 즉시 어명을 내려 벽봉장로를 모셔오라고 했다. 벽봉장로는 황제에게 인사한 후 미소를 지으며 말했다.

"오늘 노반이 폐하를 뵙고 갔을 겁니다."

"아니, 국사께서 그걸 어찌 아십니까?"

"제가 마 상서에게 모셔오라고 한 겁니다."

"아니, 그게 어찌 된 일입니까?"

---

5 노반(魯班: 기원전 507~기원전 444)은 춘추시대 노(魯)나라의 뛰어난 장인이었던 공수반(公輸般)을 가리킨다. 기계와 토목, 수공예에 모두 뛰어났던 그는 톱이며 끌, 대패, 자귀, 자[曲尺] 등의 도구를 발명하고 먹줄로 선을 긋는 법을 개발했다고 알려져 있다. 또《묵자(墨子)》의 기록에 따르면 그는 나무와 대나무를 이용하여 까치[鵲]를 만들었는데, 그걸 타고 하늘에 날며 사흘 동안 내려오지 않았다고 한다. 그 외에 그는 나무로 만든 인형이 기계식으로 움직이는 특수한 수레인 목거마(木車馬) 등을 만들었다고도 한다.

벽봉장로는 마 상서가 의견을 물으러 왔던 일을 자세히 들려주었다. 그러자 황제는 더욱 벽봉장로를 존경하고 성의백을 존중하게 되었다. 그리고 곧 기록관을 불러서 공적을 기록하여 후한 상을 내리게 하는 한편, 강가로 가서 배들을 구경했다. 그 멋진 배들을 증명하는 〈보선사(寶船詞)〉[6]라는 노래가 있다.

刳木爲舟利千古	나무 깎아 배 만들어 영원토록 후세를 이롭게 하나니
肇自虞姁與工倕	이는 우후(虞姁)와 공수(工倕)에게서 시작되었지.[7]
欋輿窾木吳餘皇	처음에는 움푹한 나무를 썼다가 오(吳)나라 때는 여황(餘皇)[8]이 있었고

6 이것은 송나라 때 오숙(吳淑)의 《사류부》 〈복용부(服用部)〉에 들어 있는 〈주(舟)〉의 일부 구절을 바꾸어 인용한 것이다. 본 번역에서는 인용문에서 바꾼 몇몇 글자들 가운데 작자의 의도적인 개작이 아니라고 판단되는 부분은 원작에 맞추어 고쳐서 번역했다.

7 《여씨춘추》에서는 우후(虞姁)가 배를 만들었다고 했고, 《묵자》에서는 공수(共倕)가 배를 만들었다고 했다. 한편 이 소설의 작자인 나무등(羅懋登)은 공수를 공고(共鼓)라고 바꾸어 인용했는데, 이는 《세본(世本)》에서 공고와 화적(貨狄)이 배를 만들었다고 기록했기 때문인 것으로 보인다. 고대 중국에서 배를 처음 만든 사람에 대해서는 다양한 기록이 있는데 예를 들어서 《강희자전(康熙字典)》에 소개된 것만 하더라도 위 다섯 사람 외에 번우(番禺)(《산해경》 〈해내경(海內經)〉), 화과(化狐)(《물리론(物理論)》), 익분(益盆) (《발몽기(發蒙記)》) 등이 있다.

8 《좌전》 〈소공(昭公) 17년〉의 기록에는 초(楚)나라 군대가 오(敗)나라 군대를 크게 물리치고 그들이 탄 배인 여황(餘皇)을 획득했다고 했다.

矜夸浮土漢雲母	흙으로 만든 배 띄웠으나[9] 한나라 때는 운모로 장식한 배[10]가 있었지.
白魚瑞周以斯躍	하얀 물고기가 주(周)나라에 상서로운 징조 보이며 뛰었고[11]
黃龍感禹而來負	황룡이 우(禹) 임금에게 감응하여 배를 짊어졌지.[12]
誰知道濟舴艋功	뉘라서 알랴, 단도제(檀道濟)가 작은 배 만들게 한 공을?[13]

9 《세본(世本)》에 따르면 늠군(廩君)은 이름이 상(相)이고 성은 사씨(巳氏)인데 번씨(樊氏)와 심씨(瞫氏), 배씨(柏氏), 정씨(鄭氏)와 다투었다. 이에 신이 흙으로 배를 만들고 화려하게 무늬를 장식하여 이들에게 물에 띄워보라고 하면서 배를 띄운 사람을 군주로 삼아주겠다고 했다. 결국 늠군만이 배를 띄워서 군주의 자리에 앉았다고 한다.

10 동진 때 왕가(王嘉)가 편찬한 《습유기(拾遺記)》에 따르면, 한나라 성제(成帝)에게 운모로 익수(鷁首)를 장식한 배가 있어서 그 이름을 운모주(雲母舟)라고 붙였다고 한다.

11 《주서(周書)》에 따르면 무왕(武王)이 주(紂)를 정벌하려고 황하를 건널 때 하얀 물고기가 무왕이 탄 배에 뛰어들었는데, 무왕이 그것을 장작에 태웠다고 한다.

12 《여씨춘추》 〈지분(知分)〉에 따르면 우 임금이 남방을 순행하려고 장강을 건널 때 황룡이 배를 짊어지자 배에 탄 이들이 당황했는데, 우 임금이 하늘을 우러르며 탄식하자 황룡이 그 소리를 듣고 얌전히 떠났다고 한다.

13 단도제(檀道濟: ?~436)는 남조 송(宋)나라 때의 대장군인데, 문제(文帝)는 그가 이전 왕조의 높은 벼슬아치였고 그 아들들도 모두 전쟁에서 큰 공을 세우자 경계심이 생겨서 그를 처형해 버렸다고 한다. 《이원(異苑)》에 따르면 단도제가 심양(潯陽)에 주둔해 있을 때, 누군가 시상(柴桑)에 그물을 쳤다가 커다란 배를 하나 건졌다. 그런데 그 배에 큰 구멍이 있어서 장인들에게 새로 작은 배를 만들라고 지시했는데, 장인이 실수로 배를 둘로

乘風縱火有艨艟	바람 타고 불붙인 전투함을 보내기도 했고[14]
徐宣凌波其抗厲	서선(徐宣)은 장하고 용맹하게 파도를 무릅썼지.[15]
鄧通持櫂何雍容	등통(鄧通)은 노를 잡고 얼마나 차분했던가?[16]
艤烏江而待項羽	오강에 배를 대고 항우를 기다린 일도 있지.[17]
燒赤壁而走曹公	적벽에서 배를 불태워 조조를 패주하게 했고

잘라 버리자 단도제가 불길하게 여기고 장인 세 명을 죽였다. 그러나 훗날 그가 조정에 들어갔을 때 과연 처형되었다고 한다.

14 유명한 적벽대전(赤壁大戰)에서 주유(周瑜) 휘하의 장수 황개(黃蓋)는 전함에 기름에 적신 장작과 마른 풀을 실어 바람을 따라 조조(曹操)의 진영으로 띄워 보내고, 그 배에 불을 붙여 물가에 진을 치고 있던 조조의 군영을 불태웠다.

15 위(魏)나라의 서선(徐宣: ?~236, 자는 보견[寶堅])이 사례교위(司禮校尉)가 되어 문제(文帝)를 따라 광릉(廣陵)으로 가던 도중 갑자기 풍랑이 일어 문제가 탄 배가 뒤집혔을 때, 뒤따라오던 서선이 파도 속에서 배를 몰아 문제를 구했다는 일화가 있다.

16 《한서》에 따르면 등통(鄧通)은 원래 뱃사공이었는데, 문제(文帝)가 꿈에 자신을 하늘나라로 올려준 사공을 찾다가 그를 발견하고 발탁했다고 한다. 그는 문제의 총애를 받아 엄청난 부를 축적했으나, 훗날 경제(景帝) 때 동전을 위조했다는 죄목으로 모든 재산과 벼슬을 빼앗기고 비참하게 죽었다고 한다.

17 항우(項羽)가 전투에서 패하여 오강(烏江)을 건너려고 할 때 그곳 정장(亭長)이 배를 대고 기다리고 있었다는 일화가 있다.

沙棠木蘭稀巧麗	사당목(沙棠木)으로 만든 배는 귀하고도 훌륭했지.[18]
指南常安有奇制	지남주와 상안주[19]는 모양도 특별했고
采菱翔鳳兮幷稱	채릉주와 상봉주[20]는 나란히 명성 날렸지.
吳舟+周晉舶兮一類	오나라 배와 진나라 배는 같은 종류였고
李郭共泛兮登仙	이응(李膺)과 곽태(郭泰)는 함께 배 띄우고 신선나라로 올라갔지.[21]
胡越同心兮共濟	북방 오랑캐와 남방 오랑캐도 한 배를 타면 한마음으로 건너고
涉江求劍兮楚傎	각주구검(刻舟求劍)하는 어리석은 초(楚)나

18 《습유기》에 따르면 한나라 성제(成帝)가 조비연(趙飛燕)과 함께 태액지(太液池)에서 노닐 때 사당목(沙棠木)으로 만든 배가 구하고 훌륭해서 침몰하지 않았다고 한다.

19 《진궁각기(晉宮閣記)》에 따르면 영지지(靈芝池)에는 명학주(鳴鶴舟)와 지남주(指南舟)가 있었고 도지(都池)에는 화윤주(華潤舟)와 상안주(常安舟)가 있었다고 한다.

20 《서경잡기(西京雜記)》에 따르면 태액지(太液池)에 채릉주(采菱舟)가 있다고 했다. 양(梁)나라 때 도계직(陶季直)이 편찬한 《경방기(京邦記)》에 따르면 남조 송(宋)나라 무제(武帝) 육합(六合)으로 건너갈 때 용주(龍舟)와 상봉(翔鳳) 이하 3,405척의 배를 노 저어 갔는데, 그 성대함이 이전 왕조에서 비할 데가 없을 정도였고 했다.

21 《후한서》에 따르면 곽태(郭泰: 128~169, 자는 임종[林宗])가 낙양(洛陽)에 놀러 갔다가 당시 하남윤(河南尹)으로 있던 이응(李膺: 110~169, 자는 원례[元禮])과 처음 만나서 절친한 지기가 되었다. 훗날 고향으로 돌아가는데 문인들이 수천 대의 수레를 타고 황하 강변까지 전송했는데, 곽태는 오직 이응과 둘이서만 같은 배를 탔다. 이에 전송객들이 멀리서 바라보고 그 둘이 신선이 아닐까 생각했다고 한다.

라 염탐꾼이여

伐晉王官兮在秦　진(晉)나라 정벌하여 벼슬아치 사로잡은 이 진(秦)나라에 있었다네.[22]

紼纚維兮泛五會　밧줄에 묶어 큰 배[23]를 띄우니

舳艫接兮容萬人　이물과 고물 이어져 만 명을 수용할 수 있었다네.[24]

飛雲見兮知吳國　비운선(飛雲船) 나타나니 오(吳)나라 것임을 알겠고[25]

青翰聞兮爲鄂隣　청한주(青翰舟) 얘기 전해지는 것은 악군(鄂君) 때문이지.[26]

---

22 《좌전》〈희공(僖公) 33년〉의 기록에 따르면, 진(秦)나라 목공(穆公) 때의 장수 백리시(百里視, 자는 맹명[孟明])가 진(晉)나라를 정벌할 때 황하를 건너 배를 불태우고 조정의 벼슬아치들을 붙잡아 돌아왔다고 한다.

23 본문의 '오회(五會)'는 큰 배를 가리킨다. 《태평어람(太平御覽)》 권770에 인용된 진(晉)나라 때 주처(周處)의 《풍토기(風土記)》에 따르면 작은 배를 주(舟)라 하고 큰 배를 선(船)이라고 하는데, 온마(溫麻) 지역의 오회(五會)라는 것은 다섯 개의 판자를 합쳐서 큰 배를 만들기 때문에 붙여진 이름이라고 했다. 온마는 진(晉)나라 때 진안군(晉安郡, 지금의 양저우[揚州]에 속함)에 속한 현(縣)의 이름이다.

24 《한궁전소(漢宮殿疏)》에 따르면 무제(武帝)가 곤명지(昆明池)에 둘레가 40리나 되는 예장대선(豫章大船)을 만들었는데, 거기에는 만 명이 탈 수 있고 배 위에 궁전이 지어져 있었다고 한다.

25 《강표전(江表傳)》에 따르면 손권(孫權)이 비운대선(飛雲大船)을 타고 장소(張昭), 노숙(魯肅) 등과 함께 송별연을 열었다고 한다.

26 청한주(青翰舟)는 새 모양을 장식하고 푸른색을 칠한 배이다. 한나라 때 유향(劉向)이 편찬한 《설원(說苑)》〈선설(善說)〉에 따르면 악군자석(鄂君子晳)이 이 배를 탔다고 한다.

漢武兮汾陽申辨　　한 무제는 분양(汾陽)에서 흥겨운 노래 불렀고[27]

廣德兮便門陳諫　　설광덕(薛廣德)은 편문에서 간언을 했지.[28]

穆滿兮乘之鳥龍　　목천자(穆天子)는 조주(鳥舟)와 용주(龍舟)를 탔고[29]

山松兮望彼鳧雁　　산꼭대기의 소나무들 저 오리나 기러기 같은 배들 바라보지.

伐維江陵兮喬木　　강릉(江陵)의 아름드리나무 베어 배 만들고

習維昆明兮鏖戰　　곤명지(昆明池)에서 수전(水戰) 익혔지.[30]

翐螭赤馬兮三俟　　청리주(翐螭舟)와 적마주(赤馬舟)[31], 삼익주

---

27 《한서》〈무제기〉에 따르면 무제가 하동(河東)에 갔을 때 경사(京師)를 돌아보고 흥에 겨워서 배 안에서 노래를 불렀는데, 그 내용이 이러했다고 한다. "누선을 띄우고 분하를 건너나니, 중류를 지날 때 하얀 파도 일어나네[汎樓船兮濟汾河, 橫中流兮揚素波]."

28 《한서》〈설광덕전(薛廣德傳)〉에 따르면 무제가 종묘에 제사 지내려고 편문을 나서서 누선(樓船)을 타려 하는데 어사대부(御史大夫) 설광덕이 수레를 막으며 모자를 벗고 배를 타는 것은 위험하니 다리를 건너서 가라고 간언했다고 한다.

29 목천자전(穆天子傳)》에는 목천자가 조주(鳥舟)와 용주(龍舟)를 타고 대소(大沼)에서 놀았다는 기록이 있다. 그 주석에 따르면 이 배들은 새와 용의 모양을 본떠서 만든 것이라고 했다.

30 《한서》〈무제기〉에 따르면 월(越)나라가 전함(戰艦)을 이용해 한나라와 수전(水戰)을 벌이려 하자, 무제가 곤명지(昆明池)를 대대적으로 개축하여 건물들로 둘러싸고, 높이가 10여 길이나 되는 누선(樓船)을 만들고 그 위에 깃발을 세웠다고 한다.

31 둘 다 한 무제가 곤명지에 띄웠다는 배 이름이다.

	(三翼舟)[32]
鷁首鴨頭兮伍樓	익조(鷁鳥)의 머리문양 그린 압두선(鴨頭船)과 오루선(伍樓船)[33]
蒼隼兮先登見號	창준선(蒼隼船)과 소아선등선(小兒先登船)[34]의 번호 보이고
飛廬兮利涉爲謀	비로(飛廬)[35]를 설치하니 노 저어 가서 계책 논의하지.
泛靈芝兮杜白鶴	영지지(靈芝池)에 명학주(鳴鶴舟)[36] 띄우고
浮巨浸兮梁銀鉤	큰 강물에 배 띄워 은 고리 걸었네.

황제는 그 배들을 보고 벽봉장로에게 물었다.

---

32 《월절서(越絶書)》에 따르면 월나라는 대익(大翼)과 중익(中翼), 소익(小翼)의 세 가지 배를 만들어 수전을 치렀다고 한다. 양효왕(梁孝王)이 지은 〈배 이름[船名]〉이라는 시에는 "날이 어두워지니 비운선을 띄우는데, 삼익선은 저희끼리 좇아가네.[天暝浮雲飛, 三翼自相追.]"라는 구절이 있다.

33 압두선(鴨頭船)은 삼국시대 오나라의 제갈각(諸葛恪)이 만들었다는 배이고, 오루선(伍樓船)은 손권(孫權)이 동습(董襲)을 도독(都督)으로 삼아 조조(曹操)의 수군과 맞서게 할 때 출전했던 배 이름이다.

34 《진령(晉令)》에 따르면 수전(水戰)을 할 때는 소아선등선(小兒先登船)과 비조선(飛鳥船), 비운선(飛雲船), 창준선(蒼隼船)이 동원되는데 각기 45보(步)의 거리를 두고 진을 펼친다고 했다.

35 《석명(釋名)》에 따르면 배 위에 설치한 방이 있는 건물을 '노(廬)'라고 하고, 그것이 이층 이상인 경우는 '비로(飛廬)'라고 부른다고 했다.

36 《진궁각기(晉宮閣記)》에 따르면 천연지(天淵池)에는 자궁주(紫宮舟)와 승진주(升進舟), 요양주(曜陽舟), 비룡주(飛龍舟), 사렵주(射獵舟)가 있고, 영지지(靈芝池)에 명학주(鳴鶴舟)가 있다고 했다.

"배는 준비되었는데, 국사께선 언제 출발하실 건지요?"

"배는 준비되었지만 아직 닻이 만들어지지 않았습니다."

"삼산가(三山街)의 구내문(舊內門) 안에 몇 개가 있던데, 그걸 가져다 쓰면 안 될까요?"

"그건 조금 작아서 쓸 수 없습니다."

"옛날에 쓰던 것으로 안 될 테니, 국사께서 마음에 드시는 대로 새로 만드십시오."

"빠른 시일 안에 주조하도록 하겠습니다."

"문무백관에게 묻겠소. 그대들 가운데 닻을 주조하는 일을 담당할 분이 계시오?"

그 말이 끝나기도 전에 대열 속에서 또 삼보태감이 나와서 머리를 조아리며 아뢰었다.

"제가 맡아서 하겠사옵니다."

하지만 그 말이 끝나기도 전에 대열 가운데서 또 공부의 마 상서가 나와 머리를 조아리며 아뢰었다.

"제가 맡겠사옵니다."

그때 또 대열 가운데서 병부의 왕 상서가 나와 머리를 조아리며 아뢰었다.

"제가 돕겠사옵니다."

황제는 배를 건조하는 일을 맡았던 세 관리가 자원하고 나서자 무척 기분이 좋았다.

"정말 감사하오."

그러자 세 관리가 일제히 아뢰었다.

"신하로서 마땅히 해야 할 일이온데 '감사'라니요. 당치 않사옵니다! 그런데 닻의 크기는 어느 정도 되어야 하옵니까?"

"그건 내가 모르는 일이니, 국사께 여쭙도록 하시오."

그러자 왼쪽에 서 있던 벽봉장로가 말했다.

"바깥 닻은 너무 커서도 안 되고 너무 작아서도 안 됩니다. 대략 상, 중, 하 세 가지로 구분되는데, 이 또한 각기 세 치수로 나뉩니다. 상급은 상상과 상중, 상하로 나뉘고, 중급은 중상과 중중, 중하로, 그리고 하급은 하상, 하중, 하하로 나뉩니다. 그러니 모두 아홉 가지이지요. 맨 첫 번째 닻은 일곱 길 석 자 길이의 자루에 세 길 두 자 길이의 날, 그리고 여덟 자 다섯 치 높이의 고리가 필요합니다. 두 번째 닻은 다섯 길 세 치 길이의 자루에 두 길 두 자 길이의 날, 그리고 다섯 자 다섯 치 높이의 고리가 필요합니다. 세 번째 닻은 네 길 세 치 길이의 자루에 한 길 두 자 길이의 날, 그리고 석 자 다섯 치 높이의 고리가 필요합니다. 그 외의 것들은 모두 이 치수에서 더하거나 빼고, 곱하거나 나누어서 치수를 정합니다. 그리고 종려나무 껍질을 꼬아 만든 밧줄 백열 개가 필요한데, 모든 밧줄은 통 모양으로 굵게 만들어 닻 구멍에 끼워야 통일성을 갖게 됩니다."

벽봉장로가 일을 나누어 맡기고 나자 황제는 궁으로 돌아가고, 문무백관도 황제를 따라 떠났다. 남아 있던 삼보태감과 병부상서, 공부상서는 황제에게 작별인사를 한 후 일을 나누어 맡을 담당 관리를 선정하고, 즉시 정회문(定淮門) 바깥의 넓은 곳에 닻 제조 공장을 지었다. 그리고 땔감과 석탄, 철, 구리를 다루는 삼백예순 군데 가게들에 지급으로 공문을 날려 필요한 물품들을 신속하게 닻 제조 공장으로 보내도록 했다. 그리고 호두패(虎頭牌)[37]를 든 관리들을 각 지역의 주(府)와 부(州), 현(縣), 도(道)에 파견하여 필요한 재물과 곡식들을 신속하게 닻 제조 공장으로 보내도록 했다. 또 관리들을 파견하여 성 안팎에서 쇠와 구리를 다룰 줄 아는 대장장이들을 모아 신속하게 닻 제조 공장으로 보내도록 했다. 아울러 호두패를 든 관리들을 각 지역의 주와 부, 현, 도에 파견하여 대장장이들을 소집하여 신속하게 닻 제조 공장으로 보내도록 했다. 이야말로 이런 격이었다.

朝裏一點墨	조정의 먹물 한 방울이
侵早起來跑到黑	새벽같이 일어나 밤중까지 달려오게 하고
朝裏一張紙	조정의 문서 한 장이
天下百姓忙到死	천하 백성들을 정신없이 바쁘게 하네.

며칠 사이에 원근을 막론하고 필요한 재물과 곡식, 대장장이들이 일제히 도착했다. 삼보태감은 가운데 자리에, 왕 상서는 왼쪽에, 마 상서는 오른쪽에 앉아서 감독했다. 각 분야의 담당 관리들

---

37 호두패(虎頭牌)는 호랑이 머리 모양의(또는 호랑이 머리가 그려진) 패로서 관청의 위엄을 드러내면서 범죄자를 체포하는 증빙으로 사용하던 것이다.

이 줄지어 필요한 물품과 인원이 도착했음을 보고하고 나자, 천지의 신에게 갑마(甲馬)를 사르고 철묘조사(鐵錨祖師)[38]에게 제사를 올린 후, 용광로에 불을 지피고 장인들이 일을 시작했다. 세 명의 총감독들은 일단 각자의 부서로 돌아갔다. 그들은 그저 '개선하는 군대를 보고 승전보를 들으려' 할 뿐이었는데, 뜻밖에도 쇠를 다루는 대장장이들이 닻을 만드는 데에는 익숙하지 않아서 어영부영 한 달이 지났는데도 겨우 닻에 붙일 날만 네 개를 주조하고, 고리 하나만을 만들었을 뿐이었다.

한편, 이 세 명의 총감독은 사흘에 한 번씩 공장에 들렀는데, 한 달이 지나고 나니 열 번이나 들른 셈이었지만 닻은 구경조차 하지 못했다. 어느 날 그들이 다시 공장에 들를 때가 되었는데, 먼저 스물네 명의 숙련된 대장장이를 불렀다. 그들이 일제히 대령하여 무릎을 꿇자 삼보태감이 물었다.

"그래 뭘 만들었느냐?"

"두르는 테를 하나 만들었습니다."

"아니, 닻을 만들라고 했는데 무슨 테를 만들었단 말이냐? 여봐라, 이놈들에게 각기 곤장 서른 대씩을 치도록 하라!"

그러자 대장장이들이 "어이쿠!" 하며 해명했다.

"그건 닻을 만드는 데에 쓰이는 것입니다."

"닻에 무슨 테두리가 필요하단 말이냐?"

---

38 '닻을 관장하는 신'이라는 뜻으로 지어낸 존재이다.

"나리, '닻이 훌륭하지 않으면 테가 필요하다.[錨而不秀者有一箍.][39]'는 말이 있지 않습니까?"

"이런 개잡놈들 같으니! 내가 책을 읽지 않았다고 기만하는 것이더냐? 내가 '싹이 나도 이삭이 패지 않은 것도 있구나![苗而不秀者有矣夫]'라는 말도 모를 줄 아느냐? 어디 감히 그따위로 거짓말을 한단 말이냐? 법대로 만들지 않았으니 어명을 어긴 것이로구나. 이는 참수형에 처해야 할 죄로다!"

그는 즉시 어명을 받아서 그 스물네 명의 대장장이들을 강어귀로 끌고 가서 목을 베고 머리를 장대에 매달아 전시하게 했다. 불쌍하게도 그 머리 없는 스물네 명의 귀신들의 목숨은 강물에 떠내려가 버렸던 것이다.

어쨌든 그들을 처형하고 나자, 다시 쇳물을 부어 주조하는 일을 맡은 장인들의 우두머리 스물네 명을 불렀다. 이에 그들이 자기들끼리 상의했다.

"이번에 태감 나리께 불려가면 책에 적힌 이야기 같은 것은 하지 말고, 요즘 쓰이는 속담만 얘기해야겠어."

그리고 삼보태감을 뵙자, 그가 물었다.

"너희들이 주조한 것은 무엇이냐?"

"여러 번 시도했지만 성공하지 못했습니다."

---

39 이것은 《논어》 〈자한〉에 나오는 말이다. '묘(錨, máo)'는 '묘(苗, miáo)'와 '고(箍, gū)'는 '부(夫, fū)'와 발음이 비슷하기 때문에, 대장장이가 잘못 알고 이렇게 말한 것이다.

"작업을 끝내지 못했으니 곤장 서른 대를 맞아야겠구나! 여봐라, 당장 데려가서 곤장을 쳐라!"

그러자 장인들이 "어이쿠!" 하며 애원했다.

"소인들은 그런 매질을 견뎌내지 못합니다."

"그게 무슨 소리냐?"

"저희는 '단단하게 선 몸[鐵鑄的髒髒][40]'이라서 그런 매질은 견뎌내지 못합니다."

삼보태감이 그 말에 대로하여 욕을 퍼부었다.

"이런 개잡놈들 같으니! 닻을 주조하느니 차라리 쇳물로 네놈들을 주조해야겠구나. 네놈들은 관청 물건을 훔치고 용량을 속인 죄로 참수형에 처해야 마땅하다!"

그리고 어명을 받아서 그 스물네 명의 장인을 강어귀로 끌고 가서 목을 베고 머리를 장대에 매달아 전시하게 했다. 불쌍하게도 그 스물네 명의 '단단하게 선' 귀신은 하루아침에 만사가 끝장나고 말았던 것이다.

한편 닻 공장에서 이들 마흔여덟 명의 작업반장을 처형하고 새로 작업반장을 임명하자, 각 지역에서 징발된 구리와 쇠를 다루는 대장장이들은 그 모습을 보고 너나없이 조심하고 마음을 졸이면서 조급한 마음에 온 힘을 다했고, 수시로 지전을 사르며 기원하고 닻을 만드는 데에 전념했다. 하지만 아무리 쇳물을 붓고 두드려 봐

---

40 이것은 남자의 성기가 발기한 모양을 빗댄 속어(俗語)의 표현이니, 환관 앞에서는 욕이나 다름없는 말이라 하겠다.

도 도무지 닻이 만들어지지 않았는데, 사실대로 얘기하자니 또 얼마나 많은 사람이 목숨을 잃게 될지 모를 일이었다. 세 명의 총감독도 그런 상황을 보고 어쩔 수 없이 조금 너그럽게 해 주고 싶었지만, 황제가 정해 놓은 기한이 촉박했다. 그렇다고 더 엄하게 다스리자니 백성들에게 무슨 죄가 있겠는가? 이에 총감독들은 그저 하늘에 기도하며 하루 속히 닻이 만들어지기를 바랄 뿐이었다.

그러던 어느 날 세 명의 총감독이 닻 공장에 있을 때였다. 마침 점심 휴식시간이라서 장인들이 쉬고 있는데, 갑자기 작업장 안에서 웅성웅성 이러쿵저러쿵 얘기 소리가 들려왔다. 삼보태감은 아주 생각이 깊은 사람이라 즉시 명령을 내렸다.

"여봐라, 가서 누가 떠드는지 보고 오너라."

이야말로 이런 격이었다.

猛虎坐羊群	양 떼들 앞에 사나운 호랑이 앉아
嚴令肅千軍	엄한 호령으로 천군을 숙연하게 하네.

즉시 작업장 안에서 떠들던 이들이 붙들려왔다.

"네놈들은 닻은 주조하지 않고 무얼 그리 떠들어댔느냐?"

"저희가 떠든 것을 추궁하실 일이 아닙니다. 길거리 가게에서 데려온 그릇 수선공이 하나 있는데, 그 작자가 한사코 그릇만 수선하려고 해서 말다툼이 생긴 것입니다. 저희 문제가 아닙니다."

"그자는 어디 있느냐?"

"작업장에 있습니다."

"이리 데려오너라."

좌우의 수하들이 즉시 그 장인을 붙잡아 왔다. 그는 상당히 게으르고 느긋한 성격이어서 관청 따위는 마음에 두지 않는 인물이었다. 그는 삼보태감 앞에 이르자 그릇 수선하는 도구들을 내려놓고 깊숙이 허리 숙여 공손히 인사를 올렸다. 그러자 좌우의 수하들이 호통을 쳤다.

"치워라! 그릇장이가 무슨 예를 차린단 말이냐?"

"예의라는 것은 신분이나 나이에 상관없이 행해야 하는 것입니다. 문무백관은 조정에서, 백성들은 시골에서, 농부는 논밭에서, 나무꾼은 산에서, 어부는 강에서, 심지어 소를 치는 천한 목동들도 인사할 줄을 아는데, 이게 모두 예의가 아니겠습니까?"

삼보태감이 물었다.

"그렇게 예의를 잘 알면서 왜 그릇 수선하는 일을 하며 살고 있느냐?"

"제가 그릇을 수선하는 것도 바로 예의입니다. 만약 오늘 많이 수선한다면 그것은 많은 것을 귀하게 여기는 예의에 따른 것이고, 적게 한다면 적은 것을 귀하게 여기는 예의에 따른 것입니다. 만약 오늘 일이 번잡하면 바로 번잡한 것을 귀하게 여기는 예의에 따른 것이고, 일이 별로 없다면 간소한 것을 귀하게 여기는 예의에 따른 것입니다. 그러니 어찌 예의를 아는 사람은 그릇을 수선하면 안 된다는 법이 있겠습니까?"

"그릇 수선하는 사람이라면 네 그릇이나 수선할 것이지, 우리 작업장에는 왜 왔느냐?"

"여기 작업장에서는 천만 명이 밥을 먹는데 깨진 그릇 몇 개가 없겠으며, 수선할 만한 그릇 몇 개가 없겠습니까? 이를 일컬어 '한쪽에서 남는 것을 덜어 한쪽에서 부족한 것을 보충한다[一家損有餘, 一家補不足]'라고 하는 것입니다."

"수선할 그릇을 찾는 거야 그렇다 치고, 왜 그리 큰소리를 지르며 성깔을 부려댔던 것이더냐?"

"저는 큰소리를 지른 적이 없습니다. 그저 나리께서야 나날이 높이 승진하시겠지요.[41] 그리고 저는 성깔을 부린 적이 없습니다. 그저 나리께서야 그릇이 큰 군자이시지요.[42]"

"알고 보니 이 작자는 글자의 뜻도 제대로 모르는 모양이구나."

"글자 뜻이야 잘 모르지만 솜씨는 괜찮습니다."

"무슨 솜씨가 있다는 게냐?"

"솔직히 말씀드리자면 저는 그릇도 수선할 줄 알고, 솥이나 항아리도 수선할 줄 압니다. 그리고 나리께서 타고 계신 가마나 이 공장, 그리고 저 닻도 수선할 줄 압니다."

평소 성격이 급한 삼보태감은 이 그릇 수선공이 주절주절 늘어

---

41 이것은 큰소리라는 뜻의 '고성(高聲, gāoshēng)'과 높이 승진한다는 뜻의 '고승(高升, gāoshēng)'이 발음이 같다는 점을 이용한 말장난이다.

42 이것은 성깔을 부린다는 뜻의 '대기(大氣, dàqì)'와 그릇이 크다는 뜻의 '대기(大器, dàqì)'가 발음이 같다는 점을 이용한 말장난이다.

놓는 말을 듣자 화가 나면서도 우습기도 했다. 게다가 닻도 수선할 줄 안다는 말이 그의 가슴에 꽂혀서, 한참 생각한 후에 이렇게 말했다.

"네가 하는 말이 상당히 어이없구나! 그릇이며 사발, 솥, 항아리를 수선한다는 말이야 모두 그렇다 치자. 그래, 가마를 수선한다는 것도 그렇다 치자. 그런데 이 공장을 어떻게 수선한다는 말이냐?"

"낡은 제도를 없애고 새 제도를 전파하는 것이 바로 수선하는 것입니다. 군자는 말로써 뜻을 해치지 않는 법[43]입니다."

"그럼 닻도 수선할 수 있다는 게냐?"

"법도에 맞게 만들게 한다면 그 또한 수선하는 것입니다."

삼보태감은 생각에 잠겼다.

'입만 번지르르 한 건 아닌가? 그릇 수선하는 작자가 닻을 어떻게 수선한다는 게야!'

그가 한참 생각에 잠겨 말이 없자, 왼쪽에 앉아 있던 왕 상서가 그의 속내를 짐작하고 말했다.

"군자는 먼저 그 말을 실천하고 나중에 거기에 따르는 법입니다. 이런 하찮은 작자의 말이 어찌 깊이 믿을 만하겠습니까?"

오른쪽에 앉아 있던 마 상서도 말했다.

"거창한 말을 하는 사람은 반드시 그만큼 큰 쓰임새가 있어야 하

43 이것은 《맹자》 〈만장상(萬章上)〉의 "《시경》을 해설할 때는 수식으로 어휘를 해치지 않고, 어휘로 뜻을 해치지 말아야 한다.[說詩者不以文害辭, 不以辭害志]"라는 구절을 변용한 말이다.

는 법인데, 어찌 말만 듣고 사람을 취할 수 있겠습니까! 혹시 이 장인들에게 복이 있다면 닻이 제때 만들어질 수 있겠지요."

마 상서의 이 말은 그다지 중요한 것은 아니었지만 삼보태감은 꿈에서 깨어난 듯, 술이 깬 듯 정신이 번쩍 들어서 갑자기 한 가지 계책을 떠올렸다.

"말만 가지고는 믿을 수 없으니 행동으로 보여다오."

그릇 수선하는 장인이 대답했다.

"예. 그러겠습니다."

"여봐라, 차를 따라오도록 해라."

수하들이 차를 바치자 삼보태감이 잔을 받아 들더니 입으로 가져가지 않고, 손을 번쩍 들더니 찻잔을 내던져 산산조각으로 부숴버렸다.

"이 찻잔을 수선한다면 네 재주를 믿겠다."

"이거야 일도 아니지요! 그런데 한 가지, 천자도 병사를 주리게 하지 않고 공을 세우면 상을 주는 법입니다. 제가 이 찻잔을 수리한다면, 제게 술과 고기와 만두를 배불리 먹을 수 있게 해주십시오."

"얼마나 먹을 수 있느냐?"

"돼지머리 하나와 만두 백 개, 순(順)씨네 양조장에서 담근 술을 원액으로 한 단지 주십시오."

"그거야 어렵지 않지."

그는 즉시 술과 돼지머리, 만두를 준비하게 했다. 명이 떨어지자 수하들이 즉시 움직였는데, 술을 가지러 갔던 이들이 먼저 도착했다. 삼보태감이 말했다.

"술을 가져왔으니 가서 마시도록 해라."

그러자 그 장인은 한 손으로 술 단지를 어깨에 메더니, 다른 한 손으로 밀봉된 뚜껑을 열고, 다섯 손가락을 쭉 펴더니, 술맛이 단지 쓴지 따지지도 않고 대뜸 빨아먹기 시작했다. 그렇게 단번에 반 단지를 마셔버리자 좌우에서 한마디 했다.

"안주나 오거든 마시구려."

"먼저 들어가나 나중에 들어가나 마찬가지 아니겠습니까?"

잠시 후 돼지머리를 가지러 갔던 이와 만두를 가지러 갔던 이들이 도착했다. 그런데 그 장인 하는 꼴 좀 보라지. 세 가지를 한꺼번에 먹고 마셔대더니 순식간에 다 해치워 버렸다. 삼보태감이 말했다.

"이제 찻잔을 수선해라."

"조금 많이 주신 것 같으니, 잠깐만 쉬었다가 바로 수선하겠습니다."

이날 삼보태감은 아주 참을성이 있었다.

"그래. 잠시 쉬었다가 오도록 해라."

삼보태감은 그저 잠시 쉬었다가 오라고 했을 뿐이지만, 뜻밖에도 그 장인은 진단(陳摶)의 제자라도 되는 것처럼 정말 잠을 잘도 잤다.[44] 잠깐 뒤에도 일어나지 않고, 또 잠깐이 지나도, 다시 잠깐

44 진단(陳摶: 871~989)의 별명 가운데 '수선(睡仙)'이라는 것이 있음을 염두에 둔 표현이다.

이 지나도 도무지 일어나지 않는 것이었다. 참다못한 삼보태감이 소리를 질렀다.

"여봐라, 어서 가서 불러와라!"

그런데 수하들이 달려가 야경꾼이 시각을 알리듯 소리를 질러댔지만, 그 장인은 도무지 잠에서 깨어날 생각을 하지 않았다.

삼보태감은 조바심이 일었다.

"여봐라, 가서 침대를 통째로 들고 오도록 해라."

이에 정말로 여러 사람이 달려들어 침대를 들어다가 세 총감독 앞에 놓았다. 그런데 그는 거짓으로 잠든 체하는 것치고는 코 고는 소리가 너무 컸고, 진짜로 잠들었다 해도 아무리 깨워도 깨지 않으니, 그 또한 이상한 일이었다. 삼보태감은 미치고 팔짝 뛸 지경이었지만 어쩔 수 없었다.

"여봐라, 다리를 잡아 세워서 주리를 틀어라."

이에 양쪽에서 두 사람이 그의 다리를 잡고, 두 사람이 막대기를 끼워서 주리를 틀었는데도 그는 여전히 깨어나지 않았다. 이에 새끼줄로 묶은 다음 망치로 치게 했는데, 갑자기 망치질하는 하인이 고함을 지르기 시작했다. 삼보태감이 물었다.

"무슨 일이냐?"

"제 다리에 망치를 맞았습니다!"

"아니, 잘못 때렸다는 말이냐? 우리가 직접 때려보겠다."

삼보태감은 직접 망치를 들고 다시 한번 내리쳤는데, 하필 두 번째 망치질하는 하인이 비명을 질렀다.

"아이고! 제 복사뼈를 치시다니요!"

"어디 다시 한번 보자!"

삼보태감이 다시 내리치자 이번에는 세 번째 망치질하는 하인이 비명을 질렀다.

"아이고! 제 복사뼈를 치시다니요!"

"그렇다면 주리를 틀려고 끼운 막대를 치우고, 더 굵은 곤장을 가져오너라."

수하가 "곤장을 대령하라!" 하고 소리치자 곤장을 든 하인들이 우르르 달려왔다. 삼보태감이 소리쳤다.

"쳐라!"

그런데 첫 번째 곤장도 두 번째 곤장도 모두 장인의 다리를 붙들고 있던 이들의 다리에 맞아버렸다. 삼보태감이 소리쳤다.

"다시 쳐라!"

하지만 세 번째 곤장은 내리치던 이가 제 다리를 치고 말았다. 삼보태감이 말했다.

"이건 곤장질을 다른 사람에게 넘기는 요사한 술법이 분명하오."

왕 상서가 말했다.

"그렇다면 저 작자의 다리에 사술(邪術)을 막는 도장을 찍어놓고 해보십시다."

삼보태감은 총감독의 인장을 그의 다리에 찍고 나서 소리쳤다.

"다시 쳐라!"

그런데 이번 곤장은 도장으로 옮겨가서 도장에서 찌르릉 소리가 울렸다. 마 상서가 말했다.

"아무래도 소용없으니, 차라리 저 작자가 스스로 깨어나기를 기다리는 게 낫겠습니다. 틀림없이 무슨 재간이 있는 것 같습니다."

삼보태감도 어쩔 수 없어서 명을 거두었다.

"잠시 멈춰라!"

하지만 그로부터 다시 한참의 시간이 지났는데도 그 장인은 깨어나지 않았다. 삼보태감이 말했다.

"침대를 조금 아래로 내려다 놓아라."

이에 사람들이 침대를 들어 섬돌 안쪽에 놓았다.

해가 서쪽으로 기울고 달이 동쪽에서 떠오를 무렵이 되자 세 총감독은 퇴근해야 할지 상의했다. 그런데 그때 그 장인이 "꿍!" 하는 소리와 함께 다리를 오므리고 두 팔을 뻗어 자기 허리를 양쪽으로 붙잡더니, 뒹굴 굴러서 일어나 세 벼슬아치의 탁자 아래쪽에 섰다. 삼보태감이 말했다.

"네 이놈, 처먹는 데에만 정신이 팔려 큰일을 그르치다니!"

"제가 조금 늦게 일어났군요. 대신 그릇 몇 개를 더 수선해 드리겠습니다."

"찻잔이 아직 저기 그대로 있는데 뭘 더 수선하겠다는 것이냐?"

"찻잔을 이리 가져오십시오."

좌우의 수하들이 찻잔 조각을 주워서 그에게 건네주었다. 하지만 그들은 장인을 골려주려고 두 조각을 숨겨버렸다. 그런데 뜻밖에도 그 장인 찻잔 조각에 이리저리 구멍을 뚫고 못을 박아 붙이는 것이 아니라, 그 조각들을 손에 움켜쥐고 왼손에서 오른손으로, 오른손에서 왼손으로 왔다 갔다 쏟으며, 거기에다 두어 번 침을 뱉었다. 그렇게 몇 번 왔다 갔다 쏟고 나자, 어느 순간 말끔하게 생긴 찻잔이 만들어지는 것이었다. 그가 두 손으로 바치자, 삼보태감이 보고 속으로는 기뻤으나 아무 말도 하지 않았다. 그러자 그 장인이 말했다.

"또 어디 망가진 가구가 있다면 내주십시오. 제 손을 거치고 나면 영원히 망가지지 않을 것입니다."

그러자 삼보태감이 분부했다.

"여봐라, 망가진 가구 같은 게 있느냐?"

그러자 좌우의 수하들이 멀쩡한 것까지 깨뜨려서 장인에게 건네주었다. 순식간에 접시며 사발, 찻잔, 바리때, 대야 등이 땅바닥에 가득 쌓였다. 자, 보시라. 그 장인은 재간을 부리면서 계속 침을 뱉고 부지런히 양손을 움직여 이리저리 조각들을 주물렀는데, 자기 가마에서 굽더라도 이렇게 빠를 수는 없었다. 그렇게 그는 가져오는 즉시 수선해 버렸다. 그걸 보자 삼보태감은 그가 비범한 사람이라서 닻을 만드는 데에도 도움이 되겠다고 생각했다. 그래서 일부러 넌지시 말을 꺼냈다.

"닻도 수선할 수 있다고 했으니, 그럼 어디 한번 해 봐라."

"나리, 망가진 닻이 있으면 가져오십시오. 수선해 드리겠습니다. 만약 그런 게 없다면 제가 새 걸로 만들어드리겠습니다."

"네가 만약 닻을 만들어 낼 수 있다면, 우리가 조정에 상주하여 높은 벼슬과 많은 봉록을 받게 해 주겠다."

"저는 벼슬도 필요 없고 봉록도 필요 없고, 나중에 따로 상을 받지도 않겠습니다."

"그럼 네가 원하는 게 무엇이냐?"

"그저 시작이 어려울 뿐입니다."

"그게 무슨 소리냐?"

"제가 일을 시작하면 제게 최대한 예우를 해주십시오."

"어떻게 해 달라는 얘기냐?"

"대를 하나 세우고 저를 스승으로 모셔야 합니다. 그리고 제게 생사를 마음대로 처분할 수 있도록 검을 한 자루 주셔야 합니다. 또 정교하게 만들기를 바라신다면 기한을 넉넉하게 주셔야 합니다."

"대를 쌓아주는 것도, 스승으로 모시는 것도, 검을 주는 것도, 생사를 마음대로 처분하게 허락해 주는 것도 다 괜찮지만, 기한을 넉넉하게 주는 것은 어렵다."

"아니, 왜요?"

"그건 폐하께서 정하신 것인데 우리가 어찌 마음대로 할 수 있겠느냐?"

"그럼 폐하께서 정하신 기한은 언제까지입니까?"

"백일이다."

"그럼 아직 날짜가 많이 남았군요!"

"벌써 사십일이나 지났다."

"육십일이면 저한테는 충분하고도 남습니다!"

"그렇다면 다행히로구나."

왕 상서가 말했다.

"당장 대를 쌓고 저 양반을 스승으로 모십시다."

마 상서가 말했다.

"그래도 먼저 조정에 보고부터 하는 게 좋겠습니다."

삼보태감이 말했다.

"마 대감 말씀이 옳은 듯합니다. 내일 아침 폐하께 이 일을 아뢰고 나서, 대를 쌓고 저 사람을 스승으로 모시도록 합시다."

그리고 다시 장인에게 물었다.

"그대의 성명은 무엇이고, 관적은 어디요? 그걸 알아야 내일 폐하께 상소문을 써서 보고할 수 있지 않겠소?"

"저는 내주부(萊州府) 봉래현(蓬萊縣) 사람이지만, 성도 이름도 없습니다. 다만 어려서부터 각종 부챗살 장식을 잘 묶는다고 해서 다들 정각아(釘角兒)라고 불렀습니다. 나중에 제가 어깨에 이 호리병을 걸고 다니니까 다들 저를 호로정각(葫蘆釘角)이라고 불렀습니다."

"그럼 간단히 줄여서 호정각(胡釘角)[45]이라고 하겠네."

세 총감독은 자리에서 일어나면서 그곳 담당 관리들에게 호정각을 잘 접대하라고 분부했다. 그리고 다음날 황제에게 보고한 후 그

45 이 이름은 당나라 때 쇠붙이 장식을 붙이는 일[釘鉸]을 잘해서 호정교(胡釘鉸)라고 불렸던 인물을 염두에 두고 지은 듯하다. 호정교는 본명이 호영능(胡令能)으로서 정원(貞元), 원화(元和) 연간의 인물로 알려져 있다. 그는 시도 잘 지었지만, 쇠붙이 장식을 붙이는 일을 그만두지 않았다고 한다.

를 스승으로 모시기로 했다.

이들 세 총감독이 이튿날 황제에게 아뢰었을 때 무슨 어명이 내려지는지, 또 이 장인을 스승으로 모시고 나서 어떤 능력을 보여주는지는 다음 회를 보시라.

제18회

금란전에서 백관들에게 성대한 잔치를 열어주고 삼차하에 황제가 친히 행차하다

金鑾殿大宴百官　三汊河親排鑾駕

雲英英兮出山皐	산언덕에서 나온 아름다운 구름
倏爲白衣忽蒼狗	금방 하얀 옷 입었다가 어느새 검은 개처럼 변했구나.[1]
月皎皎兮照淸澄	밝은 달빛 맑고 깨끗하게 비치는데
波光亂擊驚蛇走	반짝이는 물결 어지럽게 치며 놀란 뱀처럼 치달리네.
浮雲飛盡或無踪	뜬구름 다 날아가 종적도 없고
明月西沉還自有	밝은 달은 서쪽으로 저물어도 본래 모습은 그대로 있다네.
雲來月去本無心	구름 오고 달 가는 것은 본래 무심한 일
下有眞人胡釘鈕	아래 세상의 신선 함부로 못질하네.

---

1 이것은 당나라 때 두보의 시 〈탄식[可嘆]〉에 들어 있는 "하늘의 뜬구름 흰 옷 입고 있는 듯하더니, 어느새 검은 개처럼 변했구나.[天上浮雲似白衣, 斯須改變如蒼狗.]"라는 구절을 변형한 것이다.

不生不滅不人間	태어나지도 죽지도 않아 인간 세계와는 다른 존재요
且與天地共長久	장차 천지와 더불어 영원히 살 몸.
爲送寶船下西洋	서양으로 떠나는 배를 전송하기 위해
鐵錨廠裏先下手	닻 공장에서 먼저 솜씨를 보였다네.

그러니까 세 명의 총감독은 각자의 관아로 돌아가 쉬었다. 이튿날 새벽 황제가 대전에 오르고 문무백관이 모두 나왔을 때, 삼보태감이 대열에서 나와 아뢰었다.

"어명을 받들어 닻 공장에서 작업을 감독했는데, 닻이 생김새도 크기도 특이해서 사람의 힘으로는 금방 만들기 어려웠사옵니다. 그런데 어제 산동 내주부 봉래현 출신의 호정각이라는 이가 방법이 있다면서, 빠른 시일 안에 만들 수 있다고 하였사옵니다. 하지만 소인이 감히 함부로 판단하지 못하고 폐하께 아뢰옵나니, 어명을 내리셔서 임명장과 함께 검 한 자루를 내리셔서 일 처리를 편하게 해 주시옵소서. 임무를 완성하고 나면, 이후의 사항은 다시 어명에 따라 결정하겠사옵니다."

이에 황제는 임명장과 함께 검을 내려 주었다. 삼보태감은 어명에 따라 임명장과 검을 수령한 후 즉시 가마를 타고 닻 공장으로 갔다. 두 상서는 이미 먼저 도착해 있었다. 셋은 인사를 나누고 서열에 따라 자리에 앉은 후, 즉시 수하들에게 대를 쌓으라고 분부했다. 대가 완성되자 금꽃 한 송이와 오색 비단 네 단(端), 돼지 두 마리, 양 두 마리, 만두 이백 개, 좋은 술 두 단지를 준비하게 하고, 바로 호정각을 모셔서 대에 오르게 했다. 그리고 세 명의 벼슬아치가 그에게 스승으로 모시는 절을 올리고 임명장과 검, 그리고 각종 선물을 바쳤다. 호정각은 임명장과 검을 받아 놓고, 화려한 선물들은 모두 장인들에게 나눠 주었다. 그러자 장인들이 쑤군거렸다.

"그릇 수선공에게도 이런 때가 있구먼!"

세 명의 벼슬아치는 성으로 돌아가면서 현장 감독관들에게 호정각의 지시를 잘 따르라고 분부했다. 그런 다음 호정각이 임명장을 받쳐 들고 검을 손에 든 채 대 위에 앉아 소리쳤다.

"장인들은 이 앞으로 모여라!"

장인들은 그에게 임명장과 검이 있는 것을 보고 감히 오지 않을 수 없었다.

"무릎을 꿇어라!"

장인들은 어쩔 수 없이 무릎을 꿇었다.

"병사는 지휘관의 명령에 따르고, 지휘관은 임명장에 맞춰 정해지는 것이다. 오늘 세 감독이 대를 쌓고 나를 스승으로 모셨고, 폐하께서는 이 임명장과 검을 하사하셔서 이제 내가 일을 지휘할 자격을 얻게 되었으니, 그대들은 내 지시에 따라야 할 것이다!"

"예!"

"특별히 어려운 일을 시키지는 않을 것이나 일단 내가 지시하면 그대들은 반드시 시행해야 할 것이요, 내가 멈추라고 하면 즉시 멈춰야 할 것이다. 동쪽으로 가라고 하면 동쪽으로 가고, 서쪽으로 가라고 하면 서쪽으로 가고, 남쪽이든 북쪽이든 내가 가라고 하면 즉시 가야 한다. 만약 이를 어기는 자가 있으면 군법이 어떻게 적용되는지는 이 검이 증명해 줄 것이다!"

장인들은 별로 이상할 것도 없는 말이라고 생각하여 일제히 "예!" 하고 대답했다. 그 모습을 보고 호정각은 무척 기쁜 마음으로 대에서 내려오더니 즉시 공장 밖으로 달려나가 주위의 산과 강, 공터를 자세히 둘러보고 돌아와서 술과 고기, 만두를 가져오게 했다. 현장 감독들은 모두 그가 하자는 대로 해 주었다.

하룻밤을 쉬고 이튿날 아침 자리에서 일어나자, 그는 세수도 하지 않고 머리도 빗지 않고 밥도 먹지 않은 채, 장인들에게 부들방석 오백 개를 준비하여 맞은편 모래섬에 준비해두라고 했다. 그리고 적당한 치수에 맞춰서 천막을 하나 치는데, 사방을 둘러막고 문은 내지 말라고 했다. 장인들은 즉시 천막을 치기 시작했는데, 천막이 완성될 무렵에 호정각은 그 안에 들어가 앉더니 임명장과 검의 권위를 내세워 분부했다. 즉 장인들에게 바깥을 막고 부들방석을 층층이 쌓으라는 것이었다. 그리고 천막 주위 백 걸음 이내에는 누구도 떠들거나 돌아다니거나 자신을 부르거나 안쪽의 낌새를 살피지도 못하게 했다. 이를 어기는 자는 군령에 따라 처벌할 것이라고 엄포를 놓으니, 장인들은 누구도 명을 어기지 못하고 그저 그의 분부를 따르는 수밖에 없었다. 그러니 그가 대체 그 안에서 무슨 일을 하는지 아무도 몰랐다. 세 명의 총감독들도 살펴보러 왔다가 그저 그의 마음대로 하도록 내버려 두었다. 장인들은 각자 맡은 바에 따라 쇠망치를 두드리고 쇳물을 주조했고, 다른 일꾼들도 모두 맡은 일을 처리하느라 바빴다.

그러는 사이에 시간이 순식간에 흘러 어느새 일주일이 되었고, 또 금방 일주일이 지났다. 이렇게 십사 일이 지나자 장인들은 다들 조금씩 의아하게 생각하기 시작했다.

"저 안에서 술법을 부리나 보구먼."

"세 나리를 속이고 몰래 도망친 게야."

"계속 잠이나 퍼질러 자고 있을 거야."

하지만 세 명의 총감독은 그에게 무슨 복안이 있으리라 짐작하고, 장인들에게 그를 방해하지 말라고 분부했다. 그렇게 열나흘째가 되자 그가 단 한 번의 주먹질과 발길질로 천막과 주위를 둘러싼 방석들을 뒤집어버리고 소리쳤다.

"장인들은 모여라!"

장인들이 황급히 대령하자 그가 분부했다.

"천막을 철거하라."

장인들이 우르르 몰려들어 순식간에 천막을 철거하고 나자, 그 안에는 부들방석 하나만 남게 되었다. 호정각이 그 방석을 가리키며 말했다.

"저기에는 내 임명장과 검이 놓여 있으나, 절대 건드리지 말라!"

다들 그 분부에 따랐다. 그는 그 방석을 중심축으로 삼아 사방에 칠칠 사십구 개의 둥근 테두리를 만들게 하고, 장인들에게 각각의 테두리 위에 용광로를 하나씩 설치하게 했다. 그런데 이 용광로는 예사로운 것이 아니어서 둘레가 아홉 길 아홉 자요, 높이가 두 길 네 자였으며, 모든 용광로 위에는 건(乾), 감(坎), 간(艮), 진(震), 손(巽), 이(離), 곤(坤), 태(兌)의 방위에 맞춰서 조그마한 바람구멍을 만들게 했다. 그리고 태의 방위에 작은 대를 하나 쌓아 앉을 자리를 하나 설치하게 하더니, 이튿날 오시(午時)에 맞춰서 용광로에 불을 붙이게 했다. 그리고 각 가게에서는 철을 운반하고, 장인들은 석탄을 나르게 하여 몇 번을 짊어지고 나르든지 간에 모든 용광로 안을 가득 채우게 했다.

이튿날 오후가 되자 철을 운반하고 석탄을 나르는 일이 끝났다. 호정각은 세 명의 총감독을 모시고 돼지와 양을 잡고, 차와 술을 따르고, 지마(紙馬)를 살라 제사를 올린 후 작업을 시작했다. 세 감독이 돌아가자, 그는 곧 대 위에 설치된 자리에 앉아 팔괘(八卦)의 방위에 따라 중얼중얼 주문을 외면서 손으로 무언가를 주물러 대는 것 같았다. 그러자 용광로의 바람구멍이 열리면서 불길이 세지더니, 불길과 바람이 어울려서 밤낮을 막론하고 늘 환하게 타올랐다. 이곳은 본래 갈대가 들어선 모래섬이었을 뿐이었지만, 이 칠칠 사십구 개의 커다란 용광로가 설치되자 화염산(火焰山)도 따라오지 못할 정도로 변해 버린 것이다.

어느새 일주일, 또 일주일이 흘러서 다시 열나흘째에 이르렀다. 그러자 그 갈대 섬의 사방 삼사십 리에는 풀이 마르고 돌이 녹아 문드러지는 것은 물론 흙까지 모두 벌겋게 변해 버렸다. 또 길은 사람이 다니지 못할 정도였고 새들도 감히 날아 지나지 못할 정도가 되었다. 호정각은 안쪽의 공정이 이미 완비되었다는 것을 알고 곧

대에서 내려와 세 감독을 찾아갔다. 삼보태감이 다급히 물었다.

"공정은 어느 정도 진행되었소이까?"

"이미 끝났습니다."

"아니, 그럼 닻은 어디 있소이까?"

"모두 흙 속에 있습니다."

"그럼 어서 파내서 보여주시오."

"아직 열이 식지 않아서 꺼내면 안 됩니다."

"그럼 언제 꺼낼 수 있소이까?"

"오늘 밤 해시(亥時: 저녁 9~11시)부터 비가 내리기 시작해서 내일 축시(丑時: 오후 1~3시)에 날이 갤 테니, 모레 진시(辰時: 오전 7~9시) 무렵이면 닻을 볼 수 있을 것입니다."

그 말에 삼보태감은 마음에 닻이 걸린 듯 초조하기 그지없었다. 비가 내리고 개이고, 또 오늘이 가고 내일이 오기를 기다리기가 너무 힘들었다. 그런데 과연 해시에 큰비가 내리기 시작하더니 축시에 날이 개는 것이었다. 진시 무렵에 호정각은 세 총감독에게 닻을 보여주겠다며 모래섬으로 갔는데, 그곳의 땅바닥은 아직 발이 뜨거울 정도였다. 호정각이 테두리의 중심으로 가서 그 부들방석을 걷자, 임명장과 검은 아직 그곳에 잘 남아 있었다. 그걸 보고 세 총감독은 너무 놀라서 그저 고개만 내저을 뿐이었다.

드디어 호정각이 명령을 내렸다.

"인부들은 흙을 파라!"

그 말이 떨어지기 무섭게 인부들은 삽질을 하고 흙을 퍼 나르기 시작했다. 그 안쪽에 바로 닻을 만드는 주물 틀이 들어 있었다. 세 총감독은 그걸 보고 너무나 기뻐했다. 호정각이 말했다.

"자, 이제 이 임명장과 검을 거둬 가십시오! 닻은 배의 숫자대로 충분히 만들어졌으니까, 각 배에 몇 개씩 설치하여 내리고 거두기에 충분합니다. 다만 개수가 정확히 몇 개인지는 모르겠습니다."

"아니, 그건 무슨 소리입니까?"

삼보태감이 물었지만, 대답을 듣기도 전에 호정각의 모습은 이미 사라져 버린 뒤였다.

세 감독이 깜짝 놀라 있을 때, 공장의 문지기가 보고했다.

"장 천사께서 오셨습니다."

세 감독은 깜짝 놀란 상태에서 얼른 나가서 맞이하고 인사를 나누었다. 인사가 끝나고 서열에 따라 자리엔 앉고 나자, 장 천사가 물었다.

"연일 닻을 만들던데, 결과가 어찌 되었소이까?"

삼보태감이 호정각이 등장했다가 사라진 일에 대해 처음부터 끝까지 자세히 들려주자, 장천가사 말했다.

"알고 보니 그분이었구먼!"

"혹시 아시는 분입니까?"

"그분은 보통사람이 아니라 하늘나라의 좌금동(左金童)으로 계시는 신선이신 호정교(胡定教)라는 분일세."

왕 상서가 말했다.

"어쩐지 호리병을 메고 다니더라니! 알고 보니 '호(胡)' 자를 암시

한 것이었군요? 그리고 '각종 부챗살 장식[釘角兒]을 잘 묶는다.'라고 했는데, 알고 보니 '정교(定教)'라는 이름을 암시[2]한 것이었군요?"

마 상서가 말했다.

"천막 안에 이칠은 십사, 열나흘 동안 앉아 있었는데, 그건 대체 무슨 이유 때문이랍니까?"

장 천사가 말했다.

"천막 안에 앉아 계신 게 아니라네. 그분은 땅을 파는 천산갑(穿山甲)의 기술을 배우셨기 때문에, 땅속에 닻의 모양으로 굴을 파신 게지."

삼보태감이 말했다.

"장 천사님, 덕분에 새로운 걸 알았습니다."

왕 상서가 말했다.

"그분이 떠나시기 전에 '닻은 충분하지만 개수가 정확히 몇 개인지는 모르겠다.'라고 하시지 않았습니까? 어서 분부를 내려서 닻을 가져다가 숫자는 세지 말고, 각 배에 필요한 만큼 설치하라고 하십시오. 명을 어기는 자는 먼저 처벌하고 나중에 보고한다고 하십시오."

바로 이렇게 '먼저 처벌하고 나중에 보고한다.'라는 말 때문에 닻의 숫자는 세어보지 않았으나, 그래도 다 쓰고도 남을 지경이었다.

한편 장 천사가 세 벼슬아치와 작별하고 떠나자, 삼보태감 등은

2 '정교아(釘角兒, dīngjiǎoer)'의 발음이 '정교(定教, dìngjiào)'와 유사하다는 뜻이다.

조정으로 들어가 보고했다.

"닻 제조가 끝났사오니, 어명을 내려 주시옵소서."

그리고 어명을 받들어 각자 공적에 따라 상을 내렸다. 그리고 문무백관에게 연회를 베푸는 한편 벽봉장로를 모셔다가 닻을 살펴보게 했다. 벽봉장로는 호정교 신선이 닻을 모두 만들었다는 사실을 간파하고, 어명을 받들어 배로 찾아가 살펴보았다. 그것은 머리와 뿔이 우뚝하고 날이 커다랗게 뻗은 아주 훌륭한 닻이었다. 이를 증명하는 〈닻의 노래[鐵錨歌]〉가 있다.

渾沌兮一丸未剖　혼돈의 덩어리 쪼개지기 전에는
陰陽老少無何有　음과 양도 젊고 늙음도 없었지.
鵝毛兮點波紅爐　기러기 깃털 같은 물결 붉게 타는 화로에 묻듯이
亞父鴻門撞玉斗　범증(范增)[3]은 홍문에서 옥두를 깨 버렸지
煅煉功成九轉丹　아홉 번 단련이 끝나 단을 이루고
爐錘萬物爲芻狗　만물을 녹이고 두드려 하찮은 물건 만들었지.
開成千丈黃金蓮　펼치면 천 길 황금 연꽃이 되고

3 항우(項羽)는 범증(范增)을 얻고 나서 그를 아버지처럼 공경한다는 의미에서 '아보(亞父)'라고 불렀다고 한다. 홍문의 잔치를 이용해 유방을 죽이려던 계책이 실패로 돌아가자, 범증은 유방이 선물로 보낸 옥두(玉斗)를 바닥에 팽개쳐 깨드리며, "어린애(=항우)하고는 큰일을 도모하지 못하겠구나!" 하고 고함을 질렀다고 한다.

結就如船白玉藕	배에 묶으면 새하얀 연뿌리처럼 바닥에 박히지.
更誰兮頭角崢嶸	그보다 뛰어난 이 누가 있으랴?
嗟餘兮身材窈窕	아아, 맵시가 아름답기도 하지.
艨艟巨艦兮江頭	강가에 띄워진 거대한 전함
蒼隼飛廬兮海口	총구멍과 이층 선실 갖추고 바다 어귀에 떠 있구나.
撼天關兮風浪掀	하늘 관문 뒤흔들면 풍랑이 일어나고
沉地府兮蛟龍走	지옥 관청에 가라앉으면 교룡도 달아나지.
豈捕鼠之玳瑁兮	어찌 쥐 잡는 대모에 지나지 않으랴?
賈餘勇而獅子吼	넘치는 용맹으로 사자후 터뜨리는구나.
噫嫩乎	아아, 아름다워라!
寶船兮百千萬艘	수많은 배들
征西兮功成唾手	서양을 정벌하여 쉽사리 공을 세우리니
三寶兮卮酒爲壽	삼보태감은 술잔 부어 축원하고
我大明兮天地長久	우리 명나라는 천지와 더불어 영원하리라!

그러니까 벽봉장로는 닻을 보고 조정으로 돌아가서, 황제에게 닻을 주조하는 공사는 대단히 큰일이었으니 후한 상을 내려야 한다고 간언했다.

"알겠습니다."

황제가 즉시 대전에 오르자, 문무백관이 모두 제 자리에 나란히 시립했다. 이에 황제가 벽봉장로에게 물었다.

"배와 닻은 모두 갖춰졌는데, 국사께서는 언제 서양으로 출발하실 건지요?"

이때는 이미 영락 5년(1407) 5월 14일이었다.

"내일이 길한 보름이니 지마(紙馬)를 살라 기원하고 출항하겠습니다."

그 말이 떨어지자 황제는 즉시 몇 가지 어명을 내려서 영선국(營繕局)[4]과 직염국(織染局), 인수감, 상의감(尙衣監), 침공국(針工局)을 담당하는 태감들을 불렀다. 다섯 명의 태감들이 즉시 달려와 머리를 일제히 조아리며 아뢰었다.

"폐하, 무슨 분부가 계시옵니까?"

"다름이 아니라 내일 서양으로 출정하게 되니, 각기 관직에 맞는 복식을 갖춰야 하지 않겠느냐? 장 천사 역시 그에 맞는 복식이 있지. 하지만 국사께는 전혀 그런 걸 마련해 드린 적이 없다. 그래서 이제 짐은 그분께 팔보(八寶)를 박아 장식한 비로모와 새하얀 승복 한 벌, 아황색 편삼(偏衫)[5] 한 벌, 사방에 용을 수놓은 비단 가사(袈裟) 한 벌, 손가락 다섯 개 넓이의 영롱한 옥대(玉帶) 하나, 용과 봉황의 무늬를 쌍쌍이 두른 여름용 양말 한 쌍, 두 마리 용이 여의주

---

4 공부(工部) 소속의 관청으로서 궁정과 능묘(陵墓), 사당, 제단, 관청 건물, 성곽, 창고, 화장실 등을 건축하거나 수선하는 일을 담당했다.

5 편삼(偏衫)은 승복의 일종으로서 왼쪽 어깨에서 오른쪽 옆구리에 걸쳐서 상반신을 덮는 것이다.

를 갖고 노는 모습이 장식된 승려의 신발 한 켤레, 네 마리 용이 두르고 있는 모습이 조각된 금패(金牌) 하나를 드릴까 하노라."

그리고 다시 몇 가지 어명을 내렸다. 먼저 광록시에서 정갈한 음식을 장만하여 벽봉장로에게 극진히 대접하고, 따로 성대한 잔칫상을 마련하여 서양으로 가는 관리들과 장수들에게 대접하게 했다. 그리고 상보시(尙寶寺)에서 금은보화와 아름다운 비단을 마련하여 서양으로 가는 관리들과 장수들이 쓰는 모자를 장식하게 했다.

어명을 모두 내린 후에도 황제는 내궁으로 들어가지 않고, 다음 날 날이 밝을 때까지 용상에 앉아 있었다. 그리고 새벽이 되어 날이 흐릿하게 밝아오자 서둘러 대전에 올랐다. 문무백관도 들어와 있다가 정편이 세 번 울리자 일제히 시립했다. 황제는 어명을 내려서 조천궁에 있는 장 천사와 장간사에 있는 벽봉장로를 모셔오게 했다. 그들이 도착하자 황제가 말했다.

"오늘 서양으로 출정하는데 문무백관이 모두 높은 모자에 긴 띠를 늘어뜨리고 앞뒤에서 환호하며 옹위하여 짐에게 작위와 봉록을 받아 부귀를 누리니, 아마 다른 일로 수고하더라도 원망하지 않을 것이오. 다만 국사께서 먼 길을 가시니 짐의 마음이 불안하고, 또 공경하는 마음으로 드릴 선물도 없으니 유감이오."

그러면서 내관(內官)을 불렀다.

"여봐라, 내관들은 어디 있느냐?"

이에 다섯 명의 태감들이 황급히 앞으로 나와 아뢰었다.

"폐하, 무슨 분부가 계시옵나이까?"

"어제 분부한 예물은 준비가 되었느냐?"

"예. 벌써 준비해두었사옵니다."

황제가 또 광록시 태감에게 물었다.

"연회 준비는 어찌 되었느냐?"

"채소며 고기반찬이 모두 준비되어 있사옵니다."

또 상보시 태감에게 물었다.

"꽃이며 치장할 것들은 준비되었느냐?"

"예."

이에 황제는 즉시 어명을 아홉 칸 대전에 잔칫상을 마련하라고 했다. 한가운데 자리는 채소 요리로 차리되 풍성하게 준비하여 벽봉장로를 극진히 대접하라고 했다. 그 왼쪽은 풍성한 고기반찬을 차려서 장 천사를 대접하게 했다. 또 그 오른쪽에는 두 개의 상을 마련하여 각기 정서대원수 정화 태감과 정서부원수 왕 상서를 대접하게 했다. 그리고 문화전에 성대한 잔칫상을 마련하여 서양 원정길에 나서는 관리들과 장수들을 대접하고, 무영전에도 잔칫상을 마련하여 조정의 문무백관을 대접하게 했다. 이날 연회는 그야말로 거창했다.[6]

韶光開令序　　　　봄날 아름다운 계절 펼쳐지니

6 인용된 시는 당나라 태종(太宗)이 지은 〈봄날 현무문에서 신하들에게 연회를 베풀다[春日玄武門宴羣臣]〉이다. 다만 마지막 네 구절은 원작에서 "粤余君萬國, 還慙總八埏. 庶幾保貞固, 虛已厲求賢."으로 되어 있는데, 이를 바꾸어서 인용했다.

淑氣動芳年	온화한 기운 젊은이를 격동하는구나.
駐輦華林側	궁궐 정원 옆에 수레를 멈추고
高宴柏梁前	백량대(柏梁臺)[7] 앞에 성대한 잔치 열었도다.
紫庭文珮滿	궁정에는 화려한 패옥 가득하고
丹墀衮紱連	섬돌에는 고관대작 줄지어 온다.
九夷簉瑤席	남방 오랑캐들 화려한 자리에 찾아오고
五狄列瓊筵	북방 오랑캐들도 멋진 잔치에 줄지어 앉았구나.
娛賓歌湛露	흥겨운 손님들 〈잠로(湛露)〉[8] 노래하고
廣樂奏鈞天	악단은 천상의 음악 연주하는구나.
盈尊浮綠醑	잔에 가득 초록빛 술이 넘실거리고
雅曲韻朱絃	우아한 음악 고운 악기에서 울려 퍼진다.
大明君萬國	위대한 명나라 만국의 주인 되니
書文混八埏	조정의 상소문 사방의 것들이 섞여 있구나.
金甌保鞏固	강토를 굳건히 지키며
神聖歷求賢	신성한 황제 두루 인재를 구하는구나.

어쨌든 잔치가 끝나자 내각의 원로대신이자 황실의 종친이 팔보로 장식된 비로모와 새하얀 승복, 아황색 편삼, 용무늬가 수놓아진

7 한나라 때 장안성(長安城) 북문(北門) 안쪽에 있던 누대인데, 일반적으로 궁전을 가리키는 뜻으로 쓰인다.

8 《시경》 〈소아(小雅)〉 〈잠로(湛露)〉를 가리킨다. 이 노래는 흔히 군주의 은택을 비유하는 뜻으로 쓰인다.

비단 가사, 다섯 손가락 넓이의 옥대, 용과 봉황이 수놓아진 여름 양말, 두 마리 용이 여의주를 갖고 노는 모습이 장식된 신발을 용이 똬리 튼 모습이 조각된 상자에 담아 벽봉장로에게 두 손으로 바쳤다. 그리고 네 마리 용이 똬리를 튼 모습이 조각되고, '위대한 명나라의 국사 김벽봉[大明國師金碧峰]'이라는 황제의 친필이 새겨진 금패를 하나 바쳤다. 이렇게 두세 차례 황제의 명에 따라 예물이 바쳐졌지만, 벽봉장로는 그저 시큰둥한 표정으로 사손 운곡에게 받아두라고 하고는, 손을 슬쩍 들어 가볍게 답례할 뿐이었다. 이에 양쪽에 서 있는 문무백관이 모두 쑤군거렸다.

"정말 통도 큰 스님일세! 완전히 바리때 동냥 얻어먹는 모양이잖아?"

황제는 또 황실 종친에게 금과 은으로 만든 꽃 각기 스무 쌍과 안감과 바깥 감으로 쓸 수 있는 알록달록한 비단 스무 필을 정서대원수 정화와 정서부원수 왕 상서에게 전하게 했다. 그리고 각자에게 어주 석 잔과 성명을 쓸 자리를 비워둔 칙서 삼백 장을 내리며, 범법자에 대해서는 황제를 대신하여 먼저 처결하고 사후에 보고하도록 했다. 대원수와 부원수는 머리를 조아려 황은에 감사하고 계단을 내려갔다.

황제는 또 상보시 태감에게 금과 은으로 만든 꽃 열다섯 쌍과 안감과 바깥 감으로 쓸 수 있는 알록달록한 비단 열다섯 필을 좌선봉 장계와 우선봉 유음에게 각기 전하게 하고, 각자에게 어주 석 잔과 머리에 꽂을 장식과 몸에 걸칠 비단을 하사했다. 좌우선봉이 머리를 조아려 황은에 감사하고 계단을 내려가자, 황제는 다시 상보시 태감에게 금과 은으로 만든 꽃 각기 열 쌍과 안감과 바깥 감으로 쓸 수 있는 알록달록한 비단 열 필을 오영정총병과 사초부총병에게 전하게 하고, 각자에게 어주 석 잔과 머리에 꽂을 장식과 몸에 걸칠 비단을 하사했다. 오영정총관과 사초부총병들은 머리를 조아려 황은에 감사하고 계단을 내려갔다. 이어서 황제는 몇 가지 어명을 더 내려서 모든 지휘관에게 각기 금과 은으로 만든 꽃 네 쌍과 안감과 바깥 감으로 쓸 수 있는 알록달록한 비단 네 필을, 모든 천호관에게 각기 금과 은으로 만든 꽃 각기 두 쌍과 안감과 바깥 감으로 쓸 수 있는 알록달록한 비단 두 필을, 모든 백호관에게 각기 금과 은으로 만든 꽃 각기 한 쌍과 안감과 바깥 감으로 쓸 수 있는 알록달록한 비단 한 필을 전하게 했다. 또 양곡을 관리하는 호부의 관리들에게는 각기 금과 은으로 만든 꽃 각기 두 쌍과 안감과 바깥 감으로 쓸 수 있는 알록달록한 비단 두 필을, 음양관과 의사, 통역사에게는 각기 은으로 만든 꽃 한 쌍과 오색 비단 한 단을 하사했다. 상을 수여하고 나자 이들은 모두 머리를 조아려 황은에 감사하고 내려갔다. 황제는 또 병부에서 소집한 십만 명의 정예병에게 각기 여름에 쓸 명주 네 필과 겨울용 포목 여덟 필, 은화 열 냥을 하사하고, 사인(舍人)과 잡일꾼들에게 각기 여름에 쓸 명주 여덟 필과 겨울용 포목 열두 필, 은화 열 냥을 하사했다. 그리고 선원들에게는 각기 고급 포목 열 필과 은화 여덟 냥을 하사했다. 예부에서 소집한 신악관의 도사와 악무생(樂舞生), 조천궁의 도관(道官)과 도사들에게도 각기 여름용 푸른 포목 네 필과 겨울용 푸른 포목 네 필, 그리고 은화 다섯 냥을 하사했다.

이렇게 서역으로 떠나는 모든 인원은 하나도 빠짐없이 상을 받고 다들 기뻐했다. 이에 환호성이 천지를 진동하고 거리마다 칭송이 자자했다. 이야말로 이런 격이었다.

縹緲天門	아득한 하늘에서
曉日射黃金之殿	새벽 해가 황금 궁전을 비추고
霏微春晝	아름다운 봄날
聲歌徹赤羽之旗	노랫소리가 붉은 깃털 장식된 깃발을 흔드네!

한편 구중궁궐에서 어명이 내려와 정서대원수 총사령관에게 군마(軍馬)를 점검하고 국사인 벽봉장로와 장 천사를 호위하여 먼저 배에 오르게 하되, 황제가 몸소 전송하러 나오겠다고 했다. 어명을 누가 감히 어기랴? 삼보태감은 즉시 왕 상서와 함께 좌우선봉 및 오영정총병과 사초부총병 등 지휘관을 소집하여 훈련장에서 군마를 점검했다. 지휘대 위에는 '사령관[帥]'이라는 글자가 수놓아진 높이 열두 길의 깃발이 세워졌다. 이어서 돼지와 양을 잡고, 수많은 기마병이 도열한 가운데 제사 의식이 치러졌다. 두 원수가 맨 앞에 서고 나머지 장수들은 각자의 부대 앞에 서서 다섯 번 절을 올리고 세 번 머리를 조아렸다. 이어서 제사를 인도하는 이가 제문을

낭독했다.

바야흐로 깃발의 새매 문양 바람에 펄럭이고 저물녘 햇빛이 교룡의 그림자 비출 때, 팔진(八陣)의 위용 늠름하고 칠성(七星)도 밝게 빛나도다. 환한 꽃 피어 월(越) 땅의 강에는 봄빛이 한창이고, 단풍 떨어져 오(吳) 땅의 강에는 싸늘한 기운 퍼지도다. 저 어리석은 서양인들로 인하여 동방의 군대가 수고하게 되었도다. 편안히 용문(龍門)을 건너 거센 파도 삼키고 평정하리라! 온 나라가 천자를 알현하고, 모든 오랑캐가 항복하리라. 개선하여 높은 관작을 받고, 저택에 살며 천자를 알현하리라!

維旗風翻鳥鶽之文, 日薄蛟龍之影. 八陣兮婆娑, 七星兮炳炳. 花明兮越水春, 楓落兮吳江冷. 蠢彼西洋, 師煩東井. 跨龍門兮寧賒, 吸鯨波兮誓靖. 萬國兮朝宗, 百蠻兮繫頸. 凱歌兮食封, 歸了第兮朝請.

제사가 끝나자 세 번의 대포 소리가 울리고, 수많은 기마병이 일제히 치달려 다섯 방위에 깃발을 높이 세우고 대열을 아홉으로 나누어 배에 올랐다. 사람들은 각기 소속된 부대로, 말들은 소속 병영으로 들어갔다. 이에 두 원수도 각자의 배에 올랐고 벽봉장로는 벽봉선사(碧峰禪寺)가 있는 배에, 장 천사는 천사부(天師府)가 설치된 배에 올랐다. 다들 자리를 잡고 앉기도 전에 호위대장이 보고했다.

"저기 황제 폐하의 행차가 오고 있습니다."

바로 이런 모습이었다.

제왕들은 황제의 수레 밀고
황제는 수레 앞 깃발 가지런히 세웠구나.
제왕들 황제의 수레 밀고 궁궐을 떠나니
황제는 수레 앞 깃발 가지런히 세우고 황성을 나왔다.
천군만마 대열을 이루고
삼공구경 반열에 맞춰 늘어섰다.
의장용 창과 도끼 쌍쌍이 세워지고
행차에 따라 피리와 생황 소리 어우러진다.
징 소리 어지러이 울리고
옥패 소리 짤랑짤랑
눈 녹아 벼랑들 아름다운 자태 드러내고
해가 떠서 산들이 환히 보이는구나.
꽃길에는 예쁜 나비들 쌍쌍이 날고
버들 우거진 제방엔 수많은 꾀꼬리 숨어 지저귀는구나.
깃발 펄럭일 때 산도 땅도 흔들리고
칼 휘두르는 소리에 귀신도 놀라 통곡하지.
저쪽은 고운 꽃에 이슬 맺힌 반악(潘岳)의 마을
이쪽은 세류(細柳)에 파견된 주아부(周亞夫)[9]의 병영

9 주아부(周亞夫: 기원전 190~기원전 143)는 한나라 때의 명장으로서 세류(細柳, 지금의 산시[陝西] 셴양[咸陽] 서남쪽)에 주둔하여 흉노의 침입을 방어하고 반란을 평정하는 등 공을 세우고 승상의 지위까지 올랐으나, 훗날 아들의 비리에 연루되어 가옥에 갇혀 있다가 죽었다.

王排御駕, 帝整鑾旌.

王排御駕離金闕, 帝整鑾旌出鳳城.

逐隊的千軍萬馬, 排班的三公九卿.

作對成雙的金瓜鉞斧, 行歌互答的玉笛鸞笙.

金聲錯落, 玉響琮琤.

雪消千障巧, 日出萬山明.

花徑穿雙飛之粉蝶, 柳堤藏百囀之黃鶯.

旗閃處山搖地動, 刀響處鬼哭神驚.

頭搭兮露挹好花潘岳里, 眼前兮風搓細柳亞夫營.

황제가 삼차하(三汊河)에 이르러 수염을 날리며 눈을 크게 뜨고 살펴보니, 수많은 배가 별처럼 늘어서 있었다. 각각의 배에는 아황색 바탕에 '대국 천자의 군대, 오랑캐를 위무(慰撫)하고 보물을 취하다.[上國天兵, 撫夷取寶]'라는 글귀를 커다랗게 수놓아진 세 길 높이의 깃발이 세워져 있었다.

황제가 다시 자세히 살펴보니, 네 척의 배는 다른 배들과 달랐다.

첫 번째 배는 사령부가 설치된 배였는데, '사령관[帥]'이라는 글자가 수놓아진 열 길 높이의 깃발이 세워지고, 배 앞쪽에는 몇 개의 하얀 패가 걸려 있었다. 그 가운데 중앙의 패에는 '대명국총병초토대원수(大明國統兵招討大元帥)'라고 적혀 있고 왼쪽 패에는 '회피(回避)', 오른쪽 패에는 '숙정(肅靜)'이라고 적혀 있었다. 두 번째 배도 사령부가 설치된 배였는데, 역시 '사령관'이라는 글자가 수놓아진 열 길 높이의 깃발이 세워지고, 배 앞쪽에는 몇 개의 하얀 패가 걸려 있었다. 그 가운데 중앙의 패에는 '대명국총병초토부원수(大明國統兵招討副元帥)'라고 적혀 있고 왼쪽 패에는 '회피', 오른쪽 패에는 '숙정'이라고 적혀 있었다. 세 번째는 벽봉선사가 마련된 배였는데 열 길 높이의 혜일기(慧日旗)[10]가 세워지고, 배 앞쪽에는 몇 개의 하얀 패가 걸려 있었다. 그 가운데 중앙의 패에는 '대명국국사행대(大明國國師行臺)'라고 적혀 있고 왼쪽 패에는 '나무아미타불(南無阿彌陀佛)', 오른쪽 패에는 '구천응원천존(九天應元天尊)'이라고 적혀 있었다. 네 번째 배는 천사부가 설치된 배였는데 열 길 높이의 칠성기(七星旗)가 세워지고, 배 앞쪽에는 몇 개의 하얀 패가 걸려 있었다. 그 가운데 중앙의 패에는 '대명국천사행대(大明國天師行臺)'라고 적혀 있고 왼쪽 패에는 '천하귀신면현(天下鬼神免見)', 오른쪽 패에는 '사해용왕면조(四海龍王免朝)'라고 적혀 있었다.

황제의 수레가 곧장 사령부가 설치된 배로 오르자, 장 천사와 벽봉장로가 나와서 맞이했다. 대원수와 부원수는 양쪽에 시립하고 좌우선봉과 오영정총병 및 사초부총병, 그리고 모든 장수가 각기 서열에 따라 줄지어 섰다. 장 천사가 황제 앞에 엎드려 머리를 조아리며 아뢰었다.

"강 입구에서 배가 출발하오니, 폐하께서 몸소 강에 제사를 지내서서 여정을 편하게 해 주시옵소서."

10 혜일(慧日, jñāna-divākara)은 널리 중생을 두루 비추어 삶과 죽음에 대한 무지를 깨우치는 부처의 지혜를 햇빛으로 비유한 것을 가리킨다.

"알겠소."

즉시 제단을 설치하고 한림원에서 제문을 지어 사령부가 설치된 배 위에서 제사를 지냈다. 황제가 친히 예를 진행했고, 문무백관도 서열에 따라 절을 올렸다. 예부의 관리가 제문을 펼쳐서 낭독했다.

維江之瀆, 維忠之族.	강가에 모인 충성스러운 신하들
惟忠有君, 惟朕爲肅.	군주에 충성하니 짐도 엄숙하게 예를 행하노라.
用殄鯨鯢, 誓淸海屋.	사나운 고래 모두 없애 바다 위의 배들 평안하기를!
旌旗蔽空, 舳艫相逐.	깃발은 허공을 가리고 배들은 줄지어 가나니
爍彼忠精, 所在我福.	빛나는 저 충정은 가는 곳마다 우리의 복이 될 지라!

제사가 끝나자 문무백관은 황제를 호위하고 조정으로 돌아갔다.

삼보태감은 왕 상서를 불러서 함께 사령부의 청사에 마련된 자리에 앉으니, 장수들이 각기 서열대로 찾아와 명령을 기다렸다. 삼보태감이 말했다.

"우리는 오늘 사령부 입구에 깃발을 올리고 폐하의 어명을 받들어 해변의 산맥에서 무기를 씻고 만 리에 걸쳐서 신위를 떨칠 것이다. 이는 가벼이 여길 수 없는 막중한 임무이다. 그러니 장수들은 다음과 같이 인원을 배치하도록 하라. 모든 전함에는 각기 포졸 열 명과 키잡이 열 명, 요수(嘹手)[11] 스무 명, 반초(扳招)[12] 열 명, 상두(上斗) 열 명, 닻잡이 스무 명, 각기 병사 열 명씩을 총괄하는 갑장(甲長)[13] 쉰 명을 배치한다. 다섯 척의 전함을 하나의 초(哨)로 삼고, 두 개의 초를 하나의 영(營)으로 삼되, 네 개의 영을 묶어 한 명의 지휘관이 통솔하며, 통령(統領)과 지휘(指揮) 이상의 관원들은 원래의 직책을 수행한다. 사람을 태운 배나 말을 실은 배, 식량을 실은 배도 마찬가지이다.

모든 전함에는 각기 대발공포(大發貢砲) 열 문(門)과 대불랑기(大佛狼機, Farangi) 마흔 좌(座), 완구총(碗口銃) 쉰 정, 분통(噴筒)[14] 육백 개, 조취총(鳥嘴銃) 백 정, 연관(烟罐)[15] 천 개, 회관(灰罐) 천 개, 쇠뇌 화살 오천 개, 약노(藥弩)[16] 백 정, 거친 화약 사천 근(斤), 조총 화약 천 근, 약노에 쓸 화약 열 병(瓶), 크고 작은 납탄[鉛彈] 삼천 근, 불

11 명령을 소리쳐 전달하는 역할을 맡은 이들이다.

12 범선이 구불구불하고 급류가 흐르는 물길을 갈 때 배의 앞머리에서 배의 방향을 잡아주는 막대를 잡고 조정하는 인원을 가리킨다.

13 갑장(甲長)은 원래 중국 봉건사회에서 사회 통제를 위해 마련한 보갑제(保甲制)의 산물이다. 기본적으로 그것은 사회 조직의 기본 단위인 '호(戶)'를 기반으로 만들어지는데, 10호를 1갑(甲)으로 하고 10갑을 1보(保)로 묶어서 각각의 갑에서 맡은 일에 대해 연대책임을 지게 하는 것이다. 여기서는 열 명의 병사를 하나의 갑으로 묶어서 관리한다는 의미로 쓰이고 있다.

14 불꽃이나 연기, 독가스 등을 내뿜는 무기이다.

15 연기를 내뿜는 무기이다.

16 화살 끝에 화약을 달아 발사하는 쇠뇌이다.

화살 오천 대, 화전(火磚)[17] 오천 개, 화약을 장착한 포탄 삼백 개, 구렴(鉤鐮)[18] 백 자루, 칼[砍刀][19] 백 자루, 과선정창(過船釘槍)[20] 이백 자루, 표창 천 자루, 등나무 만든 방패 이백 개, 쇠로 만든 화살촉이 달린 화살 삼천 개, 큰 깃발 한 장, 호대(號帶)[21] 열 개, 대위기(大桅旗)[22] 열 개, 정오방기(正五方旗)[23] 쉰 개, 청동으로 만든 큰 징 마흔 개, 꽹과리 백 개, 큰 북 열 개, 작은 북 마흔 개, 등롱 백 개, 도화선 육천 개, 철질려(鐵蒺藜)[24] 오천 개이다. 일상용품들은 모든 배에 동일하게 분배한다.

매일 항해할 때는 '사령부'가 설치된 배를 중심으로 서른두 척의 배가 중관영(中官營)이 되어서 사령선을 둘러싼다. 그리고 인력이 탄 배는 삼백 척을 전후, 좌우의 네 부대[營]로 나누어 중관영의 외

---

17 종이에 화약을 싸고 심지를 단 폭발물로서, 요즘의 다이너마이트와 유사한 무기이다.

18 갈고리나 낫 모양의 날이 달린 창의 일종이다.

19 장도(長刀), 배도(背刀), 고도(挎刀)라고도 불리는 칼의 일종으로서 폭이 한 치 정도에 길이는 한 자 남짓하며 끝이 뾰족한 도신(刀身)에 손잡이를 붙인 것인데, 대개 한쪽에만 날이 세워져 있다.

20 해전에서 적군의 배에 근접하여 배를 붙들어 고정하는 데에 쓰는 긴 막대가 달린 창의 일종이다.

21 배의 호수를 적은 띠를 가리킨다.

22 돛대 위에 다는 깃발이다.

23 배의 사방과 중앙에 거는 깃발을 가리킨다.

24 쇠로 만든 네 개의 가시가 달린 물건으로서 주로 보병 전투에서 바닥에 뿌려 적군의 움직임을 방해하는 무기의 일종이다.

부를 둘러싸게 한다. 또 전함 마흔다섯 척을 전초(前哨)로 삼아 앞쪽에 세운다. 그 뒤를 말을 실은 배 백 척이 뒤따른다. 그리고 전함 마흔다섯 척으로 좌초(左哨)를 구성하여 왼쪽에 줄지어 따르되 배에 탄 인원은 새가 왼쪽 날개를 펼치듯이 일자로 늘어선다. 식량을 실은 배 예순 척은 전초의 꼬리 부분에서 좌초의 머리 부분까지 비스듬히 늘어선다. 또 말을 실은 배 백이십 척이 그 사이에 들어간다. 전함 마흔다섯 척으로 우초(右哨)를 구성하여 오른쪽에 줄지어 따르되, 배에 탄 인원은 새가 오른쪽 날개를 펼치듯이 일자로 늘어선다. 식량을 실은 배 예순 척은 전초의 꼬리 부분에서 우초의 머리 부분까지 비스듬히 늘어선다. 또 말을 실은 배 백이십 척이 그 사이에 들어간다. 전함 마흔다섯 척으로 후초(後哨)를 구성하여 후미에서 제비 꼬리 모양으로 두 부대로 나뉘어 따른다. 말을 실은 배 백 척이 그 앞에 배치되고, 식량을 실은 배 예순 척이 좌초의 머리 부분에서 후초의 머리 부분까지 마치 사람의 왼쪽 갈빗대처럼 늘어선다. 그리고 말을 실은 배 백이십 척이 그 안을 채운다. 또 식량을 실은 배 예순 척이 우초의 머리 부분에서 후초의 머리 부분까지 마치 사람의 오른쪽 갈빗대처럼 늘어선다. 역시 말을 실은 배 백이십 척이 그 안을 채운다.

낮에 항해할 때는 깃발로 서로 알아보게 하고, 밤에 항해할 때는 등롱을 이용한다. 주의할 점은 전후가 이어지고 좌우가 보좌하여 대열이 흐트러지지 않도록 해야 한다는 것이다. 일부러 좌우 대오를 흩뜨려서 일을 그르치는 자는 즉시 효수형(梟首刑)에 처하리라!"

명령을 내리고 나서 삼보태감은 마(馬) 태감을 벽봉장로의 배로 보내서 몇 시에 출발할 건지 물었다.

"이미 출발했다."

마 태감의 보고를 받은 삼보태감은 즉시 심복으로 부리는 태감을 불러 물었다.

"언제 출발했다더냐?"

"조금 전에 나리께서 각 분야에 명령을 내리신 직후에 출발했습니다."

"왜 내게는 알리지 않았지?"

"출발할 때 종려나무 껍질로 엮은 밧줄을 하나 떨어뜨렸는데 이리저리 아무리 당겨도 끌어올릴 수 없어서, 이를 해결하느라 정신이 없었기 때문이라고 합니다."

삼보태감이 무슨 말을 하려 하는데 수하의 태감이 하인을 통해 보고했다.

"장 천사께서 찾아오셨습니다."

삼보태감이 그를 맞이하며 물었다.

"배가 출항하는데 왜 저희도 몰랐지요?"

"이상하게 생각하지 마시구려. 이건 내가 작은 술법을 부렸기 때문이라오."

"아니, 왜 그러셨습니까?"

"내 배에는 신악관에서 데려온 도사와 악무생 이백오십 명과 조천궁에서 데려온 도사와 하인 이백오십 명이 있는데, 이 사람들이 모두 바다로 나가는 걸 무서워하기에 내가 술법을 부려서 배가 출발해도 눈치채지 못하게 했소이다. 그러지 않았더라면 다들 울고불고 난리가 났을 테지요."

"조금 전에 배가 출발할 때 밧줄을 하나 떨어뜨렸다던데, 이게 길조일까요 흉조일까요?"

"그런 것은 전혀 상관없고, 그저 그게 약간 내력이 있는 물건이라 나중에 정령이 되어서 해를 끼칠 가능성은 있겠습니다."

그 말이 채 끝나기도 전에 밖에서 태감이 다시 하인을 보내 보고했다.

"왕 상서께서 오셨습니다."

장 천사는 얼른 작별하고 떠났다. 왕 상서와 삼보태감이 앉아 한참 동안 이야기를 나누고 있는데, 호위병이 문밖에서 무릎을 꿇고 보고했다.

"강에 거센 바람이 불면서 파도가 하늘을 뒤집을 듯 일어나서 앞쪽의 배는 물론이고 좌우의 부대들도 나아가지 못하는 바람에, 뒤쪽의 배들이 뒤집힐 듯 위태롭기 그지없습니다."

그 말에 두 원수는 혼비백산했다. 왕 상서가 말했다.

"어서 국사를 모셔다가 무슨 일인지 알아보십시다."

"먼저 장 천사께 여쭤보십시다."

"제가 다녀오겠습니다."

"배로 돌아가십시오. 제가 직접 가서 여쭤보겠습니다."

삼보태감은 즉시 장 천사의 배로 건너갔다. 그때 장 천사는 옥황각에서 부적을 쓰고 있었는데, 악무생 하나가 보고했다.

"사령관께서 찾아오셨습니다."

장 천사는 즉시 옥황각으로 맞이하여 서로 자리를 나누어 앉았다.

"사령부에서 지휘하고 계셔야 할 분께서 무슨 일로 저를 찾아오셨는지요?"

"별일 아니라면 천사님을 귀찮게 해 드리지 않았겠지요. 다름 아니라 지금 광풍과 파도가 일어나 배들이 나아가지 못하고 있기에, 이 일에 대해 상의 올리려고 찾아온 것입니다."

"강에 바람이 불고 파도가 이는 것이야 늘 있는 일 아닙니까?"

"배가 나아가지 못하고 있는데 어떻게 늘 있는 일이라고 할 수 있겠습니까?"

"제게 방법이 있습니다."

장 천사는 즉시 종이 하나를 꺼내서 두어 '면조(免朝)'라고 적더니 악무생을 불러서 그 종이를 뱃머리 아래쪽에 떨어뜨리라고 했다. 이에 악무생이 그 종이를 물에 떨어뜨리자 물속에서 머리는 있는데 귀가 없고, 눈은 있지만 코가 없고, 입은 있지만 수염은 없고, 손은 한 자나 되게 길고, 손톱은 두 치나 되게 기른 늙은이가 하나 나와서 그 종이를 집어 들더니 가볍게 찢어 버렸다. 악무생이 성명을 물었더니, 늙은이는 성이 '강(江)'씨라고만 하면서 이름은 얘기하지 않고 떠나 버렸다. 그가 돌아가서 그대로 보고하자 장 천사가 말했다.

"다른 방법이 있지."

그는 다시 종이를 한 장 꺼내서 '하늘 장수[天將]'라고 적더니, 악무생을 불러서 그 종이를 뱃머리 아래로 떨어뜨리라고 했다. 악무생이 그 종이를 떨어뜨리자 물속에서 다시 늙은이 하나가 나왔는데, 머리에는 살이 붙어 있지 않고 눈꺼풀도 없으며, 수염은 서너 자쯤 되고 등에는 새총처럼 생긴 것을 지고 있었다. 그는 '하늘 장수'라고 적힌 종이를 집어 들더니 가볍게 찢었다. 악무생이 성명을 묻자 성이 '하(夏)'씨라고만 할 뿐 이름은 알려주지 않고 떠나 버렸다. 악무생이 돌아가 그대로 보고하자 장 천사가 또 말했다.

"그럼, 다른 방법을 써야지."

그는 다시 종이 하나를 꺼내서 '하늘 병사[天兵]'라고 쓰더니, 악무생을 불러서 그것을 뱃머리 아래에 떨어뜨리라고 했다. 악무생이 그 종이를 떨어뜨리자 물속에서 또 어린애 하나가 나왔는데, 등은 시커멓고 배는 하얀데 눈동자가 반짝이고 입은 자그마했다. 손은 무릎 밑에까지 늘어졌고, 엉덩이 위쪽에는 거무튀튀한 칼을 차고 있었다. 그 아이는 종이를 집어 들더니 가볍게 문질러서 종이 막대기 모양으로 만들어 버렸다. 성명을 묻자 그는 성이 '언(鄢)'씨라고만 하고 이름은 밝히지 않은 채 떠나 버렸다. 악무생이 돌아와 그대로 보고하자 장 천사가 말했다.

"대체 어떤 물귀신이기에 이렇게 무례하단 말인가!"

그러면서 제자를 불렀다.

"교수(皎修)야, 도장과 보검을 가져오너라!"

장 천사가 어떤 무적을 쓰고, 칼을 가져다가 어떻게 쓰는지, 또 그 정령들이 부적과 칼을 보고 어떻게 피하는지는 다음 회를 보시라.

제19회

드렁허리 정령이 홍강 어귀에서 소란을 피우고 백룡의 정령과 백룡강에서 싸우다

白鱔精鬧紅江口　白龍精吵白龍江

北風卷塵沙	북풍이 모래 먼지 말아 올리니
左右不相識	좌우의 얼굴도 알아보지 못하겠다.
颯颯吹萬里	쌩쌩 만 리를 불어 대니
昏昏同一色	사방이 온통 어둑하다.
船煩不敢進	배는 힘들어서 감히 나아가지 못하고
人急未遑食	사람은 다급하여 밥 먹을 겨를도 없지.
草木春更悲	초목은 봄이 되어도 다시 슬퍼하고
天景晝相匿	하늘의 햇빛은 낮에도 숨어 있지.[1]
兵氣騰北荒	병기의 기운 황량한 북방에 치솟고
軍聲振西極	군대의 함성 서쪽 변방을 뒤흔든다.

1 이상의 여덟 구절은 당나라 때 최융(崔融)이 지은 〈서쪽으로 행군하는 도중에 바람을 만나다[西征軍行遇風]〉에서 몇 글자를 바꾸어서 인용한 것이다. 제5구의 '선(船)'이 원작에서는 '마(馬)'로 되어 있다.

坐覺威靈遠	앉아 있으면 힘찬 함성 멀리 퍼지는 걸 알겠고
行看祲氛熾	가다 보면 불길한 구름 타오르지.[2]
賴有天師張	더행히 장 천사가 있어
符水申道力	부적으로 도력을 펼친다네.

그러니까 장 천사는 도장과 보검을 들고 즉시 부적을 한 장 써서 제자 교수에게 그 부적을 뱃머리 아래로 떨어뜨리게 했다. 교수가 부적을 떨어뜨리자 물속에서 노인 하나가 나왔다. 그는 자그마한 키에 조끼를 걸치고 있었는데, 커다란 입으로 강 위에서 서풍을 들이마시고 있었다. 노인은 그 부적을 받아 단숨에 삼켜버렸다. 성명을 물어보자 그는 성이 '사(沙)'씨라고만 하고 이름은 밝히지 않은 채 떠나 버렸다. 제자가 돌아와서 그대로 보고하자 장 천사가 말했다.

"다른 부적을 하나 써 주마."

그리고 다시 제자에게 그 영관부(靈官符)를 뱃머리 아래로 떨어뜨리라고 했다. 제자가 그 부적을 물에 떨어뜨리자 물속에서 얼굴이 하얀 서생이 하나 나타났다. 그는 퉁방울처럼 큰 눈에 머리는 민둥민둥했고 입은 미간에 달려 있었다. 그는 그 부적을 받아 들더

2 이상의 네 구절은 최융의 시 〈서쪽으로 행군하는 도중에 바람을 만나다〉에서 인용하면서 몇 글자를 바꾼 것이다. 인용된 구절 가운데 마지막 '祲氛熾'은 원작에서는 '氛祲息'으로 되어 있다.

니 슬쩍 소매에 집어넣었다. 성명을 묻자 그는 '백(白)'씨라고만 하고 이름은 밝히지 않은 채 떠나 버렸다. 제자가 돌아가 그대로 보고하자 장 천사가 말했다.

"영관부마저 통하지 않다니!"

그는 다시 부적을 한 장 쓰고는 몇 명의 제자를 불러서 그 흑살부(黑煞符)를 뱃머리 아래에 떨어뜨리라고 했다. 제자들이 그 부적을 떨어뜨리자 물속에서 거지 하나가 머리를 흔들흔들, 엉덩이를 삐죽거리며 나타났다. 조그마한 입을 가진 그는 주변을 한번 슬쩍 둘러보았는데, 알고 보니 머리가 커다란 귀신이었다. 그는 그 부적을 받아 보더니 슬쩍 입을 삐죽거렸다. 성명을 물어보자 그는 성이 '구천오(口天吳)'라고만 하고 이름은 밝히지 않은 채 떠나 버렸다. 제자들이 돌아와 그대로 보고했다.

그걸 보자 삼보태감은 화도 나고 우습기도 했다.

"선생의 부적은 사람만 놀라게 할 뿐, 알고 보니 귀신은 겁내지 않는 것이었군요!"

"그런 게 아닙니다."

"하하, 그냥 농담이었을 뿐입니다."

"우습긴 합니다만, 이 요괴들이 제법 재간이 있는 모양이니 다른 부적을 써야겠습니다."

장 천사는 즉시 부적을 하나 써서 제자에게 이 뇌공부(雷公符)을 뱃머리 아래에 떨어뜨리라고 했다. 제자가 부적을 떨어뜨리자 물속에서 할멈 하나가 나타났다. 머리카락은 덥수룩하게 헝클어졌고 허리는 가늘고 길며, 다리는 짤막했다. 할멈이 그 부적을 받더니 입김을 훅 불어서 하늘로 날려 버렸다. 성명을 묻자 '주(朱)'씨라고만 하고 이름은 밝히지 않은 채 떠나 버렸다. 제자가 돌아와서 그대로 보고하자 장 천사가 말했다.

"그렇게 여러 번을 해도 실패라니, 이 요괴들은 뇌공조차 어쩌지 못하는구나!"

그러더니 밖에서 대기하고 있던 호위 장교를 불러서 급각부(急脚符)를 하나 써 주면서 뱃머리 아래에 떨어뜨리라고 했다. 그 장교가 부적을 떨어뜨리자 물속에서 두 명의 노인이 나왔다. 하나는 수염이 나 있고 다른 하나는 뿔이 나 있었으며, 하나는 몸에 얼룩무늬가 있고 다른 하나는 목에 비늘이 번쩍거렸다. 잠시 후 또 노인 하나가 나왔는데, 옥처럼 하얗고 기름을 바른 듯 번질거리며 대나무 줄기처럼 긴 몸뚱이가 구불구불 비틀려 있었다. 세 노인은 함께 그 급각부를 함께 받으며 "나는 급하지만 저 사람은 아직 안 급해!" 하면서 모르는 체했다. 성을 물어도 모르는 체하더니, 이름을 묻자 마지막에 나온 노인이 말했다.

"이런저런 부적을 쓸 필요 없이 술 몇 병만 내놓으면 되고, 이것저것 물을 거 없이 돼지머리하고 양고기 몇 덩어리만 내놓으면 돼!"

장교가 돌아와서 그 상황을 처음부터 끝까지 설명하자 장 천사가 말했다.

"술하고 음식을 달라는 모양인데, 이걸 어쩌지요?"

삼보태감이 말했다.

"대체 그것들은 무슨 요괴입니까?"

"그걸 모르니 무슨 대책을 써야 할지 모르겠다는 거 아닙니까?"

"국사를 모셔다가 처리해 달라고 합시다!"

"그러면 제 체면이 뭐가 되겠습니까? 저한테 한 가지 방법이 더 있습니다."

장 천사는 즉시 머리카락을 풀어헤치고 보검을 뽑아 들더니 별자리 따라 걸음을 옮기며 주문을 외었다. 그리고 잠시 후 부적을 태우고 영패를 꺼내 세 번 두드리며 소리쳤다.

"첫 번째에 하늘 문이 열리고, 두 번째에 땅의 문이 갈라지며, 세 번째에 하늘신이 단에 강림하라!"

마지막 영패가 울리자 하늘에서 신이 하나 내려왔다. 그 신은 예사롭지 않은 모습이었으니, 바로 이러했다.

天戴銀盔金抹額	머리에는 은색 투구 이마에는 금색 두건
臉似張飛一樣黑	얼굴은 장비처럼 시커멓구나.
渾身披掛紫霞籠	온몸에 노을빛을 둘러싸고
脚踏風車雲外客	바람 수레를 탄 구름 밖의 손님일세.

장 천사가 물었다.

"강림하신 분은 어떤 신이시오?"

"저는 정일위령현화(正一威靈顯化) 진수홍강구(鎭守紅江口)에 봉해진 흑풍대왕(黑風大王)입니다."

"여기는 어디인지요?"

"여기가 바로 홍강 어귀입니다."

"나는 위대한 명나라 황제의 명을 받고 오랑캐를 위무하고 보물을 취하러 가는 길이오. 여기에 이르러 큰 풍랑이 일어나는 바람에 배가 나아가지 못하는지라 대왕을 청하였소이다. 홍강 어귀에서 풍랑을 일으키는 것들은 무슨 요괴들인지요?"

"한 놈이 아닙니다!"

"모두 몇이나 됩니까?"

"열 놈입니다."

"어떤 놈들입니까?"

兵過紅江口	군대가 홍강 어귀를 지날 때는
鐵船也難走	철선이라도 지나기 어렵다오.
江猪吹白浪	강돌고래가 풍랑을 불어 일으키고
海燕拂雲烏	바다제비가 먹구름 쓸어온다오.
蝦精張大爪	새우 요정이 집게발톱 펼치고
鯊魚量人鬪	상어는 사람과 다투려 하지요.
白鰭趁波濤	하얀 지느러미 파도를 타고
吞舟魚展首	배를 삼킬 큰 물고기 고개를 내민다오.
日裏赤蛟爭	낮에는 붉은 교룡이 다투고
夜有蒼龍吼	밤에는 창룡이 울어 대지요.

蒼龍吼	창룡이 울고
還有個猪婆龍在江邊守	또 강가에는 악어가 지키고 있지요.
江邊守	강가를 지키는 것은
還有個白鱔成精天下少	또 세상에 드문 하얀 드렁허리의 정령도 있다오.

알고 보니 성이 강(江)씨라고 한 이는 강돌고래[江猪]였고, 언(鄢)씨는 바다제비[海燕], 하(夏)씨는 새우 요정[蝦精], 사(沙)씨는 상어[鯊魚], 백(白)씨는 하얀 드렁허리[白鱔], 구천(口天)씨는 배를 삼킬 만한 큰 물고기, 주(朱)씨는 악어[猪婆龍], 몸에 얼룩무늬가 있는 것은 붉은 교룡[赤蛟], 목에 비늘이 있는 것은 창룡(蒼龍), 몸뚱이가 길고 가는 노인은 하얀 드렁허리였다.[3] 장 천사는 하늘의 신에게 감사하고 요괴들에게 욕을 퍼부었다.

"못된 것들, 어찌 감히 무례하게 군단 말인가!"

그는 몸소 뱃머리로 나가 머리를 풀어헤치고 보검을 짚은 채 물었다.

"물속 종족들 가운데 누가 소란을 피우는가?"

그러자 강물 안에 크고 작은 요괴와 정령들이 패거리를 이루어

---

3 이들의 성과 실제 정체는 모두 중국어 발음과 글자의 유사성으로 암시되어 있다. 다만 '구천(口天)'은 '배를 삼킬[呑舟]' 만한 큰 물고기를 가리키는 '탄(呑)'자를 파자(破字)한 것이고, 교룡과 창룡은 생김새로 암시했다. 그런데 여기서는 모두 열 마리의 요괴를 짜 맞추다 보니 하얀 드렁허리[白鱔]가 중복되는 실수가 나타났다.

물 위에 뜨거나 물속에 잠겨서, 혹은 헤엄쳐 다니거나 파도를 일으키고 있다가 장 천사의 말을 듣고 이렇게 대답했다.

"산을 관리하는 이는 산에서 밥벌이를 하고, 강물을 다스리는 이는 강물에서 밥벌이하지. 너희 배가 어찌 공짜로 여길 지나려는 게냐?"

"여러 말 할 것 없이, 내가 여기서 너희를 위해 제사를 지내주면 되지 않겠느냐?"

"제사만 지내준다면 모든 게 해결될 거야."

장 천사는 옥황각으로 돌아가서 삼보태감에게 이야기했다. 삼보태감은 사령부가 설치된 배로 돌아가서 돼지와 양을 잡고 향과 촛불, 지마(紙馬)를 준비하게 했다. 그리고 제물이 모두 마련되자 장 천사를 불렀다. 장 천사는 제자와 어린 도사들을 데리고 와서 주문을 외고 제문을 읽고 악기를 연주하며 초제(醮祭)를 지낼 제단을 설치했다. 제사가 끝나자 물속의 귀신들이 기뻐하며 떠났다. 다만 하얀 드렁허리의 정령만은 여전히 위세를 부리며 괴이한 기운을 풀풀 날리면서, 뱃머리 아래에서 고개를 치켜들고 버티며 떠나려 하지 않았다. 이에 장 천사가 말했다.

"너한테는 따로 제사를 지내 달라는 것이냐?"

하지만 그는 고개를 내저었다.

"그럼 우리 배를 따라가겠다는 것이냐?"

그가 다시 고개를 내저었다.

"이도 저도 아니라면 대체 어쩌라는 것이냐?"

그러다가 갑자기 한 가지 생각이 떠올라서 물었다.

“설마 우리더러 너에게 작위를 봉해 달라는 뜻이더냐?”

그러자 드렁허리 정령이 고개를 끄덕였다.

“그렇다면 내가 우선 칙령을 내려서 너를 홍강 어귀의 백선대왕(白鱔大王)으로 봉해 주마. 나중에 보물을 구해 돌아오면, 폐하께 상주하여 사당을 세워 네가 영원토록 제사를 받을 수 있게 해 주마.”

그러자 하얀 드렁허리 정령이 고개를 흔들고 꼬리를 치며 떠났다. 그제야 바람이 그치고 풍랑이 가라앉아 배들은 편안하게 운항할 수 있게 되었다.

한참 후 삼보태감이 옥황각으로 태감을 보내서 장 천사에게 물었다.

“이제 배가 바다에 진입했습니까?”

“이제 막 유명한 백룡강(白龍江)에 이르렀소이다.”

태감이 돌아가 보고하는데, 그 말이 채 끝나기도 전에 호위병의 보고가 들려왔다.

“강 위에 거센 바람과 높은 파도가 일어나서 배들이 모두 뒤집힐 위험에 처해 있습니다. 앞으로 나아가는 것은 고사하고 제자리에서 있기조차 힘들 지경입니다!”

그러자 삼보태감은 불안한 생각이 들었다.

‘이건 분명 내 잘못이야. 이 때문에 요괴들이 재앙을 일으키는 건지도 몰라.’

그는 즉시 왕 상서를 불러서 함께 옥황각의 장 천사를 찾아갔다. 장 천사의 배에 이르러 살펴보니 상황이 이러했다.

萬里茫然烟水勞　만 리 아득하게 안개 낀 강 힘겹게 가는데
狂風偏自撼征艘　사나운 바람 하필 배를 흔드는구나.
愁添舟楫顚危甚　노 젓는 이들 시름겨워 배 뒤집힐까 위태로운데
怕看魚龍出沒高　높다랗게 출몰하는 물고기와 용들 두려워라.
樹葉飄飄歸朔塞　나뭇잎 팔랑이며 북쪽 변방으로 돌아가고
家山渺渺極波濤　고향은 아득하게 파도 끝에 있다네.
多君宋玉悲秋淚　정 많은 송옥(宋玉)[4]은 가을을 슬퍼하여 눈물 흘렸고
雁下蘆花猿正號　날아가는 기러기 아래 갈대꽃 피고 원숭이들 울어 대는구나.

그러니까 삼보태감이 왕 상서와 함께 장 천사를 찾아갔을 때, 장 천사는 옥황각에서 혼자 중얼거리고 있었다.

"이 풍랑은 좋지 않구먼."

그때 악무생이 보고했다.

"두 분 사령관께서 오셨습니다."

장 천사는 허리를 숙여 그들을 맞이하여 옥황각에 자리를 잡고

---

4 송옥(宋玉: ?~?)은 이름이 자연(子淵)이라고도 하며, 전국시대의 저명한 시인 굴원(屈原)의 제자로 알려져 있다. 미남자로도 유명한 그는 초(楚)나라 경양왕(頃襄王)을 모신 적이 있으며, 당륵(唐勒), 경차(景差)와 더불어 뛰어난 사부(辭賦) 작가로 명성을 날리면서 〈구변(九辨)〉과 〈고당부(高唐賦)〉 등을 남긴 것으로 알려져 있다.

앉았다.

“오시느라 고생 많으셨습니다.”

삼보태감이 말했다.

“인사차 들렀습니다. 그런데 이 백룡강은 어떤 곳입니까? 이렇게 풍랑이 거세서 배가 나아가지 못하니 너무 걱정스럽습니다.”

왕 상서가 말했다.

“이 풍랑도 무슨 요괴가 일으킨 것이 아닐까요?”

장 천사가 말했다.

“마침 저도 이 풍랑을 걱정하고 있었는데, 도무지 이유를 모르겠습니다. 소매 안에 손을 넣고 점을 쳐 보니 머리와 뿔, 수염, 비늘이 있는 존재라고 했습니다. 제 생각에는 무뢰하기 그지없는 교룡이 아닐까 싶습니다.”

왕 상서가 말했다.

“사태가 위급한데 확실한 이유를 모르니 어쩌지요? 아무래도 다시 가서 국사님을 모셔 와야겠습니다.”

장 천사도 고개를 끄덕였다.

“일리 있는 말씀이십니다.”

왕 상서는 작별인사를 하고 삼보태감과 함께 벽봉장로의 배로 갔다. 그때 벽봉장로는 천엽련화대(千葉蓮花臺)에 앉아 있었는데, 사손 운곡이 보고했다.

“두 분 사령관께서 오셨습니다.”

“풍랑 때문에 오신 모양이니 어서 안으로 모셔라.”

운곡이 서둘러 나가 두 사람을 안으로 모셨다. 삼보태감과 왕 상서는 천엽련화대 앞으로 가서 벽봉장로와 인사를 나누고 자리를 정해 앉았다.

"이거 미처 마중을 나가지 못했습니다."

삼보태감이 말했다.

"갑자기 찾아뵙게 되었습니다."

왕 상서가 말했다.

"아무 일 없다면 이렇게 갑자기 찾아뵙지 않았을 것입니다만, 풍랑이 거세서 배가 나아가지 못하는지라 가르침을 청하러 찾아왔습니다."

"이건 백룡강의 유명한 신이 일으킨 것입니다."

"어떤 신인지요?"

"자세히 알아보지는 않았는데, 혹시 장 천사는 알지 않을까요?"

"조금 전에 장 천사께서 소매점을 쳐 보았는데 머리와 뿔, 수염, 비늘이 있는 존재라고 하시더군요."

"그럼 용인가 보군요!"

"확실히 알 수 없으니 어떻게 해야 할지 몰라서 이렇게 가르침을 청하러 왔습니다."

"어려울 거 없지요! 두 분께서 저와 함께 현경대로 가봅시다. 거기에 요괴를 비추는 거울인 조요경(照妖鏡)을 걸어서 보면 분명히 알게 될 것입니다."

이렇게 해서 셋이서 현경대로 가자, 벽봉장로는 거울을 내려오라고 했다. 비환과 운곡이 노끈을 풀고 그 거울을 내렸다. 그 거울은 예사로운 물건이 아니어서 받치는 대만 하더라도 높이가 세 길이 넘었고, 거울의 넓이도 세 길이 넘었다. 그야말로 이런 모습이었다.

月樣團圓水樣淸	달처럼 둥글고 물처럼 맑아
不因紅粉愛多情	고운 얼굴 때문에 다정한 이 좋아하진 않는다네.
從知物色了無隱	사물의 본색 알아 숨김이 없으니
須得人心如此明	모름지기 사람 마음도 이처럼 밝아야 하리라.
試面緇塵私已克	속세의 검은 먼지 앉은 얼굴 비추면 사심을 이기고
搖光銀燭旭初晴	촛불 흔들리면 아침 해처럼 맑게 빛나리라.
今朝妖怪難逃鑒	이제 요괴도 본성 비쳐지는 것 피하기 어렵나니
風浪何愁不太平	풍랑 가라앉지 않을까 무슨 걱정이랴?

어쨌든 현경대에 조요경을 걸고 나자 벽봉장로가 말했다.

"두 분께서 직접 보시지요."

두 사령관이 살펴보니 백룡 한 마리가 쉼 없이 사람을 잡아먹고 있는 것이 아닌가!

"알고 보니 백룡이었군요. 다만 사람을 잡아먹고 있어서 보기가 안 좋습니다."

"이 일은 장 천사에게 처리하라고 하십시오."

두 사령관은 무척 걱정하면서 벽봉장로에게 작별인사를 하고 다시 옥황각으로 갔다. 장 천사가 그들을 맞이하며 물었다.

"국사께서는 뭐라고 하시던가요?"

삼보태감이 말했다.

"별다른 말씀은 없으시고 그저 현경대에 조요경을 걸어 그 못된 놈이 사람을 잡아먹는 백룡이라는 것만 보여주셨습니다. 그래서 천사께 어떻게 할지 상의하러 왔습니다."

"조금 곤란하군요."

왕 상서가 말했다.

"아니, 왜요?"

"제 생각에는 원래 있던 용은 이미 떠나고 새로 나타난 요괴 같다는 말씀입니다. 원래의 용은 황제(黃帝)가 형산(荊山)에서 솥을 주조할 때 그놈을 타고 하늘로 올라갔는데, 하늘에서 고약한 짓을 해서 구천현녀(九天玄女)[5]께서 그놈을 나타각(羅墮閣) 존자(尊者)[6]에게 데려다주었지요. 존자께서는 그놈을 바리때 안에 넣고 기르셨는데, 수백만 년을 길러도 그 고약한 성미가 없어지지 않다가 아래

5 구천현녀(九天玄女)는 줄여서 현녀라고도 부르며, 일반적으로 구천낭랑(九天娘娘)으로도 불린다. 그녀는 원래 중국 고대 신화 속의 여신이었는데, 훗날 도교에서 신선으로 모셨다. 그녀의 출신에 대해서는 다양한 전설이 있다.

6 좌록나한(坐鹿羅漢)이라고도 불리는 빈도라 발라타각(賓度羅跋羅墮閣) 존자(尊者) 가리킨다. 빈도라는 옛날 인도에서 손꼽히는 18개 귀족 가문의 성이고, 발라타각이 이름이다. 본래 우타연왕(憂陀延王) 휘하의 권세 높은 대신이었다가 갑자기 승려가 되었다가, 훗날 사슴으로 타고 다시 나타나서 국왕을 설득해 출가하게 만들었다.

세상으로 도망쳐서 장과로(張果老)[7]의 나귀를 잡아먹고, 주나라 목왕(穆王)의 팔준마(八駿馬)를 해쳤습니다. 이에 주부만(朱浮漫)[8]이 분개하여 용을 베는 법을 배워서 손을 쓰려 하자, 그놈은 파촉(巴蜀) 땅의 귤 속에 숨었지요. 그런데 바둑을 두던 두 사람이 그놈을 잡아 포를 뜨려 하자, 다시 갈피(葛陂)로 도망쳤다가 비장방(費長房)[9]과 맞닥치는 바람에 몽둥이를 한 대 맞고 아픔을 참으며 화양동(華陽洞)으로 도망쳤지요. 그런데 뜻밖에 오작(吳綽)[10]이 도끼를 살별

---

7 장과로(張果老)는 본명이 장과(張果)이며, 전설상의 신선이다. 그는 오랫동안 중조산(中條山)에 은거해 지냈는데, 당나라 무측천(武則天) 시대에 이미 나이가 수백 살이나 되었다고 한다. 그는 늘 하얀 나귀를 타고 다녔는데, 쉴 때는 나귀를 접어서 수건 담는 상자에 넣어두었다고 한다. 또 현종(玄宗)의 부름을 받고 장안에 나타나 갖가지 술법을 보여주고, 은청광록대부(銀青光祿大夫)의 벼슬과 함께 통현선생(通玄先生) 이라는 호를 받았다고 한다. 그는 또 《신선득도령약경(神仙得道靈藥經)》과 《단사결(丹砂訣)》, 《옥동대신단사진요결(玉洞大神丹砂眞要訣)》 등의 저작을 남긴 것으로 알려져 있다.

8 《장자》 〈열어구(列御寇)〉에 따르면 주부만(朱浮漫)은 지리익(支離益)에게 용을 베는 법을 배웠다고 한다.

9 비장방(費長房)은 동한 여남(汝南: 지금의 허난성[河南省] 상차이[上蔡] 서남쪽) 사람으로, 호공(壺公)을 따라 산에 들어가 신선술을 배웠으나 완성하지 못하고 돌아왔다고 한다. 그는 의술에 뛰어나고 귀신을 쫓고 축지법을 쓸 줄 알았다고 하는데, 나중에 부적을 잃어버리고 귀신들에게 살해당했다고 한다. 자세한 이야기는 《후한서》 〈방술열전(方術列傳)〉 82를 참조할 것.

10 오작(吳綽)은 동한 말엽 모산(茅山)에 살던 사람으로, 형인 오요(吳耀)와 누나 오교(吳嬌)가 결혼한 후 부모가 죽어서 형의 보살핌 속에 자랐다. 어느 날 그는 약초를 캐러 산에 들어갔다가 우연히 화양동(華陽洞)에 들어갔다가 거문고 소리에 끌려 어느 방으로 들어갔는데, 그곳에는 바둑을 두고 있는 노인 형제와 한 어린아이를 발견했다. 알고 보니 이들은 바로 그곳

하게 휘두르는 바람에, 머리는 깨지지 않았지만 목에 걸고 있던 진주를 잃어서 다시 하늘로 올라갈 수 없게 되었어요. 이에 화가 치민 그놈은 이 백룡강에서 온갖 횡포를 저지르게 되었는데, 목구멍도 깊고 밥통도 큽니다."

왕 상서가 말했다.

"목구멍도 깊고 밥통도 크다는 게 무슨 말씀입니까?"

"그놈은 오로지 사람만 잡아먹는데, 한 번에 꼭 오백 명씩 잡아먹습니다. 하나만 모자라도 배가 부르지 않다고 생각해서 불만스러워하지요."

"그렇다면 정말 곤란한 일이로군요."

전설에 등장하는 삼형제였는데, 큰형은 수련에 성공하여 천선(天仙)이 되어 열일고여덟 살 전후의 용모를 유지하며 '모기군(茅其君)'이라고 불리고, 두 아우는 지선(地仙)이 되어 있었다. 그곳에서 오작은 모기군으로부터 천하 정세에 관한 이야기를 듣고, 또《구세양방(救世良方)》이라는 신묘한 의약술을 전수받았다. 그러나 그가 고향으로 돌아가니 이미 오랜 세월이 흐른 뒤여서, 형님의 5대 자손이 백발의 노인이 되어 있었다. 또 당시는 전란을 겪은 후여서 천하에 역병이 유행하고 있었는데, 그는 신선에게 배운 의술로 수많은 백성을 구제했다. 그리고 어느 날 그가 약초를 캐러 다시 모산에 들어갔다가 화양동 입구에서 세 개의 커다란 진주를 가지고 노는 한 어린아이를 발견했다. 그가 이상하게 여기고 다가가자 그 아이는 화양동 안으로 도망쳤다. 이에 그는 혹시 아이가 짐승들에게 해를 당할까 염려되어 뒤쫓아 들어갔다. 그런데 그 아이는 세 개의 진주를 왼쪽 귀에 집어넣더니 작은 용으로 변했다. 이에 오작이 약초 캐는 호미로 그 용의 왼쪽 귀를 후벼서 진주를 꺼냈는데, 잠시 후 그 용의 모습이 사라져 버렸다고 한다. 훗날 당나라 때의 한유(韓愈)는 이 전설을 소재로 〈답증목이(答贈木耳)〉라는 시를 지은 적이 있고, 또한 송나라 휘종(徽宗)은 그를 '양소선생(養素先生)'이라는 호를 추증했다.

이에 삼보태감이 말했다.

"세상사란 법도에 따라야 할 때도 있고 임시방편이 필요할 때도 있지요. 우리가 어명을 받고 서양을 정벌하러 가는데, 호랑이 굴에 들어가야 호랑이 새끼를 얻을 수 있지 않겠습니까? 이렇게 대문 앞에서 쑥스러워 말도 못 하고 들어가지 못해서야 되겠습니까?"

장 천사가 말했다.

"풍랑을 가라앉혀서 배를 안정시키려면, 오백 명의 살아 있는 사람을 제물로 그놈에게 제사를 지내주어야 만족하고 우리를 지나가게 해 줄 것입니다."

"그건 어렵겠고, 제 생각에는 그냥 '다섯'이라는 숫자만 채워서 오십 명으로 제사를 지내주면 어떨까 싶습니다."

"그 오십 명은 어디서 구한다는 말씀입니까?"

"저한테 방법이 있습니다."

"무슨 방법인지요?"

"요 며칠 동안 병이 난 군사들에 대한 보고가 많이 올라오던데, 그자들을 불러다 하나씩 살펴서 살아날 가망이 없이 병세가 위중한 오십 명을 골라 강에다 제사를 지내도록 합시다."

장 천사와 삼보태감이 이런 논의를 하자 왕 상서는 그저 고개를 숙인 채 아무 말도 하지 않았다. 그야말로 이런 격이었다.

眉頭捺上雙簧鎖	눈썹에 두 개의 자물쇠가 채워진 듯
心內平塡萬斛愁	마음속에 한없는 근심 채워지네.

장 천사가 말했다.

"병부상서께선 왜 내키지 않는 표정이십니까?"

"제 생각에 인명은 하늘에 달린 일인지라 함부로 처리하면 안 될 것 같습니다. 우리가 비록 병권을 장악하여 죽이고 살리는 권한을 갖고 있다 하더라도, 죄를 지은 이들을 처형하고 무고한 이는 살려 주어야 합니다. 그 오십 명의 군사도 우리를 따라 서양으로 가기 위해 고향을 떠나 부모와 처자식을 두고 왔습니다. 다들 임무를 완수하고 돌아와 상을 받고 가족과 다시 모여 살게 되기만을 바라고 있지요. 그런데 떠나온 지 얼마 되지 않아서 무고한 사람을 제물로 삼아야 한다니, 어떻게 이런 일을 차마 할 수 있겠습니까!"

왕 상서의 말은 너무나 옳은 것이었다. 누구나 측은지심(惻隱之心)이 있기 마련인지라 삼보태감도 입을 다물었고 장 천사도 계면쩍어했다. 다만 삼보태감 수하의 마(馬) 태감은 배고프면 적장의 머리를 먹고 목마르면 원수의 피를 마시는 냉혹한 사람이었다.

"큰일을 이루려면 작은 희생은 감수해야지, 자잘한 데에 연연하면 큰일을 그르치게 됩니다. 삼군을 관장하고 만호(萬戶)의 높은 작위에 봉해진 분들이 어찌 이렇게 필부처럼 소심하고 아낙네처럼 쓸데없는 인정에 얽매이십니까? 나리 수하의 용감한 병사가 수십만 명인데, 그깟 병든 군사 오십 명쯤 없다고 해서 무슨 상관이겠습니까? 그냥 그자들을 강물에 던져 버리시지요!"

삼보태감과 장 천사는 그 말을 듣고 마음이 조금 풀어졌지만, 왕 상서는 더욱 근심이 깊어졌다. 그러자 장 천사가 말했다.

"병부상서께선 어찌 생각하십니까?"

"사람은 누구나 차마 어찌하지 못하는 마음이 있습니다. 하물며 불의를 행하여 무고한 사람을 하나라도 해치는 짓은 천하를 얻더라도 할 수 없습니다. 멀쩡한 오십 명의 목숨을 죽음으로 몰아넣는다면, 하늘의 도리와 인정에 비추어 어찌 편안할 수 있겠습니까!"

왕 상서의 자비로운 말에 장 천사는 더 이상 입을 열 수 없었다. 그러자 삼보태감이 말했다.

"이런저런 얘기만 많아서는 일을 이루지 못하고 시간만 허비할 따름입니다. 목숨이 경각에 달린 이 위급한 때 그런 것들을 보살필 여유가 어디 있겠습니까?"

그리고 즉시 수하를 불렀다.

"여봐라, 각 병영에 명을 전해라. 병에 걸린 군인들을 동료들에게 이곳으로 데려오도록 해라."

이에 수하의 태감이 달려나가 명령을 전달했다.

"각 병영에서 병에 걸린 군인은 동료들이 이곳으로 데려오도록 하라! 정말 중병에 걸린 사람은 강에 제사 지낼 제물로 바칠 것이다!"

가련하게도 병에 걸린 군인들은 제물로 바쳐진다는 말을 듣고 다들 죽을힘을 다해 자리에서 일어나려고 했다. 그리고 저마다 자기 병이 다 나았다고 했다. 물론 이들은 실제로 중병에 걸린 이들이었다. 또 잔머리를 굴려 꾀병을 앓고 누워 있던 이들도 그 소리를 듣자마자 재빨리 자리에서 일어났다. 사나흘 동안 밥도 먹지 못하던 이들도 모두 일어나서 억지로 서너 그릇씩 밥을 먹었고, 여드

례 가까이 세수조차 안 하던 이들도 모두 일어나 머리를 감고 세수를 하고 두건을 두르고 '용(勇)'자가 수놓아진 모자를 썼다. 개미처럼 하찮은 곤충조차 목숨을 아끼거늘, 이 군사들 가운데 누군들 무고한 목숨을 강에 버리고 싶어 했겠는가?

한편, 삼보태감은 사령부가 설치된 배에 서서 병든 군사를 점검하려고 기다리고 있었다. 잠시 후 각급 부대의 대장들이 몇 명의 군인을 데리고 찾아와 무릎을 꿇고 일제히 보고했다. 삼보태감은 그 멀쩡한 군사들을 보고 버럭 화를 내며 꾸짖었다.

"이런 개자식들 같으니! 네놈들은 귓구멍도 콧구멍도 없단 말이냐? 병든 군사를 점검하겠다고 했거늘, 어째서 멀쩡한 군인들을 데려와 일을 방해하느냐?"

그러자 대장들이 엉덩이가 떨릴 정도로 놀라서 일제히 보고했다.

"이들은 바로 며칠 전에 앓았던 자들입니다."

"병든 군인이 어찌 이렇게 멀쩡하고 건장할 수 있단 말이냐?"

그러자 군인들이 대답했다.

"저희는 며칠 전까지 아팠지만 한 이틀 전에 다 나았습니다."

"이런 개자식들 같으니! 다들 말도 안 되는 소리만 하고 있구나. 잘들 들어라. 병사 명부를 관리하는 도공(都公)[11]을 불러와라!"

잠시 후 도공이 황급히 달려와 무릎을 꿇었다.

11 도공(都公)은 상서성(尙書省)의 좌우사(左右司)에서 업무를 담당하는 관리이다.

"사령관님, 무슨 일로 부르셨습니까?"

"며칠 전, 병이 난 군사들에 대한 보고서를 모두 가져와라."

"여기 있습니다."

그는 곧 보고서들을 삼보태감의 탁자 위에 놓았다. 삼보태감은 직접 한 명씩 호명했는데, 대답한 이들은 모두 건장한 군인들이었고 환자는 하나도 없었다.

"너희는 병도 없는데 왜 함부로 이런 보고서를 올렸느냐?"

"어제는 아팠다가 오늘 낫는다는 얘기도 있지 않습니까? 저희는 하늘같이 높은 폐하의 홍복에 힘입고 나리의 바다 같은 은혜 덕분에 병이 나아서 미천한 목숨을 이어갈 수 있게 되었습니다. 정말입니다. 어찌 감히 거짓말을 올리겠습니까?"

사람이란 원래 떠받들어주는 것을 좋아하기 마련인지라, 삼보태감도 그들의 말을 듣자 마음이 누그러졌다. 왕 상서가 그런 기색을 눈치채고 얼른 말했다.

"병든 군인도 제물로 쓸 수 없는데, 하물며 이 멀쩡한 군인들을 어찌 강에 던질 수 있겠습니까?"

"이러지도 저러지도 못할 상황이니, 상서께서 알아서 처리하십시오."

"제 생각만으로 어찌할 수는 없으니 국사님을 모셔오는 게 낫겠습니다."

하지만 장 천사는 가려 하지 않아서 두 사령관만 벽봉장로의 배로 가서 천엽연화대를 찾아갔다. 벽봉장로는 이미 그들이 찾아온 뜻을 알고 웃으며 말했다.

"아미타불! 사령관이 되려면 다들 산 사람을 생매장할 줄 알아야 하는 모양이구려!"

삼보태감이 말했다.

"생매장이라니요? 그저 못된 축생이 풍랑을 일으키니 어쩔 수 없어서 그러는 것입니다."

"두 분 혹시 《삼국연의(三國演義)》를 읽어보신 적이 있습니까?"

"대충 본 적이 있습니다."

"그렇다면 제갈량이 노수(瀘水)에 제사 지낸 일을 왜 모르신단 말씀이오?"

벽봉장로의 이 말은 그야말로 "한 사람 목숨을 구하는 것이 칠층탑을 쌓는 것보다 낫다."라는 것이었다. 하물며 오십 명의 군인들 목숨을 구하는 것이었으니, 이야말로 부처님의 지혜였던 것이다. 그 말을 듣자 두 사령관은 무척 기뻐하면서 곧 계책을 생각해내고 손바닥을 비비며 껄껄 웃었다. 삼보태감은 아직도 조금 마음에 걸리는 것이 있었다.

"이거 안 통하면 어쩌지요?"

왕 상서가 말했다.

"양(梁)나라 무제도 밀가루로 제물을 만들어서 종묘에 제사를 지낸 적이 있지 않습니까? 황실 조상에게 제사 지낼 때도 괜찮았는데, 하물며 요괴 따위에게도 통하지 않을 리 있겠습니까?"

"그렇지요! 맞습니다!"

두 사령관은 벽봉장로에게 작별인사를 하고, 곧 본선으로 돌아가 호위 장교를 불러서 귓속말로 여차저차 분부했다. 그 장교는 계책에 따라 저녁 무렵에 제사상을 마련하고, 살아 있는 사람을 바쳤다. 장 천사는 도사와 도동(道童)들을 데리고 경전을 외며 절을 올렸고, 두 사령관은 몸소 향을 살랐다. 그리고 제사가 끝나가 제사상에 올려 있던 살아 있는 사람들을 일제히 강에 밀어 떨어뜨렸다. 사람들이 물에 떨어지자마자 갑자기 "휭!" 바람이 어지럽게 불어오더니, 하필 뱃고물의 돛을 매는 밧줄을 휙 쓰는 바람에 두 명의 군인이 휩쓸려서 물에 떨어지고 말았다. 이에 뒤따라오던 말을 실은 배에서 재빨리 한 명을 구조했으나, 다른 한 명은 미처 구하지 못했다. 호위병이 이 사실을 삼보태감에게 보고하자, 삼보태감이 말했다.

"오십 명도 버리려 했는데, 그 군인 한 명이 뭐가 중요하다는 게냐!"

원래 벽봉장로의 계책이 뛰어났고 두 사령관이 그걸 교묘하게 시행했으며, 호위 장교의 수단도 영리했다. 왜냐? 그 호위 장교는 두 사령관을 모시고 얼른 솜씨 좋은 사람들을 선발해서 대나무 광주리에 종이를 발라 군인 모양으로 만들고, 또 병든 군인들의 두건과 모자를 씌운 다음, 그 안에는 병든 군인들의 속옷을 넣고 바깥에는 병든 군인들의 두루마기를 씌우고, 발에는 병든 군인들의 양말과 신을 신겼다. 또 각각의 인형 뱃속에는 돼지와 양, 오리의 내장을 채워두었다가, 제사가 끝나자 그것들을 강에 떨어뜨렸다. 백룡은 그것들이 사람처럼 생긴 데다 고기와 피가 든 것을 먹었는지라 금방 고개를 숙이고 물러갔다. 이에 풍랑이 가라앉아 배들은 곧장 앞으로 나아갈 수 있게 되었다.

다만 가련하게도 물에 빠진 그 군인은 구해낼 수 없었다. 명부를 찾아보니 그는 남경(南京) 수군우위(水軍右衛)에 소속된 이해(李海)[12]라는 사람이었다. 그는 물에 빠져서 몇 번이나 잠겼다가 떠오르면서 물을 몇 모금 마시고 파도에 휩쓸려 이삼백 리나 떠내려갔다. 그런데 날이 저물 무렵, 갑자기 물결이 밀려와 그를 어느 산발치에 떠밀어놓았다. 바다로 통하는 강어귀의 산들은 모두 바위로 되어 있었는데, 오랜 세월 동안 파도와 모래에 씻겨서 속이 모두 비어 있었다.

산발치의 바위 위에 떠밀린 그는 잠시 그대로 누워 있다가 곧 깨어났다. 옷은 젖었고 날도 저물었지만, 다행히 바위 안쪽은 제법 따뜻해서 추위에 떨지 않아도 되었다. 그는 젖은 옷을 벗어 물기를 짜고 널어두었는데, 이튿날 살펴보니 말라 있어서 다시 입었다. 다만 혼자인 데다가 방향조차 알 수 없어서 어디로 가야 할지 몰랐다. 지나가는 배도 없고 구하러 오는 사람도 없었다. 고개를 들어 사방을 둘러보니 망망대해의 수평선만 보일 뿐이어서, 그야말로 하늘을 우러러 소리쳐도 대답이 없고, 돌아서 땅속으로 들어가 들

12 이 부분과 제97회에 언급된 이해(李海)에 관한 이야기는 육채(陸采: 1495?~1540, 자는 자원[子元], 호는 천지[天池])의 《야성객론(冶城客論)》 〈사주(蛇珠)〉에 들어 있는 이야기를 바탕으로 몇 가지를 덧붙여서 만든 것이다.

어가려 해도 문이 없는 지경이었다. 전날 오후에 이곳에 떠밀려 왔는데, 오늘 다시 해가 저물어 가고 있었다. 하지만 뱃속은 물로 가득 채웠지만 마음은 너무나 처량하고 두려웠다. 그러다가 문득 배들이 떠올랐다.

'이제 풍랑이 가라앉았으니 평안하게 운항할 수 있게 되었을 텐데, 어디로 갔단 말인가? 다시 그 배에 탈 방법은 없단 말인가?'

또 잠시 뒤에는 자신의 고향 남경이 생각났다.

'경사는 아름답기 그지없는 곳이라, 우화대(雨花臺)에 나들이 가고 문정교(文定橋)에서 뱃놀이도 했지. 이제 어떻게 그런 걸 할 수 있단 말인가?'

또 가족들도 생각났다.

'부모님도 계시고 처자식도 있는데, 그들을 다시 볼 날이 있을까?'

이렇게 이런저런 생각이 꼬리를 물며 이어지니 더욱 가슴이 아팠다. 그래서 처음에는 훌쩍훌쩍 울기 시작했다가 이내 자기도 모르게 목 놓아 통곡했다. 그런데 그 통곡 소리가 벼랑 위에 사는 어느 여신을 놀라게 했다. 원래 이 여신은 미라국(彌羅國)[13]의 공주로

---

13 염입본(閻立本: 601?~673)의 《서역도(西域圖)》에 따르면 미라국(彌羅國)은 지금의 내몽고자치구 음산(陰山)에 자리 잡고 살던 유목민족인 토곡혼(土谷渾) 부족의 남쪽, 청해(青海) 남부와 사천(四川) 서부에 자리 잡고 살던 유목민족인 백란(白蘭)의 북쪽에 있는 나라라고 했다. 다만 여기서는 인도 서북쪽 간다라 동부, 히말라야산맥의 기슭에 있었던 카슈미라(迦濕彌羅, Kaśmīra) 왕국을 가리킬 가능성도 있다.

서 두 오빠 가운데 하나는 왕이 되고, 다른 하나는 제후에 봉해졌다. 세 동생은 각기 백(伯)과 자(子), 남(男)에 봉해져 있었다. 그녀는 평생 참새 한 마리를 길렀는데, 무려 오백 년 동안 기르고 나니 그 참새는 말도 할 줄 알고 저 혼자 나갔다가 돌아오곤 했다. 그런데 어느 날 종남산(終南山)에 놀러 갔다가 후예(后羿)[14]의 화살에 맞아 죽고 말았다. 이에 화가 난 그녀가 결국 중국으로 찾아와 주(周)나라 천자에게 항의했고, 주나라 천자는 후예를 대신해서 그녀에게 절을 하고 사죄했다. 나중에 진시황이 그녀를 황후로 삼으려 했지만 거절하고 천하를 떠돌았는데, 회수(淮水) 강가의 빨래하던 아낙이 그녀에게 밥을 주었다. 하지만 그녀에게 원한을 사는 사람이 너무 많았다. 한신(韓信)[15]이 그녀를 희롱하자 화가 나서 따귀를 한 대 갈겼는데, 그 바람에 한신이 미쳐버리고 말았다. 이에 한나라 고조(高祖)가 그녀를 옥에 가두었는데, 황후와 비빈(妃嬪)들의 도움으로 겨우 풀려날 수 있었다. 이에 그녀는 "남선부주에서는 살기 어려우

14 후예(后羿)는 대예(大羿)라고도 하며, 상고시대에 활을 잘 쏘던 인물로서 요(堯)임금 때 하늘에 열 개의 해가 뜨자 아홉 개를 쏘아 떨어뜨려 재난을 막아 주었다는 전설이 있다. 한편 하(夏)나라 때 동이족(東夷族) 유궁씨(有窮氏) 부족의 두령인 '이예(夷羿)'를 '후예'라고도 부르는데, 활쏘기의 명수였던 그는 하나라 왕 중강(仲康)이 죽은 후 그의 아들 상(相)이 제위를 계승하자, 상을 쫓아내고 스스로 제위에 올랐다가 나중에 신하인 한착(寒浞)에게 살해당했다. 여기서는 그저 활을 잘 쏘는 이라는 뜻으로 쓰였다.

15 한신(韓信: 기원전 231?~기원전 196)은 회음(淮陰, 지금의 장쑤성[江蘇省] 화이안[淮安]) 사람으로서, 서한(西漢)의 개국공신이다. 이 때문에 제왕(齊王)과 초왕(楚王)으로 봉해지기도 했지만, 나중에는 회음후(淮陰侯)로 폄적되었고, 다시 반역죄로 처형되었다.

니 동승신주 화과산(花果山)에 가서 살아야겠다." 하고 그곳으로 갔다. 하지만 손오공(孫悟空)이 귀찮게 하는 바람에 바다 어귀로 날아와 이 산에서 살게 되었던 것이다. 이 산은 봉이산(封姨山)이라는 곳인데, 그녀는 오랫동안 여기 살면서 여기저기서 어린아이들을 주워다 네 명의 아이를 길렀다. 그런데 알고 보니 그녀는 원숭이여서,[16] 그녀가 기른 네 아이란 바로 네 마리 새끼 원숭이들이었다.

이날 그녀가 동굴 안에 앉아 있는데, 갑자기 바위 아래에서 누군가 우는 소리가 들려 자비심을 자극했다. 이에 그녀는 즉시 아이들을 불렀다.

"얘들아, 다들 어디 있느냐?"

잠시 후 네 마리 새끼 원숭이가 일제히 달려왔다.

"어머니, 무슨 일입니까?"

"바위 아래에서 누군가 울고 있는데, 배를 타고 가다가 풍랑을 만나 배가 좌초된 모양이구나. 가서 살펴보고 오너라."

새끼 원숭이들은 명을 어기지 못하고 즉시 거꾸로 매달린 바위로 달려가 돌계단을 밟고 칡덩굴에 매달려 고개를 내리고, 눈 위에 손을 얹고서 바위 아래쪽을 살펴보았다. 그런데 누군가 우는 소리는 들리는데 그 사람이 어디 숨어 있는지는 알 수 없었다.

바위 아래에서 울고 있는 이가 누구인지, 이 새끼 원숭이들이 어떻게 그를 찾아 구해 주는지는 다음 회를 보시라.

---

16 이 부분은 앞뒤 문맥이 부자연스럽고 내용도 연결이 되지 않는데, 아마도 작자가 착각을 일으킨 듯하다.

제20회

이해는 풍랑에 떠내려가서 원숭이 요정과 만나고 삼보태감은 제단을 마련해서 바다에 제사 지내다

李海遭風遇猴精　三寶設壇祭海瀆

遭風誰道不心酸	풍랑을 만나면 뉘라서 가슴 아프지 않으랴?
巖洞之中斗様寬	바위 동굴 안은 넓기도 하구나.
曲頸坐時如鳥宿	고개 기울이고 앉아 새처럼 잠들고
屈腰睡處似鰍蟠	허리 구부정하게 누운 모습 미꾸라지가 웅크린 것 같구나.
拍天浪沸渾身濕	하늘을 치는 파도에 온몸이 축축하고
刮地風生徹骨寒	땅을 쓰는 바람에 뼛속까지 시리구나.
喜有白猿修行滿	다행히 하얀 원숭이 수행을 마쳐서
平施惻隱度雲端	측은한 마음에 구름 끝으로 데려다주었지.

그러니까 네 마리 새끼 원숭이가 어미의 명에 따라 산의 바위 아래를 살펴보니, 울음소리만 들릴 뿐 어떤 나그네인지는 보이지 않았다. 이에 원숭이들이 열심히 소리쳐 불렀다.

"거기 울고 있는 이는 누구요?"

바위 아래에서 울고 있던 이해는 갑자기 그 소리가 들리지 의아한 생각이 들었다.

'이런 망망대해에서 바닷가 귀퉁이 초가집에서 닭이 울고[茅屋鷄鳴隈海曲] 어부가 밤중에 강가에서 잠자는[漁翁夜傍江干宿][1] 일도 없을 텐데, 어떻게 저 위에서 사람 소리가 들리지?'

그는 의아하기도 했지만 어쨌든 누군가 와서 구해 주기만을 간절히 바랐기 때문에, 황급히 눈물을 훔치고 동굴 밖으로 나와 위쪽을 올려다보았다. 원숭이들은 바위 아래에 정말 살아 있는 사람이 있는지라 연신 질문을 했다.

"여보시오, 어디서 오신 누구시오? 무슨 일로 이 바위 동굴에까지 오게 되었소? 자세히 말씀해 주시면 우리가 구해 주겠소."

이해는 새끼 원숭이들이 그런 말을 하는 것을 보고 탄식하며 중얼거렸다.

"운수가 다하면 노비가 주인을 속이고, 때가 어그러지면 귀신이 사람을 희롱한다더니! 내 오늘 이런 큰 재난을 당하니, 뜻밖에 원숭이들조차 나를 희롱하는구나!"

그러자 산 위의 원숭이들이 그의 탄식 소리를 듣고 큰 소리로 말했다.

1 이것은 당나라 유종원(柳宗元)의 시 〈어옹(漁翁)〉의 첫 구절인 "漁翁夜傍西巖宿"을 변형한 것이다.

"여보시오, 탄식할 필요 없소. 어떻게 여기까지 오게 되었는지 사실대로 말하기만 하면, 우리가 구해서 여기 산 위로 올라오게 해 주겠소."

'원숭이들이 말도 잘하고 목소리도 맑은 걸 보니, 틀림없이 무슨 재간이 조금 있는 모양이구나. 얘기해 주지 않으면 결국 여기서 죽을 몸이니, 차라리 이 곤란한 상황을 얘기해 주자. 혹시 살아날 방도가 있을지 모르지.'

이야말로 "훌륭한 반려자가 아님은 잘 알지만, 일이 급해서 잠시 따르는 것[情知不是伴, 事急且相隨]"인 셈이니, 부끄러워 말도 못 하다가는 아무 일도 되지 않을 판이었다. 그는 어쩔 수 없이 큰소리로 대답했다.

"나는 명나라 황제의 어명을 받고 보물을 구하러 바다로 파견된 군인으로서 수군우위의 선봉인 이해라고 하오. 그런데 우리 배가 백룡강에 이르렀을 때 큰 풍랑이 일어나 뒤집힐 위기에 처했소. 그때 조정의 국사께서 현경대에 올라가 조요경을 걸어 살펴보니, 강물 안에서 천여 년 동안 곤욕을 치르고 있는 백룡의 정령이 풍랑을 일으켜 오가는 배를 침몰시키는데, 살아 있는 사람을 제물로 제사를 지내주어야 무사히 지나갈 수 있다고 했소. 이에 관리들이 상의했지만, 차마 살아 있는 생명을 해칠 수 없었소. 그런데 국사께서 양나라 무제가 종묘에서 제사를 지내고 제갈량이 노수에서 제사를 지냈던 것처럼 하자고 하셨소. 당시 나는 뱃고물에 서 있었는데, 제물이 제대로 갖춰지지 않았기 때문인지 그 못된 용이 성질이 사나워서인지 모르지만, 갑자기 괴이한 바람이 돛을 묶는 밧줄을 쓸어버리는 바람에 나도 휩쓸려 강물에 떨어져 버렸소. 하지만 구원의 손길이 미치지 못해서, 그만 물결에 떠밀려 여기까지 오게 된 거요. 그대들이 불쌍한 이 목숨을 구해 주신다면 그 은혜는 당연히 톡톡히 갚겠소!"

원숭이들은 그 말을 듣고 너무 큰 고생을 했다고 동정하며, 얼른 어미 원숭이에게 가서 그대로 얘기했다. 어미 원숭이는 그 말을 듣자 손가락을 마주 짚고 계산해 보더니 정확한 상황을 알게 되었다. 이에 자기도 모르게 기뻐하며 껄껄 웃음을 터뜨렸다.

"어머니, 왜 그렇게 웃으셔요? 설마 또 훌륭한 만두소를 만들 재료가 왔다고 생각하시는 겁니까?"

"아직도 사람을 잡아먹을 생각을 하느냐? 저번에 엉덩이뼈가 목구멍에 걸려서 고생했던 것을 벌써 잊었단 말이냐?"

"그럼 굶으라는 말씀이셔요?"

"제발 말썽 좀 그만 피워라!"

"말썽 피우는 게 아니라, 어머니께서 웃으시니까 드리는 말씀이지요."

"내가 웃은 건 사람을 잡아먹으려 해서가 아니다."

"그럼 왜 웃으셨어요?"

"조금 전에 따져보니까 이 사람이 출세한 운수이고, 또 나하고는 열여덟 번째 전생에서 인연을 맺은 바가 있어서 웃었던 게야."

"그나저나 저 사람을 어떻게 끌어올리지요?"

"동굴에 가서 굵고 길고 질긴 칡덩굴을 골라 몇 개를 연결해서 아래로 늘어뜨려 주어라. 산 위로 끌어올리고 나면 나한테 방법이 있다. '사람 목숨 하나 구하는 것이 칠층 탑을 쌓는 것보다 낫다.'라는 말도 있지 않더냐? 어서 가서 구해오너라."

새끼 원숭이들은 즉시 칡덩굴을 가져다 이어 붙여서 산 아래로 늘어뜨리고 큰소리로 외쳤다.

"여보시오, 겁내지 마시오! 우리 어머님이 당신을 구하라고 하셨소!"

이해는 칡덩굴을 손에 잡고 생각했다.

'올라가든 그렇지 않든 죽는 건 마찬가지지. 어쨌든 한 번 죽는 것이니, 일단 올라가 보자.'

그는 마음을 다잡고 칡덩굴을 허리에 묶고 나서 소리쳤다.

"당기시오!"

이윽고 산 위의 원숭이들이 한참 동안 칡덩굴을 끌어당겼다. 매달려 올라가면서 이해는 다시 생각했다.

'사람은 예악(禮樂)을 우선으로 삼고, 나무는 꽃과 열매를 맺길 바라지. 오늘 내가 여기 온 게 흉한 일인지 길한 일인지는 모르지만, 어쨌든 예의 바르게 행동해야지.'

이해는 칡덩굴을 풀고 옷을 한 번 털고 나서 네 마리 새끼 원숭이에게 일일이 인사를 했다. 그러자 원숭이들은 기분이 좋아져서 즉시 그를 동굴의 어미 원숭이에게 데려갔다. 그들을 따라 두세 걸음 가자 금방 동굴 문 앞에 도착했다. 이해는 용기를 내서 동굴 안으로 들어가 두 무릎을 꿇고 슬며시 주위를 둘러보았다. 알고 보니 그 어미 원숭이는 금빛 눈동자에 오목한 얼굴, 뾰족한 주둥이에 볼이 쏙 들어간 모습이었으며, 온몸이 하얀 털로 덮여 있었다. 그 털은 길이가 대여섯 치쯤 되어 보였다. 그야말로 이런 모습이었다.

獨自深山學六韜	깊은 산속에서 홀로 육도(六韜)의 책략을 배웠으니
依稀一片白皮毛	마치 한 덩이 하얀 모피 같구나.
枝頭喜共猿奴戲	가지 위에서 원숭이들과 장난치고
月下寧同狗黨嚎	달빛 아래에서 개들과 함께 울부짖었지.
冠沐已經輕楚客	모자 씻고 이미 초(楚) 땅 나그네 비웃은 적 있고
拜封猶自重齊髦	작위 받아 스스로 털을 가다듬었지.
幾回顚倒埋兒戲	물구나무 놀이 몇 번이나 놀았던가?
爲道胡孫醉濁醪	원숭이들 다스리며 막걸리에 취했었지.

이해는 어쩔 수 없이 무릎을 꿇은 채 웅얼웅얼 말했다.

“저는 명나라 황제 폐하의 어전 선봉인 이해라고 합니다. 보물을 구하러 바다로 나갔다가 불행히 풍랑을 만나 이런 곤란한 상황에 이르렀는데, 부디 목숨만 살려주십시오. 그 은혜는 죽어도 잊지 않겠습니다.”

어미 원숭이는 자리 아래로 내려와 이해를 일으켜 세우며 말했다.

"일어나셔요. 알고 보니 명나라의 장군이셨군요. 이 장군, 솔직히 말씀드리자면 제가 여기 앉아 있다가 그대의 울음소리를 듣고 그대의 운명을 점쳐보았어요. 비록 지금은 이렇게 갑작스러운 일을 당하셨지만, 나중에는 부귀한 복을 누리게 될 거예요. 그리고 저와는 몇 생애 전에 부부의 인연을 맺은 적이 있기 때문에, 제가 저 아이들에게 그대를 구해오라고 한 거예요. 잠시 여기 계셔요. 그대 일행이 보물을 구해오면서 반드시 이곳을 지날 테니까, 그때 제가 그대를 배로 모셔다드려서 경사로 돌아갈 수 있게 해 드리겠어요. 그러면 되겠지요?"

이 원숭이가 말은 잘했지만 사실 생김새가 조금 못생겨서 이해는 속으로 조금 겁이 났다. 어미 원숭이는 진즉 그 마음을 눈치채고 이렇게 말했다.

"이 장군, 저를 무서워하지 마셔요. 저는 여기서 벌써 만 년이 넘게 수행해서 완전히 사람과 똑같아졌답니다. 못 믿으시겠거든 제가 옷을 입고 보여 드리겠어요. 얘들아, 내 옷을 가져와라."

이에 네 마리 새끼 원숭이들이 일제히 달려와서 적삼과 비단 치마, 머리 장식, 비녀를 갖다 주었다. 잠시 후 어미 원숭이가 그것들을 차려입자 영락없이 아낙의 모습이 되었다. 그야말로 이런 모습이었다.

翠翹金鳳絶塵埃	파랑새 깃털 장식에 봉황 금비녀 꽂으니 속세의 여인과는 달라

畵就蛾眉對鏡臺　　거울 앞에 앉아 고운 눈썹 그리는구나.
携手問郎何處好　　손잡으며 묻지, “여보, 어디가 예뻐요?”
絳帷深處玉山頹　　붉은 비단 휘장 깊은 곳에 옥같이 고운 몸 누웠구나.

어미 원숭이는 아낙의 모습으로 변신하고 나서 또 새끼 원숭이들에게 말했다.

“얘들아, 너희도 모두 옷을 입도록 해라.”

이에 네 마리 새끼 원숭이가 이리저리 뛰어다니며 주섬주섬 옷을 챙겨 입으니, 잠시 후 영락없이 네 명의 어린아이 같은 모습이 되었다. 그야말로 이런 모습이었다.

紫衣年少俊兒郎　　자주색 옷 입은 소년들 준수하기도 하지.
十指纖纖玉笋長　　하얀 죽순처럼 길고 곱상한 열 개의 손가락.
借問美人何所有　　물어보세, 미인은 어디 있는가?
爲言贏得內家裝　　규방 깊은 곳에 숨어 있다네.

이렇게 어미 원숭이는 아낙의 모습으로, 새끼 원숭이들은 어린아이의 모습으로 변신하고 나자 이해는 비로소 마음이 진정되었다. 어미 원숭이가 또 은근한 목소리로 말했다.

“얘들아, 신선 세계의 차와 술, 복숭아, 과일을 좀 가져와라. 이 장군의 놀란 가슴을 달래드려야겠구나.”

잠시 후 술과 과일들이 모두 갖춰져서, 둘이 마주 앉아 마시고 따르고 하다 보니 어느새 날이 저물었다. 어미 원숭이는 이해를 붙들어두고 봉황이 수놓아진 알록달록한 비단 금침을 깔았다. 그야말로 이런 모습이었다.

一線春風透海棠	한 줄기 봄바람 해당화에 스며드니
滿身香汗濕羅裳	온몸의 향긋한 땀 비단 치마를 적시네.
個中好趣惟心覺	그 재미에 빠져 있으면서도 마음은 깨어 있어
體態惺忪意味長	교태부리며 나긋나긋 얘기하니 달콤하기 그지없네.
魚水相投意味眞	물고기가 물을 만난 듯 재미있게 즐기니
不交不漆自相親	일부러 엮어 붙이지 않아도 저절로 친해지네.
一團春色融懷抱	아리따운 자태 녹아들 듯 품에 안기니
誰解猴精變底人	원숭이 요정이 변한 사람인 줄 누가 알랴?

이해와 원숭이 요정은 날이 갈수록 친근해지고 정도 깊어져서 무슨 얘기든 솔직히 주고받았다. 다만 이해는 매일 아침 침상에 누워 있을 때, 갑자기 산꼭대기에서 천둥소리 같은 것이 울려서 늘 이상하게 생각했다. 이에 하루는 어미 원숭이에게 물었다.

"혹시 이 산 위에 벼락 신의 가마가 있소?"

"그럴 리가 있나요?"

"그게 아니라면 왜 이렇게 매일 무시무시한 소리가 울리는 거요?"

"벼락 치는 소리가 아니에요."

"그럼 무슨 소리요?"

"이 산에는 길이가 천 자나 되는 큰 구렁이가 있는데, 그놈이 종종 내려와 물장난을 치곤 해요. 그런데 그놈 비늘이 두껍고 거친 데다가 산에서 내려올 때 꼬리를 흔들어서 산의 돌들을 흔들어 대기 때문에, 마치 벼락이 치는 듯한 소리가 나는 거예요."

"그런 신기한 일이!"

"그까짓 게 뭐가 신기하다고 그러셔요? 저는 이 산에 만 년을 살았고, 그놈은 천 년 남짓 살았어요. 신기할 것도 없지요."

"그놈이 당신을 방해하지는 않소?"

"각자 제 몫이 있는 법이니 당연히 방해가 되지는 않아요."

"나도 그놈 모습을 구경할 수 있겠소?"

"보는 거야 되지만, 동굴 안에 숨어서 봐야 해요. 모습을 드러내면 안 돼요."

이해는 그 말을 마음에 잘 새겨두었다.

며칠 후, 산 위에서 또 벼락 치는 소리 같은 것이 들리자 이해는 어미 원숭이가 가르쳐준 대로 동굴에 숨어서 몰래 훔쳐보았다. 그건 정말 대단히 큰 구렁이였다! 길이는 백 길 남짓하고 비늘은 쟁반만 하고, 무시무시하고 커다란 주둥이와 등롱처럼 커다란 두 눈을 달고 있었다. 그 모습을 보고 돌아온 이해가 어미 원숭이에게 물었다.

"커다란 구렁이가 산에서 내려오는데 어떻게 앞쪽에 등롱이 한 쌍 비추고 있는 거요?"

"등롱이 아니라 그놈 눈동자예요."

"눈동자에서 어떻게 빛이 난다는 거요?"

"그놈 목 아래에 밤에도 빛나는 야명주(夜明珠)가 하나 있는데, 그 빛이 눈동자에 반사되어서 마치 등롱을 한 쌍 비추는 것처럼 보이는 거지요."

'야명주라면 값을 매기기 어려운 보물인데, 이걸 얻어서 나중에 폐하께 진상하면 서양에 한 번 다녀온 것보다 낫지 않을까?'

이런 생각을 하며 그가 다시 물었다.

"그 구렁이의 야명주를 내가 가질 수 있겠소?"

그 말에 어미 원숭이가 폭소를 터트렸다.

"그건 사마귀가 수레를 막아서는 것처럼 턱없이 무모한 짓이에요. 그 구렁이는 몸집도 크고 힘도 사람보다 훨씬 세서, 당신 같은 장군은 만 명이 덤벼든다 해도 야명주 근처에도 가지 못할 거예요. 더구나 당신 혼자 어떻게 그걸 얻겠다는 거예요?"

이해는 "그렇구려." 하고 대답하면서 속으로 계책을 궁리했다. 그리고 중국인답게 심계가 깊고 총명한 그는 잠시 눈살을 찌푸리고 생각에 잠겼다가 이내 한 가지 계책을 생각해냈다.

"그 구렁이는 며칠 만에 한 번씩 내려오는 거요?"

"날씨가 흐리거나 맑거나 상관없이 사흘에 한 번씩 내려오지요."

"그놈이 산에서 내려오는 길은 몇 개나 되오?"

"천 년 동안 오직 저 길로만 다니더군요."

이해는 그놈의 습성을 알고 나자 속으로 무척 기뻐했다. 그는 매일 계책을 다듬어서 시간이 지나자 더욱 치밀해졌다. 이에 그는 어미 원숭이 몰래 안배를 마련했다. 그리고 마침내 주도면밀한 안배가 끝났다.

'내일이면 저놈은 내 수중에 들어올 거야.'

그리고 어미 원숭이에게 말했다.

"간밤에 아주 불길한 꿈을 꾸어서 마음이 불안하오. 운수를 점쳐 보니, 이 꿈은 아무래도 저 구렁이 때문인 것 같소. 구렁이의 운수가 다했기 때문이오."

어미 원숭이가 깜짝 놀라서며 자기도 손가락을 짚고 계산해 보았다.

"어머! 정말 구렁이의 운수가 다했네요! 이 장군도 운수를 점칠 줄 아시나 보군요? 그런데 그건 무슨 점인가요?"

"제갈공명이 말 앞에서 행했던 신령한 점과 같은 것이오."

"저에 대한 점도 쳐보신 적이 있나요?"

"그렇소."

"점괘가 어떻던가요?"

"당신의 운수는 천년만년 쇠퇴하지 않아서, 자비로움과 지혜를 쌓아 공(空)의 경지를 깨달은 신선이 될 것이라고 했소."

그 말에 어미 원숭이는 뛸 듯이 기뻐하며 또 물었다.

"저 아이들은 나중에 어찌 될까요?"

"거기에 대해서도 점을 쳐 본 적이 있소."

"점괘가 어떻던가요?"

"그 아이들의 점괘도 당신 것과 얼마 차이가 나지 않았소."

"좀 자세히 말씀해 보셔요."

"그 아비에 그 자식이라고 했으니 차이가 별로 나지 않는 게 당연하지 않소?"

그 말이 채 끝나기도 전에 산 위에서 또 벼락 치는 듯한 소리가 들렸다. 어미 원숭이가 말했다.

"그놈이 또 나왔군요."

"어디, 가서 봅시다."

"경솔히 움직였다가는 낭패를 당할 수도 있어요."

"운수가 다한 놈인데 뭐가 무섭다는 거요?"

둘이 손을 맞잡고 동굴 밖으로 나가니 마침 그놈이 산에서 내려오고 있었다. 머리는 아래로 향하고 있었는데, 어찌 된 일인지 목 아래에 상처가 조금 나 있었다. 그놈은 성격도 포악해서 대가리를 치켜들고 온 힘을 다해 산 아래쪽으로 미끄러져 내려가고 있었다. 하지만 속도가 빠르긴 했어도 몸뚱이는 이미 둘로 쪼개져 있었다. 그 바람에 물가에 이르렀을 때 그놈의 혼백은 이미 물살에 떠내려가거나 하늘로 돌아가 버렸다.

이해가 재빨리 다가가서 야명주를 손에 쥐었다. 어미 원숭이는 그 모습을 보며 놀랍고도 사랑스러웠다.

'명나라 사람하고는 사귀기 어렵구나. 이 일은 결국 내 마음대로 안 될 테니까, 차라리 성인군자의 미덕을 따르는 수밖에 없겠어.'

그러다가 갑자기 서쪽으로 손가락을 가리키며 말했다.

"서쪽에서 또 한 마리 큰 구렁이가 오고 있어요!"

그 소리를 듣자 이해도 당황하여 황급히 서쪽을 쳐다보았다. 그 틈에 어미 원숭이는 재빨리 이해의 허벅지를 손톱으로 그어 커다란 상처를 만들더니, 다른 한 손으로 야명주를 낚아채서 그 상처 안에 쑤셔 넣고, 침을 뱉어서 바르더니 주먹을 쥐고 상처 위를 두드렸다. 이해가 고개를 돌려 보니 야명주는 이미 자신의 허벅지 안에 들어가 있었다.

"아니, 이게 무슨 짓이오?"

"야명주는 살아 있는 것이라서 신선한 피로 길러야 해요. 이제 당신 허벅지 안에 넣었으니 그걸 계속 살려놓을 수도 있고 보관하기도 편할 거예요. 그리고 남에게 빼앗길 염려도 없지요."

"나중에 집에 돌아가면 이걸 어떻게 꺼내야 하오?"

"피부를 가르고 꺼내서 황제에게 바치면 고관대작에 봉해지지 않겠어요?"

"정말 고맙소!"

"그나저나 물어볼 게 있어요."

"뭘 말이오?"

"이 구렁이가 비록 운수가 다했다고는 하지만, 어떻게 몸뚱이가 두 동강이 나게 된 걸까요?"

이에 이해가 사실대로 얘기해 주었다.

"내가 작은 계책을 썼기 때문이오."

"작은 계책을 써서 저리 되었으니, 큰 계책을 썼다면 아예 가루가 되었겠군요. 대체 그 작은 계책이라는 게 어떤 건가요?"

"얘기하자면 조금 길지요. 따라오시오. 가보면 알게 될 거요."

이해는 어미 원숭이의 손을 잡고 구렁이가 내려온 길을 보여주었다. 알고 보니 그 길에는 온통 쇠로 만든 창들이 묻혀 있었다.

"아니, 대체 이것들은 어디서 구했어요?"

"이건 쇠로 만든 창이 아니라, 산에서 자라는 단단한 대나무요. 그걸 잘라다가 몇 동강으로 나누고 끝을 뾰족하게 깎은 다음, 오랫동안 햇볕에 말리고 이슬에 쐬어서 이렇게 만든 것이오."

그 얘기를 듣자 어미 원숭이는 이해가 조금 무서워졌다. 이해도 그 마음을 짐작하고 매사에 조심하며 조금도 건방지게 행동하지 않았다. 그러면서 그는 그저 배가 어서 돌아와서 고향으로 돌아가게 되기만을 기다렸다.

한편, 제사를 지내고 나서 풍랑이 가라앉자 삼보태감 일행의 배는 편안하게 앞으로 나아갈 수 있게 되었다. 앞쪽에 파도도 없고 뒤쪽에서 바람까지 불어주니 어느새 강을 떠나 바다로 들어서게 되었다. 이에 사령관이 명령을 전했다. 전함과 사람을 태운 배, 말을 실은 배, 곡식을 실은 배를 포함한 모든 배는 닻을 내리고 바다 어귀에 나란히 서게 한 것이다. 삼보태감이 왕 상서와 벽봉장로,

장 천사와 상의한 후 뱃머리에 서서 죽 둘러보니 바로 이런 모습이었다.[2]

今朝入南海	오늘 아침 남해에 들어서니
海闊不可臨	드넓은 바다 서 있기도 힘들구나.
茫茫失方面	아득하게 방향도 모르겠고
混混如凝陰	음기가 뭉친 듯 혼탁하기 그지없구나.
雲山相出沒	산더미 같은 구름 나타났다 사라지고
天地互浮沉	하늘과 땅이 서로 떠올랐다 가라앉는구나.
萬里無涯際	만 리 너머까지 끝이 없으니
云何測廣深	넓이와 깊이를 어찌 헤아릴 수 있으랴?
潮波自盈縮	조수와 파도 저절로 차고 줄어드니
安得會虛心	어쩌면 마음 비울 수 있을까?

잠시 후 제사상이 차려지자 두 사령관은 반열을 나누어 서서 절을 올렸고, 중군(中軍)의 장수가 제문을 낭독했다.[3]

---

2 인용된 시는 당나라 때 장열(張說: 667~730, 자는 도제[道濟] 또는 열지[說之])의 두 수로 된 연작시 〈바다에 들어가다[入海]〉의 제1수에서 몇 구절을 변형한 것이다. 제1구의 '금조(今朝)'를 원작에서는 '승부(乘桴)', 제2구의 '해활(海闊)'은 '해광(海曠)'이라고 했다.

3 이 제문은 당나라 때 낙빈왕(駱賓王)이 쓴 〈병부주요주파적설몽검등로포(兵部奏姚州破賊設蒙儉等露布)〉에서 몇 구절을 따오고, 일부 구절을 덧붙여서 만든 것이다. 인용한 문장의 경우, 본 번역에서는 작자가 문맥에 맞추어 일부러 고친 글자가 아니라고 판단되는 것들은 원작에 따라 고쳐서 번역했다.

우리 명나라는 상서로운 옥을 얻어 지축(地軸)을 개척하여 황위(皇位)에 오르고, 결승(結繩)과 서계(書契)[4]를 만들어 다스림으로써 천하를 아울러 제위(帝位)에 올랐도다. 현묘한 구름 방 안에 들어오고 단릉(丹陵)에 신령하고 상서로운 기운 모였으며,[5] 하늘의 징조를 받아 제단에 오르니 화저(華渚)에서 상서로운 그림을 바쳤도다.[6] 사방이 환히 바라보이는 땅에서 맹춘(孟春)에 보배로운 옥을 바치고, 큰 화로 덮은 곳[7]에서 바람을 차지하고 보물을 바쳤노라. 머나먼 이곳 변방에서 스스로 위대한 중국에 기대는 바 크다고 하였노라.[8] 그물로 새를 잡듯 공격할 때 삼면을 틔

4 결승(結繩)은 옛날 문자가 없던 시절에 수인씨(燧人氏)가 만들어 정치에 활용한 것이라고 하며, 서계(書契)는 태호복희씨(太昊伏羲氏)가 결승을 대신하기 위해 만든 초보적인 문자라고 한다.

5 《역곤령도(易坤靈圖)》에 따르면 요(堯)임금의 어머니가 임신했을 때 현묘한 구름이 방안에 들어오고 교룡이 대문을 지켜주었다고 한다. 단릉(丹陵)은 요임금이 태어난 곳인데, 요임금이 태어날 때 이곳에 상서로운 황색 구름이 나타났다고 한다.

6 《송서(宋書)》 〈부서지상(符瑞志上)〉에 따르면, 소호씨(少昊氏)의 어머니 여절(女節) 즉 누조(嫘祖)가 커다란 별이 무지개처럼 땅에 내려오는 것을 보고 이에 감응하여 화저(華渚)에서 그를 낳았다고 한다.

7 가의(賈誼)의 〈힐복부(詰鵩賦)〉에 "천지를 화로로, 조물주를 장인, 음양을 석탄으로, 만물을 구리로 삼으니, 모이고 흩어지고 사라지는 것에 어찌 변함없는 법칙이 있겠는가?[天地為爐, 造化為工, 陰陽為炭, 萬物為銅, 合散消息安有常則.]"라는 구절이 들어 있다. 이에 따라 여기서 큰 화로는 천지를 가리키는 뜻으로 쓰였다.

8 한나라 무제 때 월지국(月支國)의 사신이 들어와 말하기를 자기 나라에서 30만 리 떨어진 곳에 있는 어느 나라에서 100일이 넘게 동풍이 불고 높은 구름이 몇 달 동안 흩어지지 않는지라 중국에 도를 좋아하는 군주가 있음

워준 은혜 베풀어 주길 기원하고, 머리 아홉 개 달린 살무사 같은 횡포를 저주하였노라.

이에 쓸모없는 우리에게 명하여 이 군대를 정비하여 장수로서 임무를 다하라고 하셨나니, 큰 배로 거대한 바다의 파도를 삼키고, 상어처럼 사납게 선선(鄯善)[9]의 머리를 쓸어 담으리라. 숨을 쉬면 바다의 산악이 뒤집히고, 소리 지르면 하늘과 땅이 요동치리라. 칼날을 쓸면 대화(大火)[10]가 서쪽으로 흐르듯 번개가 치고, 늘어선 깃발의 그림자 구름처럼 펼쳐져 긴 무지개가 동쪽을 가리키는 듯하리라. 담이(儋耳)[11]를 늘어뜨리고 뾰족한 상투 올린 오랑캐들 가슴에 구멍을 뚫어 배까지 이르게 하리라! 먼 타향으로 가서 징후를 살피고, 편안히 앉아 서쪽 끝 이리가 바치는 예물을 받고, 궁궐에 포로를 바침으로써 곤륜산 호랑이의 공적을 다시 보게 하리라. 아아, 바다여, 풍성한 제물을 바쳐 제사 지내나니, 용맹한 천자의 병사들이 이를 알리옵니다.

維我大明, 祥擒戴玉, 拓地軸以登皇. 道契書繩, 掩天紘而踐帝. 玄雲入戸, 纂靈瑞於丹陵. 蒼籙昇壇, 薦禎圖於翠渚. 六合照臨之

을 알게 되어서 그곳 특산물을 조공으로 바치러 왔다고 말했다는 기록이 있다.

9 선선(鄯善)은 옛날 서역(西域)의 나라 이름으로서 원래 누란(樓蘭)이라고 불렀다가 한나라 소제(昭帝) 때 명칭을 선선으로 고쳐 불렀다. 이 나라는 지금의 신장[新疆] 산산현[鄯善縣]의 동남쪽에 있었다.

10 대화(大火)는 대신(大辰)이라고도 하며, 심수(心宿)를 가리킨다.

11 담이(儋耳)는 소수민족의 장식 풍속 가운데 하나로서, 귓불을 뚫어서 그 살을 몇 가닥으로 만들어 아래로 당겨 늘여서 어깨까지 닿게 하는 것이다.

地, 候月歸琛. 大罏覆載之間, 占風納賮. 蠢玆遐荒絶壤, 自謂負固憑深. 祝禽疏三面之恩, 毒虺肆九頭之暴. 爰命臣等, 謬以散材, 飭玆軍容, 忝專分閫. 鯨舟呑滄溟之浪, 鯊囊括鄯善之頭. 呼吸則海嶽翻騰, 喑嗚則乾坤搖蕩. 橫劍鋒而電轉, 疑大火之西流. 列旗影以雲舒, 似長虹之東指. 俯儋耳而椎髻, 誓洞胸而達腹. 開遠門揭候, 坐收西極之狼封. 紫薇殿受俘, 重睹崑丘之虎績. 嗟爾海瀆, 禮典攸崇. 赫兮天兵, 用申誥告.

제사를 마치고 나자 연달아 하늘 향해 세 발의 포성이 울리고 수많은 말들이 일제히 질주했다. 이에 뱃길에 막힘이 없어져서, 낮에는 바람과 구름을 살피고 밤에는 별자리를 살피며 항해했다. 며칠을 가고 나자 중군 막사의 몇몇 군사들이 하루 내내 눈이 감기면서 졸음을 이기지 못했다. 삼보태감 휘하의 태감도 왕 상서의 배에서 시중을 드는 호위 장교도 마찬가지였다. 명령을 전하는 전초와 후초, 왼쪽 부대와 오른쪽 부대의 각급 병사들도 모두 그런 상태였다. 이에 장 천사가 탄 배의 상황을 알아보니 도사와 도동, 악무생들도 모두 같은 증세였다. 하지만 벽봉장로가 탄 배에는 다들 눈을 똑바로 뜨고 정신이 멀쩡한 상태였다. 감찰관들은 이런 상황을 탐문하여 삼보태감에게 보고했다. 삼보태감은 분명 무슨 이유가 있으리라 생각하고 곧 벽봉장로를 찾아갔다.

벽봉장로가 천엽연화대 위에 앉아 있는데 사손 운곡이 보고했다.

"사령관께서 찾아오셨습니다."

벽봉장로는 서둘러 자리에서 내려와 맞이하고, 인사가 끝나자 서로 자리를 나누어 앉았다.

"바다에 제사를 지낸 후 항해는 어떻습니까?"

"폐하의 홍복과 국사의 법력 덕분에 무척 순조롭게 항해하고 있습니다. 다만 한 가지 아쉬운 점은 있습니다."

"무엇인지요?"

"함대는 순조롭게 운항하고 있지만, 각 배에 탄 군인들이 모두 졸음이 오고 정신이 흐릿해지고 있으니, 이걸 어떻게 해야 할지 모르겠습니다."

"그거 참 큰일이군요! 예사로 넘길 일이 아닙니다."

그 말에 삼보태감은 깜짝 놀라 마음이 조금 불편해졌다.

"졸리는 게 왜 큰일이라는 겁니까? 설마 수마(睡魔)가 깃들었다는 건 아니겠지요? 우리한테 귀신을 몰아내는 주문이 있는데, 그걸 외면 어떨까요?"

"그냥 졸리기만 한다면야 무슨 문제겠습니까? 그 뒤에 큰 병이 찾아오게 되니 문제지요."

그 말에 삼보태감은 더욱 마음이 조급해졌다.

"아니 그게 무슨 말씀입니까?"

"이 사람들이 물 위에서 생활하는 게 익숙하지 않아서 졸리는 증세가 나타난 것인데, 그게 낫지 않으면 큰 병이 생기는 겁니다."

"다들 배를 탄 지 한참 시간이 지났는데, 왜 이제야 그런 증세가 나타났을까요?"

"저번엔 강이었고 지금은 바다가 아닙니까? 예로부터 '바닷물은 짜고 강물은 담백하다.'라고 했는데, 군인들이 이 짠물을 먹으니 속이 불편해서 병이 생기게 된 것입니다."

"그렇다면 왜 국사님의 배에 있는 이들은 괜찮은 걸까요?"

"저는 물을 구할 때 나름대로 방법이 있습니다."

"어떤 방법인지 좀 가르쳐 주십시오."

"저한테 염주가 하나 있는데, 물을 뜰 때 그것을 물 위에 펼쳐놓으면 소금기가 저절로 빠져서 담수가 됩니다. 그걸 먹으면 아무 탈이 없습니다."

"다른 배들에도 담수를 구하게 할 방법이 없을까요?"

"그야 어렵지 않습니다. 저의 이 염주는 하늘의 365도에 맞춰진 것입니다. 우리가 바다로 들어올 때 배가 모두 천오백 척 남짓 되었지요. 제가 이 염주를 풀면 대충 네 척마다 한 알씩 돌아갈 수 있을 테니, 모두에게 이걸 가지고 담수를 구하도록 하십시오. 염주 알은 돌아올 때 제게 돌려주시면 됩니다."

"사람 목숨 하나 구하는 것이 칠층 탑을 쌓는 것보다 나은 법이니, 국사께서 남몰래 베푼 덕이 말할 수 없이 큽니다.

"그야 저희 같은 출가인이 마땅히 해야 할 일이지요. 게다가 사령관께서 분부하시는데, 어찌 감히 따르지 않을 수 있겠습니까?"

이후 둘은 각자의 배로 돌아갔다. 각 배의 군인들은 벽봉장로의 염주 알을 얻은 뒤로 담수를 구하는 법을 알게 되어서, 그 물을 마시자 맛도 좋고 정신도 열 배나 맑아져 뱃길이 더욱 순조로워졌다.

이 때문에 다들 벽봉장로를 위해 염불하고 그의 한없는 공덕을 칭송했다.

한편 벽봉장로가 연화대에 앉아 있을 때 사손 운곡이 또 보고했다.

"왕 상서께서 오셨습니다."

벽봉장로가 맞이하며 물었다.

"무슨 일이신지요?"

"배가 항해하고 있기는 하지만 매일 이 바닷바람에 뒤흔들려 불안하니, 이를 어쩌면 좋겠습니까? 가르침을 청합니다."

"연일 세찬 바람이 불어 대니 배들이 고생이로군요. 그런데 삼보태감께선 어떻게 생각하고 계신지요?"

"중군 막사에 계시면서 그저 억지로 버틸 뿐이지요!"

"무슨 일이 생기지만 않는다면, 그분 뜻대로 하도록 둡시다."

"제가 사흘 동안 직접 살펴보았는데, 그제는 이러했습니다.[12]

---

12 인용된 명나라 때 장가윤(張佳胤: 1526~1588, 자는 초보[肖甫])의 〈저녁에 바다로 들어가다[晩入通海]〉를 변형한 것인데, 원작과는 많은 부분에서 다르게 되어 있다. 원작은 다음과 같다. "초저녁에 참수(參宿)가 뜨니, 여행 나서니 길이 아득하구나. 말머리 앞에 송등(松燈)이 밝게 빛나는데, 광풍에 저녁 안개 일어난다. 바다의 수증기 봄옷에 스며들고, 망대의 징소리 다급히 울린다. 사방을 살펴도 아득하기만 하여, 산과 숲을 구별하지도 못하겠다. 성과 마을은 이미 멀어졌고, 차가운 파도만 외로운 오리 소리처럼 울린다. 먼 이역에 나갈 때는 신중해야 하거늘, 어이해 밤길을 재촉하는가?[參伐昏正中, 脂車即廣路. 松燈馬首明, 嚴飈起夕霧. 海氣蒸春衣, 挝金逼高戍. 微茫一褰帷, 不辨山與樹. 城邑行已遙, 寒濤響孤鶩. 萬里誡遠游, 宵征何以故.]"

天伐昏正中　　초저녁이 되니
渺渺無何路　　아득히 길이 없다.
極島遊長川　　까마득한 섬들 드넓은 물 위에 떠 있고
嚴飆起夕霧　　광풍에 저녁 안개 일어난다.
海氣蒸戎衣　　바다의 수증기 전포(戰袍)에 스며들고
橙金識高戍　　귤 같은 달빛에 망대를 알아보겠구나.
卷簾豁雙眸　　주렴 걷고 두 눈 부릅떠도
不辨山與樹　　산과 나무를 알아볼 수 없다.
振衣行已遙　　옷자락 털고 벌써 먼 길을 왔건만
寒濤響孤鶩　　차가운 파도는 외로운 오리처럼 울어댄다.
嗟哉炎海中　　아아, 무더운 바다에서
勒征何以故　　억지로 길 가는 건 무슨 까닭인가?

그런데 어제는 이러했습니다.

冥冥不得意　　캄캄하여 마음대로 할 수 없으니
無奈理方艨　　커다란 전함 다룰 방법 모르겠다.
濤聲裂山石　　파도 소리는 산과 바위를 찢을 듯하고
洪流莫敢東　　거센 물살에 동쪽으로 갈 수도 없다.
魚龍負舟起　　물고기와 용이 배를 지고 치솟고
馮夷失故宮　　풍이(馮夷)[13]는 살던 집을 잃었다.

13 풍이(馮夷)는 원래 황하(黃河)의 신 하백(河伯)을 가리키는 말이었지만, 일반적인 물의 신[水神]이라는 뜻으로 쓰이기도 한다.

日月雙蔽虧	해와 달도 모두 빛이 가려지고
寒霧飛蒙蒙	차가운 안개만 자욱하게 날아다닌다.
誰是淩雲客	구름 탄 나그네는 누구인가?
布帆飽玆風	돛은 이 바람에 터질 듯 부풀었다.
而我愧大翼	하지만 나는 큰 날개가 부끄러워
末由乘之從	끝에서 그걸 타고 따라간다.

그런데 오늘 보니 이러했습니다.

顚風來北方	북방에서 광풍이 몰아쳐
傍午潮未退	오후 무렵에도 조수가 물러가지 않는다.
高雲斂晴光	높이 뜬 구름 맑은 빛을 가리는 데다
況乃日爲晦	하물며 햇빛조차 흐릿함에랴!
飛廉欻縱橫	비렴(飛廉)[14]이 갑자기 날뛰자
濤翻六鰲背	파도에 자라들 등이 뒤집힌다.
掛席奔浪中	날뛰는 파도 속에 돛을 걸었지만
辨方竟茫昧	희미하여 방향을 알지 못하겠다.
想象問篙師	사공에게 물어볼까 생각했지만
猥以海怪對	함부로 바다 괴물처럼 대하는구나.
海瀆祀典神	바다의 신에게 제사를 지냈거늘
胡不恬波待	어이해 잔잔한 파도를 주지 않는가?

---

14 비렴(飛廉)은 풍백(風伯) 즉 바람의 신을 가리킨다. 그는 사람의 얼굴에 새의 몸을 가진 신으로서 풍사(風師), 기백(箕伯) 등으로도 불린다.

제가 연일 본 것이 이러하니, 제 생각에는 아무래도 국사께서 법력을 펼치셔서 이 폭풍을 잠재워주시면 더 편안히 항해할 수 있을 것 같습니다."

"부사령관께서 그렇게 말씀하시니, 제 나름대로 조치를 취해 보겠습니다. 다만 번거로우시더라도 명령을 내리셔서 삼백예순 분야의 기술자들 가운데 화가들을 좀 불러주십시오."

"어디다 쓰시려고요?"

"쓸 데가 있습니다."

왕 상서는 작별인사를 하고 나가서 즉시 화가들을 불러오라고 명령을 내렸다. 화가들이 찾아와 절을 올리자, 벽봉장로는 승려의 신발 한 짝을 꺼내더니 사손 운곡에게 그것을 뱃머리에 걸어놓으라고 했다. 그리고 화가들에게 그 신발의 모양을 똑같이 그리라고 했다. 화가들이 그 신발을 그리는데, 자세히 보니 신발 안쪽에 네 구절의 시가 적혀 있었다. 화가들은 영문도 모른 채 그것까지 똑같이 그렸다. 벽봉장로는 또 화가들에게 자신이 탄 배와 똑같이 모든 배의 뱃머리에 그 신발 모양을 그리게 했다. 그렇게 신발 모양을 그리는 도중에 바람이 멈추고 파도가 가라앉았다. 화가들이 신발을 다 그리고 나자 하늘이 맑게 개어서 배들은 차례로 순항할 수 있게 되었다. 왕 상서가 이 일을 삼보태감에게 알리자 삼보태감이 말했다.

"이렇게 신통한 수단이 있을 줄이야!"

그리고 화가들을 불러 물었다.

"국사의 신발은 어떻게 생겼더냐?"

"평범한 승려의 신발이었는데, 다만 그 안에 네 구절의 시가 적혀 있었습니다."

"무슨 시였는지 기억하겠느냐?"

"외우고 있는 이가 있습니다."

알고 보니 화가들 가운데 멍청한 이들이 많긴 했지만 개중에는 영리한 이도 있었다. 이에 그가 외우고 있는 시를 읊었다.[15]

吾本來玆土	내가 본래 이 땅에 온 것은
傳法覺迷情	불법을 전파하여 미혹한 마음을 깨우치기 위함이라.
一花開五葉	한 송이 꽃에 다섯 잎이 피어나면[16]
結果自然成	자연히 열매를 맺게 되리라.

삼보태감이 왕 상서에게 물었다.

"이게 무슨 뜻인지 해석할 수 있겠습니까?"

---

15 인용된 시는 《육조대사법보단경(六祖大師法寶壇經)》 "부촉제십(付屬第十)"에 들어 있는 것이다.

16 선종(禪宗) 불교에서는 달마조사(達摩祖師)를 '일화(一花)'라고 부르며, 이후 불교가 위앙종(潙仰宗)과 임제종(臨濟宗), 조동종(曹洞宗), 법안종(法眼宗), 운문종(雲門宗)까지 다섯 유파로 나뉘어 발전하기 때문에 이것을 '오엽(五葉)'에 비유했다. 어떤 경우는 '오엽'이 혜가(慧可)와 승찬(僧璨), 도신(道信), 홍인(弘忍), 혜능(惠能)까지 '오조(五祖)'를 가리킨다고 설명하기도 한다.

"저도 잘 모르겠군요. 장 천사를 모셔 와서 여쭤보는 게 어떨까요?"

이에 장 천사를 불러서 그 시의 의미를 물었다. 그나마 장 천사는 박식해서 금방 그 시를 알아보았다.

"이건 달마조사(達摩祖師)께서 동녘 땅으로 오실 때 지은 시로군요."

"정말입니까?"

"어찌 감히 헛소리하겠습니까?"

그러자 왕 상서가 말했다.

"그게 달마조사의 시라면, 그 신발도 분명 달마조사의 것이겠군요?"

"설마 벽봉장로가 조금 전에 쓴 것이겠습니까?"

"그렇지요."

"이게 달마대사가 신던 신발이라는 것은 분명합니다."

"증거가 있습니까?"

"달마조사는 서천의 제28대 조사로서 동녘 땅 불교의 첫 조사가 되신 분입니다. 그로부터 홍인(弘忍)과 혜능(慧能)을 거쳐 모두 여섯 분의 조사가 나오셨지요. 불경에서 이런 구절이 있습니다.[17]

初祖一只履　　　　초조(初祖)의 신발 한 켤레

---

17 인용된 노래는 《인천안목(人天眼目)》 권6 〈종문잡록(宗門雜錄)〉에 수록된 〈육조문답(六祖問答)〉이다.

九年冷坐無人識	아홉 해 동안 쓸쓸히 있어도 알아보는 사람 없지만
五葉花開遍地香	다섯 잎 꽃이 피어 온 땅에 향기 풍기네.
二祖一只臂	이조(二祖)의 팔 하나
看看三尺雪	석 자나 쌓인 눈 속에서
令人毛髮寒	보는 사람 머리카락까지 춥게 만드네.
三祖一罪身	삼조(三祖)의 몸 하나
覓之不可得	죄를 찾아봐도 찾을 수 없나니
本自無瑕類	본래 티 없는 분이기 때문이지.
四祖一只虎	사조(四祖)의 호랑이 한 마리
威雄鎭十方	위세 높게 온 천하를 진압하시고
聲光動寰宇	명성이 우주를 진동시키지.
五祖一株松	오조(五祖)의 소나무 한 그루
不圖汝景致	경치를 보여주려는 게 아니라
也要壯家風	가문의 기풍을 웅장하게 해 주지.
六祖一只碓	육조(六祖)의 방아 하나
踏破關捩子	요처를 밟아 찍어서
方知有與無	비로소 있음과 없음의 의미를 알게 해 주지.

이러니 그 신발이 달마조사의 것이 아니겠습니까?"

이에 두 사령관이 말했다.

"역시 장 천사께서는 박식하십니다."

장 천사가 말했다.

"벽봉장로께서도 알고 보니 상당히 준비성이 깊은 분이로군요."

그때 호위병이 와서 보고했다.

"국사께서 명령을 내리셔서 모든 배가 돛을 걷고 닻을 내리고 정지하라고 하십니다."

두 사령관과 장 천사는 모두 영문을 몰랐다. 그들이 채 입을 열기도 전에 모든 배가 돛을 걷고 닻을 내려 원래의 대형으로 늘어섰다.

벽봉장로가 배를 멈추게 한 것이 앞에 무슨 일이 있기 때문일까? 이에 관해서는 다음 회를 보시라.

제21회

연수양의 바닷물을 단단한 물로 바꾸고 흡철령에서 하늘 병사의 힘을 빌리다

軟水洋換將硬水　吸鐵嶺借下天兵

莽莽雲空遠色愁	끝없이 펼쳐진 구름 낀 하늘 모습 시름겨운데[1]
嗚嗚戍角上征樓	우우 군대의 뿔피리 소리 전함 누각에서 울리는구나.
吳宮怨思吹雙管	오나라 궁궐에선 그리움에 사무친 궁녀 피리를 불고

1 인용된 시는 당나라 때 온정균(溫庭筠)이 지은 〈돌아오는 길에[回中作]〉이다. 일부 내용은 원작과 다르고 특히 마지막 두 구절은 완전히 새로 지은 것인데, 이것들은 인용자가 일부러 바꾼 것으로 간주해서 그대로 두고 번역했다. 참고로 원작은 다음과 같다. "까마득히 펼쳐진 차가운 하늘빛 시름겨운데, 휘휘 군대의 호각소리 높은 누대에서 들려온다. 오 땅의 미녀는 원망과 그리움에 쌍관을 불고, 북방의 나그네는 슬픈 노래 부르며 고관과 작별한다. 아득한 변방의 산에는 풀들이 석양빛을 머금었는데, 별빛처럼 타는 봉화에 북방의 구름 가을빛이 짙어진다. 밤이 되자 무거운 서리 내리고 서풍이 일어나니, 얼어붙어 흐르지 못하는 농수(隴水) 강물은 소리도 없구나![蒼莽寒空遠色愁, 嗚嗚戍角上高樓. 吳姬怨思吹雙管, 燕客悲歌別五侯. 千里關山邊草暮, 一星烽火朔雲秋. 夜來霜重西風起, 隴水無聲凍不流.]"

楚客悲歌動五侯　　초 땅 나그네의 슬픈 노래 제후들을 감동시킨다.

萬里關河春草暮　　아득한 관산(關山)과 황하 강변의 봄날 풀밭엔 황혼이 내리고

一星烽火海雲秋　　한 줄기 봉화 피어날 때 바다의 구름은 가을 빛을 품었구나.

鳥飛天外斜陽盡　　새가 나는 하늘 밖에는 석양도 기울어가고

弱水無聲噎不流　　약수(弱水)[2]는 소리 없이 막혀서 흐르지 않는구나.

그러니까 벽봉장로가 명령을 내려 앞뒤의 오영(五營)과 사초(四哨)의 모든 선박이 돛을 걷고 닻을 내려 멈추게 했다. 마침 신발에 관해 얘기하고 있던 두 사령관은 영문을 몰랐는데, 장 천사가 중얼거리듯 말했다.

"혹시 연수양(軟水洋)에 도착한 게 아닐까요?"

삼보태감은 줄곧 이 연수양에 대해 걱정하고 있었던 터라, 그 말을 듣자 혼비백산 놀랐다.

"여기가 연수양이라면 이를 어쩌지요?"

---

2 약수(弱水)는 원래 물이 얕아 배가 다니지 못하거나 해당 지역 주민들이 노젓는 배에 익숙하지 않아서 뗏목을 이용해 건너던 강을 가리키는데, 옛날 사람들은 종종 그 물에 배가 뜨지 못하기 때문이라고 여겼다. 약수는 《서경(書經)》〈우공(禹貢)〉과 《산해경》〈서산경(西山經)〉 및 〈대황산경(大荒山經)〉, 《한서》〈지리지하(地理志下)〉 등등 옛날의 여러 문헌에서 언급되며, 그 위치도 제각각이다. 다만 여기서는 배가 뜨지 못하는 바다라는 뜻으로 쓰였다.

왕 상서가 말했다.

"그저 천사님의 도력을 믿는 수밖에요."

장 천사가 말했다.

"예전에 벽봉장로가 폐하를 뵈었을 때 폐하께서 연수양에 관해 물었더니, 자신이 다녀온 적이 있다고 한 적이 있습니다. 이제 이런 상황에 이르렀으니 그분 말씀을 무시하면 안 되겠지요."

왕 상서가 말했다.

"천사께서도 함께 국사님께 가보시는 게 어떻습니까?"

"그냥 가보는 거야 무슨 문제겠습니까?"

이렇게 해서 세 사람은 곧 연화대로 갔다. 운곡의 보고를 받은 벽봉장로는 이미 무슨 일인지 짐작하고 그들을 맞이하며 물었다.

"세 분께서 찾아오신 것은 연수양 문제 때문이겠지요?"

삼보태감이 대답했다.

"바로 그것 때문입니다. 예전에 국사께서 폐하 앞에서 이곳을 지나는 일을 책임지시겠다고 하셨는데, 이제 일이 코앞에 닥쳤는지라 국사님을 찾아온 것입니다."

"걱정하지 마십시오. 저한테 방법이 있습니다. 각자 배로 돌아가셔서 내일까지만 기다리시면 됩니다."

이러니 세 사람은 그냥 돌아가는 수밖에 없었다. 장 천사는 속으로 생각했다.

'그자더러 처리하라고 미뤘으니, 어쩌나 보자.'

한편 벽봉장로는 연화대에 차분히 앉아 제자들에게 잠시 쉬라고 분부했다. 그리고 삼경 무렵이 되자 연화대에서 내려와 금빛을 번쩍이며 배를 떠나서 용궁의 창고로 들어갔다. 연등고불이 찾아온 것을 안 용왕이 황급히 다가와서 부처님 주위를 세 바퀴 돌고 여덟 번 절을 올렸다.

"부처님께서 오실 줄 몰라서 멀리 마중도 나가지 못하고 접대가 소홀했사옵니다. 용서해 주시옵소서."

"그대는 어떤 신인가?"

"저는 동해의 용왕 오광이옵니다."

"내가 지금 천오백 척 남짓 되는 명나라 황제의 배에 이십여 만의 군마를 태우고 서양으로 가서 오랑캐를 위무하고 보물을 구하러 가는 중일세. 오늘 자네가 관할하는 연수양에 이르러서 물어볼 게 있어 찾아왔네. 내 배들이 어떻게 하면 이곳을 지나갈 수 있겠는가?"

"사실 지나기 어렵사옵니다!"

"무슨 얘기인가?"

"부처님이야 삼천 부처님들 가운데 가장 높으신 분이시고 만대 보살들의 우두머리이시니, 지나가시는 데에 무슨 어려움이 있겠사옵니까? 하지만 배에 탄 그 많은 군마는 평범한 존재들이고, 게다가 배가 무척 크고 무거우니 어떻게 이 부드러운 물을 지나갈 수 있겠사옵니까?"

"그러니까 자네 말은 내 배들이 지나갈 수 없고 서양에도 가지 못한다 이건가?"

"아무래도 좀 어려울 것 같사옵니다."

"그럼 어디 좀 물어보세. 반고(盤古) 이래 지금까지 이곳을 지나간 사람이 있기는 하겠지?"

"그야 당연하지요!"

"그 사람은 어떻게 건넜는가?"

"거기에는 사정이 있사옵니다."

"어디 좀 들어보세."

"옛날 당나라 때 촉군(蜀郡) 성도(成都) 사람으로 성이 원(袁)씨요 도호(道號)가 천강선생(天罡先生)[3]이라는 분이 위로는 천문을 살필 줄 알고 아래로는 지리를 살필 줄 알며, 과거와 미래, 길흉화복을 환히 꿰뚫어서 매일 네거리에서 점을 치며 살아가고 있었습니다. 어느 날 어느 수재(秀才)가 와서 점을 쳐달라고 하자 원천강이 점을 쳐 보더니 이랬답니다.

'그대는 인간 세계의 평범한 사람이 아니군요.'

그래서 수재가 물었답니다.

'내가 사람이 아니라면 무엇이란 말이오?'

그러자 원천강이 '당신은 용궁의 용왕이구려.' 했답니다. 그러자 그 용왕이 깜짝 놀라서 물었답니다.

---

3 원천강(袁天罡: ?~?)은 당나라 때의 천문학자이자 점성술가로서 관상을 잘 보았으며, 《육임과(六壬课)》와 《오행상서(五行相書)》, 《추배도(推背圖)》, 《원천강칭골가(袁天罡稱骨歌)》 등을 지었다고 알려져 있다.

'선생, 그걸 어떻게 아셨소?'

그러니까 원천강이 이랬답니다.

'자랑은 아니지만, 저는 무엇이든 점을 쳐 보면 알 수 있답니다. 하늘이 얼마나 높은지, 황하가 얼마나 깊은지도 점을 쳐 보면 알 수 있지요. 크게는 천기를 누설하고, 작게는 인간 세계의 길흉화복을 예측하는 것까지 모르는 게 없지요.'

그러자 용왕이 이랬답니다.

'그렇게 신통하다면 하늘에서 나한테 언제 몇 방울의 비를 내리게 할는지도 아시겠군요? 그걸 맞힌다면 내 당신을 신선이라 부르겠소.'

이에 원천강이 이렇게 말했답니다.

'공짜 점은 칠 수 없으니 나하고 내기를 합시다!'

그래서 용왕이 무슨 내기를 하자는 거냐고 묻자 이랬답니다.

'만약 내 점이 틀리면 더 이상 점을 치지 않겠소. 하지만 내가 맞으면 당신은 비를 내리지 마시오.'

그러니까 용왕이 단서를 달았습니다.

'조금이라도 차이가 나면 당신이 지는 거요!'

이에 원천강은 '좋소!' 하고는 점을 쳐 보고 이렇게 말했습니다.

'당신은 금방 비를 내리게 해야 할 거요. 사흘 후 옥황상제께서 명령을 내려 당신더러 정오에 구름을 일으키고 한 시에 비를 내리되 사십팔만 방울을 내리라고 하실 거요.'

그러자 용왕이 엄포를 놓았습니다.

'사흘 후에 옥황상제의 명이 내려오지 않으면 다시 봅시다!'

그로부터 사흘 뒤에 과연 옥황상제의 명이 내려왔는데, 금하(金河)의 용왕에게 정오에 구름을 일으키고 한 시에 비를 내리되 사십팔만 방울을 내리라고 했습니다. 명령에 어긋나지 않게 신속하게 처리하라는 단서까지 붙어 있었답니다. 그러니까 점을 치러 왔던 그 용왕은 바로 금하 용왕이었던 것입니다. 금하 용왕은 그 명을 받고 깜짝 놀랐습니다.

'원천강의 재주가 이렇게 신통하다니! 우리 하늘나라의 일까지 모두 동전으로 점을 쳐 알아내는구나. 그렇다면 내가 시간을 조금 늦춰서 그 점이 틀리게 만들어줘야겠다.'

하지만 칙명을 여긴 바람에 옥황상제께서는 금하 용왕의 목을 베어야 마땅하다고 여기시고, 당 태종(太宗)의 좌승상(左丞相)인 위징(魏徵)을 파견하라 하셨습니다. 이에 깜짝 놀란 금하 용왕이 원천강을 찾아가 살려달라고 애원하자, 원천강이 이렇게 말했습니다.

'옥황상제의 칙명을 어긴 것은 당신이오. 나는 평범한 사람인데 어떻게 옥황상제를 뵙고 당신을 구해 줄 수 있겠소?'

하지만 용왕이 대성통곡하며 땅바닥에 엎드려 절을 하고 절대 일어서려 하지 않자, 원천강이 이랬답니다.

'일어나시오. 나한테 한 가지 계책이 있는데, 잘하면 당신의 목숨을 구할 수 있을 것이오.'

그 말에 용왕이 몇 번이나 머리를 조아리고 일어나 공손히 서서 귀를 기울였습니다. 원천강이 일러준 계책은 이러했습니다.

'내가 삭초제근(削草除根)의 방법을 알려주겠소. 내일 당신의 목을 벨 사람은 위징이라는 승상인데, 당 태종이 아끼는 신하이지요. 그러니 당신은 오늘 밤 태종 황제의 꿈에 나타나 이런 사정을 호소하여 위징에 전하게 해야 목숨을 구할 수 있을 것이오.'

그러자 용왕이 그랬답니다.

'태종이 천자이긴 하지만 결국 평범한 사람인데, 어떻게 하늘의 일을 막을 수 있겠습니까?'

이에 원천강이 이유를 설명했습니다.

'태종은 군주이고 위징은 신하인데, 군주의 명을 신하가 어찌 감히 따르지 않을 수 있겠소?'

이에 용왕도 '그렇군요.' 하고 떠났습니다. 그리고 그날 밤 삼경 무렵에 태종의 꿈에 나타나 사정을 자세히 얘기하고, 목숨을 살려 달라고 애원하면서 위징 승상의 일에 관해서도 얘기했습니다. 원래 태종은 살인을 좋아하지 않는 군주인지라 꿈속에서도 자비를 베풀어서, '내가 구해 주겠소.' 하고 승낙했습니다. 그러자 용왕이 또 펑펑 울면서 '제발 일을 그르치지 말아 주십시오!' 하고 재삼 간청하니, 태종이 이렇게 말했습니다.

'만약 일이 잘못되면 다른 목숨으로 보상해주겠소.'

그러자 용왕이 또 훌쩍훌쩍 울면서, '내일 오시 삼각(午時三刻)[4]만 넘기면 제 목숨을 구할 수 있습니다.' 하고 얘기하니까 태종이 '알

4 오시 삼각(午時三刻)은 태양이 하늘 한가운데 뜨는 정오 무렵으로서 '양기(陽氣)'가 가장 센 시간인데, 옛날 사람들은 사람을 죽이는 일과 같은 것을 '음사(陰事)'로 간주해서 대개 사형을 집행하거나 하는 일을 이 시간에 행했다.

겠소.' 했답니다. 용왕이 감사의 절을 올리고 떠나자 태종도 놀라 깨었습니다. 그리고 이런 생각을 했답니다.

'꿈이긴 하지만 천자인 내가 흰소리를 할 수는 없는 노릇이니, 그 용왕의 목숨을 구해 주도록 하자. 다만 이 일을 얘기하면 천기를 누설하는 것이니 문제로구나.'

그러다가 갑자기 한 가지 계책을 떠올렸습니다. 그리고 아침에 일어나 조회를 마치고 나서 승상 위징을 붙들어두고 문화전에서 바둑을 두자고 했습니다. 그러자 위징은 이런 생각을 했답니다.

'오늘 옥황상제의 명에 따라 금하 용왕의 목을 베어야 하는데, 폐하께서 또 바둑을 두자고 하시니 상당히 곤란한 노릇이구나.'

이렇게 천기를 누설할 수도 없고 황제의 명을 어길 수도 없는 상황이지만, 어쨌든 이승의 천자가 중요했기 때문에 어쩔 수 없이 함께 바둑을 두었습니다. 그런데 오시 무렵이 되자 갑자기 정신이 흐릿해지면서 자기도 모르게 탁자에 엎드려 잠깐 졸았습니다. 그걸 보고 태종은 이렇게 생각했답니다.

'마침 잘됐구나. 깨우지 말아야지. 오시 삼각만 넘기면 용왕의 목숨을 구할 수 있을 테니까 말이야!'

잠시 후 위징이 깨어나서 태종 황제가 옆에 앉아 있는 것을 발견하고, 깜짝 놀라 온몸에 땀을 줄줄 흘리면서 황급히 계단 앞에 엎드려 아뢰었습니다.

'제가 죽어 마땅한 죄를 저질렀사옵니다! 솔직히 말씀드리자면 조금 전에 저는 일부러 잠깐 졸았던 것이온데, 이는 옥황상제의 명에 따라 남천문 밖에서 금하 용왕의 목을 베러 가야 했기 때문이옵니다. 이제야 일을 마치고 돌아왔사오니, 부디 제 죄를 용서해 주시옵소서!'

그 얘기를 들은 태종은 그저 속으로만 한탄할 뿐이었습니다. 그리고 위징을 돌려보내고 침궁으로 들어가니 가슴이 답답했습니다. 그러다가 삼경이 되자 금하 용왕이 찾아와 태종을 붙들고 목숨을 물어내라고 했습니다. 태종은 너무 무서워서 어쩔 줄 몰라 하며 그저 날이 새기만을 바랐습니다. 그리고 날이 밝자 문무백관을 모아 놓고 용왕의 목숨에 관한 일을 상의했습니다. 그때 호국공(護國公) 진경(秦瓊)와 악국공(鄂國公) 울지공(尉遲恭)이 대열에서 나와 아뢰었습니다.

'폐하, 염려 마시옵소서. 오늘 밤부터 저희 둘이 궁궐 문을 지키겠사옵니다. 그러면 무슨 용왕 따위가 감히 들어올 수 있겠사옵니까?'

그리고 밤이 되자 그 둘이 궁궐 대문에서 파수를 섰습니다. 금하 용왕이 다시 왔다가 살펴보니 궁궐 대문의 왼쪽에는 천봉성(天蓬星)의 별신이 지키고 서 있고, 오른쪽에는 흑살성(黑煞星)의 별신이 지키고 서 있는지라 감히 들어가지 못했습니다. 용왕은 어쩔 수 없이 염라대왕에게 고소장을 올렸습니다. 이에 저승사자가 태종을 붙들어갔는데, 태종은 꿈을 꾸는 듯 몽롱한 상황에서 저승으로 가서 금하 용왕과 대질하여 심문을 받아야 했습니다. 그 자리에서 금하 용왕이 말했습니다.

'그때 내 목숨을 구해 주지 못하면 다른 목숨으로 갚아준다고 하

지 않았소?'

이에 태종은 어쩔 수 없이 염라대왕에게 얘기했습니다. 자신이 직접 머리를 깎고 승려가 되어서 서천 뇌음사(雷音寺)로 가서 불경을 가져와 용왕의 영혼을 구제하여 다른 세상에 태어날 수 있도록 해 주겠다는 것이었습니다. 태종은 또 저승의 여러 곳을 돌아보았는데, 그때 울지공이 예순네 곳의 먼지를 채찍으로 휘둘러 쓸어 버렸는지라 저승에는 많은 병사가 땡전 한 푼 없이 고생을 겪고 있다면서 태종을 찾아와 하소연했습니다. 태종은 어쩔 수 없이 저승 판관 최각(崔珏)에게 동경(東京) 성안의 상(相) 아무개라는 노인의 창고에 있는 금은을 빌려서 여러 혼령에게 나눠 주어서 그들을 구제해 주었습니다.

태종은 이승으로 돌아오고 나자 꿈에서 깨어난 기분이었습니다. 그리고 이튿날 조회에서 문무백관을 모아놓고 저승에서 있었던 일을 자세히 얘기해 주고, 즉시 어명을 내려서 동경성의 상 노인을 찾게 했습니다. 그런데 이리저리 찾아보니 상 노인이라는 이는 가난한 물장수였습니다. 알고 보니 나이는 여든 살이 넘었고 자식은 하나도 없는데, 죽은 후 제사 지내 줄 사람이 없어서 매일 먹고 쓰는 데에 드는 것을 제외한 나머지 돈은 모두 지전과 지마를 사서 우물가에서 살랐다고 했습니다.

이에 파견된 군인이 그를 태종 황제 앞으로 데려갔습니다. 태종이 사정을 알고 나서 금은을 하사하려 했으나 그는 받으려 하지 않았고, 높은 벼슬을 내려도 사양했습니다. 이에 태종은 어명을 내려서 상국사(相國寺)라는 절을 지어서 영원토록 그를 위해 제사를 지내게 해 주었습니다. 그 상국사는 지금도 남아 있습니다.

한편 태종은 용왕의 영혼을 구제해 주기 위해 정말로 머리를 깎고 출가하여 서천 뇌음사로 가서 부처님을 뵙고 불경을 가져오려 했습니다. 그러자 문무백관이 상소문을 올려 건의했습니다.

> 하늘에는 하루라도 해가 없어서는 안 되고, 나라에는 하루라도 군주가 없어서는 안 되옵니다. 약속을 실천하시려면 차라리 방문을 내걸어 천하의 승려를 모집하여, 그 가운데 덕행이 높은 분을 골라 폐하를 대신하여 불경을 가져오게 하시옵소서. 그러면 양쪽 모두 편할 것이옵니다.

이에 태종은 방문을 내걸어 천하의 승려들을 모집했는데, 그 가운데 속가의 성이 진(陳)씨로서 금산사(金山寺)의 덕망 높은 스님께서 어려서 주워 기른 이가 있었는데, 법명은 광예(光蕊)라고 했습니다. 덕망 높은 승려였던 그는 곧 장안으로 가서 방문을 떼어 들고 태종을 알현했습니다. 태종은 무척 기뻐하며 그분을 의동생으로 삼고, 현장(玄奘)이라는 법명을 하사했습니다. 현장은 제천대성(齊天大聖)과 창래승(淌來僧), 주팔계(朱八戒)라는 세 명의 제자를 거느리고 불경을 가지러 서천으로 떠났습니다.[5] 당시 제천대성은 저희

---

5 이상의 이야기는 《서유기》 〈부록〉에 서술된 당 태종이 죽었다가 사흘 만에 다시 소생한 이야기와 삼장법사의 출신 이야기를 개략적으로 정리한 것이

바다의 용왕에게 석가모니 부처님의 가르침을 받게 하라고 옥황상제께 상소문을 올렸습니다. 그리고 부처님의 지시에 따라 부드러운 물을 빼고 단단한 물을 빌려와 이곳을 채워서 일행의 배가 지나갈 수 있게 되었습니다."

"내가 자네들의 도움이 필요 없이 부드러운 물을 빼내면 어떻게 할 텐가?"

"부처님께서 그리 하시겠다면 저희야 힘을 들이지 않아도 되는데, 어찌 감히 따르지 않겠습니까?"

벽봉장로는 곧 용왕과 작별하고 한 줄기 금빛으로 변해서 어느새 배로 돌아왔다. 잠시 후 날이 밝아오자 바깥에서는 이미 사령관들과 장 천사가 연화대를 찾아와 있었다.

'너희들이야 와서 구경이나 할 줄 알지, 내가 밤새 용왕하고 입씨름했다는 사실은 알 턱이 없겠지.'

그런 생각을 하면서도 벽봉장로는 제자들에게 차를 내오라고 분부했다. 삼보태감이 말했다.

"차는 됐습니다. 그저 어서 이곳을 지나기만 한다면, 맹물을 마셔도 달콤할 것 같습니다."

"재촉하실 필요 없습니다. 어서 가서 모든 배의 닻을 올리면서

다. 다만 삼장법사의 법명이라고 한 광예(光蕊)를 《서유기》에서는 삼장법사 생부(生父)의 이름으로 쓰고 있다. 또한 《서유기》에서 태종이 하사한 법명은 삼장(三藏)으로 되어 있고 세 제자의 이름도 달리 되어 있는 등 《서양기》의 서술은 《서유기》와 약간 다르게 윤색되어 있다. 이어지는 이야기는 《서양기》에서 지어 붙인 것이다.

물소리에 주의하라고 명령을 내리십시오. 배 아래 쪽에서 물소리가 들리거든 즉시 돛을 올리고 앞으로 나아가면 됩니다. 더 이상 아무 장애가 없을 겁니다."

세 사람은 그다지 믿기지 않았지만, 어쩔 수 없이 명령을 내려서 닻을 올리게 했다. 벽봉장로가 느긋하게 뱃머리로 나가자 세 사람도 따라 나왔다. 벽봉장로가 천천히 물었다.

"닻은 모두 올렸는가?"

그러자 장수 하나가 보고했다.

"예. 하지만 배 아래 쪽에서 아직 물소리가 들리지 않습니다."

"잠시 서 있도록 하게."

그는 잠시 쉬었다가 손을 뻗더니, 또 잠시 쉬었다가 바리때를 꺼냈다. 그리고 또 잠시 뜸을 들이더니 뭐라고 두어 마디 중얼거렸다. 그 중얼거림은 별 게 아닌 것 같았지만, 그 순간 하늘에 구름이 조금 끼고 바다에는 안개가 조금 서렸다. 벽봉장로는 두 다리를 구부리고 등을 구부린 채 가볍게 뱃머리로 걸어가서 바리때 물을 가득 떴다. 잠시 후 배 아래 쪽에서 희미하게 물소리가 들리기 시작했고, 배들이 일제히 돛을 올리고 앞으로 나아가는데 마치 평지를 가는 것 같았다. 그러자 배 위에서 사람들이 다들 영문을 모르겠다는 듯이 쑤군거렸다.

"연수양이라는 데가 오리털도 뜰 수 없다고 하던데, 이렇게 크고 무거운 배도 지나갈 수 있구먼그래."

하지만 그나마 사정을 조금 아는 이들은 이렇게 쑤군거렸다.

"이번 뱃길은 우리 황제 폐하의 하늘 같은 홍복 때문에 물의 신들이 이렇게 보호해주는 모양이로군."

이야말로 소문은 믿을 게 못 된다는 것이 아닌가? 다만 두 사령관과 장 천사는 벽봉장로가 바리때 물을 뜨는 모습을 직접 보았고, 모든 배가 앞으로 나아가는 것을 직접 보았다. 그리고 벽봉장로가 바리때를 하늘의 별에 거는 모습을 직접 보았다. 이에 그들은 작별 인사를 하고 떠났다. 벽봉장로는 그들은 배웅하고 나서 장수에게 배의 운항을 잘 감독하라고 한 다음, 제자인 비환과 사손인 운곡에게 함께 천엽연화대로 가서 가부좌를 틀고 앉아 있자고 했다.

한편 사령부가 설치된 배에 모인 두 사령관과 장 천사는 다들 아직 의심을 씻지 못하고 있었다. 삼보태감이 말했다.

"설마 눈속임인가? 무슨 술법인 건 맞는데 눈속임은 아닌 것 같고……"

장 천사가 말했다.

"저도 이게 그 양반이 부린 술법이라는 건 알겠는데, 기껏해야 하늘 병사들에게 허공에서 배를 끌게 하는 정도의 수작인 것 같습니다."

왕 상서가 말했다.

"그런데 그 바리때의 물은 어떻게 된 걸까요?"

장 천사가 말했다.

"그건 하나의 관례지요. 속담에도 '열 가지 법률 가운데 아홉은 민간의 관례이니, 관례가 없으면 법도 없다.[十法九例, 無例不成法.]'고 하지 않습니까?"

삼보태감이 말했다.

"방법이 있습니다."

그리고 호위병을 불러 벽봉장로에게 나중에 바리때 안의 물을 세 사람이 보는 앞에서 버리라고 했다. 벽봉장로는 진즉 그 의도를 알고 이렇게 전했다.

"물을 버리는 날에 세 분을 현장으로 모시겠습니다."

벽봉장로는 연화대에서 좌선하여 기운을 차분히 가다듬고 배가 연수양 지역을 지나가기만을 기다렸다. 그런데 이 연수양은 폭이 팔백 리나 되어서 금방 지나갈 수 없었다. 다행히 풍랑이 가라앉아서 배들이 안전하게 지나갔다. 그야말로 이런 격이었다.

征西諸將坐扁舟	장수들 조각배 타고 서양으로 가는데
晚照風烟萬里收	저녁 햇살에 바람과 안개 시원하게 걷혔구나.
一望海天成四塞	사방을 둘러보니 바다와 하늘이 둘러싸고 있고
又垂日月浸中流	해와 달고 흐르는 물에 잠겨 있구나.
波翻簫鼓龍知避	음악처럼 찰랑거리는 물결 소리에 용도 알아서 피하고
水放桃花地共浮	물 위에 복사꽃 떨어져 땅과 함께 떠 있구나.

聞道軟洋難覓路	듣자 하니 연수양에서는 길 찾기 어렵다던데
也應穩載下西牛	그래도 무사히 서우하주로 가야 한다네.

그렇게 벽봉장로는 연화대에서 좌선하여 기운을 차분히 가다듬고 배가 연수양 지역을 지나가기만을 기다렸다. 또 다행히 풍랑이 가라앉아서 배들은 돛을 달고 노를 저어 항해를 계속했다. 그렇게 며칠을 가자 벽봉장로는 연수양을 곧 지난다는 것을 알고 사손 운곡에게 명을 전하여 두 사령관과 장 천사를 불러오게 했다. 장 천사도 이미 연수양을 다 지나고 있다는 것을 알고 있어서 두 원수와 함께 모여 있었다. 삼보태감이 말했다.

"국사께서 부르시는데 무슨 일인지 모르겠습니다."

왕 상서가 말했다.

"아마 바리때의 물을 버리는 일 때문이겠지요."

벽봉장로는 세 사람을 만나자마자 "축하합니다!" 하고 인사했다. 삼보태감이 말했다.

"국사께서도 함께 축하를 받으셔야지요."

"이 연수양을 지나는 것이 우리가 서양으로 가는 길에서 만난 첫 번째 장애물이었습니다."

"여러 가지로 힘써주셔서 감사합니다."

"이게 다 폐하의 홍복 때문인데, 제가 무슨 한 일이 있겠습니까?"

그 말이 끝나기도 전에 장수가 와서 보고했다.

"배 아래 쪽에 맑은 물이 흐르고 있습니다."

그 말을 듣자 벽봉장로는 얼른 일어서서 밖으로 나가더니, 하늘의 별자리에서 물이 담긴 바리때를 내려서 손에 들고 다시 두어 마디를 중얼거렸다. 삼보태감은 정신이 조금 이상한 사람이어서, 벽봉장로가 바리때를 들고 있는 것을 보자 입을 함부로 놀려서 물었다.

"국사님, 그 바리때 안의 물은 혹시 무슨 관례 같은 것입니까?"

벽봉장로가 낮은 소리로 말했다.

"아미타불! 사령관님, 이 바리때를 우습게 보시면 곤란합니다. 저 팔백 리의 부드러운 물이 모두 이 바리때 안에 들어 있거든요."

별것 아닌 말 같았지만 그 소리를 듣자 두 사령관이 깜짝 놀란 것은 물론이고, 장 천사도 도무지 영문을 알 수 없었다. 벽봉장로는 나직하게 두어 마디 중얼거리더니 바리때의 물을 쏟았는데, 그것은 마치 은하수가 쏟아지는 것처럼 거세게 모래를 뚫고 바위에 부딪쳤다. 그렇게 한참 동안 쏟고 나서야 바리때가 비워졌다. 두 사령관은 그 모습을 보고 비로소 덜컥 겁이 났다. 장 천사는 그제야 진심으로 승복하여 땅에 털썩 엎드려 벽봉장로에게 연신 큰절을 올렸다.

"허허! 천사, 조금 자중하시구려! 왜 이런 과분한 예를 차리시는 겁니까?"

"사부님의 한없는 법력을 제게도 좀 가르쳐 주십시오."

"세 분, 자리에 앉으십시오. 제가 사실대로 말씀드리겠습니다."

세 사람이 자리에 앉자 벽봉장로가 말했다.

"이 연수양에는 터럭 하나 풀잎 하나도 뜰 수 없습니다. 그래서 제가 어쩔 수 없이 간밤에 용궁으로 몰래 가서 용왕에게 부탁했더니, 용왕이 이렇게 말하더이다.

'예로부터 지금까지 삼장법사가 서천에서 경전을 가져올 때 제천대성의 힘을 빌려 이곳을 한 번 지나간 적이 있습니다. 이후로 아침과 저녁 물때 단단한 물이 조금 들어오긴 하는데, 작은 조각배 하나 정도만 뜰 수 있을 정도입니다. 그러니 이렇게 크고 무거운 배가 어떻게 지나갈 수 있겠습니까? 그래도 지나가고 싶으시다면, 부처님의 명에 따라 부드러운 물을 빼내고 단단한 물을 빌려와서 채워 놓아야 합니다.'

그래서 제가 용왕에게 주문 하나를 알려달라고 해서 겨우 바리때 부드러운 물을 퍼 담고, 주문을 외어서 단단한 물을 조금 빌려왔습니다. 이렇게 해서 겨우 지나오게 된 것입니다."

장 천사는 다시 한번 허리 숙여 절을 했다. 왕 상서가 말했다.

"국사님의 바리때가 하늘 별자리에 걸려 있던데, 이건 어떤 법력을 쓰신 것인지요?"

"팔백 리 바닷물은 배에다 실을 수 있는 것이 아닙니다. 그래서 하늘의 별자리를 빌린 것인데, 사실 그건 하늘 기둥에 걸어놓았던 것이라 하겠습니다."

삼보태감이 말했다.

"이 조그마한 바리때 어떻게 그 많은 바닷물을 담을 수 있습니까?"

"사령관, 도솔궁이 물에 잠기고 영소보전에 파도가 들이쳤던 때를 떠올려보시지요."

장 천사가 말했다.

"제가 저번에 마흔여덟 장의 부적을 날렸던 때를 말씀하시는 거로군요."

그 말에 모두 한바탕 웃음을 터뜨렸으니, 이번에는 분명히 웃을 만한 얘기였기 때문이다.

그때 갑자기 호위병이 달려와 보고했다.

"전초의 배가 갑자기 가라앉을 위험에 처했는데, 다행히 키를 돌리고 돛의 방향을 바꾸어 바람을 반대로 타게 만드는 바람에 겨우 침몰 위험에서 벗어났습니다."

그 바닷길이 험하긴 했지만 이 보고는 불길한 것이라서 삼보태감은 하루 내내 근심에 쌓여 있었다. 그러자 왕 상서가 말했다.

"사령관, 왜 이리 슬퍼하시는 겁니까?"

"제가 임명장을 받던 날은 그저 폐하를 위해 힘쓰고 우리나라를 위해 조금이나마 공을 세워서 불후의 명성을 날리게 되기만을 바랐습니다. 그런데 가는 길이 이렇게 풍랑이 심하고 위험하여, 날마다 놀라고 걱정하며 고생하게 될 줄이야 어찌 짐작이나 했겠습니까? 이러다가 제 늙은 몸뚱이를 만 리 밖의 이 험한 바다에 묻어야 할 지경이 아닙니까!"

"길이 험해도 장 천사와 국사님이 계시니까 너무 걱정하지 마시고, 몸 생각을 하셔야지요."

이에 장 천사가 말했다.

"무슨 일이든 국사께서 다 알아서 처리하실 테니, 사령관께서는 그리 슬퍼하실 필요 없습니다. 서양으로 가는 길 가운데 이 흡철령만 지나면, 나머지는 모두 평안하게 지날 수 있습니다."

그렇게 위로를 받고 한참 뒤에야 삼보태감이 마음을 추스르고 물었다.

"여기가 바로 흡철령입니까?"

벽봉장로가 "그렇소이다." 하자 삼보태감이 다시 물었다.

"우리 배는 쇠못을 박아 만들었고 닻들도 모두 쇠로 주조했고 창칼들도 모두 쇠로 만든 것들인데, 여길 어떻게 지나갈 수 있겠습니까?"

"다들 돌아가십시오. 이 일은 제가 알아서 하겠습니다."

벽봉장로는 세 사람을 전송하고 천엽연화대 위로 돌아와서 문서 한 장을 써서 불살랐다. 그 문서는 즉시 전령을 통해 전달되어서, 공조(功曹)를 거쳐 영소보전의 옥황상제에게 바쳐졌다. 그러자 좌금동(左金童)인 호정교(胡定教)가 받으며 물었다.

"이건 어디서 온 문서인가? 무슨 일로?"

"남선부주 명나라 황제의 명에 따라 서양으로 가는 벽봉장로가 흡철령을 지나기 위해, 하늘 병사를 빌려 쇠로 만든 닻 등을 운반하게 해 달라는 등의 내용이 담겨 있습니다."

호정교는 '쇠로 만든 닻'이라는 말을 듣자 '향 주머니를 사노라니 옛 사람 생각에 눈물이 나는[買香囊吊淚]' 격으로 갑자기 가슴이 저릿했다. 그 닻들은 바로 자신이 직접 만든 것들이기 때문이다. 호정교는 곧 그 문서를 펼쳐서 옥황상제에게 바쳤는데, 그 내용은 이러했다.

위대한 명나라 해와 달과 별이 순조롭게 운행되고, 우리 황제를 온 나라에서 왕으로 받들고 있도다. 황제의 다스림 찬란하여 보전(寶篆)[6]으로 천년의 빛나는 운세를 열었고, 온갖 문화가 아름답게 피어나 선대(璇臺)[7]에서 만수무강을 약속하는 상서로운 조짐이 피어났도다. 애석하게도 나라의 옥새가 서양으로 흘러 들어간 까닭에 용맹한 군사에게 의연히 동쪽 나라를 나서게 하셨도다. 창날에서는 날아가는 뱀처럼 번개가 번쩍이고, 북소리는 대지를 흔드는 우레처럼 울리도다. 변방에 칼 울음 울리고 바다에 돛을 올렸도다. 어찌 흡철령이라는 것이 있어 파죽지세로 나아갈 문이 없단 말인가? 삼가 제물을 바치고 짤막한 문서 올리는 바, 붉은 수레 우러르며 공손히 청하나니 옥좌의 부정을 씻고 평안하소서. 부디 하늘 병사를 빌려주셔서 이 무기들이 빨리 나아갈 수 있게 해 주소서. 서양의 바다에 풍랑 일으키는 크고 사나운 물고기들 없애 주시고, 독한 공기가 어서 사라져서 널리 햇빛이 비치게 해 주소서. 오래도록 마음에 맺힌 바를 이기지 못해 이 글을 올리나니, 속히 시행해주소서.

6 보전(寶篆)은 전설에서 봉황이 요(堯)임금에게 주었다는 무늬가 새겨진 도장[圖璽]으로서, 그 무늬가 마치 전서[篆]와 같다고 해서 이런 명칭이 붙었다. 후세에는 천명(天命)을 상징하는 무늬[圖籙]를 비유하는 뜻으로 쓰이게 되었다.

7 선대(璇臺)는 선대(璿臺) 또는 선대(琁臺)라고도 쓰며, 아름다운 옥으로 만든 높은 누대를 가리키는데, 원래는 하(夏)나라 천자의 누대 이름이었다.

옥황상제는 이 편지를 보고 즉시 어명을 내려서 서른여섯 천강(天罡)에게 하늘 병사 네 부대를 이끌고 서양 대해의 흡철령으로 가서, 배에 실린 쇠닻이며 무기 등을 차질 없이 운반하라고 했다. 그 명을 누가 감히 어기랴? 서른여섯 천강은 하늘 병사 네 부대를 이끌고 상서로운 구름을 몰아 서양 대해로 왔다. 그리고 연등고불을 뵙고, 명을 받아 배에 실려 있던 쇠닻과 무기들을 크기와 양에 상관없이 일제히 서양 바다 입구까지 날라다 놓고 돌아갔다. 하지만 벽봉장로는 또 이런 생각이 들었다.

'닻하고 무기는 날라다 놓았지만, 이 배들 모두 쇠못을 박아 만든 것이 아닌가? 내가 가진 금시폐유리 역시 역사(力士)를 몇 명 구해야 신속하게 쓸 수 있겠어.'

이리하여 그가 염불을 외자 금방 법력이 생겨나서, 곧 급한 문서를 한 장 써서 하득해(夏得海)[8]를 시켜서 서해 용왕의 궁전으로 보냈다. 서해용왕 오순이 부처님의 그 급한 문서를 받아 보니 이런 내용이었다.

> 서해용왕은 즉시 서후(犀侯)와 악백(鰐伯)[9] 등 물에 사는 짐승들을 통솔하여 내 배 앞으로 와서 명을 기다리도록 하라.

8 하득해(夏得海)는 하득해(下得海)와 발음이 통하니, 잠수에 능한 수병(水兵)을 가리키는 듯하다.

9 서후(犀侯)와 악백(鰐伯)은 각기 물소와 악어 등을 가리킨다.

이에 용왕은 즉시 물에 사는 짐승들을 소집하여 점검한 후, 이들을 이끌고 찾아와 연등고불을 알현했다.

"급한 부르심을 받고 왔사온데, 무슨 시키실 일이 있사옵니까?"

"여러분께 수고를 조금 끼칠까 하오. 이 배를 흡철령의 모래밭 너머 서양 바다의 입구까지 날라다 주기 바라오. 반드시 날이 밝기 전까지 끝내야 하오."

"들어다 나르는 거야 쉽지만, 오늘 밤 안으로 하라고 하시는 건 너무 시간이 촉박한 것 같습니다."

"나한테 그대의 보물이 하나 있소."

"예. 그래서 말씀입니다. 그 금시폐유리를 꺼내서 전후를 비춰주시면 일이 더 쉬워질 것입니다. 그러면 오백 리 길을 단숨에 주파할 수 있겠습니다."

벽봉장로가 그 보물을 꺼내어 용왕에게 주었다. 용왕은 그 보물을 받아 들고 직접 수하들을 지휘했다. 이어서 뒤쪽에서 한 무리 물속 짐승들이 배를 짊어지자 순식간에 서양 바다의 입구에 도착했다. 용왕이 유리를 돌려주며 말했다.

"부처님, 오늘 철사하(鐵砂河, 즉 흡철령)를 지났는데, 이 보물이 앞으로 십 년 동안 쇠가 만들어지지 못하게 하여 십 년 동안 배들이 지나다닐 수 있게 할 수 있습니다."

"그럼 천만 년 동안 배들이 지나다닐 수 있게 해야겠구먼."

용왕은 작별인사를 하고 나서 무리를 이끌고 떠났고, 벽봉장로는 다시 천엽연화대 위로 돌아갔다.

한편 삼보태감은 놀라고 겁에 질린 채, 그저 어서 날이 새서 벽봉장로의 수단을 볼 수 있게 되기만을 기다렸다. 그런데 날이 밝은 무렵이 되자 배 위의 사람들이 시끌벅적 떠들어 대는 것이었다.

"어라? 닻이 어디 갔지?"

"그러게 말이야. 이게 어찌 된 일이지?"

"잃어버렸다 본데?"

"제가 알아서 달아나 버린 걸까?"

"어디로 날아가 버린 거 아냐?"

잠시 후 전함의 군사들이 잠자리에서 일어나서 또 시끌벅적 소란을 피웠다.

"내 창이 어디 갔지?"

"내 총도 없어졌어!"

"내 칼이 어디 있지?"

그 소리가 삼보태감의 귀에까지 전해지자 삼보태감도 깜짝 놀랐다.

"닻과 무기들을 모두 흡철석에게 빼앗겨 버린 게 아닐까?"

그는 황급히 사람을 보내 왕 상서에게 알렸다. 하지만 왕 상서도 이미 사태를 파악하고 장 천사에게 사람을 보내 알린 상태였다. 장 천사도 이미 사태를 파악하고 벽봉장로에게 사람을 보내 알렸다. 그런데 벽봉장로의 뱃머리에는 닻이 그대로 달려 있었다. 교위는 아직 잠자리에서 일어나지 않은 상태여서 전령을 통해 삼보태감에게 보고했다.

"배들의 상황이 각기 이러이러합니다."

"어서 왕 상서와 장 천사를 모셔오너라."

그때 왕 상서는 장 천사와 함께 있었는데, 장 천사도 영문을 몰라서 둘이 함께 삼보태감을 찾아왔다. 그러자 삼보태감이 말했다.

"국사께 가서 여쭤보면 어찌 된 일인지 알 수 있겠군요."

벽봉장로가 세 사람을 맞이하며 말했다.

"허허, 여러분은 아마 닻과 무기가 보이지 않아서 찾아오신 거겠지요?"

삼보태감이 물었다.

"혹시 그것들이 흡철석에게 먹혀 버린 건 아닙니까?"

"그럴 리가 있나요! 사령관의 지시를 받고 제가 밤새 고생 좀 했습니다. 우리 배는 이미 흡철령을 지나 서양 바다의 입구에 와 있습니다."

"오백 리나 되는 흡철령을 어떻게 하룻밤 만에 지나왔다는 말씀입니까?"

벽봉장로가 간밤의 일을 자세히 들려주자, 세 사람은 모두 깜짝 놀라며 두 손을 모으고 허리를 숙여 공경과 감탄을 표시했다. 삼보태감이 또 물었다.

"하늘 병사들이 옮겨 놓은 닻은 어디 있습니까?"

"저기 서쪽 물가의 백 걸음 안쪽에 있을 겁니다."

삼보태감은 곧 명령을 내려서 선원들과 군사들에게 물가에서 닻을 가져오게 했다. 하지만 선원들과 군사들이 물가로 달려가 보니,

수많은 닻이 있긴 했지만 하나도 들어 나를 수가 없었다.

이 닻들이 왜 꼼짝도 하지 않았는지, 또 나중에 이것들을 어떻게 나르게 되는지는 다음 회를 보시라.

제22회

천비궁의 신은 밤에 하늘 등불을 밝혀 주고 좌선봉 장계는 선봉에 나서서 진세를 펼치다

天妃宮夜助天燈　張西塘先排陣勢

將軍遠發鳳凰城	장군은 먼 봉황성을 출발하여
日月回看帝座明	밤낮으로 밝은 황제의 자리 돌아보네.
豈是仙槎窮異域	어찌 신선의 배라서 이역 끝까지 가랴?
將因駟牡急王城	수레 끄는 말들 경사 향해 급히 치달렸기 때문이지.
陽當九五飛龍出	양기(陽氣)가 가득할 때 나는 용이 나타나고[1]
甲擁三千跨海行	삼천의 병사들 바다를 건너가네.
底事嶺呼爲吸鐵	어이하여 그곳이 흡철령인가?
頑貪當爲聖人淸	어리석은 욕심 성인이 씻어주었네.

1 이것은 《주역》 〈건괘(乾卦)〉 "구오(九五)"의 괘사인 "하늘에 나는 용이 있고 위대한 성인이 나타나 세상을 이롭게 해 준다.[飛龍在天, 利見大人]"라는 구절에서 나온 표현이다.

그러니까 각 배의 선원들과 군사들이 명을 받고 서쪽 물가의 백 걸음 안쪽에 놓인 닻을 찾았다. 그런데 그곳에는 무수한 닻들이 있었지만 하나도 들어 나를 수 없었다. 그들이 즉시 사령관에게 보고하자 삼보태감이 말했다.

"이 일도 국사께서 해결해 주십시오."

벽봉장로가 말했다.

"노새 안장[2]이 아니라서 다행히군요."

그리고 사손 운곡을 불러 분부했다.

"갑마(甲馬) 백 장을 가져와서 닻을 나르는 이들에게 주어라. 닻 하나에 한 장씩 붙여서 나르면 된다고 해라. 백 개를 다 나르고 나면 다시 떼어다가 다른 백 개에 붙이고, 나머지도 같은 방법으로 나르라고 해라. 다 나르고 나면 갑마를 회수해서 가져오도록 해라."

이렇게 벽봉장로의 갑마를 붙이고 나르자 순식간에 닻을 다 날랐다. 군인들은 모두 벽봉장로의 한없는 법력과 공덕에 감탄하며 칭송했다. 그러자 왕 상서가 말했다.

"이 일만 하더라도 더없이 큰 공을 세우신 것입니다."

잠시 후 돛을 올리고 출발하자, 벽봉장로가 각 배에 분부했다.

"이제 이미 서양 대해에 진입했으니 전초는 특히 주의해야 할

---

2 노새 안장[驢鞍子]은 옛날에 부정한 여자를 처벌하던 혹형(酷刑) 가운데 하나인 목마려(木馬驢)를 연상시킨다. 이 형벌은 나무로 다리가 없이 머리와 목, 몸통만 있는 나귀나 말 모양을 만들고 그 등에 세우고 눕힐 수 있는 나무 막대기를 장착하여, 형벌을 받는 여인을 위에 앉히고 그 막대기를 음부에 꽂은 채 묶어 놓고 매질하는 등의 다른 체벌을 가하는 것이었다.

것이오. 전방 정찰을 소홀히 했다가 일을 그르치기라도 하면 안 되오."

마침 한 이틀 동안은 광활한 바다 위에서 앞길이 뚜렷하게 보이지 않았고, 하늘에 구름이 끼어서 햇빛도 비치지 않았다. 이 때문에 앞쪽에서 정찰하던 초병들은 눈이 어질어질해서 오늘이 며칠인지, 여기가 어디쯤인지, 어디가 동쪽이고 어디가 서쪽인지 방향조차 구분할 수 없었다. 그야말로 이런 상황이었다.

雲暗不知天早晩	어둑한 구름에 아침인지 저녁인지도 모르겠고
眼花難認路高低	눈이 어지러워 높낮이도 구별하지 못하겠네.
前哨的傳與中軍	초병의 전갈이 중군에 전해지면
中軍的禀了元帥	중군 장수는 사령관에게 보고하지.

삼보태감이 다시 당황해하자 왕 상서가 말했다.

"너무 그렇게 걱정하지 마십시오. 설령 뭐가 잘 맞지 않더라도 국사께서 처리해 주실 테니까요."

그 말이 채 끝나기도 전에 천지가 암흑처럼 캄캄한 가운데 거대한 파도가 일렁이면서 서쪽에서 거센 바람이 몰아쳐 왔다. 그야말로 이런 상황이었다.

來無踪迹去無形	자취도 없이 왔다가 형체도 없이 가나니

不辨渠從那處生	그게 어디서 생겨났는지도 모르겠구나.
費盡寶船多少力	배들은 또 얼마나 힘을 써야 할까?
顚南倒北亂蓬瀛	남북을 뒤집고 봉래산과 영주산을 어지럽히는구나.

이 바람 때문에 앞뒤의 배들은 대열이 흐트러져서 심지어 장 천사의 배나 벽봉장로의 배조차 갈피를 잡지 못하고, 오직 사령부가 설치된 두 척의 전함만이 제 자리를 지키고 있었다. 삼보태감이 왕상서에게 원망을 퍼부었다.

"상서께서 말씀만 하시면 국사가 계시니 걱정하지 말라고 하셨으니, 이제 직접 국사께 가보시구려."

"날씨란 예측하기 어려운 풍운이 일 수 있고, 사람이란 아침저녁 사이에 재앙과 복이 찾아올 수 있는 법이지요. 뭘 그리 무서워하신단 말씀입니까!"

두 사령관이 말다툼을 벌이고 있었지만, 바람도 거세고 파도도 높아서 배들은 제대로 떠 있기 어려웠다. 삼보태감이 말했다.

"이걸 어떡하지요?"

"운명에 맡기는 수밖에요!"

"그보다는 차라리 하늘에 제사를 지내 간청하는 게 더 낫겠습니다."

"그것도 일리 있는 말씀이십니다."

두 사령관은 곧 무릎을 꿇고 머리를 조아리며 기도했다.

"믿음이 독실한 정 아무개와 왕 아무개가 남선부주 명나라 황제의 어명을 받아 오랑캐를 위무하고 보물을 구하기 위해 서양으로 가는 중에, 뜻밖에 바다에서 모진 광풍과 험난한 파도를 만나 배들이 위태로운 지경이오니, 부디 하늘의 신들께서 보우해 주시옵소서. 저희가 다시 명나라로 돌아가게 되면, 영원히 향을 피우고 등불을 피워 감사의 제사를 올리겠나이다."

그렇게 기도를 마치자 갑자기 허공에서 "획!" 하는 소리와 함께 하늘의 신 하나가 내려왔다. 그 신의 손에는 붉은 등불이 하나 들려 있었는데, 그가 호통치는 소리가 또렷하게 들려왔다.

"누가 바람을 일으키는가?"

"파도를 일으키는 자는 누구인가?"

그 신은 어느 정도 신통력이 있어서, 그 호통 소리에 금방 바람과 파도가 가라앉았다. 이윽고 배들이 모두 제자리를 잡자 두 사령관이 다시 무릎을 꿇고 기원했다.

"신이시여, 감사합니다. 목숨을 살려주신 은혜를 무엇으로 갚아야 할지 모르겠습니다. 부디 성명을 가르쳐 주시면, 훗날 명나라로 돌아갔을 때 상소를 올려 사당을 지어 영원히 향을 사르게 함으로써 저희의 작은 성의를 바치고 싶습니다."

그러자 공중에서 그 신의 목소리가 들렸다.

"나는 천비궁(天妃宮)의 주인이오. 옥황상제의 명에 따라 그대들 명나라의 배를 호위하러 왔소. 낮에는 태양이 가는 길을 보고 밤에는 이 붉은 등불이 있는 곳을 향해 나아가면 길을 잃지 않고, 그대들 나라와 백성에게 복이 있을 것이오."

그렇게 몇 마디를 남기고 나자 붉은 등불이 사라졌다. 잠시 후 태양이 환하게 비추어 모든 배가 가지런히 대열을 정비했다. 장 천사와 벽봉장로도 다시 모였다. 두 사령관은 신에게 감사의 절을 하고 일어났다. 이것만 보더라도 명나라 황제가 진정으로 하늘의 명을 받은 천자임을 알 수 있으니, 명나라 배가 가는 곳에는 모든 신이 보호해 주었던 것이다. 그야말로 이런 격이었다.[3]

天開景運	하늘이 좋은 시운을 열어
篤有道之曾孫	도를 갖춘 증손이 나왔도다.
電繞神樞	번개가 신령한 북두성의 자루를 둘러싸니[4]
受介福於王母	제왕의 모친에게 복이 내렸도다.
觚棱瑞靄	황성(皇城)에 상서로운 노을 서리니
閶闔臚傳	궁궐 대문에 어명이 전해졌도다.
誕紹洪圖	웅대한 뜻 이어받기 위해 태어나
丕承駿命	하늘의 명을 이어받았도다.
至仁有物	만물에 지극히 어진 덕 있으니

3 인용된 글은 등문원(鄧文原: 1258~1328, 자는 선지[善之] 또는 비석[匪石])의 〈하성절표(賀聖節表)〉 구절들을 토대로 작자가 몇 구절을 더하거나 바꾸어 만든 것이다.

4 《사기》〈오제본기(五帝本紀)〉의 황제(黃帝)에 대한 장수절(張守節)의 《정의(正義)》에 따르면 황제의 모친 부보(附寶)가 기(祁) 땅의 들판에서 북두칠성의 자루에 커다란 번개가 둘러싸는 것을 보고 감응하여 황제를 잉태했다고 한다. 훗날 이것은 성인(聖人)의 탄생을 가리키는 전고(典故)로 흔히 사용되었다.

待秋而萬寶來	가을이면 온갖 보물을 찾아오도다.
盛德在躬	성대한 덕을 몸을 지니고 있으니
居所而衆星拱	뭇 별들이 거처를 껴안았도다.
當立綱陳紀之始	법률과 기강을 세우기 시작할 때
爲施仁發政之規	어진 덕으로 정치를 베푸는 규범이 되셨도다.
廣文王有聲之詩	문왕(文王)의 음률 담긴 시(詩)를 넓혀서
載歌律呂	곡조와 노래로 만드셨고
衍周公無逸之壽	안락하게 쉴 틈이 없었던 주공(周公)의 생애를 이어
虔祝華嵩	삼가 숭고한 이를 축복하노라.

그렇게 며칠 동안 항해하던 중에 호위병이 중군의 막사에서 무릎을 꿇고 보고했다.

"돛을 걷고 닻을 내리셔야 할 것 같습니다."

삼보태감이 말했다.

"또 무슨 험한 길이 나타났는가?"

그가 놀라서 아무 말도 하지 못하고 있을 때, 옆에 있던 왕(王) 태감이 물었다.

"무슨 일로 돛을 걷고 닻을 내려야 한다는 게냐?"

"어느 바다 어귀에 이르렀는데 바다에 수많은 민간인의 배가 떠 있고, 물가에 돌탑이 하나 있는데 그 아래 수많은 초가집이 늘어서 있습니다. 아마 서양의 어느 나라가 아닐까 싶습니다. 그래서 사령관님께 어서 돛을 걷고 닻을 내리시라고 말씀드리는 것입니다."

삼보태감은 그제야 마음을 놓고 호위병을 내보낸 후 명령을 내렸다. 배를 멈출 때는 예전처럼 전후좌우의 사초(四哨)와 중군의 대형을 유지하게 했다. 그리고 즉시 왕 상서와 장 천사, 벽봉장로를 불러서 뭍에 진입할 방책을 의논했다. 왕 상서가 말했다.

"먼저 사람을 보내 살펴보게 하고 나서 진입에 대해 상의해야 하지 않을까요?"

장 천사가 말했다.

"옳은 말씀이십니다."

삼보태감이 말했다.

"이 손바닥만 한 땅을 사람까지 보내 살펴볼 필요 있겠습니까?"

벽봉장로가 말했다.

"제가 이곳 주민들에게 물어보니 여기는 그저 하밀(哈密)[5] 서쪽

5 하밀(哈密, Hami)은 옛날에 곤막(昆莫)으로도 불렀으며, 스키타이 민족의 나라이다. 이곳은 한나라 명제(明帝) 때부터 중국 영토에 편입되었다가 위구르나 돌궐에 편입되기를 반복했으며, 오대(五代) 시기에는 소륙지(小月氏)에 의해 점거되었다가, 원나라 때 다시 중국 영토에 편입되었다. 기록에 따르면 영락(永樂) 2년(1404)에 이곳 왕이 사신을 파견해 조공을 바치고 충순왕(忠順王)에 봉해졌는데, 그가 독살당한 후 그의 형의 아들인 톡토아(脫脫, Toqto'a: 1314~1355)와 테무르(帖木耳, Tēmōr: 1336~1405) 등으로 정권이 이어졌다. 영락 12년(1414)에 이부(吏部) 험봉사(驗封司) 원외랑(員外郎)인 진성(陳誠)이 서역에 사신으로 다녀온 뒤에 편찬한《서역번국지(西域番國 志)》〈하밀(哈密)〉에 따르면 이곳에는 몽고족과 회족(回族)이 섞여 지내면서 복식이나 풍속도 잡다하게 뒤섞여 있다고 했다. 다만 이곳은 실제로 중국 서북부 내륙에 있기 때문에, 소설에 묘사된 곳은 가상의 지명이라고 보아야 할 것이다.

항구로서, 오가는 배들이 잠시 정박하는 곳일 뿐이라고 하더군요. 여기서 서남쪽으로 백 리 남짓 가면 비로소 큰 나라가 나온다고 합니다. 그러니 사람을 보내 탐문해 봐야 하지 않겠습니까?"

삼보태감이 말했다.

"그렇다면 밤중에 쉰 명을 파견해서 살펴보고 오라고 하겠습니다."

이윽고 밤이 되자 쉰 명의 정찰병이 한참 동안 샅샅이 살펴보고 와서 일제히 보고했다. 삼보태감이 물었다.

"여기는 무슨 나라라고 하더냐?"

"바닷가 중간쯤에 작은 항구가 하나 있는데, 그 양쪽에 백여 군데의 가게들이 늘어서 있습니다. 그 가게들은 모두 초가지붕을 얹었는데, 처마 높이가 겨우 석 자도 안 되어서 드나드는 사람들이 고개를 숙여야 합니다. 길에는 돌을 쌓아 만든 관문이 있는데, 거기에 '하밀서관(哈密西關)'이라고 적혀 있습니다. 그곳으로 들어가 서남쪽으로 백 리 남짓 가니까 성곽이 나타났습니다. 저희가 그 성문 아래에 가서 보니 돌을 쌓아서 만든 성인데, 아래쪽에 문이 하나 있고 위에는 누각이 있었습니다. 누각에는 시커먼 패가 걸려 있었는데, 거기에는 하얀 글씨로 '금련보상국(金蓮寶象國)'이라고 적혀 있었습니다. 성에 들어가 보려고 했지만 문지기의 눈썰미가 대단해서, 금방 저희가 먼 이방에서 온 사람들인 줄 알아보고 꼬치꼬치 캐물었습니다. 하지만 저희는 군사 기밀을 누설하지 않으려고 도망쳐 돌아왔습니다."

"보아하니 거기가 금련보상국인가 하는 곳인가 보구나."

삼보태감은 즉시 명령을 내려서 군사를 수군과 육군으로 나누고 커다란 깃발을 내걸게 했다. 그리고 낮에는 북을 울리며 깃발을 휘두르고, 밤에는 엄밀한 경계태세를 갖추고 순찰하게 했다. 모든 것을 중국에 있을 때보다 훨씬 엄격하게 시행하되, 위반하는 자는 군령에 따라 처벌하겠노라고 했다. 명을 받은 오영대도독은 병사들을 뭍으로 이동하여 커다란 영채를 세웠다. 중군에는 두 사령관이 자리를 잡고 좌선봉과 우선봉은 각기 그 좌우에 따로 영채를 세워서, 두 개의 뿔이 앞으로 내민 듯한 형세를 유지하게 했다. 사초부도독들은 배 위에서 진영을 이루면서 전후좌우로 배열했고, 중군에는 벽봉장로와 장 천사의 배가 자리를 잡았다.

어쨌든 두 사령관이 중군의 막사로 들어서니, 그 모습은 이러했다.

> 웅장한 깃발들 쪽빛과 흰색 마주 보고 검은색과 붉은색 마주 보며, 아황색은 자주색을 마주하고 초록색은 푸른색을 마주한다.
>
> 뿔피리 소리 변발의 달빛 속에 구슬피 울리고, 깃발 그림자 가을바람에 휘말린다.
>
> 보검은 하늘 바깥을 휩쓸고 창들은 바다에서 날아온다.
>
> 무기는 하늘을 휘젓고, 창과 방패는 성인을 귀하게 보호한다.
>
> 쇠뇌는 별자리를 묶어놓고, 큰 활의 화살은 변방 기러기도 놀

라게 한다.

푸르기 그지없는 연잎은 가을 이슬을 받고 있고, 타는 듯 붉은 복사꽃은 오래된 숲에서 피어난다.

자줏빛 전포에 황금 띠 두른 장수들은 남산의 호랑이 같고, 철갑에 은빛 투구 쓴 병사들은 북해의 용처럼 늠름하다.

앞에는 큰 깃발 찬란하게 펄럭이며 칼을 든 병사들 일흔두 겹으로 늘어섰고, 중군의 막사 안에는 목숨을 아끼지 않고 전투에 임하는 사령관이 단정히 앉아 있다.

藍對白, 黑對紅, 鵝黃對魏紫, 綠柳對青葱.

角聲悲塞月, 旗影卷秋風.

寶劍橫天外, 飛槍出海中.

干戈橫碧落, 矛盾貴重瞳.

弩箭纏星舍, 雕弓失塞鴻.

綠巍巍荷葉擎秋露, 紅灼灼夭桃破故叢.

一對對紫袍金帶南山虎, 一個個鐵甲銀盔北海龍.

坐纛輝前, 擺列着七十二層回子手, 中軍帳裏, 端坐下無天無地一元戎.

삼보태감이 휘하 장수들에게 명령했다.

"폐하의 군사를 이끌고 먼저 나서서 금련보상국을 점령하여 이 전투에서 으뜸의 공을 세울 장수는 누구인가?"

그 말이 채 끝나기도 전에 아래쪽에서 장수 하나가 나섰다. 키는 아홉 자에다 떡 벌어진 어깨, 까무잡잡한 얼굴에 구불구불한 구레나룻이 덥수룩하게 났으며, 머리는 호랑이처럼 생기고 눈은 부리부리하여 그야말로 위풍당당하고 살기등등한 모습의 그 장수가 주저 없이 말했다.

"제가 하잘것없는 재주로 말단 장수의 자리에 있지만, 군사를 이끌고 선봉에 나서서 폐하의 은혜에 보답하고자 합니다."

그는 바로 정서좌선봉으로서 대장군의 직인을 가진 장계(張計)인데, 별호는 서당(西塘)이고 관적(貫籍)은 정원(定元)이었다. 원래 남경 우림군(羽林軍)의 좌위도지휘(左衛都指揮)를 맡고 있었던 그는 대대로 장수를 배출한 무인의 가문에서 태어났으며, 각종 병서(兵書)까지 통달하여 문무를 겸비한 인물이었다. 삼보태감이 무척 기뻐하며 말했다.

"병사는 수가 많기보다는 정예가 낫고, 장수는 용맹하기만 한 것보다 지략이 뛰어난 이가 낫지요. 오랑캐들은 속을 알 수 없고 교활한 적은 길들이기 어려운 법이니, 장 선봉께서는 부디 조심하시기 바라오. 소홀히 해서 실수라도 하는 날에는 나라의 체면을 잃게 될 테니 말씀이오."

"염려 마십시오. 그리 당부하시지 않아도 조심할 것입니다."

삼보태감은 석 잔의 술을 건네주었고, 군사를 관리하는 부서에서는 경사를 호위하던 군인 오백 명을 선발해 주었다. 잠시 후 한 발의 포성에 이어 세 번의 북소리가 울리면서 행군의 깃발이 높이 올라갔고, 정찰부대는 각기 맡은 방위에서 각 부대의 깃발을 세운 채 경천동지할 만한 나팔소리가 울리면서 부대마다 우렁찬 함성을 세 번 질렀다. 그야말로 이런 모습이었다.

鼓角連天震	북소리 뿔피리 소리에 하늘이 울리고
威風動地來	땅이 흔들릴 듯 위세가 올라가네!

드디어 선발부대가 금련보상국의 하밀서관으로 진입했다. 이에 관문을 순찰하던 땡땡[田田]이라는 서양인이 깜짝 놀라 구르듯이 관문 아래로 내려가 순찰대 막사에 보고했다. 막사 안에서는 순찰대장 젠트리[占的里]가 소가죽으로 만든 장막 아래에서 수비부대를 배치하려 하고 있었는데, 갑자기 급보가 들어왔다.

"난데없이 재앙이 들이닥쳤습니다!"

"그게 무슨 소리냐?"

"제가 관문을 순찰하는데 갑자기 바닷가에 수천 척의 배가 나타났습니다. 거기에는 수천 명의 장수와 백만이 넘는 대군이 타고 있었는데, 무슨 남선부주 명나라 황제의 부하들이랍니다. 오랑캐를 무찌르고 무슨 보물을 찾는다고 합니다. 벌써 어떤 장수가 군마를 이끌고 쇄도하여 성문 근처까지 이르렀는데, 정말 무시무시합니다."

젠트리도 세상 물정을 제법 아는 인물이어서, 이 불길한 소식을 듣자 한참 동안 말없이 생각에 잠겨 있다가 이렇게 말했다.

"그럴 리 없다. 그 나라와 우리나라 사이에는 팔백 리 연수양과 오백 리 흡철령이 가로막고 있어서, 그자들이 날개를 단다 해도 지나오기 어렵단 말이다."

그 말이 끝나기도 전에 취리아[區連兒]라는 또 다른 정찰병이 무릎을 꿇고 보고했다.

"제가 탐문해 보니, 중국에서 온 배에는 두 명의 대원수가 '사령관'이라고 적힌 깃발이 세워져 있는 배에 타고 있는데, 그 배는 산처럼 크고 길며, 깃발은 수백 길 높이인데 폭도 수백 길이나 된답니다. 개중에 한 명은 무슨 삼보태감인가 하는 이인데, 황궁을 드나들며 황제를 측근에서 모시는 예사롭지 않은 인물이라고 합니다. 다른 한 명은 무슨 병부의 왕 상서라는 이인데, 병권을 장악하고 생사를 좌우하는 몸이라 역시 예사롭지 않은 인물이라고 합니다."

그 말이 끝나기도 전에 누베너[奴文兒]라는 첩자가 황망히 무릎을 꿇으며 보고했다.

"제가 알아보니 남쪽에서 온 배에는 또 인화진인(引化眞人) 장 천사인가 하는 도사가 있다고 하는데, 그 도사의 재간을 직접 보지는 못했지만, 뱃머리에 커다란 패가 두 개 세워져 있었습니다. 왼쪽 패에는 '천하제신면현(天下諸神免見)'이라고 적혀 있고 오른쪽 패에는 '사해용왕면조(四海龍王免朝)'라고 적혀 있었습니다. 그거야 중요한 건 아니지만, 그 중간에 침향목을 조각하여 만든 물고기 꼬리 문양이 들어 있는 패가 하나 더 있는데, 거기에는 붉은 글씨로 커다랗게 '치일신장관원수단전청령(值日神將關元帥壇前聽令)'이라고 적혀 있었습니다."

그 말이 채 끝나기도 전에 헤이딩거[海弟寧兒]라는 첩자가 황급히 달려와 무릎을 꿇으며 보고했다.

"저도 알아보았는데 남쪽에서 온 배에는 또 승려가 하나 타고 있답니다. 머리는 민둥민둥한데 수염을 덥수룩하게 기른 그 승려는 이름이 김벽봉인가 뭔가 그렇다는데, 그 도사보다 몇십 배나 더 엄청나다고 합니다!"

그러자 젠트리가 말했다.

"몇십 배나 더 엄청나다고 해 봐야 기껏 사람을 잡아먹을 줄 안다는 것밖에 더 되겠어?"

헤이딩거가 말했다.

"그런 게 아닙니다. 그 승려는 하늘을 가르고 땅을 붙이는 재주와 산을 밀어내고 바다를 막는 손이 있어서 비바람을 부르고 귀신을 부리며, 소매 안에 하늘과 땅을 넣고 품 안에 해와 달을 담을 수 있다고 합니다. 예전에 그가 절에서 나올 때 저 명나라 황제가 몸소 용상에서 내려와 여덟 번 절을 올리고 호국국사(護國國師)로 모셨다고 합니다. 그래서 그 승려가 탄 배에는 세 개의 커다란 패가 세워져 있는데, 중간에 있는 패에는 '국사행대(國師行臺)'라고 적혀 있고, 좌우의 패에는 각각 '나무아미타불'하고 '구천응원천존(九天應元天尊)'이라고 적혀 있답니다."

이렇게 네 명의 보고를 들은 순찰대장은 혼비백산할 수밖에 없었다.

"아무 일 없다면 감히 보고할 수 없겠지만, 일이 터졌으니 보고하지 않을 수 없구나."

그는 서둘러 줄풀 잎으로 만든 모자를 쓰고, 꽃무늬가 들어 있는 천축의 천으로 만든 옷을 걸친 다음 왕에게 보고하러 갔다. 오랑캐 왕은 순찰대장이 보고할 일이 있다는 얘기를 듣자 황급히 삼산금화영롱관(三山金花玲瓏冠)을 쓰고 새하얀 꽃무늬가 있는 도포를 걸치고, 대모(玳瑁)로 장식한 장화를 신고, 팔보가 장식된 허리띠를 매고, 양쪽에 삼사십 명의 미녀를 거느린 채 조정으로 들어가 순찰대장을 불러들였다.

"그대는 누구인가?"

"순찰대장 젠트리입니다."

"무슨 일인가?"

"제가 하밀서관을 순찰하는데 바닷가에 갑자기 수천 척의 전함들이 나타났습니다. 수천 명의 장수가 정예병 수백만 명을 거느리고 있었는데, 남선부주 명나라 황제가 오랑캐를 위무하고 보물을 구하기 위해 파견한 사령관이라고 합니다. 지금 장수 한 명이 군사 한 부대를 이끌고 진군의 북을 울리며 화려한 수가 놓인 깃발을 비스듬히 끌며 달려오는데, 살벌한 함성이 하늘을 울리고 있습니다. 그래서 이렇게 보고를 올리오니, 어서 결정을 내리시옵소서!"

왕이 한참 생각하더니 이렇게 말했다.

"그건 말도 안 되는 소리요. 남선부주라면 우리나라와는 팔백 리 연수양과 오백 리 흡철령을 사이에 두고 있는데, 그 배들하고 군대가 어떻게 거길 지나올 수 있었겠소?"

"우리 첩자들이 서너 차례 보고한 바에 따르면 그 배에는 두 명의 사령관이 있는데, 능력이 뛰어나서 대단히 무시무시하다고 합니다."

"어떤 사령관인데 그렇다는 거요?"

"한 명은 삼보태감인가 하는 사람인데 궁정을 드나들며 황제를 측근에서 모시는 엄청난 신분이고, 다른 한 명은 병부의 왕 상서인가 하는 사람인데 병권을 장악하고 생사를 좌우하는 몸이라 역시 무시할 수 없는 존재입니다."

"그런 정도로 뭐 대단하다느니 무시무시하다느니 할 수 있겠소?"

"그들 말고도 두 명이 더 있는데, 능력도 훨씬 뛰어나고 열 배는 더 무시무시하다고 합니다."

"그들은 누구라고 합디까?"

"한 명은 도사리고, 다른 한 명은 승려입니다."

그러자 왕이 껄껄 웃으며 말했다.

"문관은 붓으로 천하를 평안하게 하고, 무관은 칼을 쥐고 태평성대를 안정적으로 유지하는 법이오. 그 사람이 출가한 몸이라면 이미 삼계(三界)를 초월하여 오행(五行)의 세계에 있지 않을 텐데, 그런 사람이 무슨 대단한 능력이 있고 무시무시한 존재라고 할 수 있겠소?"

"그 도사는 예사로운 도사가 아니라 '천사'라고 불린답니다. 세상에 하늘보다 큰 것은 없는데 그 도사가 하늘의 사부라니 대단하지 않습니까? 그의 배에는 세 개의 커다란 패가 있는데, 좌우에는 각각 '천하제신면현'과 '사해용왕면조'라고 적혀 있고, 가운데 패에는 '치일신장관원수단전청령'이라고 적혀 있답니다. 또 그 승려도 예사롭지 않아서, 떠나올 때 명나라 황제가 직접 용상에서 내려와 여덟 번 절을 하고 호국국사로 모셨다고 합니다. 이 승려는 하늘을 가르고 땅을 붙이는 재주와 산을 밀어내고 바다를 막는 손이 있어서 비바람을 부르고 귀신을 부리며, 소매 안에 하늘과 땅을 넣고 품 안에 해와 달을 담을 수 있다고 합니다."

이런 장황한 얘기를 들은 왕은 거대한 산이 무너진 소식을 들은 듯, 대해가 섬을 삼킨 소식을 들은 듯 깜짝 놀랐다. 그런데 왕이 뭐라고 입을 열기도 전에 성을 수비하는 관리가 와서 보고했다.

"명나라 장수가 수하의 군사들에게 무슨 상양대포(湘陽大炮)라는 것을 설치하여 성벽을 무너뜨리려고 준비하고 있습니다."

왕은 더욱 놀라 두려움에 떨며 아무 대책을 세우지 못했다. 그때 좌승상 보젤룽[孛鎮龍]이 말했다.

"항서(降書)를 써서 투항해 버리시지요."

그러자 우승상 톈부룽[田補龍]도 말했다.

"항서를 써서 투항해 버리시지요."

하지만 용상 아래에 서 있는 셋째 왕자 부딜리[補的力]가 말했다.

"열여덟 나라의 우두머리로서 서양 왕국들을 이끄는 우리가 이렇게 맥없이 항복해 버릴 수는 없습니다. 백성들이 보고 뭐라고 하겠습니까!"

그러자 왕이 말했다.

"투항하지 않는다면 저 중국의 정예병들과 장수들을 어찌한단 말이냐?"

"우리 군대도 나약하지 않고 자의왕(剌儀王) 부자(父子)의 군대도 호락호락하지 않습니다."

"자의왕 부자는 곤륜산에 가 있지 않느냐?"

"우리나라의 운세가 다하지 않았다면 자의왕 부자도 곧 돌아올 것입니다."

그 말이 끝나기도 전에 전령이 보고했다.

"지금 자의왕 쟝 홀츠[姜忽剌] 대인께서 두 아드님은 쟝 지니어[姜盡牙]와 쟝 다이어[姜代牙]와 함께 곤륜산에서 돌아와 폐하를 알현하고자 하옵니다."

이 일은 별 것 아니긴 하지만 어느 정도 의미가 있었다.

晴空轟霹靂	마른하늘에 날벼락 치니
聚幾群猛虎豺狼	사나운 호랑이와 이리가 떼를 지어 모이고
平地滚風波	평지에 풍파 일어나니
起無數毒龍蛇蟒	포악한 용과 구렁이들 무수히 일어나는구나!

왕은 그들이 왔다는 소식에 기뻐 어쩔 줄 몰라 하며 얼른 들여보내라고 했다. 그러자 셋째 왕자가 말했다.

"우리나라가 아직 홍성할 운세인 모양입니다."

왕이 말했다.

"남선부주 명나라 황제가 파견한 두 명의 사령관이 수천 척의 전함들에 수천 명의 장수가 정예병 수백만 명을 거느리고 와서 우리나라를 침략하려 하고 있소. 항서를 쓰고 투항하자니 나라의 체면을 잃을 것이고, 군대를 동원해 맞서자니 군사력도 약하고 수적으로도 열세인 상황이오. 그대는 어쩌면 좋겠소?"

그러자 셋째 왕자가 큰 소리로 말했다.

"대왕마마, 그건 아니 될 말씀이십니다! 군주가 신하에게 죽으라고 명하면 신하는 죽지 않을 수 없고, 아비가 자식에게 죽으라 하면 자식은 죽지 않을 수 없습니다. 군주의 명에도 신하가 죽지 않는다면 불충이요, 아비의 분부에도 자식이 죽지 않는다면 불효입니다. 당당한 이 나라가 어찌 경솔하게 스스로 위엄을 손상할 수 있겠습니까?"

그러자 자의왕이 말했다.

"대왕마마의 크나큰 복과 저의 능력으로 해결하겠습니다. 제게 군대를 내주신다면, 하밀서관으로 가서 적들과 맞서겠습니다. 그리하여 반드시 개선가를 부르며 당당히 돌아오겠습니다."

왕이 말했다.

"거기에는 뛰어난 능력을 지닌 무시무시한 도사와 승려가 있다 하오."

셋째 왕자가 말했다.

"아바마마, 그게 무슨 말씀입니까? 적의 사기만 올려주고 우리 편의 위세를 깎아내리시다니요!"

자의왕이 말했다.

"저의 이 방천극(方天戟)으로 그 승려와 도사를 생포하지 못하고, 그 배를 공격하여 사령관의 군사를 소탕하지 못한다면, 맹세코 돌아오지 않겠습니다!"

왕은 무척 기뻐하며 즉시 천지의 신에게 향을 살라 제사 지내고, 소를 잡아 전쟁의 신에게 제사 지낸 후 오천 명의 군사를 선발하여 자의왕에게 주었다. 그리고 자의왕이 출정할 때 대나무 잎으로 싼 세 개의 빈랑(檳榔)과 좋은 술 세 항아리를 하사하고, 몸소 궁궐 대문 밖까지 전송했다.

드디어 자의왕은 오천 명의 군사를 거느리고 뿔피리를 울리며 하밀서관으로 달려왔다. 중국의 군대는 이미 그곳에서 진세를 펼치고 있었다. 그들은 서양 군대가 벌떼처럼 몰려오자 좌측 정찰부대의 천호(千戶)인 황전언(黃全彦)이 중군에 명령을 내려달라고 청했다.

"오랑캐 군대의 대열이 흐트러져 있고 행군하는 것도 어지러워서 도로를 가득 메우고 시끌벅적 떠들고 있으니, 저들이 태세를 갖추기 전에 공격하는 것이 한결 편할 듯합니다."

그러자 좌선봉 장계가 말했다.

"안 된다. 오랑캐들은 교활하고 신의가 없다. 당당한 우리 중국은 '신의'를 중시하는데, 만약 저들을 속여 승리를 취한다면 남방 사람들이 어찌 다시 반기를 들지 않게 만들 수 있겠느냐?”

그 말이 끝나기도 전에 서양 병사들이 중국군 진영으로 다가와 큰 소리로 싸움을 걸었다. 이에 장계는 전령을 통해 대답했다.

“오늘은 날도 저물었으니 쉬었다가 내일 아침에 병사를 정비해서 전투를 벌이도록 하자.”

그리고 이튿날 아침 먼저 전투를 개시하자고 통지하고 나서, 양측 군대는 널따란 들에 각기 진세를 구축하고 대치했다. 중국군의 진영에서는 깃발들이 늘어서 대오도 삼엄했다. 세 차례 북이 울리자 장계는 말을 타고 출전했다. 그야말로 이런 모습이었다.

鳳翅盔纓一撇	봉황 날개 장식된 투구 끈 질근 매고
魚鱗甲鎖連環	갑옷에는 물고기 비늘 같은 철판이 꿰었구나.
鑲金嵌玉帶獅蠻	금과 옥을 박아 넣은 허리띠에는 사자 문양 사납고
獸面吞頭雙結	입을 쩍 벌린 사자머리 쌍쌍이 걸었도다.
大杆鋼刀搖拽	손잡이 긴 칼 흔들어 끌며
龍駒戰馬往還	천리마 같은 말을 타고 갔다가 돌아오나니
將來頭骨任饑餐	장차 적의 머리로 반찬 삼으려는
一點寒心似鐵	싸늘한 마음 쇠처럼 단단하도다!

이렇게 장계가 중앙에 자리 잡고 앞쪽에는 좌측 정찰대의 천호 황전언이, 뒤쪽에는 우측 정찰대의 천호 허이성(許以誠)이 자리를

잡았다. 두 천호가 진세를 뒷받침하고 정찰병이 앞으로 달려나가 적장과 대화를 청했다. 그러자 서양 군대의 문이 열리면서 두 명의 장수가 각자의 무기를 옆에 세운 채 나란히 나왔다. 그런 다음 진영의 문 앞에 양쪽으로 갈라서자, 중앙에서 적군의 사령관이 나왔다. 그야말로 이런 모습이었다.

胡帽連檐帶日看	챙 달린 오랑캐 모자는 햇빛 가리고
紮袖貂裘搪雪寒	소매 묶은 가죽옷은 눈 도 추위도 막아 주지.
畵杆方天戟	화려한 자루 달린 방천극으로
詐輸人不識	패배한 척 속여도 적이 눈치채지 못하지.
金龍九口刀	황금룡 조각된 아홉 개의 칼 들고
慢說小兒曹	어린애들 대하듯이 오만하게 얘기한다.
頭大渾如斗	커다란 머리는 열 개의 됫박만 하고
逢人開大口	사람을 만나면 커다란 입을 벌리지.

어쨌든 적장이 중앙에서 나와 중국군을 향해 물었다.

"그대는 누구인가?"

장계가 말을 몰아 앞으로 나서며 대답했다.

"나는 남선부주 위대한 명나라 황폐의 어명을 받아 오랑캐를 위무하고 보물을 구하기 위해 파견된 정서대장군 좌선봉 장계이다. 너는 누구냐?"

"나는 서우하주 금련보상국 참바디라이[占巴的賴, Cham Ba Dich

Lai][6] 국왕의 어전관(御前官)으로 자의왕에 봉해진 장 홀츠이다."

"우리나라 태조 황제께서는 하늘이 정해주신 운명에 따라 오랑캐 원나라를 소탕하고 금릉(金陵)에 도읍을 세워 중국을 통일하셨는데, 원나라 순제(順帝)가 하얀 코끼리를 타고 옥새를 지닌 채 서양으로 도망쳤다. 이에 우리가 황제 폐하의 명을 받고 천 척의 배에 천 명의 장수와 백만 명의 군사, 두 명의 사령관과 천사, 국사를 모시고 이 먼 서양까지 왔다. 이는 오랑캐 나라를 진압하고 옥새의 행방을 탐문하려는 것이니, 너희가 통관문서를 올리고 옥새를 바치면 모든 일이 끝날 것이다. 그런데 어찌하여 군대를 일으켜서 감히 우리의 길을 방해하려는 것이냐?"

"우리하고 너희는 이방과 중국이라는 차이가 있고 각자 다른 지

---

6 참바디라이[占巴的賴, Cham Ba Dich Lai: ?~1441]는 자야심하바르만 5세(Jayasimhavarman V)라고도 하며 캄파데사(Campadesa) 제14왕조의 제2대 왕으로서 1400년부터 1441년까지 왕위에 있었다. 영락 1년(1402)에 베트남 호(胡) 왕조(Hồ Triều)의 군대가 이 나라의 수도를 함락하여 속국으로 만들었으며, 1407년 영락제의 군대가 호 왕조를 멸망시키는 틈에 캄파데사도 영토를 회복했다. 이후 참바디라이는 북방의 위협을 제거한 후 크메르(眞臘, kmir)를 침략했다. 1408년 정화의 함대가 그곳에 도착하자 참바디라이는 그들을 공손히 대우하며 아울러 왕손(王孫)인 사양해(舍楊該)를 명나라에 사신으로 보내 조공을 바쳤다. 1415년에 명나라가 베트남의 트란 쿠이 코앙(陳季擴, Trần Quý Khoáng: ?~1415)을 토벌할 때 캄파데사에 지원병을 보내라고 했는데, 암중에 트란을 지지하던 참바디라이는 사실이 들통나자 명나라에 사신을 보내 사죄하기도 했다. 그리고 1418년에는 왕손 사나좌(舍那挫)가 명나라에 가서 조공을 바쳤으며, 1426년에는 명나라에서 황원창(黃原昌)을 사신으로 보내기도 했다. 정통(正統) 1년(1436)에는 캄파데사에서 매년 한 차례 바치던 조공을 삼년마다 한 번씩 바치도록 했다.

역에서 서로 아무 상관도 없이 지내고 있었는데, 어찌하여 군대를 이끌고 우리 영토를 침범했느냐? 사방에서 전쟁을 일으키는 것은 제왕다운 통치술이 아니지 않으냐? 한나라 광무제(光武帝)가 관문을 닫고 서역에 사죄했던 일을 들어보지 못했단 말이냐!"

"고금의 일들을 주절주절 늘어놓을 필요 없다. 그냥 통관문서를 올리고 옥새를 바치면 모든 일이 끝날 것이다. 조금이라도 거역할 낌새가 보이면 내 안령도(雁翎刀)로 혼쭐을 내주겠다!"

"허풍 치지 마라! 우연히 이곳을 지나는 길에 식량이나 땔감을 조금 얻을 요량이었다면 우리가 넉넉하게 내주겠다. 하지만 무슨 통관문서를 만들자면 우리 국왕이 서명과 직인이 필요할 텐데, 그건 항복 문서나 다를 바 없지 않으냐? 서양에서 제일 큰 나라인 우리가 아무 이유 없이 너희에게 투항할 것 같으냐? 너한테 안령도라는 게 있다면 나한테는 방천극이 있다!"

"감히 그딴 걸 가지고 나하고 겨뤄 보자는 말이더냐?"

"바보라면 찾아오지 않고 찾아온 놈은 바보인 것이다. 겨뤄 보자면 내가 겁낼 줄 알았더냐?"

쟝 홀츠는 즉시 방천극을 높이 치켜들고 달려들었다. 장계 역시 안령도를 높이 세우고 달려나갔다. 양쪽의 말이 교차하면서 두 개의 무기가 치고받으며 단번에 오륙십 회를 부딪쳤으나 승부가 나지 않았다.

그때 중국군 진영에서 세 번의 북소리가 울리면서 동남쪽으로부터 온몸에 갑옷을 두른 장수가 말을 치달려 나오면서 고함을 질렀다.

"같잖은 오랑캐 놈아, 어찌 감히 이렇게 무례하단 말이냐!"

그는 꽃무늬가 새겨진 청동 도끼를 휘둘러 곧장 적장의 머리를 내리치려 했다. 그러자 서양 군대에서도 용감한 젊은 장수가 쌍칼을 휘두르며 달려 나와 소리쳤다.

"대결에 끼어드는 놈은 누구냐? 여기 장 지니어가 있다는 걸 몰랐단 말이냐?"

"나 황전언은 눈이 조금 높은 편인데, 어디 네까짓 놈이 눈에 들어오기나 하겠느냐?"

둘은 말에 탄 채 서로 무예를 겨루며 대결했다.

그때 중국군 진영에서 또 세 번의 북소리가 울리면서 서남쪽으로부터 온몸에 갑옷을 두른 장수가 말을 달려 나오면서 큰소리로 외쳤다.

"천한 오랑캐가 감히 무례하게 굴다니!"

그는 한 길 여덟 자 길이의 창을 휘둘러 장 다이어의 목을 베려 했다. 그러나 서양 군대에서 또 한 명의 건장한 장수가 쇠로 된 채찍을 휘두르며 달려 나와 소리쳤다.

"누가 감히 대결에 끼어드느냐? 감히 나 장 다이어와 맞서겠다는 것이냐?"

"네가 장 다이어라고? 네놈이 나 허이성을 아느냐?"

둘은 말에 탄 채 서로 무예를 겨루며 대결했다.

이렇게 세 패로 나뉘어 서로 무기를 휘두르며 싸우니 정말 살벌하기 그지없었다. 그야말로 이런 모습이었다.

사람들 저마다 흉포하고 거칠구나.

흉포한 이는 구리산(九里山)에서 비명횡사할 강도 같고,[7] 거친 이는 삼천문(三天門) 밖에서 처형당할 악당 같구나.

빗줄기처럼 쏟아지는 창, 가을 서리처럼 매서운 칼. 칼 숲속에서 갑자기 바람 일고 호랑이 포효 울린다.

양날 창은 스러져가는 무지개를 자르고, 외날 창은 지는 해를 가른다. 창과 창이 맞붙는 와중에 갑자기 안개가 치솟고 용이 날아가는 소리 들린다.

비스듬히 찌르는 창날은 목구멍을 노리고, 위에서 내리치는 칼날은 계속해서 목을 노린다. 치고받는 모습 흡사 네 명의 귀신이 옥 팔찌를 놓고 다투는 듯하다.

이쪽에서는 분노가 하늘의 별까지 치솟고, 저쪽에서는 화가 치밀어 가슴이 터질 듯하다. 치고 막고 하는 모습 그야말로 쌍룡이 여의주를 희롱하는 듯하다.

중국군에서 무위를 자랑하며 행렬을 좇아가는데, 혼자서든 짝을 이루든 간에 그 모습 영락없는《손자병법》의 전술이다.

서양 군대에서는 송곳니 같고 발톱 같은 무기들 휘두르며 고개 움찔하고 머리 내민다. 뒤쳐진 이나 앞장선 이들 사마양저(司馬穰苴)[8]의 규율 같은 것은 찾아볼 수 없다.

---

7 구리산(九里山)은 지금의 장쑤성[江蘇省] 쉬저우시[徐州市] 북쪽에 있는 산이다. 전설에 따르면 이곳에서 한신(韓信)이 십면매복(十面埋伏)의 진세를 펼쳐서 지략으로 항우(項羽)의 군대를 격파했다고 한다.

8 사마양저(司馬穰苴)는 강태공(姜太公)의 뒤를 이은 춘추시대의 뛰어난 군사 전략가로서 제(齊)나라 군대를 이끌고 진(晉)나라와 연(燕)나라 침략군을

북소리는 땅을 울리고 대포 소리 하늘에 닿아 음침하기 그지 없는 분위기 속에서 부질없이 저 외진 변방에 기러기 울음소리 들리게 만든다.

태양은 어둑하게 흙비에 가려지고 누런 구름 참담하게 피어나는데, 시끌벅적 살벌하여 강물도 마르고 외딴 마을에 야밤의 등불 밝힐 지경이다.

어지러운 군사들 속에는 머리 없는 귀신, 명을 재촉하는 귀신들이 창칼 휘두르며 살인과 방화를 일삼으니, 복어가 파도 일으키며 밤바람 속에 돌아간다.

양쪽의 깃발들이 지살(地煞)로 기울었다가 천강(天罡)으로 곧추서며 별자리 따라 움직이며 안개를 삼키고 구름을 토해내니, 돌 제비가 옷자락 스치며 맑은 하늘에 비가 내릴 듯하다.

人人凶暴, 個個粗頑.

凶暴的是九里山橫死强徒, 粗頑的是三天門遭刑惡黨.

槍如急雨, 刀似秋霜, 刀林裏猛然間風生虎嘯. 戟斷殘虹, 戈橫落日, 戈戟中忽聽得霧涌龍行.

斜刺的不離喉管, 竪砍的長依頸項, 一衝一撞, 渾如四鬼爭環.

這壁廂怒衝斗牛, 那壁廂氣滿胸膛, 一架一迎, 儼似雙龍戲寶.

南陣上耀武揚威, 依行逐隊, 單的單, 對的對, 居然孫子兵機.

番伙裏張牙弄爪, 縮頸伸頭, 後的後, 前的前, 管甚麽穰苴紀律.

격파했으며, 그 공으로 대사마(大司馬)에 봉해진 인물이다. 그러나 나중에는 제나라 경공(景公)이 참언을 믿고 내쫓는 바람에 울화병으로 죽었다.

鼓聲震地, 炮響連天, 陰陰沉沉, 枉敎他天空絶塞聞邊雁.

白日昏霾, 黃雲慘淡, 鬧鬧嚷嚷, 直殺得水盡孤村見夜燈.

一任的亂軍中沒頭神, 催命鬼, 提刀仗劍, 殺人放火, 江豚吹浪夜還風.

兩家的門旗下斜地煞, 直天罡, 斸星步斗, 吸霧呑雲, 石燕拂衣晴欲雨.

그야말로 이런 격이었다.[9]

城邊人倚夕陽樓	성 옆의 사람은 석양의 누대에 기대 있고
城上雲凝萬古愁	성 위의 맺힌 구름은 만고의 시름 담겨 있다.
山色不知秦苑廢	산색은 진나라 궁궐 폐허가 된 줄 모르고
水聲空傍漢宮流	물소리만 덧없이 한나라 궁궐 옆을 흐른다.

어쨌든 중국군의 세 장수와 서양 군대의 세 장수가 뒤엉켜 수백 판을 맞붙었으나 도무지 승부가 나지 않았다. 해가 점자 서쪽으로 기울어가자 양쪽 진영에서는 각기 징을 울려 장수들을 돌아오게 했다. 장계가 말했다.

"저놈이 그래도 전혀 쓸모없는 것은 아니고, 제법 재간을 부릴

9 인용된 시는 당나라 위장(韋莊: 836?~910, 자는 단기[端己])이 지은 〈함양회고(咸陽懷古)〉의 앞부분이다.

줄 아는구나. 내일은 계책을 써서 사로잡아야겠어."

이튿날 양쪽 군대가 대치하자 쟝 홀츠가 말을 타고 나왔다. 그러자 장계가 말했다.

"장수라면 모름지기 지혜와 무력을 갖춰야지. 지혜가 있다면 지혜로 겨루고, 무력이 있다면 무력으로 겨뤄야지. 어제는 백 번이 넘게 붙었으니 아마 네 힘이 모자랄 것이다. 쓸 힘이 모자라다면 분명 믿을 만한 지혜가 있겠지? 내가 진세를 하나 펼칠 텐데, 네가 알아볼 수 있겠느냐?"

그럼 장계가 무슨 진세를 펼치는지, 또 쟝 홀츠는 그것이 무엇인지 알아보는지는 다음 회를 보시라.

제23회

어린 왕량은 홀로 서양 장수와 대적하고 쟝 홀츠는 아홉 개의 칼을 날리다

小王良單戰番將　姜老星九口飛刀

大將原從將種生	대장은 원래 장수의 피를 이어 태어나니
英雄勇略鎭邊城	영웅의 용기와 지략 변방을 진압하지.
陣師頗牧機尤密	염파(廉頗)와 이목(李牧)[1]을 이은 군진이라 짜임새 더욱 엄밀하고
法授孫吳智更精	손무(孫武)와 오기(吳起)의 병법 전수받아 지혜는 더욱 정통하지.
色動風雲驅虎旅	표정으로 풍운 일으켜 사나운 군대 몰아내고
聲先雷電擁天兵	우레보다 빠르고 세찬 목소리 천자의 병사 옹위하지.
西洋一掃天山定	서양을 휩쓸어 천산이 안정되면
百萬軍中顯姓名	백만 군사들 가운데 이름이 빛나리라.

1 염파(廉頗: 기원전 327~기원전 243)와 이목(李牧: ?~기원전 229)은 모두 전국시대 조(趙)나라의 명장들이다.

그러니까 장계가 북을 치며 깃발을 흔들어 진세를 펼치고 서양 군대의 대장에게 물었다.

"이 진세가 무엇인지 알아보겠느냐?"

"우리는 무슨 진세 따위는 모른다. 오로지 이 방천극으로 네 피가 이 관문에 넘쳐흐르고, 말이 앞으로 나아가지 못하게 만들 뿐이다!"

"그럼 싸우러 나설 용기가 있느냐?"

쟝 홀츠는 방천극을 치켜들고 곧장 진세를 향해 달려왔다. 그러자 쟝 다이어가 말했다.

"저 진세를 돌파하기 위해 보물을 미리 준비했습니까?"

쟝 홀츠가 무기를 휘두르며 말했다.

"물론이지!"

그런데 갑자기 중국군 진영에서 검푸른 깃발이 펼쳐지면서 두어 차례 펄럭이는 소리가 들리는가 싶더니, 검은 안개가 하늘을 가리고 거센 바람이 일어나 코앞의 사람도 보이지 않고 손을 들어도 손바닥조차 보이지 않을 지경이 되었다. 장계는 쟝 홀츠를 사로잡으라고 명령을 내렸다. 쟝 홀츠는 좌충우돌 몸부림을 쳤지만 도저히 빠져나가지 못하고 결국 생포되고 말았다. 그를 생포하고 나자 하늘이 다시 맑아졌다. 그런데 그때 쟝 홀츠가 커다란 머리를 두어 번 흔드는가 싶더니, 갑자기 그의 어깨 쪽에서 "찰칵!" 하는 소리와 함께 아홉 개의 칼이 떨어져 나와 중국군 병사들을 향해 쏟아졌다. 중국군 군사들이 그걸 보고 안 되겠다 싶어서 쟝 홀츠를 내버려 두고 다투어 도망치기 시작했다. 마치 기름병을 깨뜨린 고양이가 내

빼듯이 순식간에 장내가 텅 비어 버렸다. 장계는 적장을 놓쳤다는 보고를 받자 분통을 터뜨리며 군사들에게 물었다.

"그자의 칼이 어디서 나오더냐?"

"그자가 머리를 두어 번 흔들자 어깨 쪽에서 '찰칵!' 하는 소리와 함께 아홉 개의 칼이 떨어져 나와 저희에게 쏟아졌습니다."

"그런데 왜 다친 사람이 아무도 없느냐?"

"저희가 필사적으로 도망친 덕분에 그 칼에 맞지 않았습니다."

"어쩐지 그자가 달려올 때 그 아들이 보물을 미리 준비해야 한다고 하더니만, 알고 보니 그 아홉 개의 칼을 가리키는 것이었구나. 이후로 내가 그자와 교전할 때 그자가 머리를 흔들 낌새가 보이거든, 조총수와 불화살을 쏘는 궁수가 일제히 그놈을 향해 사격을 개시하도록 해라. 그자의 보물이라는 걸 박살 내 버리게 말이다!"

그 말이 채 끝나기도 전에 다시 쟝 홀츠가 싸움을 걸어왔다. 장계가 말을 몰고 앞으로 나아가 양측이 대치하자, 사격부대는 진세의 뒤를 받쳤다. 장계가 말했다.

"사람으로 태어나 대장이라고 불리는 자가 어째서 쥐새끼처럼 내뺐느냐?"

"이제부터는 대장 대 대장, 병사 대 병사, 창 대 창, 칼 대 칼로 싸우자. 다시는 그딴 진세 같은 걸 펼치지 마라. 그러면 나도 더 이상 도망치지 않겠다!"

"말로만 떠들지 말고 행동으로 보여줘라!"

그 말에 발끈한 쟝 홀츠가 방천극을 휘두르며 달려들었다. 장계도 안령도를 치켜들고 맞서 달려갔다. 하지만 마흔 번이 넘게 맞부딪쳤건만 승부가 나지 않았다. 이에 장 홀츠가 계책을 떠올리고 말머리를 돌려 도망치며 중얼거리듯 말했다.

"오냐, 이번만은 잠시 양보하마."

그 모습을 보고 장계가 생각했다.

'쫓아가자니 아홉 개의 칼이 날아올 테고, 그냥 두자니 공을 세울 수 없을 것 같구나.'

하지만 사람이란 명예와 이익을 탐내는 마음이 앞서는 법이라, 그는 날아오는 칼 따위는 신경 쓰지 않고 서둘러 뒤를 쫓았다. 그것은 마치 한신(韓信) 구리산 앞에서 달빛 아래 초패왕(楚霸王)을 쫓는 듯한 모습이었다. 장 홀츠는 뒤쪽에서 말방울 소리가 점점 다가오자 추격자가 가까이 왔다고 생각하고 얼른 머리를 흔들었다. 하지만 장계도 눈썰미가 좋아서 그 모습을 보자 재빨리 말머리를 돌렸다. 그 바람에 아홉 개의 칼이 날아왔을 때, 그 자리에 장계와 그가 탄 말은 흔적도 없었다. 게다가 조총과 불화살이 일제히 날아왔다. 장 홀츠는 기겁하여 쩌렁쩌렁 고함을 지르면서 얼른 돌아갔다. 이렇게 몇 차례 맞붙어 속임수에 당하고, 칼을 날려도 장계를 어쩌지 못했다. 이런 상황은 장계 쪽에서도 마찬가지였다. 이렇게 며칠이 지나도 공을 세우지 못하자 장계가 탄식했다.

"이렇게 이기기 힘드니 어떻게 오랑캐들을 굴복시켜서 보물을 구한단 말인가? 별수 없이 사령관께 가서 다른 장수와 다른 병사들을 내보내라고 하는 수밖에 없겠구나."

장계는 배로 돌아가면서 명령을 내려서 수하들에게 함부로 진영을 벗어나 적진으로 돌격하지 말라고 당부하고, 어기는 자는 군령으로 다스리겠다고 다짐을 놓았다.

장계가 돌아간 뒤에 쟝 홀츠가 다시 와서 싸움을 걸었지만, 중국군의 진영에서는 그저 깃발을 흔들며 북을 칠 뿐 싸우러 나서는 장수가 없었다.

"죽는 게 무섭다면 너희 나라에서 편히 지낼 일이지, 무엇 하러 우리 서양까지 와서 죽음을 자초한단 말이냐!"

그러면서 그는 계속 중국군 진영 앞을 왔다 갔다 하면서 툴툴거렸다. 그런데 중국군 진영에는 지원병으로 나선 양가 자제들의 부대가 있었다. 그들은 모두 용감하고 영특했는데, 쟝 홀츠의 투덜거리는 소리를 듣자 다들 참지 못했다.

"저 천박한 오랑캐 놈이 감히 이런 허풍을 치다니! 예로부터 '세 개의 주먹으로는 네 개의 손을 당하지 못하고, 네 개의 손은 여러 사람을 당하지 못한다.'라는 말이 있지. 우리가 나서서 목숨을 걸고 저놈하고 한바탕 해 보자!"

이 '한바탕'이라는 말이야말로 병사들이 나서는 것은 장수의 마음에 달린 것이 아니라는 것을 잘 보여주는 것이었다. 이에 날래고 용맹한 수많은 기마병이 누런 풀 우거진 언덕 앞에 나아가 깃발을 흔들고 함성을 지르며 쟝 홀츠를 겹겹이 포위했다. 그것은 바로 호랑이 떼가 양을 덮칠 때는 송곳니와 발톱을 드러낼 필요도 없고, 불나방이 불을 향해 달려들어 봐야 제 몸만 상하게 되는 꼴이었다.

쟝 홀츠는 포위망 한가운데 갇힌 채 혼자 사방을 치달리며 가차 없이 방천극을 휘두르며 분전했다. 이렇게 그가 위기에 처해 있을 때, 서남쪽에서 서양 장수 하나가 말을 몰아 달려오며 소리쳤다.

"내 아버지를 해치지 마라! 여기 쟝 지니어가 있다!"

그 말이 채 끝나기도 전에 동남쪽에서 또 서양 장수 하나가 말을 몰아 달려오며 소리쳤다.

"내 아버지를 해치지 마라! 여기 쟝 다이어가 있다!"

이렇게 세 명의 서양 장수가 안팎에서 협공한 결과 쟝 홀츠는 간신히 탈출하여 돌아갈 수 있었다. 그는 포위망을 벗어나자마자 황급히 언덕 아래로 도망쳤다. 중국 군사들은 서로 먼저 공을 세우려는 욕심에 그를 놓치지 않으려고 다투어 쫓아갔다. 뜻밖에도 쟝 홀츠는 달 속의 토끼를 잡고 해 속의 까마귀를 잡을 정도로 계책이 뛰어난 자였다. 그는 추격병들이 가까이 다가오자 은밀한 주문을 외며 머리를 슬쩍 흔들었다. 그러자 번쩍번쩍 빛나는 아홉 개의 칼이 허공으로 치솟았다. 쫓아오던 중국 군사들은 그걸 보고 깜짝 놀라 정신을 차리지 못했다. 마음이 흔들려 바람에 일렁이고 정신은 혼미해 빗줄기 속에 있는 기분이었다. 급히 말머리를 돌려 도망치려 했지만, 갑자기 얼마나 갈 수 있었겠는가? 본진으로 돌아오기도 전에 원래 출정했던 열여섯 명의 자제들 가운데 일곱은 죽고, 나머지 아홉도 투구가 깨지고 갑옷에 구멍이 나서 머리며 어깨, 귀, 코 등에 부상을 입었다. 창 자루가 상하기도 했고 칼집이 망가진 이들도 있었다. 이야말로 신나게 나갔다가 맥이 빠져 돌아온 격이었다.

그런데 그들이 자리에 앉기도 전에 또 장 홀츠가 와서 온갖 상스러운 소리를 내뱉으며 싸움을 걸었다. 열여섯 명의 자제도 나가 싸우자고 했으나 다들 몸이 녹초가 되어 있었다. 그런데 금오군(金吾軍) 전위지휘(前衛 指揮)로 있었던 왕명(王明)이 장 홀스의 욕설을 듣다못해 화가 머리끝까지 치밀었다. 그는 곧 창을 집어 들고 홀로 말을 타고 장 홀츠에게 달려들었다. 장 홀츠도 말을 달려 맞서왔다. 두 사람은 통성명도 하지 않고 대뜸 무기부터 휘둘렀다. 대충 오십 차례쯤 맞부딪치고 나자 장 홀츠는 힘이 빠져서 방천극을 휘두르는 것이 점점 어지러워졌다. 하지만 왕명은 더욱 정신이 맑아져서 창을 쓰는 것도 더욱 정밀해졌다. 그의 창은 마치 은룡(銀龍)처럼, 하얀 옥으로 된 구렁이처럼 자기 몸을 보호하면서 날카롭게 장 홀츠의 옆구리를 찔러댔다. 이에 장 홀츠는 적수가 안 되겠다 싶어서 재빨리 말머리를 돌려 도망쳤다. 하지만 왕명도 말을 치달려 바짝 쫓아갔다. 도망치는 쪽이 다급할수록 쫓는 쪽도 다급했다.

이때 장 홀츠가 다시 술법을 부려서 아홉 개의 칼이 허공으로 치솟았다. 미처 방비하지 못하고 있던 왕명은 아홉 개의 칼이 일제히 자기에게 날아오자 고삐를 당겨 말을 멈추고, 창을 빙글빙글 돌려 방패막을 만들었다. 그러자 그 아홉 개의 칼들 가운데 여덟 개는 창에 맞아 떨어지고, 제일 늦게 날아온 하나가 왕명의 왼손에 상처를 입혔다. 그는 모든 칼을 다 쳐냈다고 생각했기 때문에, 조금 늦게 날아온 그 마지막 칼을 막지 못했던 것이다. 비록 큰 상처는 아니었지만 아파서 손놀림이 불편했다. 하지만 왕명이 창으로 칼들을 막아 내는 모습을 본 장 홀츠는 깜짝 놀랐다.

"대단한 놈이로구나! 술법으로도 어쩌지 못하다니!"

그는 서둘러 아홉 개의 칼을 회수해서 자기 진영으로 돌아갔다.

이 두 번의 전투는 곧 전령을 통해 사령관에게 보고되었다. 그러자 삼보태감이 말했다.

"고의로 군법을 어기다니! 나라의 법은 사사로운 정을 돌보지 않는 법이다!"

잠시 후 허락 없이 전투에 나간 자제들과 왕명 등이 붙들려오자, 참수형에 처하여 효수하라는 명이 떨어졌다. 하지만 망나니의 칼이 떨어지기 전에 막사 아래쪽에서 젊은 장수 하나가 달려 나와, 무릎을 꿇을 새도 없이 눈물을 펑펑 흘리며 하늘이 떠나갈 듯 통곡하며 고함을 질렀다.

"사령관님, 제발 살려주십시오! 제발!"

"너는 누구인데 감히 나서느냐?"

"저는 남경 금오군 전위지휘 왕명의 아들 왕량(王良)입니다. 제 아버님을 살해한 원수가 있으니 하소연하지 않을 수 없습니다."

"네 아비는 군령을 어겼으니 효수형에 처해야 마땅하거늘 무엇이 억울하다는 게냐?"

"장수는 선봉에 서는 것을 용맹으로 여기고 군사는 적을 물리쳐야 공을 세웁니다. 지금 사령관께서 수고를 마다하지 않고 해외로 병사를 이끌고 나오신 것은 높은 관직에 봉해지기 위해 이역 땅에서 공을 세우고자 하기 때문입니다. 그런데 이 금련보상국은 기껏해야 오랑캐 나라 하나에 지나지 않고, 장 홀츠도 오랑캐 장수 가운데 하나에 지나지 않으며, 저 아홉 개의 칼은 기껏해야 하찮은 요술에 지나지 않는데, 저자가 감히 이처럼 빽빽하게 굴면서 우리 길을 막아서다니요! 사령관께서는 황제 폐하께서 아끼는 신하이시고 삼군을 다스리시는 분이시니, 큰 상을 내걸어 뛰어난 인재를 모아서 오랑캐를 격파하고 이 흉악한 무리를 없애 천자 군대의 위용을 보이셔야 합니다. 그런데 오히려 자잘한 군령과 자잘한 신뢰를 내세워 적의 사기만 올려주고 우리 편의 위세를 손상하면 어찌 되겠습니까! 게다가 오늘의 임무는 막중하지만 실패하기는 쉽고 성공하기는 어려운 상황이요, 하늘이 인재를 낳았으되 죽이기는 쉽지만 얻기는 어려운 법입니다. 부디 은혜를 베푸셔서 수하들의 죄를 용서하여, 훗날 공을 세워 이전의 죄를 갚을 수 있게 해주십시오. 그러면 저는 감격하여 목숨을 바쳐 사명을 다할 날을 기다리겠습니다."

"상벌은 공적인 일이요 아비를 구하는 것은 사적인 일이다. 네가 말이야 그럴듯하게 했지만, 그건 사적인 정을 내세워 공무를 해치는 일이 아니겠느냐?"

"제영(緹縈)[2]은 한낱 여자의 몸으로 황제에게 상소를 올려 부친을 구했는데, 하물며 남자이며 무예도 조금 익힌 제가 어찌 부친의

2 순우제영(淳于緹縈: 기원전 206~서기 8)은 서한의 명의(名醫) 순우의(淳于意: ?~?)의 딸로서, 부친의 목숨을 구하기 위해 문제(文帝)에게 상소를 올린 인물이다.

죽음을 사죄할 수 있겠습니까? 부디 제가 홀로 창을 들고 나가 적장을 사로잡음으로써 부친의 원수를 갚고 부친의 죄를 씻고자 하오니, 부디 사령관께서 하늘 같은 은혜를 베풀어 주십시오."

"공적으로 죄를 씻겠다는 얘기인 것 같으니, 그렇다면 그렇게 하도록 하마."

그리고 곧 장수들에게 명령을 내려서 군령을 어긴 이들의 사형을 중지하고, 왕량이 출전하여 공을 세울 때까지 기다리도록 했다. 이에 왕량은 즉시 갑옷을 차려입고 창을 들고 말에 올랐다. 그야말로 이런 모습이었다.

生長將門有種	무인 집안에서 태어나 핏줄 이어받으니
孫吳妙算胸藏	손자와 오기의 오묘한 병법 가슴에 품었도다.
靑年武藝實高强	젊은이 무예 정말 고강하여
寇賊聞風膽喪	적들이 소문 듣고 간담이 서늘했지.
上陣能騎劣馬	진세에 참여할 때는 비루먹은 말도 잘 다루고
衝鋒慣用長槍	적과 마주칠 때는 늘 긴 창을 썼지.
千軍萬馬怎攔當	천군만마인들 어찌 그를 막으랴?
梓潼帝君模樣	그야말로 재동제군[3]의 모습이라네!

3 문창제군(文昌帝君)은 민간신앙과 도교에서 공명(功名)과 작록(爵祿)을 관장하는 열 명의 신 가운데 하나로 모셔지고 있다. 그는 종종 문곡성(文曲星)

대단한 왕량! 그는 온몸에 갑옷을 두르고 창을 집어 들고 말에 올라 앞으로 치달렸다. 그리고 두 눈을 부릅뜨고 이를 갈며 큰소리로 외쳤다.

"적장은 나와라!"

쟝 홀츠가 방천극을 들고 맞은편에서 달려 나오며 물었다.

"그대는 어디서 왔는가? 성명을 밝혀라!"

"닥쳐라! 하찮은 오랑캐 따위가 어찌 감히 명나라 총병대원수 휘하의 도지휘 왕명의 큰아들인 나 왕량을 알겠느냐? 호는 응습(應襲)이니라!"

"그냥 왕량이라고 하면 될 일이지 무슨 족보를 그리 거창하게 읊어대느냐?"

"나는 어떤 말로도 그 죄를 다 쓰지 못할 네놈과는 철천지원수이다. 동해의 파도가 찰랑거릴 때마다 모두 네놈에 대한 원한을 터뜨릴 지경이다. 비천한 네놈 때문에 내 부친의 목숨이 위험해졌단 말이다!"

그리고 말을 마치기도 전에 은장식을 박아 넣은 창을 들어 곧장

또는 문성(文星)으로 불리기도 한다. 그런데 그가 재동제군(梓潼帝君) 장아자(張亞子)와 관련이 있다. 동진(東晉) 영강(寧康) 2년(374)에 촉(蜀) 땅의 장육(張育)이라는 이가 촉광으로 자칭하며 전진(前秦) 부견(苻堅)에 대항하여 반란을 일으켰다가 장렬하게 전사했는데, 백성들이 재동군(梓潼郡) 칠곡산(七曲山)에 그의 사당을 지어 뇌택용신(雷澤龍神)으로 숭배했다. 당시 칠곡산에는 또 다른 재동신(梓潼神) 아자(亞子)의 사당이 있었는데, 두 사당이 서로 이웃해 있었다. 이 때문에 후세 사람들이 두 사당의 이름을 합쳐서 장아자라고 불렀다.

장 홀츠의 목을 찔러 갔다. 장 홀츠가 즉시 방천극을 들어서 막자 왕량이 말했다.

"비천한 오랑캐 놈, 한 방에 끝장을 내주마!"

"부딪쳐보지도 않았는데 무슨 끝장을 내겠다는 거냐?"

"그렇다면 왜 두 손으로 막고 있느냐?"

"그게 아니라 네가 기껏 열네다섯 살밖에 돼 보이지 않기 때문이다. 입에서 젖비린내가 나고 이마에 피도 마르지 않아서, 네깟 어린놈을 죽여본들 고기 맛도 피 맛도 볼 수 없지 않겠느냐? 어제 네 아비도 나를 당해 내지 못했거늘, 네까짓 놈이야 말할 필요 있겠느냐? 목숨은 살려줄 테니 돌아가서 너희 사령관한테 전해라. 일찌감치 배를 물리고 군대를 물리면 모든 게 끝이라고 말이다. 조금이라도 거역할 낌새가 보이면, 당장 네놈들의 배를 공격해서 모조리 칼날 아래 귀신으로 만들어 버리겠다고 말이다!"

"닥쳐라! 비천한 오랑캐 놈이 어찌 감히 나를 희롱하려 드느냐?"

왕량이 은창을 들어 찌르자 그가 재빨리 방천극을 들어서 막으며 말했다.

"허허! 내 본래 네 마음에 밝은 달빛을 비춰주려 했는데, 뜻밖에도 그 달빛이 도랑을 비췄구나. 어제 네 아비를 다치게 했으니 오늘 그 자식까지 다치게 할 수 없다고 했는데, 뜻밖에도 이 어린놈이 오히려 죽으려고 악을 쓰는구나!"

이때 양쪽 진영에서는 깃발을 흔들고 북을 치며 하늘을 울릴 듯 함성을 질러 댔으니, 정말 살벌하기 그지없는 싸움이었다.

響咚咚陣皮鼓打	둥둥 진영의 북소리 속에
血淋淋旗磨朱砂	피에 젖은 깃발 붉은 모래에 쓸린다.
檳榔馬上要活拿	말 위에서 생포하여
就把人參半夏	인삼탕을 만들려 하는구나.
暗裏防風鬼箭	암중에 날아오는 화살 방비하고
烏頭橘梗飛抓	탕에 넣을 약재 재빨리 낚아챈다.
直殺得他父子染黃沙	부자를 죽여 황사에 핏물 적시려 하는 것은
只爲地黃天子駕	오로지 황제께 봉사하기 위해서일 뿐![4]

장 홀츠는 왕량이 나이는 어려도 창술이 대단히 뛰어난지라 속으로 이렇게 생각했다.

'옛날 놈이 아니라 이 어린놈 때문에 끝장이 나게 생겼군!'

그는 즉시 말머리를 돌려 도망가는 척했다. 하지만 왕량은 진즉 그 속셈을 알고 큰소리로 꾸짖었다.

"어딜! 비천한 오랑캐 놈아! 오늘 나한테 맛 좀 봐라!"

"이번에는 잠시 너한테 양보하마."

장 홀츠는 도망치면서 고개를 돌려 왕량이 쫓아오면 아홉 개의 칼을 날리려고 했다. 하지만 왕량은 쫓을 생각조차 하지 않았으니, 칼을 날리는 건 애초에 어림도 없는 노릇이었다. 다음날도 장 홀츠가 패한 척 도망쳤지만 왕량은 여전히 쫓아오지 않았다.

---

4 이 노래는 주사(朱砂)와 빈랑(檳榔), 인삼(人參), 귤경(橘梗), 지황(地黃) 등의 약재를 이용한 글장난이다. 방풍(防風), 귀전(鬼箭), 오두(烏頭) 등도 모두 약재 이름이다.

이렇게 이삼일 동안 반복되자 왕량은 속으로 생각했다.

'이 오랑캐 놈은 칼만 날릴 줄 아니까, 내가 본래 재주를 보여주지 않으면 저놈은 진짜 막강한 내 능력을 모를 거야.'

이튿날 양측이 대치할 때 장 홀츠가 또 패한 척하며 도망치자, 왕량이 큰소리로 고함쳤다.

"못난 오랑캐 놈아, 그따위 속임수는 나한테 안 통해! 내가 네놈이 날리는 칼을 무서워할 줄 알아? 어디, 거기 서서 한 번 날려봐라!"

그러자 장 홀츠가 즉시 고삐를 당겨 말을 멈추고 말했다.

"그렇다면 왜 쫓아오지 못하는 거냐?"

"쫓아가 봐야 네 계책에 걸려들 게 뻔한데, 누굴 바보로 알아? 그까짓 칼 날리는 거야 무섭지 않을 만큼 능력이 있다는 걸 보여주마."

"그럼 어디 받아봐라!"

"어서 해 봐라!"

장 홀츠가 주문을 외며 그 커다란 머리를 두어 번 흔들자 아홉 개의 칼이 허공으로 치솟았고, 개중에 네 번째 칼이 왕량에게 날아왔다. 사실 왕량이 그 칼에 신경을 쓰지 않은 것은 그의 눈썰미가 빠르고 무예도 뛰어났기 때문이었다. 그는 날아오는 칼을 창으로 툭 쳐서 이십오 리 밖으로 날려 버렸다. 그리고 다시 창을 내질러 장 홀츠의 몸통을 노렸다. 그러자 장 홀츠가 재빨리 칼을 거두고 방천극을 들고 맞섰다. 그렇게 둘이 한참 치고받고 싸우는데 도무지 승부가 나지 않았다. 그때 동남쪽에서 북소리가 땅을 울리고 하늘을 찌를 듯한 함성이 터져 나왔다. 장 홀츠가 돌아보니 중국군 진영에서 장수 하나가 나오고 있었다.

自小精通武略	어려서부터 무예에 정통했고
從來慣習兵書	줄곧 병법을 환히 익혔다네.
狀元御筆我先除	장원급제는 누구보다 내 몫이라
赫赫名傳紫署	혁혁한 명성 황궁에 널리 퍼졌지.
丈八長槍誰抵	한 길 여덟 자 창을 누가 막으랴?
穿楊箭發無虛	버들가지도 꿰뚫는 화살은 빗나간 적 없지.
降龍伏虎有神圖	용과 호랑이 굴복시키는 신통한 재주 지녔나니
海外立功報主	해외에서 공을 세워 군주께 보답하리라!

쟝 홀츠는 중국의 장수가 하나 더 나오는 것을 보자, 자기 혼자서는 두 사람을 상대할 수 없다는 걸 알고 즉시 말머리를 도망쳐 버렸다. 그러자 새로 나온 장수가 큰소리로 외쳤다.

"네 이놈, 도망쳐 봐야 기껏 백 걸음이나 오십 걸음밖에 안 될 것이다."

쟝 홀츠는 그게 흔히 하는 말인 줄 알아듣고, 마음이 조금 놓여서 말을 멈추고 돌아보았다. 저쪽에는 깃발들의 그림자 속에 군사들의 대열이 삼엄하여 사방으로 여덟 개의 깃발이 세워져 있고 또 꿩의 꼬리 깃털을 장식한 깃발 두 개가 나란히 서 있는데, 그 사이에 깃대 끝에 상아를 장식한 커다란 깃발이 하나 세워져 있었다. 그 깃발에는 커다란 글씨로 '정서후영대도독(征西後營大都督) 무장원(武狀元) 당영(唐英)'이라고 적혀 있었다.

'무장원이라면 분명 문무를 겸비한 뛰어난 자일 테니, 우습게 볼 수 없겠구나.'

그가 말 위에서 다시 살펴보니 번쩍번쩍 펄럭이는 깃발들 한가운데 그 무장원이 앉아 있었다.

육각형의 은색 투구는 세 갈래 꼭지에 다섯 개의 꽃잎 같은 조각 붙여 만들었는데, 가슴과 머리 보호하고 창과 화살 막아 주며, 반질반질 다듬은 봉황 날개 장식까지 붙였구나.

황금 갑옷은 태상노군의 화로에서 단련하여 차가운 얼음도 눈도 막아 주고 입을 쩍 벌린 아홉 개의 짐승 머리와 열여덟 개의 매듭 달린 허리띠 안에 버들잎 같은 조각 엮어 만들었구나.

그 안에 입은 자줏빛 비단 도포는 여자처럼 아름답게 수놓은 비단에 앞뒤로 해표를 장식하고, 금을 덧붙여서 좌우로 난새와 봉황, 해와 달을 장식하고, 다시 융단을 덧대었구나.

허리띠는 진홍색 꽃무늬에 팔보와 진주를 박아 장식하고 마노를 달아 단추 구멍을 만들고, 은으로 만든 고리를 매달고, 옥에다 꽃무늬를 투각(透刻)했구나.

가슴과 등에는 천지를 비출 듯 해와 달처럼 빛나서 요마를 쫓고 좋은 짝을 가까이 두어 좌우에 입을 벌린 짐승 머리를 장식한 청동거울을 매달았구나.

아래에는 진분홍색에 두 줄 주름이 잡히고 좌우에 달리는 짐승과 날아가는 새, 새하얀 옥토끼와 벼락 치듯 뛰는 두꺼비, 쌍쌍이 춤추는 봉황이 장식된 전포를 둘렀구나.

왼손에는 끝이 길지도 않고 손잡이가 짧지도 않은, 황금 고리와 옥돌이 장식되어 아홉 개의 화살을 잴 수 있는 멋진 활을 들었구나.

심장을 도려내고 간담을 떨어지게 하는, 한 번 집어 쏘면 천 번을 회전하며 일리 반이나 날아가는, 수은을 채운 대나무 화살도 있구나.

오른손에는 사람이며, 호랑이, 늙은이든 젊은이든 해칠 수 있는, 대나무 반질반질 다듬어 구리를 박아 넣은 채찍을 들었구나.

차고 있는 칼은 북두칠성 문양으로 보석을 박은 자루에 상어가죽으로 만든 칼집을 갖춘, 용이며 호랑이도 베어버리고 머리카락 대고 불면 잘려버리는 무시무시한 것이로다.

戴一頂三叉四縫五瓣六楞, 護胸遮頭, 攔槍抵箭, 水磨鳳翅銀盔.

披一領老君爐燒煉成的欺寒氷, 餐瑞雪, 九吞頭, 十八紮, 柳葉砌成金鎖甲.

襯一件巧女粧, 繡女描, 前後獬豸, 鎖金補子, 左鸞右鳳, 雙朝日月, 剪絨碎錦紫綢袍.

繫一件茜珠英, 攢八寶, 嵌珍珠, 拖瑪瑙, 鈕扣紐門, 倒搭銀鉤, 玲瓏剔透噴花帶.

懸兩面照耀乾坤, 光輝日月, 走妖魔, 親鳳侶, 左吞頭, 右吞口, 掩心前後鏡青銅.

圍一條滿天紅, 雙折擺, 左走獸, 右飛禽, 霜敲玉兎, 電閃蟾蜍, 兩幅戰裙雙鳳舞.

左手下, 帶一張梢不長, 靶不短, 控金鉤, 塡玉碗, 上陣長推九個滿, 通梢挺直寶雕弓.

插幾枝剜人心, 摘人膽, 撚一撚, 轉千轉, 射去長行一里半, 水銀灌杆攢竹箭.

右手下, 帶一根逢人傷, 逢虎傷, 老傷亡, 少傷亡, 水磨竹節嵌銅鞭.

挎一口嵌七星, 鯊魚鞘, 砍殺龍, 砍殺虎, 吹毛利刃喪門劍.

그야말로 이런 격이 아닌가?

十年前是一書生	십 년 전에는 일개 서생이었지만
仗鉞登壇領重兵	장군의 도끼 세우고 누대에 올라 대군을 지휘하지.
葱嶺射雕雙磧暗	총령(葱嶺)[5]의 명사수라 쌍적(雙磧)[6]을 어둑하게 하고
交河牧馬陣雲明	교하(交河)[7]에서 말을 치니 전쟁 예고하는 구름 밝았지.
羽書火速連邊塞	다급한 군령들 변방에서 연이어 전해지고

5 총령(葱嶺)은 파미르 고원(Pamirs Plateau)을 가리키며, 고대 중국에서는 부주산(不周山)이라고도 불렀다.

6 쌍적(雙磧)은 황하 안에 있는 두 개의 모래섬을 가리킨다.

7 교하(交河)는 지금의 신장 위구르 자치구의 투르판시[吐魯番市]에 속한 지역으로서 옛날 서역 36국 가운데 하나인 거사전국(車師前國)의 수도였다. 당나라 때는 이곳에 안서도호부(安西都護府)가 설치된 적도 있으나, 13세기 말엽 몽고 귀족의 반란이 일어났을 때 폐허로 변했다.

露布星馳入漢城	노포(露布)[8]는 유성처럼 신속하게 한나라 궁궐에 전해졌지.
掛印封侯今日事	직인 걸고 제후에 봉해진 것은 최근의 일이요
十年前是一書生	십 년 전에는 일개 서생이었다네.

장 홀츠는 그것을 보자 조금 겁이 나서 큰소리로 외쳤다.

"너는 누구냐? 이름을 밝혀라!"

"나는 남선부주 위대한 명나라 황제 폐하의 어명을 받아 오랑캐를 위무하고 보물을 구하기 위해 파견된, 정서후영대도독(征西後營大都督) 무장원(武狀元) 당영(唐英)이고 자는 낭자(浪子)이다."

그 얘기를 들은 장 홀츠가 생각했다.

'얼굴은 분을 바른 것처럼 뽀얗고 입술도 뭘 바른 것처럼 빨간 데다가 생김새도 말쑥한데 무관의 깃발을 세우고 있고, 또 본인이 무관 출신이라고 하는데 설마 말만 잘하는 작자는 아니겠지? 일단 한 번 탐색을 해 보자.'

그리고 당영에게 물었다.

"네가 무장원 출신이라면 여긴 무슨 할 말이 있어서 왔느냐?"

"그런데 너는 누구냐?"

"나는 서우하주 금련보상국 참바디라이의 국왕의 어전 신하로서

---

8 노포(露布)는 글을 써서 사방에 전달할 목적으로 만든 원래 비단으로 만든 깃발로서, 대개 군사상의 첩보를 전달할 때 쓰였다.

자의왕에 봉해진 장 홀츠 어른이시다."

"자의왕이라면 천왕(天王)의 칭호이니 직위에 해당하는 높은 관직인데, 어찌 상황을 파악하지 못한단 말이냐?"

"지피지기(知彼知己)면 백전백승(百戰百勝)인 법인데, 왜 나더러 상황을 파악하지 못한다고 하느냐?"

"우리 천자의 군대가 서양에 와서 이 작은 나라를 지나가려 하는데, 너희 성을 점령하는 것도 아니고 너희 나라를 멸망시키려는 것도 아니다. 그러니 그저 통관문서 하나만 달라는 것이고, 너희가 혹시 전국옥새를 가지고 있는지 물어보려는 것뿐이다. 옥새를 갖고 있다면 우리한테 바치고, 그게 아니라면 항서를 써서 직접 우리 사령관께 바치도록 해라. 그러면 우리는 다른 나라로 가서 달리 방도를 모색할 것이다. 그런데 어찌 감히 방해하며 하찮은 술법으로 연일 군대를 이끌고 나와 백성들의 삶을 피곤하게 만드는 것이냐? 네가 상황을 제대로 파악한다면 작은 나라가 큰 나라를 섬기는 것은 하늘을 두려워하는 것이고, 하늘을 두려워해야 그 나라를 보존할 수 있다는 것을 모른단 말이냐? 우리 배에는 책략을 세우는 전략가들이 빗방울처럼 많고 용맹한 장수들이 구름처럼 많아서, 너처럼 하찮은 장수 하나 죽이는 것은 버들가지를 꺾어 물고기를 꿰는 것처럼 쉽게 할 수 있고, 너희 같은 작은 나라 하나를 멸망시키는 것은 태산으로 달걀을 짓이기는 것처럼 우습게 할 수 있다. 나중에 후회해 봐야 소용없는 일이다. 그러니 당장 군사를 물리고 통관문서를 바치는 것이 그나마 상황을 파악하는 지혜를 보이는 유

일한 길이다."

그 얘기를 들은 장 홀츠가 속으로 생각했다.

'이놈은 정말 말을 잘하는구나. 허풍이 심하기는 하지만 어느 정도 일리가 있기도 하고. 하지만 한 가지 곤란한 점이 있어. 저번에 내가 국왕 앞에서 승려와 도사를 생포해오겠다고 큰소리를 쳐 놓았는데, 이따위 말만 잘하는 놈 때문에 함부로 군대를 물릴 수 있겠어?'

이렇게 생각을 정하고 나자 그가 소리쳤다.

"네가 무장원이라면서 어찌 그런 말도 안 되는 소리로 나를 기만하려 하느냐? 내 비록 상황은 파악하지 못하더라도 네놈들 멱을 따는 일은 잘할 수 있다."

그 말이 채 끝나기도 전에 그는 당영에게 방천극을 내질렀다. 당영이 창을 들어서 막으며 꾸짖었다.

"이런 천박한 오랑캐 같으니! 제법 지피지기를 아는 놈이려니 생각했거늘, 알고 보니 하찮은 필부에 지나지 않는 놈이로구나. 이 몸이 너를 무서워할 줄 아느냐? 내 너를 사로잡기 전에는 절대 돌아가지 않으리라!"

당영은 곧 당장 피를 부를 것 같은 은창을 휘두르기 시작했다.

左五五右六六	왼쪽으로 스물다섯 번 오른쪽으로 서른여섯 번
上三下四相遮	위쪽 세 곳과 아래쪽 네 곳을 모두 가리는구나.
揚前抵後沒分差	앞으로 치켜들고 뒤로 내리는 데에 조금

	의 실수도 없고
雪片梨花雨打	눈송이처럼, 날리는 배꽃처럼, 빗방울처럼 들이닥친다.
武藝九邊首選	무예는 온 세상의 으뜸이요
文章四海名夸	문장은 천하에 명성 자자하다.
孫吳伊呂屬吾家	손무와 오기, 이윤(伊尹)과 여상(呂尙)의 재략을 모두 익혔으니
槍法豈在人下	창 솜씨가 어찌 남보다 못할쏘냐?

장 홀츠는 태산처럼 묵직한 당영의 창 솜씨를 보자 이런 생각이 들었다.

'이놈의 창 솜씨가 나보다 뛰어나니, 과연 중국의 명장 가운데 하나로구나.'

그는 감히 방심하지 못하고 더욱 신경을 써서 방천극을 다루었다. 왔다 갔다 치고받고 백 번이 넘게 부딪쳤건만 승부가 나지 않았다. 이에 당영이 생각했다.

'사람은 겉만 보고는 알 수 없고 물은 됫박으로 양을 재기 어렵다더니, 이 오랑캐 놈이 제법 재간이 있구나. 어쩔 수 없이 계책을 써서 물리쳐야겠구나.'

그는 눈썹을 찌푸리며 계책을 궁리했다. 그리고 한참 맞부딪치는 상황에서 은창을 휙 휘둘러 공격하는 척하다가 얼른 말머리를 돌려 후퇴했다. 장 홀츠가 그걸 보고 생각했다.

'이놈이 패한 척하고 도망치는데 쫓아갔다가는 계책에 걸릴 테고,

그냥 두자니 내가 실력이 모자라서 겁을 먹었다고 여기겠지? 게다가 제까짓 게 계책을 쓴다 한들 기껏 말머리를 돌려 창을 내지르거나 활을 쏘는 정도에 지나지 않을 테니, 그것만 조심하면 되겠지.'

이에 그가 대담하게 추격해왔다. 당영은 그걸 보고 속으로 기뻐하며 은창을 내려놓고 활을 들어 수은을 채운 대나무 화살을 재었다. 이어서 시위를 잔뜩 당겨 화살을 놓자 "핑!" 하는 소리와 함께 화살이 유성처럼 날아가 장 홀츠의 심장을 노렸다. 장 홀츠는 재빨리 말머리를 왼쪽으로 틀면서 왼손으로 그 화살을 낚아챘다. 그런데 당영은 자신의 화살은 백발백중이어서 동전 구멍도 꿰뚫고, 반쯤 미친 도사의 가슴도 꿰뚫고, 백 걸음 밖의 수양버들 잎사귀도 쉽게 맞추고, 심장을 가르는 일쯤이야 우습게 하곤 했으니 실패하리라고는 전혀 생각조차 하지 않았다. 그는 곧 말을 달려 적장의 머리를 베려 했는데, 뜻밖에 장 홀츠가 화살을 손으로 낚아채자 깜짝 놀랐다.

'어떻게 내 화살을 손으로 잡을 수 있지?'

그는 재빨리 두 번째 화살을 재어서 "핑!" 하고 쏘았다. 그런데 장 홀츠가 이번에는 말머리를 오른쪽으로 돌리더니 오른손으로 화살을 낚아챘다. 당영이 진노하여 소리쳤다.

"오랑캐 놈이 제법이구나. 두 손으로 나의 화살 두 개를 막아 내다니! 다시 받아봐라!"

그가 다시 한번 "핑!" 하고 화살을 쏘자, 장 홀츠는 다시 재간을 부려서 두 손을 쓰지 않고 그 큰 머리를 움직여 커다란 입을 벌리더니 덥석 화살을 물어 버렸다. 당영은 마치 사슴이 꽃송이를 물고 있는 듯한 그 모습을 보자 화도 나고 우습기도 했다.

쟝 홀츠는 그 세 개의 화살을 손에 들더니, 가볍게 분질러 여섯 조각으로 만들어 버렸다. 그걸 보자 당영은 더욱 화가 치밀었다.

"천박한 오랑캐 같으니! 감히 내 보물을 훼손해? 네놈의 목을 베기 전에는 절대 돌아가지 않으리라!"

그가 다시 창을 집어 들고 쟝 홀츠의 목을 노리자, 쟝 홀츠도 방천극을 들고 맞섰다. 둘은 다시 삼사십 번이나 맞붙었으나 승부가 나지 않았다. 그러자 이번에는 쟝 홀츠가 속임수를 써서 방천극을 찌르는 체하더니 말머리를 돌려 도망쳤다. 당영이 생각했다.

'저놈이 지는 척하고 도망치면서 나한테 칼을 날리려고 하는구나. 정말 여태후(呂太后)[9]의 잔치처럼 잔혹하구나! 그나저나 내가 쫓아가지 않으면 저놈보다 못하다고 인정하는 셈이 아닌가?'

이에 당영이 말을 달려 쫓아오자 쟝 홀츠가 재빨리 주문을 외며 머리를 흔들어 아홉 개의 칼을 허공으로 날렸다. 한참 추격하던 당영은 공중에서 "휘리릭!" 하는 소리가 들리자 칼이 날아오는 줄 알고 재빨리 활을 들고 화살을 잿다. 그리고 첫 번째 칼을 향해 핑!" 하고 화살을 쏘아 떨어뜨렸다. 그걸 보자 쟝 홀츠가 생각했다.

9 여태후(呂太后: 기원전 241~기원전 180)는 한나라 고조 유방(劉邦)의 황후로서 이름은 치(雉)이고 자는 아후(娥姁)이다. 그녀는 유방이 죽은 후 황태후가 되어 수렴청정하면서 여씨 가문의 위세를 키워 조정의 정권을 좌우했으나, 유방이 아끼던 첩들과 그 자식들을 잔혹하게 살해하는 등 악명을 날렸다.

'내 칼은 조상 때부터 칠팔십 세대를 이어 전해지면서 한 번도 빗나간 적이 없었는데 이번에는 성공하지 못했구나. 며칠이 지나도록 중국의 장수를 한 명도 맞추지 못했어. 어제는 그 어린 장수의 창에 막히더니 오늘은 저놈의 화살에 막혔으니, 이 칼은 있으나 마나 한 셈이로구나. 이야말로 오랑캐한테 칼이 있다 한들, 칼이 없는 중국인보다 못하다는 격이 아닌가!'

그는 눈살이 찌푸려지며 화가 치밀었다. 그가 막 방천극을 들려고 하는데, 갑자기 당영이 날린 화살이 들이닥쳤다. 그가 재빨리 허공으로 펄쩍 뛰며 소리쳤다.

"이렇게 몰래 화살을 날리는 놈이 무슨 고수라는 게냐?"

"그럼 뭐가 고수라는 게냐?"

"정정당당하게 진세를 펼치고 맞붙어야 진정한 고수지."

"그럼 그렇게 해 주마."

"그렇다면 정식으로 맞붙어보자. 서로 백 걸음쯤 떨어진 곳으로 물러났다가 말을 멈추고 활을 들어 한 번에 세 발을 쏘아 봐라."

"그럼 네가 그렇게 해 봐라."

"그건 안 되지."

"그럼 어떻게 쏘겠다는 거냐?"

"창이나 칼, 활 따위는 쓰지 말고 각자의 실력으로 맞붙어보자!"

"그렇게 해서 지더라도 후회하지 마라!"

"남아일언중천금(男兒一言重千金)인데 어찌 후회하겠느냐?"

"그렇다면 내가 과녁이 되어줄 테니, 어디 쏘아 봐라."

"아니다. 내가 과녁이 되어줄 테니, 네가 쏘아 봐라."

자, 이렇게 활쏘기로 맞대결을 펼치는데 누가 먼저 쏘고 이기게 되는지는 다음 회를 보시라.

제24회

당영은 적장을 쏘아 죽이고 쟝 지네틴은 네 장수를 가두다
唐狀元射殺老星　姜金定囮淹四將

君子雍容揖遜行	군자는 점잖게 절하며 앞길을 양보하고
射將觀德便多爭	활 쏘는 장수는 덕을 살피면서도 다툼이 많지.
一枝貫虱諸人羡	한 발에 이를 꿰뚫으니 다들 감탄하고
百步穿楊衆口稱	백 걸음 밖에서 버들잎 맞히니 다들 칭송하지.
后羿仰天烏殞落	후예는 하늘 우러러 까마귀 떨어뜨렸고
薛仁交陣馬飛騰	설예(薛禮)[1]가 교전할 때는 말이 나는 듯 치달렸지.

1 설예(薛禮: 614~683)는 자가 인귀(仁貴)이고 당나라 때의 명장으로서 태종(太宗)과 고종(高宗) 때 군사적으로도 정치적으로도 혁혁한 공을 세운 인물이다. 명사수로서 '삼전청천산(三箭定天山)'이라는 일화의 주인공이기도 한 그는 도교와 민간의 영웅으로서 원나라 때 장국빈(張國賓)이 지은 잡극(雜劇) 《설인귀의금환향(薛仁貴衣錦還鄕)》과 청나라 때 무명씨가 지은 통속소설 《설인귀정동(薛仁貴征東)》(《당설가부전(唐薛家府傳)》이라고도 함)의 모델이 되기도 했다.

邊城今見胡塵靜	이제 변방에는 오랑캐들의 전운이 가라앉았으니
多感將軍手段精	장군의 빼어난 수단 너무도 고맙구나!

그러니까 당영과 쟝 홀츠는 서로 대치한 채 활을 들고 화살을 재었다. 당영이 말했다.

"내가 과녁이 되어줄 테니, 네가 쏘아봐라."

그러자 쟝 홀츠가 말했다.

"내가 과녁이 되어줄 테니, 네가 쏘아봐라."

"공손한 것보다는 시키는 대로 하는 게 더 나은 법이니, 그럼 먼저 실례하겠다."

당영이 시위를 당겨 쟝 홀츠를 향해 "핑!" 한 대의 화살을 쏘았다. 그런데 쟝 홀츠가 왼쪽 눈을 한 번 부릅뜨자 그 화살은 왼쪽 땅바닥으로 떨어져 버렸다. 당영은 깜짝 놀랐다.

"정말 이상하군! 내 화살이 왜 왼쪽으로 치우쳤지?"

그가 황급히 두 번째 화살을 쏘자, 쟝 홀츠가 이번에는 오른쪽 눈을 한 번 깜박했다. 그러자 그 화살은 오른쪽 땅바닥으로 떨어져 버렸다.

"이럴 리가! 왜 화살이 오른쪽으로 치우쳤지?"

당영이 다시 세 번째 화살을 준비해서 조준을 잘해서 가볍게 쏘며, 이번에는 적장을 끝장낼 수 있으리라 생각했다. 하지만 쟝 홀츠가 두 눈을 한 번 부릅뜨자 그 화살은 그의 말 앞쪽 땅바닥에 떨어져 버렸다. 그걸 보고 당영이 생각했다.

'이러다간 저놈을 없애기 어렵겠군.'

그가 눈살을 찌푸리며 계책을 궁리하고 있을 때, 장 홀츠가 말했다.

"이번에는 내가 쏠 차례로군."

"잠깐!"

"네가 세 발을 쏘았으니 당연히 나도 세 발을 쏘아야지. 왜 말리는 거냐?"

"우리 명나라 사람들은 군대에 들어가지 않았으면 모르되, 일단 군대에 들어가면 서너 살 때부터 화살 떨어뜨리는 법을 배운다."

"화살 떨어뜨리는 법이라니?"

"조금 전에 네가 왼쪽 눈을 부릅떠서 화살을 왼쪽으로 떨어뜨리고, 오른쪽 눈을 부릅떠서 오른쪽으로 떨어뜨리고, 두 눈을 부릅떠서 말 앞쪽에 떨어지게 하지 않았느냐? 그게 바로 화살 떨어뜨리는 법이 아니고 무엇이냐?"

"알고 보니 너도 그걸 할 줄 아는 모양이구나?"

"그까짓 게 뭐 대단한 기술이랍시고 떠벌이는 거냐?"

"그럼 그보다 더 대단한 기술이 있다는 게냐?"

"우리 명나라에는 네가 보지도 듣지도 못한 세 대의 화살이 더 있다."

"말도 안 되는 소리! 대체 무슨 화살이기에 보지도 듣지도 못한 거라고 하느냐?"

"절대 허풍이 아니다. 첫 번째 화살은 하늘을 향해 쏘면 하늘이 울부짖게 만들고, 두 번째 화살은 산을 향해 쏘면 산이 무너지게 하고, 세 번째 화살은 바위를 향해 쏘면 바위가 가루가 된다."

"하하, 말도 안 되는 소리! 예로부터 지금까지 하늘을 쏘아 맞히는 화살이 어디 있단 말이냐?"

"말로만 해서는 믿기 어려울 테니 직접 보여주마!"

"그렇다면 산이나 바위는 필요 없고 하늘을 한번 쏘아봐라. 정말 하늘이 울부짖는다면 네가 더 힘쓸 필요도 없이 내가 당장 말에서 내려 항복하고, 우리나라 전체의 항서를 써서 너희 함대로 보내주마. 만약 하늘이 울부짖지 않는다면 네가 나한테 항복해라. 군대끼리 하는 말에는 헛소리가 없는 법이다!"

"네가 도망치지만 않는다면 보여주마."

"내가 왜 도망을 쳐? 네가 하늘을 쏘는 걸 지켜볼 참이다. 대신 하늘이 울부짖지 않는다면 너는 도망칠 구멍도 없을 거다."

원래 군대에서는 세 가지 화살을 지니고 다니는데, 첫째는 화살대가 굵고 이리 송곳니 같은 촉이 달린 낭아조자전(狼牙棗子箭)이고, 둘째는 촉의 넓이가 한 치 두 푼으로 말을 겨냥해 쏘는 산마전(鏟馬箭), 그리고 셋째는 날아갈 때 휘파람 부는 듯한 소리를 내는 향박두전(響撲頭箭)이었다. 당영은 교묘한 계책을 세워서 큰 소리로 말했다.

"자, 하늘을 쏘아 울부짖게 할 테니 잘 봐라!"

이때는 마침 남서풍이 불고 있었는데, 당영은 말머리를 동북쪽으로 향하게 하고 허공을 향해 힘껏 한 대의 화살을 날렸다. 향박두전은 원래 소리가 나는 화살인데, 맞바람을 맞으니 그 소리가 더욱 울려서 허공에서 날카로운 비명 같은 소리가 울렸다. 쟝 홀츠는 어쨌든 변방 사람인지라 조금 순진한 구석이 있어서, 그 소리를 듣자 마치 정말로 하늘이 울부짖는 게 아닌가 싶어서 고개를 쳐들고 하늘을 올려다보았다. 그런데 그 틈에 당영이 재빨리 산마전을 재어서 쟝 홀츠의 목을 겨냥하고 쏘아버리자, 그 커다란 머리가 마치 줄기에서 떨어지는 박처럼 단번에 떨어져 버렸다. 쟝 홀츠의 머리를 떨어뜨려 버린 당영은 등자를 울리고 개선가를 부르며 돌아갔다.

호위병이 배 위에 있던 사령관에게 보고하자, 당영은 서양에서 맨 첫 번째 공을 세운 것으로 기록되었다. 이에 축하의 술자리를 마련하여 오색찬란한 깃발을 내걸고 성대한 잔치를 벌였다. 하지만 불쌍한 오랑캐 전령은 자기 국왕에게 비보를 전해야 했다.

"큰일 났습니다!"

오랑캐 왕이 혼비백산하여 물었다.

"그게 무슨 소리냐?"

"자의왕이 출전했다가 명나라의 당영이라는 무장원에게 목이 잘리고, 오천 명의 군사는 모두 떡고물이 되어 버렸습니다."

그러자 좌승상 보젤롱이 코웃음을 치며 말했다.

"쟝 홀츠의 머리가 잘렸으니 머리 큰 귀신이 하나 더 생겼군."

국왕이 말했다.

"승상, 그대는 나랏일은 전혀 모르고 귀신놀음만 할 줄 아는구면? 지금 나라가 위태로운 지경이니, 진즉 이럴 줄 알았으면 애초에 항서를 써 버릴 걸 그랬소. 그랬다면 아무 일 없었을 거 아니오?"

그러자 옆에 있던 셋째 왕자가 나섰다.

"승패는 병가지상사(兵家之常事)라서 초패왕 항우는 백전백승하다가 한 번 패하여 천하를 잃었고, 한나라 고조(高祖)는 백전백패하다가 한 번 이겨서 황제가 되었습니다. 어찌 이런 작은 실패 때문에 대사를 그르칠 수 있단 말씀입니까? 마마, 부디 통촉하시고 고정하시옵소서!"

"그렇다면 어서 장수들에게 어명을 전하도록 하라. 누가 병사를 이끌고 나가 짐의 이 근심을 나누겠는가?"

그 말이 채 끝나기도 전에 대열 가운데 젊은 장수 하나가 나섰다. 나이는 갓 스물쯤 되었고 키는 여덟 자에 서글서글한 눈을 가진 그는 황금 투구를 쓰고 까만 전포에 옥으로 만든 허리띠를 매고 있었다. 그가 대성통곡하며 계단 앞에 엎드려 아뢰었다.

"대왕, 제가 재주는 보잘것없으나 병사를 이끌고 명나라 군대를 물리치고, 당영이란 자를 생포하여 천참만륙(千斬萬戮)하여 부친의 원수를 갚고 싶습니다!"

그는 다름 아니라 쟝 홀츠의 큰아들 쟝 지니어였다. 국왕은 그들 부자의 능력이 뛰어나다는 것을 알고 있었기 때문에 무척 기뻐하며 석 잔의 술을 내려 격려하고, 출정할 때 당부했다.

"중국인들은 문무를 겸비하고 용맹과 지략이 모두 뛰어나니 조심해야 할 것이오."

"명나라 장수의 목을 베기 전에는 결코 돌아오지 않겠습니다!"

쟝 지니어는 즉시 군마를 정비하여 나는 듯이 관문으로 와서, 노란 풀이 우거진 언덕 앞에 진세를 펼치고 크게 소리쳤다.

"중국군 정찰병들은 어서 너희 사령관에게 알려서, 당영인가 하는 작자에게 나와서 목을 바치라고 해라!"

그 소식을 들은 당영이 홀로 창을 들고 나오자, 쟝 지니어가 말했다.

"너는 누구냐? 이름을 밝혀라!"

"나 당영의 혁혁한 명성을 모른단 말이냐? 머리에 피도 마르지 않은 어린 네놈은 어디서 왔느냐?"

"나는 대장군 쟝 홀츠의 큰아들 쟝 지니어이다. 감라(甘羅)[2]는 열두 살에 승상이 되었는데, 그 역시 어린애가 아니었더냐?"

"젖비린내 나는 아이가 여기는 무엇 하러 왔느냐?"

"내 부친을 살해한 원수를 갚으러 왔다."

그리고 말을 끝내기도 전에 황금색 도끼를 휘두르며 달려들었다. 당영이 급히 창을 들어서 막으면서 둘은 서른 번이 넘게 맞붙었으나 승부가 나지 않았다. 그러자 쟝 지니어가 계책을 생각해 내

---

2 감라(甘羅: ?~?)는 전국시대 초(楚)나라의 대신 감무(甘茂)의 손자로서, 어린 나이에 진(秦)나라 승상 여불위(呂不韋)의 문객(門客)으로 들어갔다가 열두 살에 공을 세워서 승상에 버금가는 지위인 상경(上卿)의 벼슬을 받았다고 한다.

고 도끼를 휘둘러 공격하는 체하다가 재빨리 말머리를 돌려 도망쳤다. 당영이 파죽지세로 쫓아오자 쟝 지니어는 속으로 기뻐하며 재빨리 황금 투구를 벗어 머리카락을 흩트리더니 은밀한 주문을 외며 소리쳤다.

"당장 거센 바람이 몰아쳐라!"

그러자 서남쪽에서 세찬 바람이 일어나 사방팔방으로 모래가 날리고 돌들이 구르며 어지럽게 몰아쳐 왔다. 처음에는 자갈만 한 것들이 날아오더니, 그 후에는 달걀만 하게 큰 돌들이 날아왔다. 그 바람에 당영은 머리카락이 풀어지고 갑옷이 벗겨지고 투구가 찌그러진 채 결국 배로 돌아가고 말았다. 그런데 그가 자리에 앉기도 전에 쟝 지니어가 다시 와서 싸움을 걸었다. 그러자 중군 막사에서 명령이 전해졌다.

"누가 병사를 이끌고 나서겠는가?"

그때 대열 가운데에서 정서부장군(征西副將軍) 우선봉 유음(劉蔭)이 나와 칼을 들고 말에 올랐다. 그 순간 대열 가운데에서 또 정서중영대도독(征西中營大都督) 왕당(王堂)이 나서서 창을 비껴들고 말에 올랐다.

兩員將將似金剛	금강역사(金剛力士) 같은 두 장수
兩頂盔盔攢鳳翅	저마다 번쩍번쩍 봉황 날개 장식된 투구 쓰고
兩領甲甲掛龍鱗	용 비늘 엮은 듯한 갑옷 입고

兩件袍袍腥血染	선혈에 물든 전포를 입은 채
兩條帶帶束玲瓏	영롱한 옥 허리띠 차고
兩張弓弓彎秋月	가을 달처럼 둥글게 굽은 활을 들고
兩綳箭箭插流星	유성 같은 화살 꽂은 통을 차고
兩匹馬翻江攪海	강을 뒤집고 바다를 뒤흔들 명마를 탄 채
兩般兵器取命攝魂	목숨을 빼앗고 혼을 사로잡을 무기를 들었구나.

쟝 지니어가 나이는 어렸지만 요사한 무기와 술법을 가지고 있으니 명나라 장수를 무서워하지 않았다. 그야말로 하룻강아지 범 무서운 줄 모르는 꼴이었다. 두 명의 장수가 나오자 그는 곧 도끼를 휘두르며 달려들었다.

"조금 전에 당영이라는 놈도 크게 무찔렀거늘 너희들쯤이야!"

그러자 유음이 말했다.

"어린 오랑캐 놈이 함부로 허풍을 늘어놓는구나!"

왕당이 말했다.

"저울추가 조그마해도 천근을 누를 수 있으니, 우리도 조금 조심해야 합니다."

"조심은 무슨! 당장 저놈을 처치해 버리겠소!"

어린 쟝 지니어가 어떻게 이들 두 명의 장수를 당해 낼 수 있겠는가? 그는 한 번 맞부딪쳐 보더니 바로 줄행랑을 놓아 버렸다. 두 장수가 쫓아가자 그가 머리에 두른 황금 테를 벗어 머리카락을 흩트리더니 은밀히 주문을 외며 "바람!" 하고 소리쳤다. 그러자 즉시 바람이 몰아서 모래가 날리고 돌이 굴러 두 장수의 얼굴로 들이닥쳤다.

하지만 두 장수는 당영과는 달리 바람이며 모래, 돌 따위는 두려워하지 않고 뚫고 쫓아가니 쟝 지니어는 기겁하여 도망쳤다. 그렇게 잠시 치달리는 동안 바람이 멈추고 날이 맑아졌다. 그러자 두 장수는 일제히 살기를 드러내며 달려들었다. 당황한 쟝 지니어는 다시 황금 테를 벗어 머리카락을 흩트리더니 은밀히 주문을 외며 "바람!" 하고 소리쳤다. 그러자 다시 바람이 몰아서 모래가 날리고 돌이 굴러 두 장수의 얼굴로 들이닥쳤다. 하지만 이번에도 두 장수가 전혀 두려워하지 않고 뚫고 쫓아가니, 쟝 지니어는 다시 도망칠 수밖에 없었다. 이렇게 서너 번을 되풀이하자 쫓아오는 이들은 점점 기세가 오르는 반면, 쟝 지니어는 아무리 황금 테를 벗어 머리카락을 흩트리고 주문을 외어도 도무지 신통력이 먹히지 않자, 주문을 외는 발음조차 뒤죽박죽이 되었다. 당황한 그는 허둥지둥 도망쳐 버렸다.

두 장수가 온 힘을 다해 쫓아가 거의 말 한 마리 정도의 거리까지 쫓아갔을 때, 왕당이 창을 쭉 내질러 쟝 지니어를 끝장내려 했다. 그런데 뜻밖에 옆쪽에서 또 한 명의 오랑캐가 칼을 휘두르며 말을 달려와 창을 막아 냈다. 왕당이 물었다.

"너는 누구냐?"

"나는 대장군 쟝 홀츠의 둘째 아들 쟝 다이어이다. 네놈들은 정말 나쁜 놈들이로구나. 그제는 우리 부친을 살해하더니, 오늘은 또 내 형을 죽이려 하다니! 이 원수를 갚고야 말겠다!”

“하늘의 뜻을 따르는 자는 살아남고 거역하는 자는 망하는 법. 우리 천자의 군대가 서양에 왔는데 너희가 감히 군대를 일으켜 우리 길을 막으려 하다니! 자초한 재난이니 목숨을 부지할 수 없으리라!”

유음이 말했다.

“저놈 헛소리를 들어주지 말고, 어서 해치워 버립시다!”

이어서 창과 칼이 한꺼번에 날아들자 쟝 다이어도 당해 내지 못하고, 두어 번 부딪쳐보다가 말머리를 돌려 도망쳐 버렸다. 유음 일행이 좇아가서 창을 휘두르자 쟝 다이어는 깃발을 왼쪽으로 휘둘러 창을 피해 버렸고, 칼이 날아오자 이번에는 오른쪽으로 휘둘러 칼을 피해 버렸다. 유음이 말했다.

“어린 오랑캐 놈아, 그런 재주가 있다면 도망치지 말고 서라! 그러면 네놈을 사내대장부라고 해 주마.”

“서는 거야 어렵지 않지! 그래 자, 섰다. 어쩔 테냐?”

그러자 유음과 왕당이 각각 좌우에서 대치하여 셋이서 품(品)자 모양을 이루었다. 왕당이 먼저 창을 내지르자 쟝 다이어가 왼쪽으로 피했고, 다시 유음이 칼을 휘두르자 쟝 다이어가 오른쪽으로 피했다. 이렇게 아무리 창칼을 휘둘러도 모두 허탕이었다. 이때 쟝 다이어가 생각했다.

‘나한테 이런 기술이 있으니, 중국의 백만 병사와 천 명의 장수라도 나를 어쩌지 못할 거야!’

하지만 그는 매미를 노리는 사마귀가 뒤쪽에 참새가 있다는 것을 모르는 격이었다. 갑자기 염라대왕처럼 시커먼 얼굴을 한 장수가 낭아봉(狼牙棒)을 휘둘러 그의 정수리를 쾅! 내리치자 어느새 그의 머리는 박살이 나 버렸다. 복은 쌍으로 오지 않고 재앙은 홀로 오지 않는다고 했던가? 쟝 지니어[3]도 앞쪽에서 머리 테를 벗고 주문을 외려 하고 있었는데, 달아나면서 그랬다면 괜찮았겠으나 그 역시 서서 주문을 외려다가 이 염라대왕 같은 장수의 낭아봉에 콧등이 박살 나면서 눈동자가 박힌 부분의 움푹한 뼈까지 모조리 쪼개져 버렸다.

알고 보니 염라대왕처럼 생긴 이 장수는 정서전초부도독(征西前哨副都督) 장백(張柏)으로서, 마치 하늘에서 내려온 흑살신(黑煞神) 같은 이였다. 키는 아홉 자에다가 천근을 들어 올리는 힘을 갖춘 그는 시커먼 얼굴에 우레처럼 쩡쩡한 목소리를 가졌으며, 쇠로 만든 둥근 투구를 쓰고 이마에 주홍빛 띠를 두르고, 시커먼 쇠뿔로 만든 허리띠 안에 새까만 전포를 입고 있었다. 그가 휘두르는 낭아봉은 본래 철리목(鐵梨木)[4]으로 만든 것으로서 둘레에 여든네 개의 이리 이빨 같은 못을 박았기 때문에 이런 이름이 붙었다. 그리고 그 무게도 여든네 근이 넘었다. 그는 말을 몰고 강가를 순찰하다가 오랑캐 장수가 떠드는 소리를 듣고, 화가 치밀어 달려와서 한 방에 하

3 본문에는 이것을 쟝 다이어[姜代牙]로 표기했으나 명백한 실수이기 때문에 바로잡는다.

4 철리목(鐵梨木)은 철목(鐵木) 또는 유창목(愈瘡木)이라고도 부르는 단단하기로 유명한 나무로서, 주로 중국의 윈난[雲南]과 광시[廣西] 등지에서 생산되는 활엽수의 목재이다.

나씩 두 명의 오랑캐 장수를 때려잡은 것이다. 유음과 왕당은 그의 공로를 한없이 치하하며 일제히 등자를 울리고 개선가를 부르며 돌아갔다.

한편 오랑캐 전령이 또 국왕에게 보고했다.

"또 재앙이 닥쳤습니다! 또 닥쳤어요!"

"아니 또 무슨 재앙이란 말이냐?"

"쟝 지니어 도련님과 쟝 다이어 도련님이 염라대왕처럼 생긴 중국 장수에 의해 한 방에 한 명씩 다진 고깃덩어리가 되어 버렸습니다."

"이 일을 어쩐단 말이냐! 진작 항복을 했더라면 이런 지경까지 이르지 않았을 텐데!"

이야말로 이런 지경이었다.

悶似湘江水	걱정은 상강의 물처럼
涓涓不斷流	끊임없이 졸졸 흐르네.

국왕이 소리를 질렀다.

"셋째 왕자는 어디 있느냐?"

"예! 여기 있습니다."

"이제 재앙이 코앞에 닥쳤으니 네가 가서 해결해다오."

"신하는 충성을 바치기 위해 죽고 자식은 효도를 위해 죽는다고 했습니다. 제가 자식 된 몸으로 어찌 나가는 것을 두려워하겠습니까!"

그는 차림새를 갖추며 말에 올랐다.

그때 온몸에 상복을 입을 젊은 여자가 삼대 같은 눈물을 줄줄 흘리며 셋째 왕자의 말 앞에 무릎을 꿇고 아뢰었다.

"왕자님, 몸소 나가실 필요 없습니다. 제가 비록 재주는 모자라지만 병사를 이끌고 출전하고, 위로는 나라의 크나큰 은혜에 보답하고 아래로는 아비와 오라비들의 원수를 갚고 싶습니다."

국왕이 말했다.

"그대는 누구인가?"

"저는 자의왕의 딸이자 쟝 지니어와 쟝 다이어의 여동생으로서 쟝 지네틴[姜金定]이라고 하옵니다. 제 아비와 오라비들을 모두 중국의 장수에게 잃었으니 불구대천의 원수를 갚고자 하옵니다. 대왕마마, 부디 통촉해 주시옵소서!"

"여자의 몸으로 머리에 쪽을 틀고 치마를 입은 네가 어찌 창검을 휘둘러 전쟁터에서 적을 죽일 수 있겠느냐?"

"화목란(花木蘭)[5]은 아비를 대신해서 서쪽으로 정벌을 나갔는데, 그 역시 여자의 몸이 아니었사옵니까? 저는 어려서부터 아비와 오라비들을 따라다니며 전쟁터에 나가 본 적이 있고, 무예도 능숙하

5 화목란(花木蘭)의 이야기는 송나라 때 곽무천(郭茂倩)이 편찬한 《악부시집(樂府詩集)》에 수록된 〈목란시(木蘭詩)〉에서 비롯된 것으로서, 디즈니 영화 《뮬란(Mulan)》의 소재가 되기도 했다.

게 익혔으며 병법도 환히 꿰고 있사옵니다. 게다가 신통한 사부님을 만나서 하늘과 땅을 관통하는 신통력을 배웠고, 저승까지도 마음대로 드나들 수 있사옵니다."

"그래도 조심해야 한다."

"승려와 도사를 사로잡고, 저 당영과 장백을 사로잡고, 중국의 배를 불사르기 전에는 돌아오지 않겠나이다!"

그녀는 즉시 병사를 이끌고 출전했다. 이를 본 중국군 호위병이 사령관에게 보고했다.

"서양 여자 하나가 고래고래 소리를 지르며 싸움을 걸고 있는데, 다른 사람은 젖혀두고 무장원 당영과 전초부대의 장백 장군을 호명하며 나와서 승부를 가리자고 합니다."

그 얘기를 들은 삼보태감이 코웃음을 치며 말했다.

"이 나라 국왕은 글러 먹은 작자[朽人]로군!"

왕 상서가 말했다.

"아니, 그게 무슨 말씀입니까?"

"아낙네[婦人]가 나왔으니 그렇다[6]는 말씀이지요."

"비웃을 일이 아닙니다. 일개 여자라 해도 감히 저렇게 소리를 지르며 우리나라의 두 장수를 지명하여 싸움을 걸고 있으니, 우습게 볼 일이 아닙니다."

그리고 곧 명령을 내렸다.

---

6 이것은 후(朽, xiǔ)와 부(婦, fù)의 발음이 비슷한 점을 이용한 말장난이다.

"누가 나서서 저 여자를 격퇴할 것인가?"

그 말이 채 끝나기도 전에 대열 가운데에서 네 명의 장수가 나섰다. 그들은 각각 무장원 당영과 정천호 장백, 우선봉 유음, 그리고 왕량이었다. 삼보태감이 말했다.

"닭 잡는 데에 소 잡는 칼을 쓸 필요 있는가? 여자 하나 상대하는 데 장수가 네 명이나 나서다니."

그러자 왕 상서가 말했다.

"저 여자가 당 장군과 장 장군을 지명했으니, 두 분만 출전하시구려."

군령을 누가 감히 어기랴? 당영이 홀로 창을 들고 나서서 보니 멀리 진영의 깃발이 내걸린 곳에 여자 장수 하나가 단정히 앉아 있었다.

보름달 같은 얼굴에 연꽃 같은 자태. 몸매는 새하얗고 늘씬하며, 말소리는 맑고 서늘하다.

움직일 때는 위세가 출중하고, 명령을 내리면 법도가 삼엄하다.

갑옷 단단히 차려입으니 어찌 수놓은 저고리 비단 치마에 비길쏘냐? 자루에 방울 달린 칼을 차니 금실 수놓은 담비털옷에 패옥 찬 것보다 어울리네.

전장에 나서서 벌들 같은 눈썹 곧추세우고, 칼날 맞부딪칠 때 별 같은 두 눈 부릅뜨는구나.

전마를 능숙하게 몰며 봉황 머리 장식한 장화 신고 등자를 비스듬히 밟은 채, 강철 칼 능숙하게 다루며 삼단 같은 검은 머리 금비녀 꽂아 단단히 묶었도다.

적장을 베고 군기(軍旗)를 빼앗으려는 뜻 품고, 사랑하는 남자와 오순도순 지내려는 감정을 내던졌다네.

面如滿月, 貌似蓮花, 身材潔白修長, 語言淸冷明朗.
擧動時威風出衆, 號令處法度森嚴.
密拴細甲, 豈同繡袄羅襦. 緊帶鑾刀, 不比金貂玉佩.
上陣柳眉倒竪, 交鋒星眼圓睁.
慣騎戰馬, 鳳頭鞋寶鐙斜登. 善使鋼刀, 烏雲髻金簪束定.
包藏斬將搴旗志, 撇下朝雲暮雨情.

과연 대단한 여장부였다. 그녀는 중국의 장수가 말을 몰고 나오자 바로 물었다.

"너는 누구냐?"

"무장원 당영의 혁혁한 명성을 들어보지 못했느냐? 그러는 계집, 너는 누구냐?"

"대장군 장 훌츠의 딸 장 지네틴이다."

당영이 목소리를 높여 꾸짖었다.

"이런 천박한 것! 감히 나를 지목하여 싸움을 걸다니!"

그는 창을 비껴들고 나는 듯이 달려가 내질렀다. 그러자 장 지네틴은 버들 같은 눈썹을 곧추세우고 봉황 같은 눈을 부릅뜬 채, 앵두 같은 입술을 삐죽거리며 원한에 찬 고함을 질렀다.

"아비를 죽인 원수와는 한 하늘 아래 함께 살 수 없고, 오라비들 죽인 원수와는 햇빛과 달빛을 함께 쐴 수 없다. 네 어찌 너를 가만 둘 수 있겠느냐!"

그리고 일월쌍도를 휘두르며 당영에게 달려들었다. 둘의 이 살벌한 격전을 증명하는 〈화부(花賦)〉가 있다.

山花子野露薔薇　　산에 피어 이슬 젖은 들장미
一丈蓮蛾眉綿綤　　한 길 연꽃 같은 미녀 고운 눈썹 찌푸렸 구나.
玉簪金盞肯罷休　　옥비녀도 금 술잔[7]도 기꺼이 내던지고
劈破粉團別走　　분단(粉團)[8]처럼 쪼개 줄 테니 도망치지 마라!
水仙花旗展千番　　수선화는 천 번의 깃발 휘두르고
鳳仙花馬前賭鬪　　봉선화는 말 앞에서 결투를 벌인다.
只殺得地堂萱草隔江愁　　살벌한 그 모습은 강 건너 원추리 우거진 지붕 시름겨운데
金菊空房獨守　　노란 국화 홀로 빈방을 지키는 것 같구나.

---

7 본문의 옥비녀와 금 술잔은 각기 옥잠화(玉簪花)와 금잔(金盞, Pot Marigold)이라는 꽃 이름을 이용한 중의적(重意的) 표현이다. 옥잠화는 옥춘봉(玉春棒) 또는 백학화(白鶴花), 옥포화(玉泡花)라고도 부르는 다년생 화초로서 주로 습지의 비옥한 모래밭에 많이 자란다. 금잔화는 상춘화(常春花) 또는 수선화(水仙花)라고도 부른다.

8 분단(粉團)은 찹쌀로 둥글게 만들어 겉에 참깨를 바르고 기름에 튀겨낸 음식이다. 주로 단오절이나 정월 대보름에 만들어 먹는다.

둘은 격렬히 싸웠으나 승부가 나지 않았다. 쟝 지네틴은 아비와 오라비들을 죽은 원수를 갚기 위해 계책을 써서, 쌍도를 슬쩍 허공에 지르고 나서 패한 척 도망쳤다. 당영이 소리쳤다.

"천한 계집! 어디로 도망치느냐?"

그리고 즉시 말을 치달려 쫓아갔다. 그걸 보자 쟝 지네틴은 쌍도를 내려놓고 품속에서 길이가 한 자 두 치쯤 되는 노란 깃발을 꺼내어 땅바닥에 푹 꽂더니, 말을 멈추고 깃발 둘레를 세 바퀴 돌고 나서 서쪽으로 도망쳤다. 당영이 코웃음을 치며 말했다.

"이건 속임수로군. 네까짓 게 도는데 나라고 돌지 못할 줄 아느냐?"

그리고 그도 말을 멈추고 노란 깃발 주위를 세 바퀴 돌았다. 하지만 그 즉시 그는 꼼짝없이 안에 갇히고 말았다. 동쪽으로 말을 달리자 가파르고 뾰족한 산이 가로막고, 남쪽으로 말을 달리자 까마득한 낭떠러지가 가로막았고, 서쪽으로 말을 달리자 갑자기 겹겹 산안개가 앞을 막았고, 북쪽으로 말을 달리자 험준한 절벽이 앞을 막아 사방팔방으로 빠져나갈 길이 보이지 않았다.

'이거 정말 괴상한 일이로구나! 전투하다가 어떻게 갑자기 산골짝 안으로 들어오게 된 거지? 이건 분명 요사한 술법일 테지. 어쩔 수 없군. 마귀를 굴복시키는 채찍을 휘둘러보면 어찌 되는지 보자!'

당영은 힘껏 채찍을 휘둘렀다. 그러자 "휙!" 하는 순간 됫박 열 개만큼 큰 청석(靑石)들이 떨어져 내렸다.

'이 청석들을 보니 정말 산인가 보구나. 우리 사령관은 내가 여기

서 곤경에 처한 것을 모르시겠지?'

이야말로 군량(軍糧)이 떨어졌는데 외부에 구원병을 청할 수도 없는 상황이었다. 당황하고 겁에 질린 그는 어쩔 수 없이 다시 채찍을 휘둘렀다.

한편 쟝 지네틴은 구름 위에 서서 당영이 이리저리 채찍을 휘두르는 것을 보고 속으로 생각했다.

'저렇게 산을 무너뜨리면 스승님께 돌려드릴 수 없잖아?'

그녀는 황급히 주문을 외었다. 그러자 채찍을 맞은 청석들 틈에서 갑자기 불길이 쏟아져 나오기 시작하는지라, 당영은 깜짝 놀랐다.

'사방이 모두 높은 산이라 나갈 길이 없는데, 혹시 불이라도 나게 되면 등갑군(藤甲軍)[9] 꼴이 되지 않겠어?'

당영이 이렇게 곤경에 처해 있을 때 배에서는 호위병이 삼보태감에게 보고했다.

"무장원 당영이 오랑캐 계집 쟝 지네틴과 한참 격전을 벌이다가 상대가 도망쳐서 쫓아갔는데, 갑자기 뜨거운 노란색의 공기가 하늘로 치솟으면서 그분의 행방이 묘연해졌습니다."

---

9 등갑군(藤甲軍)은 《삼국연의》 제90회에서 제갈량(諸葛亮)에게 곤욕을 치른 맹획(孟獲)이 오과국(烏戈國) 즉 지금의 미얀마 북쪽에 해당하는 지역에 자리 잡은 왕국인 오가국(吳哥國)에 요청하여 구원병으로 파견된 군대인데, 기름과 화약을 실은 수레를 이용한 제갈량의 화공(火攻)에 의해 궤멸되었다.

이때 쟝 지네틴이 또 찾아와 고함을 지르고 깃발을 흔들며 싸움을 걸었다. 그러자 삼보태감이 말했다.

"이런 괴이한 일이! 칼에 맞은 것도 창에 찔린 것도 아니고 생포당한 것도 아닌데, 어떻게 행방을 모른다는 것이냐? 이는 분명 요사한 술법을 부린 것이다. 당장 나가서 저 요사한 계집을 사로잡고 당영을 구할 사람이 있는가?"

그 말이 채 끝나기도 전에 대열 가운데에서 낭아봉을 든 장백이 나와서 말에 올랐다. 쟝 지네틴은 배에서 또 한 명의 장수가 나오자 즉시 말을 멈추고 맞이하며 물었다.

"너는 누구냐?"

장백이 어디 통성명이나 나누고 있을 사람인가? 그는 다짜고짜 낭아봉부터 먼저 휘둘렀다. 쟝 지네틴은 힘도 달리고 무예도 더 고강하지 않아서 그저 속임수를 써서 술법을 부릴 생각만 하고 있었는지라, 그 대결에서는 우위를 점할 수 없었다. 당시 낭아봉을 휘둘러 신위를 떨친 장백의 모습을 묘사한 〈화부(花賦)〉가 있다.

一丈葱曬紅日	한 길 파를 붉은 햇볕에 말리고
十樣錦剪春羅	열 가지 비단 잘라 봄날 치마 만들었다.
金梅銀杏奈他何	황금 매실과 은행으로 그를 어찌하랴?
鳳尾鷄冠笑我	봉미계관(鳳尾鷄冠)[10]이 나를 비웃는구나.

10 봉미계관(鳳尾鷄冠)은 필계관(筆鷄冠), 탑계관(塔鷄冠) 등으로도 불리는 식물로서, 주로 관상용으로 재배하여 화단을 장식하는 데에 사용된다.

紅芍藥紅灼灼　　작약은 타는 듯이 붉고

佛見笑笑呵呵　　불견소(佛見笑)[11]는 껄껄 웃지.

菖蒲虎刺念彌陀　　창포와 호자(虎刺)[12]는 염불을 외고

夜落金錢散伙　　밤이면 금전화(金錢花)[13]가 우수수 떨어지지.

어쨌든 단 한 번 맞부딪치고 나자 장 지네틴은 곧 말머리를 돌려 도망치기 시작했다. 장백은 천근을 들어 올리는 힘을 가진 두 팔과 하루에 천 리를 달리는 말의 능력, 백 근의 무게가 나가는 낭아봉 덕분에 제아무리 강맹한 병사와 장수라도 그에게 어느 정도 양보할 수밖에 없는 인물이었으니, 하물며 일개 여자쯤이야 우습지 않았겠는가? 그는 즉시 쫓아가 낭아봉으로 끝장을 내버리려고 했다. 그런데 그 요사한 계집이 품속에서 한 자 두 치쯤 되는 하얀 깃발을 꺼내어 땅에 박더니, 말을 멈추고 그 깃발 아래를 세 바퀴 돌고 나서 북쪽으로 도망치는 것이었다. 장백이 큰소리로 꾸짖었다.

"천박한 계집년! 어딜 도망치느냐?"

그는 말을 몰아 달려서 그 하얀 깃발 아래 이르자 무심코 한 바퀴

---

11 불견소(佛見笑)는 덩굴식물인 씀바귀[荼蘼] 꽃의 별칭으로서 백의지(百宜枝)라고도 부른다.

12 호자(虎刺)는 복우화(伏牛花), 조불숙(鳥不宿), 수화침(繡花針) 등으로 불리는 다년생 식물로서 관상용으로 쓰이기도 하고 뿌리를 약용으로 쓰기도 한다.

13 금전화(金錢花)는 학명이 선복화(旋覆花)이고 자오화(子午花)라고도 불리는 식물로서 관상용과 약용으로 쓰인다.

를 돌게 되었다. 그녀를 쫓다 보니 그렇게 된 것이었다. 그런데 갑자기 "휙!" 하는 소리와 함께 천리마가 함정에 빠진 듯 멈춰 서서 앞으로 나아가지 못하는 것이었다. 장백이 고개를 들어 살펴보니 사방이 망망한 물로 둘러싸여 있고 수평선이 하늘과 맞닿아 있었다.

'괴이한 일이로군. 쫓아오다 보니 물 한가운데 빠지게 되어 버렸어. 설마 유인에 걸려 함정에 빠진 것은 아닐까?'

이런 생각이 들자 그는 벌컥 화가 치밀었다.

한편 중국군의 배에서는 호위병이 삼보태감에게 이렇게 보고했다.

"천호 장백이 오랑캐 계집과 한참 싸우다가 그년이 도망치자 쫓아갔는데, 갑자기 새하얀 안개가 허공으로 치솟으면서 장백의 행방이 묘연해져 버렸습니다."

이때 다시 장 지네틴이 찾아와 고함을 지르고 깃발을 흔들며 싸움을 걸었다. 그러자 삼보태감이 말했다.

"이게 다 술법 때문이다. 첫 번째 사람이 실수했는데 두 번째 사람이 어찌 똑같은 실수를 되풀이할까! 당장 나가서 저 요사한 계집을 사로잡고 두 장수를 구할 사람이 있는가?"

그 말이 채 끝나기도 전에 대열 가운데에서 장수 한 명이 나섰다. 높다란 코에 퉁방울 같은 눈을 가진 그는 위풍당당하고 살기등등한 모습으로 온몸에 갑옷을 걸친 채 말에 올라 진세 앞으로 달려갔다. 장 지네틴이 맞은편에서 말에 탄 채 물었다.

"너는 누구냐?"

"남선부주 위대한 명나라 황제 폐하의 위무부장군(威武副將軍)이자 정서우선봉인 유음이다. 너는 누구냐?"

"자의왕 장 홀츠의 딸이자 장 지니어와 장 다이어의 여동생인 장 지네틴이다."

"대체 어떤 우물이기에 감히 요사한 술책으로 우리 장수들을 함정에 빠뜨렸느냐?"

"패배한 군대의 장수가 제 딴에 살겠다고 도망쳤는데, 그게 나하고 무슨 상관이라더냐?"

"헛소리! 당장 우리 두 장수를 돌려보내면 모든 일을 없었던 것으로 치겠지만, 조금이라도 거역할 낌새가 보이면 네년을 천참만륙해 버리겠다!"

장 지네틴이 격노하여 일월쌍도를 휘둘러 유음의 머리를 쪼개려 했다. 유음은 재빨리 봉황 수실이 달린 안령도를 들고 맞섰다. 칼을 휘두르는 이도 재빨랐지만 맞서는 이도 살벌했다. 이 대단한 격전을 증명하는 〈화부(花賦)〉가 있다.

大將軍芭蕉葉	대장군은 파초 잎이요
西夷女洛陽花	서양 오랑캐 여인은 낙양화(洛陽花)[14]일세.
繡球團兒掛着花木瓜	꽃 핀 모과나무에 수놓은 공을 걸어놓았으니

14 낙양화(洛陽花)는 석죽(石竹)의 별명으로서 석죽란(石竹蘭), 석주화(石柱花), 십양경화(十樣景花), 석국(石菊), 일모초(日暮草) 등으로도 불리는 꽃이다. 또한 낙양화는 모란(牧丹)의 별칭이기도 하다.

攀枝孩兒當耍	나무에 오른 아이가 당연히 갖고 놀아야지.
火石榴張的口	석류꽃 붉은 입 벌리고
錦荔枝劈的牙	고운 여지는 쪼개 놓은 송곳니 같은 가시 돋았구나.
濃桃鬱李漫交加	짙고 울창한 복사꽃 살구꽃 뒤엉켜 있으니
撇却荼蘼滿架	시렁 가득한 씀바귀[荼蘼]를 치워버리지.

한참 격투 끝에 장 지네틴이 말머리를 돌려 도망쳤다. 불같은 성미에 나는 듯이 달릴 수 있는 명마를 탄 유음은 자기도 모르게 말을 달려 쫓아갔다. 그러다가 갑자기 오랑캐 여자가 사악한 술법을 부린다는 사실을 떠올리자, 나아가고 물러날 때를 알아야 한다는 점을 떠올리며 말머리를 돌려 돌아가려 했다. 그 순간 장 지네틴이 주문을 외며 한 자 두 치쯤 되는 푸른 깃발을 꺼내더니 유음의 뒤통수를 향해 휘둘렀다. 그러자 갑자기 일진광풍이 몰아치며 천지가 온통 시커멓게 변하면서 바위가 구르고 모래가 날렸다. 그 바람에 유음은 두 눈을 꼭 감고 감히 뜨지 못했다. 이윽고 바람이 멈추고 먼지들이 가라앉아 눈을 뜨고 둘러보니, 사방팔방이 모두 가시나무들로 겹겹이 둘러싸여 있어서 빠져나갈 길이 보이지 않았다.

'분명히 저 요사한 계집이 술법을 부린 게로군. 나처럼 용감한 사나이가 어찌 속수무책으로 죽어 묻힐 때만 기다리겠는가!'

그는 안령도를 들어 가시나무들을 모두 베어 버렸다. 그러자 그 안에서 수만 마리의 독사들이 머리를 치켜들고 기어 나와 그에게

다가왔다.

'불을 일으켜 몸을 태우는 것보다 차라리 차분하게 낌새를 살피는 게 낫겠구나.'

그는 어쩔 수 없이 분을 삭이고 다시 대책을 마련했다.

한편 왕량은 유음이 돌아오지 않자 계책에 당했음을 눈치채고 곧 짧은 창을 집어 들고 갑옷을 입은 다음, 말을 달려갔다. 그리고 쟝 지네틴을 발견하고 큰소리로 꾸짖었다.

"천한 계집! 당당한 남자의 몸도 아닌 데다가 병법도 잘 모르면서, 기껏 그따위 이단의 술법으로 감히 우리 대국의 장수를 가두다니! 내 네년의 뼈를 바르고 시신을 조각내 밀가루 반죽으로 만들어 버리겠다!"

"이봐, 화낼 필요 없이 네 재주나 보여봐라."

"천한 계집! 백전백승의 이 왕량을 모른단 말이냐?"

"말로만 떠들어봐야 소용없으니, 직접 솜씨를 보여봐라."

왕량이 "받아라!" 소리치면서 달려들자 쟝 지네틴은 황급히 일월쌍도를 들어 이리저리 막았다. 창 하나와 쌍칼이 치고받으며 맞부딪친 그 대단한 격투를 증명하는 〈화부(花賦)〉가 있다.

滴滴金搖不落	적적금(滴滴金)[15]은 흔들어도 떨어지지 않고

15 적적금(滴滴金)은 금비초(金沸草), 하국(夏菊), 백엽초(百葉草) 등으로도 불리는 다년생의 화초로서 그 꽃을 약용으로 쓴다.

月月紅來的多	월월홍(月月紅)[16]은 많이도 피었구나.
芙蕖香露濕干戈	연꽃향 배인 이슬 방패와 칼을 적시고
鐵線蓮蓬踢破	철사는 연밥을 깨뜨린다.
掛金燈照不着	금등(金燈)[17]은 걸어도 불을 비추지 못하여
水晶葱白不過	새하얀 파 뿌리를 이기지 못하지.
繡球雙滾快如梭	두 개의 수놓은 공 베틀 북처럼 빨리 굴리는 건
十姊妹中惟我	열 명의 자매들 가운데 오직 나뿐이라네.

둘은 스무 번쯤 맞붙었으나 승부가 나지 않았다. 이때 장 지네틴이 다시 속임수를 써서 패한 척 도망쳤다. 왕량이 계책인 줄 눈치채고 쫓아가지 않자, 장 지네틴이 말했다.

"이번엔 네가 졌다."

"도망친 건 너인데 왜 내가 졌다는 게냐?"

"쫓아오지 못한 것은 겁이 나기 때문이니까 진 게 아니더냐?"

"이번에는 그 깃발로 수작을 부리지 못할 게다."

"창이면 창, 칼이면 칼로 재주껏 승부를 봐야지, 무슨 깃발로 술법을 부린단 말이냐?"

"정당하게 대결하면서 거짓으로 몸을 빼내거나 하지 않아야 너

16 월월홍(月月紅)은 장미과의 화초인 월계화(月季花)를 가리키며 장춘화(長春花)라고도 부른다.

17 금등(金燈)은 적전(赤箭), 무의초(無義草), 피안화(彼岸花) 등으로도 불리며, 노랗게 익은 열매는 약재로 쓴다.

의 진짜 실력을 보이는 게 아니겠냐?"

"그렇게 정면승부를 원한다면 어디, 내 칼을 받아봐라!"

"챙!" 하는 소리가 들리는가 싶더니 어느새 일월쌍도가 왕량의 코앞으로 닥쳐왔다. 왕량은 황급히 창을 들며 막았고, 둘은 다시 스무 번이 넘게 맞붙었으나 승부가 나지 않았다. 그러자 쟝 지네틴이 칼을 허공으로 휘두르더니 또 패한 체하고 도망쳤다. 하지만 왕량은 말을 멈추고 쫓아가지 않았다. 쟝 지네틴은 계책이 통하지 않자 다시 돌아서서 다가왔다. 왕량이 욕을 퍼부었다.

"천박한 계집! 두 번이나 패해 달아나더니, 또 무슨 낯짝으로 덤비는 거냐?"

"내가 지긴 했지만, 너도 겁이 나서 감히 쫓아오지 못했으니까 이겼다고 할 수 없다."

"네가 재간이 있다면 다시 정면으로 몇십 판 붙어 보자!"

"대결의 재간은 이미 다 파악했으니, 차라리 네가 먼저 몸을 빼서 도망쳐라. 그러면 내가 쫓아가마."

"좋다. 어디 쫓아와 봐라!"

이 추격전이 어떻게 전개되지는 다음 회를 보시라.

제25회

장 천사는 계책을 써서 쟝 지네틴을 사로잡으려 하고 쟝 지네틴은 물에 갇혀 있다가 간신히 도망치다

張天師計擒金定　姜金定水囮逃生

截海戈船飛浪中	바다를 가르는 전함 파도 속을 나는 듯 달려갔는데
金蓮寶象卽蛟宮	금련보상국은 바로 교룡들의 소굴이었지.
水紋萬遞飛難渡	만 겹 물결은 나는 새도 건너기 어렵고
魚麗千峰陣自雄	천 개의 봉우리 사이에 빠지니 진세가 절로 웅장하구나.
映日旌旗懸蜃氣	햇빛 속에 깃발들 신기루처럼 걸려 있고
震天鼙鼓吼鼉風	하늘을 울리는 북소리에 타풍어(鼉風魚)[1] 울부짖는다.

1 타풍어(鼉風魚)는 악어처럼 생긴 전설 속의 물고기이다. 한나라 때 양부(楊孚)가 편찬한 《이물지(異物志)》에 따르면 이 물고기들은 겨울에 수만 마리가 커다란 동굴에 함께 숨어 지내는데, 그 위로 하얀 증기가 피어난다고 했다. 또 이들은 악어의 굴에 살기도 하는데, 그 가죽이 칠흑처럼 검다고 했다. 게다가 이들은 몇 리 떨어진 곳에 있는 속이 빈 나무를 알고 있어서 바람을 타고 그 구멍으로 들어가 박쥐로 변한다고도 했다.

饒他夷女多妖術 저 오랑캐 여인은 요사한 술법 많이 부리며
敢望扶桑一掛弓 감히 부상수(扶桑樹)[2]에 활을 걸려고 했지.

쟝 지네틴은 속임수가 통하지 않자 이렇게 말했다.

"내가 도망쳐도 네가 쫓아오지 않으니, 차라리 네가 도망치고 내가 쫓아가는 게 어떠냐?"

이에 왕량이 생각했다.

'그렇다면 이 틈을 이용해 저년의 계책을 역이용해서 창으로 구멍을 내주자.'

그래서 그는 선선히 승낙했다.

"그럼 내가 도망칠 테니 네가 쫓아와라!"

왕량은 곧 "간다!" 하는 소리와 함께 정말로 장원급제하고 의기양양 돌아가는 사람처럼 나는 듯이 말을 달렸다. 쟝 지네틴이 혼자 쫓아오자 그는 한 길 여덟 자 길이의 창을 끌고 가다가, 그녀가 가까이 다가오자 재빨리 몸을 돌리며 쑥 내질렀다. 미처 방비하지 못하고 있던 쟝 지네틴이 혼비백산하여 황급히 소매를 펼쳐 막았다. 양왕은 재빨리 창을 거두었는데, 이미 쟝 지네틴의 소매는 두 조각으로 갈라져 있었다. 그런데 하필 그 갈라진 소매 사이에서 붉은

2 한나라 때 동방삭(東方朔)이 편찬했다고 하는 《십주기(十洲記)》에 따르면 부상수(扶桑樹)는 동쪽에서 태양이 떠오를 때 타고 지나는 나무라고 했다. 기록에 따라서 이 나무는 부목(扶木), 부목(榑木), 부상(榑桑), 궁상(窮桑), 공상(空桑), 고상(孤桑) 등으로도 불린다. 참고로 태양이 서쪽으로 질 때 내려앉는 나무는 약목(若木)이라고 부른다.

깃발이 하나 떨어지면서 "휙!" 하는 순간 순식간에 천지가 무너지는 듯이 땅이 쑥 꺼져버렸다. 그 바람에 왕량은 말에 탄 채 그대로 열 길이 넘는 구덩이 아래로 떨어져 버렸는데, 위쪽에는 시뻘건 불길이 넘실거리며 가로막고 있었다. 그러니 그야말로 하늘에 오르려 해도 길이 없고, 말을 달리려 해도 사방에 문도 없는 벽만 둘러싸고 있는 상황이 되어 버렸다. 이 얼마나 답답한가!

한편, 왕량을 가둬놓은 쟝 지네틴은 다시 중국군 진영으로 가서 싸움을 걸었다. 이에 두 사령관이 물었다.

"어째서 오랑캐 계집이 또 와서 싸움을 거는 것이냐?"

호위병이 보고했다.

"우선봉 유음이 출전했는데 한 줄기 푸른 연기가 하늘로 치솟는가 싶더니 행방이 묘연해져 버렸고, 왕량이 출전했는데 한 줄기 붉은 연기가 하늘로 치솟는가 싶더니 행방이 묘연해져 버렸습니다."

왕 상서가 말했다.

"그렇다면 우리 명나라 장수가 네 명이나 함정에 빠져 버렸다는 것이 아니오!"

호위병이 말했다.

"맞습니다. 무장원 당영과 낭아봉을 든 장백, 퉁방울눈의 유음, 그리고 왕량까지 네 명입니다."

삼보태감이 말했다.

"이런, 틀렸구나! 이런 조그마한 나라하고 아무리 싸워도 이기지 못하다니! 차라리 자리를 털고 중국으로 돌아가는 것이 그나마 현명한 처사이겠소. 어려움을 알면 물러날 줄 알아야 하지 않겠소?"

왕 상서가 말했다.

"고정하십시오. 호랑이 목에 걸린 방울은 그걸 걸어놓은 사람이 풀어내야 한다고 하지 않습니까? 애초에 우리한테 서양이라는 게 있고 무슨 보물을 가져와야 한다고 얘기한 사람이 누구입니까? 이게 다 장 천사와 국사님이 아닙니까? 이제 우리 군대가 불리한 처지에 놓여서 오랑캐 계집이 날뛰고 있으니, 어쩔 수 없이 그 두 분께 처리해 달라고 하는 수밖에 없겠습니다."

"당장 오랑캐 계집이 싸움을 걸고 있는 마당인데 두 분에게 도움을 청할 겨를이 어디 있습니까?"

"오늘은 날도 저물었으니 휴전패를 내걸어두고 나서 대책을 찾아보도록 합시다."

그렇게 상의하고 휴전패를 내걸자, 쟝 지네틴도 그걸 보고 자기 나라로 돌아가 국왕에게 보고했다. 국왕이 무척 기뻐하며 말했다.

"짐의 강산과 사직은 모두 그대 부친과 오라비들이 거느린 병사에 의지해서 보존되고 있었는데, 뜻밖에 그들이 중국군에게 해를 당하고 말았소. 그런데 이제 강산과 사직을 단단히 지킬 수 있게 된 것은 모두 그대 덕이오. 모든 일이 마무리되면 마땅히 온 나라가 그대와 더불어 평안하게 부귀를 누리게 될 것이오."

"오늘은 대왕마마의 크나큰 복에 힘입어 제가 제대로 능력을 발휘함으로써 중국의 네 장수를 가둬둘 수 있었습니다. 내일 출전할 때는 반드시 승려와 도사를 사로잡고, 명나라 배를 불사르고, 그 사령관을 죽여야 제 마음이 풀릴 것입니다."

이때는 이미 저녁이 되어서 국왕도 내궁으로 돌아가고 장 지네틴도 자기 집으로 돌아갔다. 그야말로 이런 격이었다.[3]

玉漏銀壺底事催	물시계 바늘은 어이해 재촉하는가?
鐵關金鎖幾時開	단단히 잠긴 관문 몇 번이나 열렸던가?
誰家見月能閑坐	뉘라서 달을 보고 한가로이 앉아 있을 수 있으랴?
何處呼童不酒來	어이해 하인 불러 술 가져오라 하지 않는가?

그러니까 장 지네틴은 요사한 술법으로 명나라 군대를 전멸시키려고 날이 새기가 무섭게 다시 달려와 싸움을 걸었다. 두 사령관이 마침 논의를 하고 있던 차에 호위병이 와서 보고했다.

"오랑캐 계집이 싸움을 걸고 있습니다."

왕 상서는 삼보태감과 함께 장 천사의 배를 찾아가 대책을 논의하자고 했다. 그러자 마 태감이 말했다.

"저희도 오늘은 장 천사께 인사를 올리러 가고 싶습니다."

왕 상서가 말했다.

3 인용된 시는 당나라 때 최액(崔液)이 지은 〈정월 보름 밤[上元夜 또는 正月十五夜]〉에서 몇 글자를 바꾸어 인용한 것으로, 원작은 다음과 같다. "玉漏銅壺且莫催, 鐵關金鎖徹明開. 誰家見月能閒坐, 何處聞燈不看來."

"그렇다면 함께 가세."

이렇게 해서 세 사람은 옥황각으로 가서 장 천사와 인사를 나누고 자리에 앉았다. 마 태감이 살펴보니 옥황각 위쪽에는 상청제군(上淸帝君)과 옥청제군(玉淸帝君), 태청제군(太淸帝君)까지 삼청신(三淸神)이 모셔져 있고, 그 좌우에는 다른 하늘의 신들과 하늘 장수들의 상이 늘어서 있었다. 이 하늘의 신들과 하늘 장수들은 모두 머리가 셋에 팔이 여섯이요, 시퍼런 얼굴에 날카로운 송곳니를 드러내고 있고, 수염과 머리카락이 모두 붉은색이었다. 이에 마 태감이 말했다.

"두 분 사령관님, 그리고 천사님, 여기 늘어서 계신 하늘의 신들과 하늘 장수들은 이렇게 못생겼는데도 신으로 모셔지는데, 어떻게 그런 경지에 오르게 되었습니까? 요즘 사람들은 말쑥한 용모에 차림새도 단정하고 총명한데도 오히려 신이 되지 못하는데, 어쩌다가 이런 윤회의 재난 속으로 빠지게 되었을까요?"

왕 상서가 말했다.

"그건 모르시는 말씀일세. 옛날 사람들은 생김새는 짐승 같아도 사람다운 마음을 갖고 있었기 때문에 모두 신이 되어서 정과(正果)를 이룰 수 있었네. 하지만 요즘 사람들은 모두 생김새는 사람 같아도 마음이 짐승 같아서 신이 되지 못하고 윤회의 재난 속으로 빠지게 되었지."

"일리 있는 말씀이십니다."

마 태감이 다시 살펴보니 신상 앞의 탁자 아래에 몇 개의 커다란 주리 틀이 비스듬히 놓여 있었다.

'남경의 삼법사(三法司)[4]과 상강양현(上江兩縣)[5]의 현청, 오성병마사(五城兵馬司)[6]나 이형아문(理刑衙門)[7]의 관청에나 이런 형구(刑具)가 있는 법인데, 어떻게 도교에 몸을 담은 장 천사 같은 분이 이런 형구를 쓰지? 내가 황궁 안의 수비를 담당할 때는 어쩔 수 없이 저런 걸 하나 쓰긴 했지만, 그래도 이건 관청의 형벌을 남용하는 것이 아닌가?'

그리고 자세히 살펴보니 주리 틀 위에 지저분한 봉투들이 아주 많았고, 그 위에는 많은 글씨가 적혀 있었다. 마 태감이 일어나 살펴보니 거기에는 광서(廣西)의 무슨 급각신(急脚神)[8]이니 조양동(潮

---

4 옛날 중국의 대표적인 세 개의 사법기관을 아울러 부르는 명칭이다. 명나라 때는 형부(刑部)와 도찰원(都察院), 대리시(大理寺)를 합쳐서 삼법사라고 불렀으며, 중대한 사건의 경우 이 세 부서의 책임자들이 함께 심의하여 판결했는데 이를 '삼사회심(三司會審)'이라고 했다.

5 상원현(上元縣)과 강녕현(江寧縣)을 합쳐 부르는 명칭으로서 지금의 난징[南京]에 속한다.

6 북경의 치안과 방화(防火), 수리시설 및 도로를 관리하는 등의 임무를 띤 관서이다. 영락 2년(1404)에 북경에 병마지휘사(兵馬指揮司)를 설치했고, 북경에 수도를 정한 뒤에는 중앙과 동서남북 다섯 곳에 오성병마사(五城兵馬司)를 나누어 설치했다.

7 영락제 때 북경에 수도를 정하고 대운하를 개통한 후 회안(淮安)에 조운총독서(漕運總督署)를 설치했는데 그 아래에 조저도(漕儲道)와 총병부(總兵府), 참장부(參將府), 이형아문(理刑衙門), 선정청(船政廳) 등 여러 부서를 두었다. 이형아문은 형벌을 관장하는 부서이다.

8 아주 빨리 달리는 재주가 있는 귀신을 가리킨다.

陽洞)의 무슨 대두귀(大頭鬼)니 하는 글귀들이 적혀 있었다.

"두 분 사령관님, 그리고 천사님, 여기 양쪽의 탁자 아래에 놓인 형틀들은 어디에 쓰는 것입니까?"

장 천사가 말했다.

"태감께서 잘 모르시는 모양인데, 세상에는 선량한 백성에게 해를 끼치는 못된 귀신들과 재앙을 일으키는 요괴, 정령이 있소이다. 이런 것들은 모두 제가 다스려야 하지요. 왼쪽의 형틀은 급각신이나 유수귀(遊手鬼), 유식귀(遊食鬼), 대두귀, 전면귀(靛面鬼), 양매귀(楊梅鬼) 같은 귀신을 다스리는 것이고 오른쪽 형틀은 닭과 개, 돼지, 노새, 말, 나귀, 문빗장, 빗자루, 멜대, 요강 등의 정령을 다스리는 것이지요."

"이렇게 신통한 위엄을 지니신 분을 모시게 되어 영광입니다."

"과분하신 말씀이시오."

"그런데 이곳 해외의 요사한 것들도 모두 천사님께서 관할하십니까?"

"천지를 통달하고 저승을 마음대로 드나드는 제가 어찌 해외의 것이라고 다스리지 못하겠소이까?"

"금련보상국의 쟝 지네틴이 연일 요사한 술법을 써서 우리 장수 네 명을 함정에 빠뜨려 버려서 생사를 알 수 없게 되었는데, 이것도 처리하실 수 있습니까?"

"가짜는 진짜를 이길 수 없고, 사악한 것은 정의로운 것을 이길 수 없다고 하지 않았습니까? 쟝 지네틴이라는 계집이 무슨 요사한 술법을 썼다면, 제가 모자란 재주이긴 하지만 최선을 다해 그 요사한 계집을 사로잡고 네 장수를 구출하여, 멀리로는 폐하의 은덕에 보답하고 가까이로는 두 사령관의 위엄을 높이도록 해 보겠소이다."

이에 두 원수가 감사 인사를 했다.

"그래 주시면 정말 감사하겠습니다."

장 천사는 즉시 나서서 좌우에 날아가는 용이 수놓아진 깃발을 세웠다. 그리고 왼쪽 깃발 아래에는 신악관에서 데려온 스물네 명의 악무생에게 풍악을 연주하게 하고, 오른쪽 깃발 아래에는 조천궁에서 데려온 스물네 명의 도사에게 부적과 물을 준비하게 했다. 중간에는 '강서(江西) 용호산 인화진인(引化眞人) 장 천사'라고 적힌 커다란 깃발을 펼쳐놓았다. 그리고 막사 문 앞에 깃발이 펄럭이는 가운데 갈기 푸른 말을 타고 장 천사가 등장했으니, 바로 이런 모습이었다.

如意冠玉簪翡翠	여의관에 옥비녀 비취 장식하고
雲鶴氅兩袖扒裟	구름무늬 학창의 두 소매 펄럭인다.
火溜珠履映桃花	불꽃무늬 진주 장식한 신에는 복사꽃이 비치고
環佩玎璫斜掛	딸랑딸랑 둥근 고리 옥패 비스듬히 걸었구나.
背上雌雄寶劍	등에는 암수 쌍검을 지고
龍符虎牒交加	용의 부적과 호랑이 부르는 문서 교대로 날리는구나.

大紅旗展半天霞	붉은 깃발 펼쳐져 하늘을 반쯤 가리는데
引化眞人出馬	인화진인이 말을 타고 나서는구나.

한편 쟝 지네틴이 다시 와서 싸움을 거는데, 중국군 진영 양쪽에 날아가는 용이 수놓아진 깃발이 펄럭이고 어린 도사들과 나이 많은 도사들이 두 줄로 늘어서 있었다. 그리고 그 중간에 펼쳐진 검푸른 깃발 아래에는 도복을 입은 도사 하나가 앉아 있었다. 그걸 보고 쟝 지네틴이 코웃음을 치며 말했다.

"중국 놈들이 우리를 어쩌지 못하니까 도사를 불러 술법을 풀어 버리려고 하는군! 그게 아니라면 며칠 전에 가둬둔 장수들을 보우해 달라고 신에게 제사라도 지낼 모양이지?"

그 말이 끝나기도 전에 장 천사가 명령을 내려 깃발을 흔들고 북을 울리게 하면서 하늘이 울리도록 함성을 지르게 했다. 쟝 지네틴이 깜짝 놀라 중얼거렸다.

"중국에 무슨 도사가 있다더니, 설마 그 작자인가?"

그녀는 재빨리 군대의 진용을 펼치고 정신을 집중하여 크게 소리쳤다.

"네놈이 바로 말코도사더냐?"

장 천사가 칠성보검을 휙 휘두르며 푸른 갈기의 말을 몰아 앞으로 조금 나서서 보니 과연 서양의 여자 장수였다.

"하찮은 요고(妖姑) 같으니! 당장 말에서 내려 얌전히 죽음을 받아들여라. 내 보검을 더럽히지 않게 말이다!"

"간덩이가 부은 도사 놈이로구나! 네놈의 거창한 이름을 듣고 하늘의 달 같은 큰 덕을 가진 인물이리라 생각했다. 대가리가 세 개에 팔이 여섯 개, 손이 일곱 개, 다리가 여덟 개가 달려서 하늘을 돌리고 땅을 치솟게 할 재주가 있는 작자인 줄 알았는데, 알고 보니 기껏 대가리는 물레 같고 다리는 메뚜기 같은 도사에 지나지 않았구나! 역시 백 번 듣는 것보다 직접 한 번 보는 게 낫다더니! 그래, 여긴 뭐하러 왔느냐? 설마 제 발로 죽으러 온 건 아니겠지?"

장 천사가 버럭 화를 내며 칠성보검을 휘두르자, 쟝 지네틴도 황급히 일월쌍도를 들어서 막았다. 장 천사가 말했다.

"하찮은 이단의 술법으로 우리 장수들을 함정에 빠뜨리다니, 그게 도리에 맞는 일이더냐?"

"양쪽 군대가 맞붙으면 이긴 쪽이 있고 패한 쪽이 있는 법! 내가 이겨서 개선가를 부르자 그자들은 패하여 어디로 갔는지 모르게 도망쳤는데, 그게 나하고 무슨 상관이라더냐?"

"주둥이만 살아 있는 천박한 계집 같으니! 당장 네 장수를 돌려보내면 뼈를 바르고 살을 기름에 튀겨야 마땅한 죄를 용서해 주마!"

"여러 말 할 것 없다! 내가 너희 장수 네 명을 가둬두었다고 했는데, 그래 어디다 가뒀는지 점을 쳐서 알아맞히면 제대로 된 도사라고 해 주마. 만약 틀리면 일찌감치 말에서 내려 내 오랏줄을 받아라!"

그 말을 듣고 장 천사가 생각했다.

'이번에는 이 요괴가 나를 막지 못할 거다.'

그는 눈살을 찌푸리며 계책을 떠올리고 말했다.

"잠깐 물러서라. 내가 점을 쳐 보고 알려주마."

장 천사가 보검을 들어서 해를 향해 한 번 휘두르자 보검에서 불길이 치솟았다. 그는 재빨리 부적을 하나 꺼내어 그 불길에 사르며 소리쳤다.

"조천궁의 도사들은 주사(朱砂)로 만든 향을 가져와라!"

그런데 어떻게 주사로 만든 향이 준비되었을까? 원래 장 천사의 영패에는 모두 하늘의 신과 하늘 장수의 이름이 적혀 있었는데, 그걸 말 위에서 내리치면 신성에 대한 모독이 아니겠는가? 그래서 미리 이 향을 준비해 두었던 것이다. 장 천사는 주사로 만든 향 위에 영패를 세 번 내리치며 소리쳤다.

"한 번에 하늘 문이 열리고, 두 번에 땅의 문이 갈라지고, 세 번에 하늘 장수가 제단에 강림하라!"

그 말이 끝나기도 전에 서북쪽에서 구름이 일어나고 동남쪽에서 안개가 피어나더니, 동남쪽에 수많은 금빛이 일어나고 서북쪽에 상서로운 기운이 서리면서 허공의 구름 위에서 하늘 장수가 하나 내려왔다. 금강역사처럼 키가 크고 얼굴은 시뻘건 색이요 봉황 같은 눈에 누에 같은 눈썹을 한 그 하늘 장수는 청룡언월도(青龍偃月刀)를 들고 털이 반질반질한 적토마(赤兎馬)를 타고 있었다. 장 천사가 말했다.

"그대는 누구시오?"

"저는 한나라 말엽 삼국시대에 의용무안왕(義勇武安王)에 봉해졌고 지금은 하늘 남문을 지키고 있는 관(關) 원수(元帥)입니다. 무슨 일로 저를 부르셨는지요?"

"지금 서양의 요사한 계집이 함부로 이단의 술법을 써서 우리 장수 네 명을 가둬놓았는데, 그들이 어디 갇혀 있는지 자세히 알려주시오."

관 원수는 즉시 상서로운 구름을 타고 공중에 올라 아래를 살펴보았다. 중국의 네 장수는 각기 사방에 따로 떨어져 갇혀 있었는데 무척 위태로워 보였다. 관 원수는 즉시 장 천사의 말 앞으로 돌아와서 보고했다.

"중국의 네 장수는 서양의 요녀의 술법 때문에 각기 바위와 물, 나무, 불의 함정에 갇힌 채 동서남북에 떨어져 있습니다. 그들을 구하지 않으면 내일 오시삼각(午時三刻)에 핏물로 변할 것입니다."

"그렇다면 그들을 가둔 술법을 해제해 주시오."

관 원수는 구름을 타고 공중으로 날아올라 남쪽을 향해 주먹을 휘둘러 불의 함정을 깨고, 동쪽으로 발길질을 하여 나무의 함정을 깨고, 북쪽으로 칼을 휘둘러 물의 함정을 깼다. 그리고 서쪽으로 채찍을 휘둘렀는데 그 바위산이 꼼짝도 하지 않는 것이었다. 불같이 노한 관 원수가 주먹을 휘두르고 발로 차고 칼을 휘둘러도 역시 그 산은 꼼짝도 하지 않았다. 이에 자세히 살펴보니 그것은 바로 양각산(羊角山)의 양각도덕진군(羊角道德眞君)의 우물을 두른 돌 테두리였다.

그런데 그 테두리는 대단한 내력을 갖고 있었다. 그게 뭐냐? 원래 이 돌은 천지가 나뉘기 전부터 존재하던 것이었다. 그런데 반고(盤古)가 하늘과 땅을 나눈 뒤부터 이 돌에서 갑자기 "텅!" 하는 소리가 울리면서 가운데에서 이 양각도덕진군이 나왔다. 그가 나올 때 머리에 두 개의 양의 뿔 같은 것이 나 있어서 다들 그를 양각진군이라고 불렀는데, 훗날 그가 심성을 수련하려 도덕을 갖추게 되자 다시 양각도덕진군이라는 호칭이 생겨났다. 이 진군은 그 돌 안에 앉아서 자라났으며, 배가 고프면 이 돌의 껍질을 먹고 목이 마르면 돌 위에 고인 물을 마셨다. 여와(女媧)는 이 돌에서 한 조각을 빌려 하늘을 보수했고, 진시황은 그 돌 한 조각을 얻어 바다를 메웠다. 이 돌 테두리에는 정령이 깃들어 있어서 커졌다 작아졌다 할 수 있었는데, 오랜 세월이 흐른 뒤에 진군이 그걸 지니고 다니면서 보물로 여겼다. 그런데 장 지네틴이 양각도덕진군을 스승으로 모시자, 사제지간의 정 때문에 그 돌을 빌려주어 당영을 가두게 해 주었던 것이다.

관 원수는 그런 사정을 알게 되자 어쩔 수 없이 언월도를 내리고 구름 손을 내밀어 그 산을 들어 올렸다. 그제야 당영도 빠져나올 수 있었다. 관 원수는 장 천사에게 돌아가 그대로 보고하고 구름을 타고 떠났다.

그러자 장 천사가 소리쳤다.

"요사한 계집, 어디 있느냐?"

"목소리만 높인다고 대수더냐? 왜 그리 고함을 질러?"

“요사한 계집! 네가 제법 신통력이 있어서 쇠와 나무와 물과 불로 함정을 만들어 우리 장수들을 가두었더구나.”

“그래 지금 어디 있더냐?”

“감히 나를 속이려고? 동서남북 사방에 떨어져 있더구나.”

쟝 지네틴은 장 천사가 사실대로 얘기하자 입을 두어 번 삐죽이고 고개를 두어 번 내저으며 생각했다.

‘과연 명실상부한 도사로군.’

그리고 재빨리 말머리를 돌려 도망치자 장 천사가 고함을 질렀다.

“요사한 계집, 어딜 도망치려고? 네가 하늘까지 도망친다 해도 구름을 타고 쫓아가겠다!”

그리고 푸른 갈기의 말을 몰아 쫓아가며 칠성보검을 휘둘렀다. 쟝 지네틴이 황급히 피하면서 소매 안에서 한 자 두 치쯤 되는 하얀 깃발을 꺼내서 땅에 꽂고, 말을 몰아 깃발 아래를 세 바퀴 돌면서 장 천사를 가두려 했다. 하지만 요괴를 잡는 대장군인 장 천사는 그녀가 하얀 깃발을 꺼내는 순간 계책을 눈치채고 깃발을 향해 손가락을 퉁겼다. 그러자 “차락!” 하는 소리와 함께 그 함정이 사라져 버렸다.

술법이 통하지 않자 쟝 지네틴은 어쩔 수 없이 일월쌍도를 움켜쥐고 달려들었다. 몇 번 맞붙고 나자 장 천사의 칠성보검이 빗방울처럼 찔러 들어오며 이리저리 치고받았다. 명나라의 득도한 장 천사와 서양 국왕을 호위하는 쟝 지네틴은 각기 황제가 천하를 평정하는 것을 돕고 서양 왕의 위엄을 지키기 위해 격렬하게 싸웠다. 이에 딱 맞는 속담이 있으니 바로 이것이다.

江南一塊銅	강남의 구리 한 덩이
一馬兩分鬃	두 갈래 갈기의 말 한 마리.
一塊鑄成鑼一面	한 덩이로는 징을 만들고
一塊鑄成一口鐘	한 덩이로는 종을 만들었지.
鐘響僧上殿	종소리는 절에서 울리고
鑼響將交鋒	징은 장수의 칼끝에서 울리지.
一般俱是銅	똑같이 구리인데
善惡不相同	선악이 서로 다르다네.

장 천사는 쟝 지네틴을 진심으로 굴복시키기 위해 함부로 손을 쓰지 않았다.

쟝 지네틴은 장 천사의 적수가 되지 못한다는 것을 알고 말머리를 돌려 서쪽으로 도망쳤다. 그녀가 막 화살 한 대가 닿을 거리에 이르렀을 때, 갑자기 앞쪽에서 한 무리의 병사들이 깃발을 흔들고 북을 울리며 하늘이 쩌렁쩌렁하게 함성을 질렀다. 맨 앞에 서 있던 장수가 고함을 질렀다.

"요사한 계집, 어딜 도망치려고? 당장 말에서 내려 창을 받아라!"

쟝 지네틴이 고개를 들어 바라보니 그는 바로 은빛 투구를 쓰고 갑옷을 입은 채 꽃무늬가 새겨진 옥 허리띠를 두르고 비단 전포를 걸친, 문무를 겸비한 무장원 당영이었다.

'아니! 저자는 우리 사부님 우물의 돌 테두리에 갇혀 있었는데, 어떻게 저리 쉽게 빠져나와 여기까지 왔지?'

쟝 지네틴은 원수가 길을 막고 있으니 틀렸다고 생각하고, 더 이상 말싸움을 하지 않고 말머리를 돌려 북쪽으로 도망쳤다. 그녀가 막 화살 한 대가 닿을 거리에 이르렀을 때, 갑자기 앞쪽에서 한 무리의 병사들이 깃발을 흔들고 북을 울리며 하늘이 쩌렁쩌렁하게 함성을 질렀다. 맨 앞에 서 있던 장수가 고함을 질렀다.

"요사한 계집, 어딜 도망치려고? 당장 말에서 내려 낭아봉을 받아라!"

쟝 지네틴이 고개를 들어 바라보니, 그는 바로 쇠로 만든 둥근 모자를 쓰고 은으로 된 머리띠를 두르고 까만 비단 전포에 쇠뿔로 만든 허리띠를 찬 채 새까만 오추마(烏騅馬)를 탄, 천호 장백이었다.

'아니! 저자는 물의 함정에 갇혀 있었는데, 어떻게 저리 쉽게 빠져나와 여기까지 왔지?'

쟝 지네틴은 원수하고 맞닥뜨렸으니 눈에 불을 켜고 달려들 거라 생각해서, 더 이상 말싸움을 하지 않고 말머리를 돌려 동쪽으로 도망쳤다. 그녀가 막 화살 한 대가 닿을 거리에 이르렀을 때, 갑자기 앞쪽에서 또 한 무리의 병사들이 깃발을 흔들고 북을 울리며 하늘이 쩌렁쩌렁하게 함성을 질렀다. 맨 앞에 서 있던 장수가 고함을 질렀다.

"요사한 계집, 어딜 도망치려고? 당장 말에서 내려 내 칼을 받아라!"

쟝 지네틴이 고개를 들어 바라보니, 그는 바로 키가 열 자에 허리둘레가 열 아름이나 되고 높다란 코와 퉁방울눈을 하고 오명마(五明馬)를 탄 채 손잡이에 봉황 수실이 달린 안령도를 쓰는 무위부 장군 유음이었다.

'아니! 저자는 나무의 함정에 갇혀 있었는데 어떻게 된 거지? 술법이 전혀 통하지 않고 오히려 나를 죽이러 쫓아오다니!'

쟝 지네틴은 훌륭한 장수는 두 명의 적을 상대하지 않고 좋은 일도 세 번은 연달아 오지 않는다고 생각해서, 더 이상 말싸움을 하지 않고 말머리를 돌려 남쪽으로 도망쳤다. 그녀가 막 화살 한 대가 닿을 거리에 이르렀을 때, 갑자기 앞쪽에서 또 한 무리의 병사들이 깃발을 흔들고 북을 울리며 하늘이 쩌렁쩌렁하게 함성을 질렀다. 맨 앞에 서 있던 장수가 고함을 질렀다.

"요사한 계집, 어딜 도망치려고? 당장 말에서 내려 내 창을 받아라!"

쟝 지네틴이 고개를 들어 바라보니, 그는 바로 무리를 질끈 묶어 모자를 쓰고 비단 소매를 묶었으며, 사자 머리가 장식된 허리띠를 차고 있는 잘생기고 몸매도 훤칠한 젊은 장수였다. 금칠한 안장을 얹은 천리마를 탄 채 장비(張飛)가 쓰던 것과 같은 한 길 여덟 자의 창을 쓰는 그는 바로 금오군 전위부대의 장수 왕량이었다. 이렇게 연달아 네 장수와 맞닥치자 그녀는 간담이 서늘해지고 모골이 송연해졌다.

‘아무래도 장 천사가 내 술법을 모두 깨뜨려 버린 모양이구나. 사방으로 달아날 길이 모두 막혔으니, 여차하면 죽게 생겼구나!’

이윽고 장 천사가 칠성보검을 들고 중앙에서 다가오고 사방에 네 명의 장수와 네 부대의 군사들이 둘러싸고 북을 울리며 살벌한 함성을 질러 대니, 쟝 지네틴은 그야말로 철통 안에 갇힌 꼴이 되어 버렸다. 이에 그녀는 비녀를 하나 꺼내서 땅바닥에 찔렀다. 그러자 타고 있는 말과 함께 그녀의 모습이 땅 위에서 사라져 버렸다. 하지만 장 천사가 재빨리 다가와 칠성보검으로 가리키자 그녀의 모습이 땅속에서 다시 쑥 나타났다. 장 천사가 다시 검을 한 번 가리키자 그녀는 붉은 비단을 땅바닥에 떨어뜨리고 말에 탄 채 그 위로 올라섰다. 그러자 갑자기 붉은 구름이 하늘로 치솟았다. 장 천사는 재빨리 푸른 갈기의 말을 몰아 짚으로 엮은 용에 타고 그대로 구름 위까지 쫓아가며 고함을 질렀다.

“천박한 계집! 어딜 도망치려 하느냐? 네가 구름을 탈 줄 안다면 나는 못 할 줄 알았더냐?”

“그건 아니지. 사람을 쫓더라도 백 걸음 이상은 안 된다고 했다. 너희가 사방에서 철통같이 포위해서 내가 땅속으로 들어가려 했지만 길이 없었으니, 어쩔 수 없이 공중으로 올라온 것이 아니더냐? 다행히 공중에는 길이 있는데 왜 또 쫓아온 거냐?”

“네년을 잡아 천참만륙하여 우리 장수 네 명을 가둔 죄를 묻고야 말겠다!”

“그자들은 이미 알아서 나왔는데 무슨 소리냐?”

"네가 놓아준 것이더냐? 이 어르신이 네년의 술법을 깨뜨렸기 때문에 나올 수 있었던 게지!"

"이미 지난 일인데 굳이 따지고 드는 건 무슨 심보냐?"

"닥쳐라! 주둥이만 살아 있구나!"

장 천사가 그녀의 머리를 향해 칼을 내리치자 쟝 지네틴은 어쩔 수 없이 일월쌍도를 들어서 막았다. 그렇게 둘은 구름 속에서 한참 동안 싸웠다.

이때 쟝 지네틴은 다시 계책을 생각해내고 한 손으로는 칼을 휘둘러 공격을 막으면서, 다른 한 손으로는 자기 집안에 대대로 전해 내려온 그 아홉 자루의 칼을 꺼내 은밀한 주문을 외며 허공으로 뿌렸다. 그러자 그 칼들이 장 천사의 머리를 노리고 날아왔다. 장 천사가 그걸 보고 오히려 코웃음을 쳤다.

"네년의 칼이 내 몸에 닿을 수 있을 것 같으냐?"

그 말이 끝나기도 전에 그 아홉 자루의 칼들은 일제히 뒤로 튕겨 날아가 버렸다. 원래 장 천사는 정일도(正一道)의 법력을 쓰기 때문에 모든 사악한 것은 그를 피하기 마련이었던 것이다. 칼들이 사방으로 흩어져 버리자 장 천사가 꾸짖었다.

"천박한 계집! 감히 내 앞에서 칼을 날리는 술수를 부리다니! 이야말로 불꽃을 향해 달려드는 불나방 같은 짓이니라!"

그리고 얼른 부적을 하나 꺼내서 보검 끝에서 불사른 후 허공에 뿌렸다. 그러자 사방팔방에서 하늘 신들과 하늘 장수들이 일제히 몰려왔다. 쟝 지네틴은 모골이 송연해지도록 깜짝 놀라 구름을 타고 도망치려 했지만, 사방이 막혀 도망칠 길이 없었다. 하지만 그대로 있자니 위아래로 천라지망이 펼쳐져 있어서 거기에 걸리면 후회해도 늦을 것 같았다. 그녀는 싸울 마음이 없어서 그저 이리저리 빠져나갈 구멍만 찾았다. 그 모습을 보자 장 천사는 혹시 포위망에 구멍이 생겨서 헛수고만 하게 될지 염려스러워서, 황급히 아홉 마리 용이 수놓아진 띠를 꺼내어 공중으로 던져서 덮어 버렸다.

원래 이 띠는 태상노군이 인간 세상에 태어날 때 배내옷으로 입던 것으로서 생김새는 관에 덮는 천처럼 생겼으며, 아홉 마리 나는 용이 수놓아져 있었다. 이 띠를 덮게 되면 하늘 신이나 하늘 장수라 하더라도 빠져나올 수 없으니, 평범한 인간이야 말할 필요도 없는 것이다. 그러므로 장 천사는 이것을 이용해 그녀를 사로잡으려 한 것이다. 그러나 쟝 지네틴은 눈썰미가 좋아서 장 천사가 띠를 던지자 곧 그 떨어지는 띠를 따라서 아래로 재빨리 내려갔다. 장 천사는 그녀가 띠에 갇힌 줄로만 알았는데, 그녀가 타고 있던 말과 함께 구름 아래로 떨어져 황량한 풀이 우거진 언덕으로 내려가 버린 줄을 꿈에도 몰랐다.

한편, 장 천사가 짚으로 엮은 용을 타고 날아가 구름 위에서 오랑캐 여자를 쫓아가는 것을 본 네 장수가 말했다.

"우리는 잠시 배로 돌아가서 사령관께 보고합시다. 여기는 다른 병사를 보내 협동 작전을 펴도록 하지요."

그러자 당영이 말했다.

"안 됩니다! 장 천사의 신통력이 아니라면 우리가 어찌 이 큰 난국에서 벗어날 수 있었겠습니까? 그런데 장 천사 혼자 쫓아가게 해 놓고 우리만 돌아가 버리면 되겠습니까?"

그러자 다른 장수들이 말했다.

"무장원의 뜻대로 하겠소이다."

"제 생각에는 여기다 군영을 차리고 대기하는 게 좋겠습니다."

"대기하는 거야 그러면 되는데 굳이 군영까지 차릴 필요가 있습니까?"

"그건 모르시는 말씀입니다. 승패는 병가지상사입니다. 만약 장 천사께서 승리하신다면 저 천박한 오랑캐 계집이 분명 아래로 내려올 것이고, 그게 아니라면 장 천사께서 떨어져 내리겠지요. 우리는 여기에 군영을 차리고 있다가 장 천사께서 내려오시면 즉시 지원해 드리고, 그 계집이 내려오면 바로 사로잡아야지요. 그러면 일거양득이 아니겠습니까?"

"과연 훌륭하신 의견입니다. 그저 감탄스러울 따름입니다!"

그런데 그 말이 끝나기도 전에 "휙!" 하는 순간 장 지네틴이 내려왔다. 그러자 네 장수는 양을 덮치는 호랑이처럼 각기 무기를 휘두르며 일제히 달려가서 그녀를 고깃덩이로 만들어 버렸다. 당영이 말했다.

"이건 진주 수실이 달린 제 은창의 솜씨입니다."

그러자 천호 장백이 말했다.

"아니지요. 이건 여든네 근의 제 낭아봉이 만들어 낸 것입니다."

선봉장 유음이 말했다.

"무슨 말씀! 이건 봉황 수실이 달린 제 안령도의 작품입니다."

왕량이 말했다.

"무슨 말씀! 이건 한 길 여덟 자의 제 창이 만든 작품입니다."

그들은 다투어 말에서 내려 그녀의 수급을 차지하려 했다. 그런데 그들이 가서 보니 투구와 갑옷, 낡은 옷 아래 맑은 몇 주걱의 물만 찰랑거릴 뿐 장 지네틴의 모습은 보이지 않았다. 네 장수는 다들 자기 눈을 의심했다.

"헛것을 보았나?"

"허공에다 삽질했단 말인가?"

알고 보니 장 천사의 아홉 마리 용이 수놓아진 띠 역시 허탕을 쳤던 것이다. 하지만 이미 그런 상황을 눈치챈 장 천사는 하늘신과 하늘 장수들에게 작별인사를 하고 짚으로 엮은 용을 내려서 황급히 황량한 풀이 우거진 언덕으로 갔다. 그리고 그곳에서 의아해하고 있던 네 장수를 보고 물었다.

"그 요사한 계집이 내려왔는데, 어디로 갔소이까?"

"바로 여기로 내려오기에 저희가 일제히 달려가 은창과 칼, 낭아봉, 창으로 끝장을 내버리고 그년 수급을 베어서 천사님께 바치려 했습니다. 그런데 말에서 내려서 살펴보니 투구와 갑옷, 낡은 옷 아래 맑은 몇 주걱의 물만 찰랑거릴 뿐 그년의 모습은 보이지 않았습니다. 저희도 어찌 된 일인지 몰라 당혹스러워하던 차에 천사님께서 내려오셨는지라, 미처 마중도 나가지 못했습니다. 죄송합니다."

"무슨 말씀을! 그나저나 그 천한 계집을 놓치고 말았군요. 이 물을 보니 물의 장막 속에 숨어버린 모양이군요. 관둡시다. 염라대왕의 법에 따르면 삼경에는 사형을 집행해도 오경까지 미뤄두지 않지요. 아마 그 계집의 목숨이 아직 끊어져서는 안 되는 모양이니, 내일 다시 잡도록 합시다. 일단 군사들에게 명령을 내려 승전고를 울리고 돌아가도록 합시다."

그들이 돌아가 보고하자 두 사령관은 무척 기뻐하며 일일이 인사를 나누었다. 그리고 삼보태감이 말했다.

"네 분 장군들께서는 어떤 함정에 빠지신 겁니까?"

장 천사가 말했다.

"무장원 당영은 돌의 함정에 빠져 서쪽에 갇혀 있었고, 낭아봉 장백은 물의 함정에 빠져서 북쪽에, 선봉장 유음은 나무의 함정에 빠져서 동쪽에, 왕량은 불의 함정에 빠져서 남쪽에 갇혀 있었습니다."

"그런데 어떻게 벗어났지요?"

"제가 관 원수에게 부탁해서 술법을 깨뜨려 버렸습니다."

"그 계집은 지금 어디 있습니까?"

"제가 잡으려 했더니 공중으로 도망쳐서 바로 쫓아갔습니다. 땅속으로 도망쳐도 마찬가지였지요. 그런데 조금 전에 물의 장막을 치고 숨어 버렸습니다. 아마 멀찌감치 도망쳐 버린 모양입니다."

왕 상서가 말했다.

"조금 전에 그 계집이 찾아와 싸움을 걸면서 자기가 장 천사를 물리치겠다고 떠들어 댔습니다. 그리고 내일 신통력이 크고 무궁한 변화의 능력을 가진 자기 사부를 모셔오겠다고 하더이다. 그 외에도 온갖 불손한 말들을 지껄이고 갔습니다."

장 천사가 말했다.

"과연 버르장머리 없는 계집이로군요. 그년을 사로잡아 뼈와 살을 가루로 만들기 전에는 돌아오지 않겠습니다!"

장 천사가 이후 어떻게 그 요사한 여자를 붙잡는지는 다음 회를 보시라.

제26회

쟝 지네틴은 신선 사부를 모셔오고
양각진인은 계책을 써서 선봉을 안배하다

姜金定請下仙師　羊角仙計安前部

猖狂女將出西天	미친 여자 장수 서천을 나와
擾擾兵戈亂有年	여러 해 동안 어지러운 전란 일으켰네.
漫道熒光晴日下	맑은 태양 아래 수많은 불빛 일으키고
敢撐螳臂帝車前	감히 사마귀처럼 팔 들어 황제의 수레 막으려 했지.
堪嗤后羿穿天箭	하늘을 꿰뚫은 후예의 화살 비웃고
更笑防風過軾肩	가소롭게도 수레 지나는 바람 막으려 했지.
一統車書應此日	한 수레의 책 읽은 것은 이날을 위함이요
鋼刀濺血枉垂憐	강철 칼이 피 뿌리니 애꿎은 동정심만 남기네.

그러니까 쟝 지네틴은 물의 장막을 이용해 목숨을 건지고 자기 나라 왕궁으로 들어가 왕을 알현하자 왕이 말했다.

"오늘은 어떤 공을 세우셨소?"

"오늘은 맞수를 만났사옵니다."

"아니, 대체 어떤 장수가 나왔기에 그대의 맞수가 되었다는 말씀이오?"

"장수는 아닙니다."

왕은 장수가 아니라는 말에 상당히 초조해져서 다시 물었다.

"장수가 아니라면 누구라는 말씀이오?"

"바로 남선부주 명나라 황제 밑에 있는 인화진인 장 천사였사옵니다."

왕은 저번에 장 천사라는 말을 들었을 때는 그저 기분이 상당히 나쁜 정도였는데, 이번에는 무척 짜증이 났다.

"그대 부친이 살아 계실 때 하신 말씀으로는 그자가 비바람을 부르고 구름과 안개를 타고 다니며 재간이 아주 뛰어나서 무시무시하다고 하던데, 뜻밖에 오늘 그자를 만나셨구려. 그래 오늘 승부는 어찌 되었소?"

"그저 맞수 정도여서 저도 두렵지 않았사옵니다. 하지만 그자는 정말 부적과 주문으로 귀신을 부릴 줄 알았사옵니다. 제가 술법으로 가두려 했지만, 그자의 칠성보검이 정말 엄청나서 단번에 함정이 두 조각으로 잘려버렸사옵니다. 그리고 칼을 날려보았지만, 그자가 부른 하늘 신들과 하늘 장수들이 일제히 몰려왔사옵니다. 제가 겹겹 포위망에서 벗어나는 재능이 없다면 자칫 그 도사한테 목숨을 잃을 뻔했사옵니다."

"그렇다면 어쩌면 좋단 말씀이오? 우리 강산과 사직이 위험에 처하게 된 게 아니오?"

그러자 좌승상 보젤롱이 말했다.

"제 생각에는 항서를 쓰고 통관문서를 만들어 바치면 만사가 해결될 듯합니다. 굳이 이렇게 말씨름을 하고 있을 필요가 있사옵니까?"

그러자 우승상 텐부룽이 말했다.

"좌승상의 말씀이 일리 있다고 생각하옵니다. 중국군의 어느 무장원인가 하는 사람이 저번에 큰소리로 이렇게 얘기하지 않았사옵니까?

'우리 천자의 군대가 서양에 와서 너희 이 작은 나라를 지나가려 하는데, 저희 성을 점령하는 것도 아니고 너희 나라를 멸망시키려는 것도 아니다. 그러니 그저 통관문서 하나만 달라는 것이고, 너희가 혹시 전국옥새를 가지고 있는지 물어보려는 것뿐이다. 옥새를 갖고 있다면 우리한테 바치고, 그게 아니라면 통관문서를 써서 바치도록 해라. 그러면 만사가 해결될 것이다.'

이렇게 분명히 얘기했는데 굳이 그 뜻을 이해하지 못하고 전쟁을 일으켜 백성들을 고생시키고, 나라의 창고까지 거덜이 나게 할 필요가 있겠사옵니까? 게다가 우리나라가 믿는 것이라고는 자의왕 부자의 군대밖에 없는데, 이제 그들까지 모두 중국 군대의 손에 목숨을 잃었사옵니다. 그러니 여자 장수 하나로 어떻게 큰일을 해내겠사옵니까? 저 당당한 천자의 나라에는 백만 명의 정예병과 수천 명의 장수가 있사온데, 저들이 여자 장수 하나를 당해 내지 못하겠사옵니까? 마마, 통촉하시옵소서!"

그러자 순찰대장 젠트리가 말했다.

“두 분 승상의 말씀이 지극히 옳사옵니다. 제가 정찰을 담당하기 때문에 중국 군대의 위험성을 아주 잘 알고 있사옵니다. 백만 명의 정예병과 수천 명의 장수뿐만 아니라, 이 장 천사만 하더라도 비바람을 부르고 귀신을 부릴 줄 아는 자라서 대단히 위험한 존재이옵니다. 게다가 해와 달을 품에 넣고 천지를 소매에 가둘 수 있는 국사라는 자까지 있는데, 그의 불법은 더욱 크고 한없이 넓다고 하옵니다. 만약 우리 여자 장수가 군대를 물리지 않는다면 훗날 엄청난 재앙이 닥칠 것이옵니다. 마마, 부디 통촉하시옵소서!”

화친하자는 이런 말을 듣자 국왕도 속으로 전쟁을 계속하고 싶지 않았다. 하지만 아비와 오라비의 원수를 갚으려는 마음을 바꾸지 못하는 쟝 지네틴은 공적인 일을 빌려 사적인 바람을 이루려고 이렇게 아뢰었다.

“이들은 모두 나라를 팔아 대왕마마의 국가 대사를 그르치려는 신하들에 지나지 않사옵니다!”

“아니, 왜 이들이 매국노라는 게요?”

“대왕마마의 나라는 조상에게서 물려받아 만대에 전해지면서 서양 여러 나라 가운데 우두머리로 자리를 잡았사옵니다. 그런데 이제 항서를 쓰게 되면 중국을 군주의 나라로 섬겨야 하옵니다. 군주가 명령하면 신하들은 함께 따라야 하는 법이니, 대왕마마는 그 나라 왕이 시키는 대로 할 수밖에 없사옵니다. 만약 대왕마마께 중국으로 오라고 하면 가시지 않을 수 없으니, 그러면 대왕마마의 절개와 위엄, 생사는 모두 그의 손에 달리게 되옵니다. 지금 다른 신하들의 의견에 따르면 대왕마마께서는 군왕의 존엄을 중국에 팔고 평민과 같이 천한 신분이 되어 버리지 않겠사옵니까? 이러니 저들이 모두 매국노가 아니고 무엇이겠사옵니까!"

그 말이 끝나기도 전에 셋째 왕자가 밖에서 들어왔다. 그는 항서를 쓰려고 한다는 소식을 듣자 목 놓아 통곡했다. 왕이 물었다.

"아니, 왕자, 왜 그리 슬퍼하느냐?"

"아바마마, 어이해 이 나라를 함부로 외부인에게 주려 하시옵니까? 이 사직과 강토는 하루아침에 얻을 수 있는 게 아니지 않사옵니까?"

"이건 내 생각과는 상관없는 일이니라. 좌우 승상들이 모두 항복해야 한다고 하고, 정찰대장 얘기도 중국 군대가 아주 무시무시하다고 하니 어쩌란 말이냐?"

그러자 셋째 왕자가 신하들을 꾸짖었다.

"이 매국노들아, 군주가 근심하면 신하가 모욕을 당하고, 군주가 모욕을 당하면 신하는 죽는다는 말도 들어보지 못했더냐? 우리 왕실의 벼슬을 받아 녹을 받아먹고 있는 너희가 어찌 우리나라를 팔아 사직을 망치려 한단 말이냐? 아바마마, 이 매국노들의 목을 베고, 소자가 출정하도록 허락해 주시옵소서. 승리하기 전까지는 절대 돌아오지 않겠나이다!"

그러자 장 지네틴도 아뢰었다.

"셋째 왕자님 말씀이 옳사옵니다. 다만 제게 한 가지 묘책이 있사오니, 왕자님께선 몸소 출정하실 필요가 없사옵니다."

국왕이 물었다.

"어떤 묘책이 있다는 말씀이오?"

"제게는 양각도덕진군이라는 사부님이 계시옵니다."

"왜 그런 칭호로 불리는 게요?"

"사부님께서는 부모가 없으시고, 원래 바위에서 태어나셨사옵니다. 천지가 나뉘기 전에는 돌이었지만, 나중에 반고가 천지를 나눈 뒤에는 저절로 신령함을 발휘하여 그 돌이 쩍 갈라지면서 그 속에서 사람이 하나 나왔사옵니다. 이분이 나오실 때 머리에 두 개의 양의 뿔 같은 것이 나 있어서 다들 그를 양각진군이라고 불렀사옵니다. 이분은 그 돌 안에 태어나 자라났으며, 배가 고프면 이 돌을 껍질을 먹고 목이 마르면 돌 위에 고인 물을 마셨사옵니다. 그리고 오랜 세월이 흘러 도와 덕이 더욱 깊어져서 삼계를 초월하게 되셨사옵니다. 이후 순 임금과 하, 은, 주 시대에 이르러 문자가 생겨나자, 다들 그분을 양각도덕진군이라고 부르게 되었사옵니다. 그런데 그 돌에는 신령한 능력이 있어서 커지고 작아질 수 있었기 때문에, 진군께서 그것을 지니고 다니시면서 보물로 삼으셨사옵니다. 바로 그걸 제가 저번에 빌려다가 무장원 당영을 함정에 가두었던 것이옵니다."

"그분은 지금 어디 계시오?"

"서쪽으로 오백 리 바깥에 높은 산이 하나 있는데, 그 안에 있는 깊은 동굴에서 진정한 성정을 수양하고 계시옵니다. 사람들은 이

산을 양각산, 이 동굴을 양각동라고 부르는데, 이를 증명하는 다음과 같은 시가 있사옵니다."

羊角棱層靈秀開	양 뿔 같은 층층 봉우리 신령하게 열리나니
西山積翠起仙臺	서산 녹음 속에 신선의 누대 지었도다.
入關足躡烟霞起	관문을 들어서면 안개와 노을 일어나고
倚闕手招鸞鶴來	건물에 기대어 손 흔들면 난새와 학이 온다네.
怪石摩空撑砥柱	하늘을 찌르는 괴이한 바위가 기둥처럼 버티고 서 있고
飛泉瀉澗走風雷	높은 데에서 쏟아지는 샘물과 계곡물 번개처럼 치달리네.
幾能道德眞君侶	도덕진군의 짝이 될 만한 이 몇이나 될까?
一嘯臨凡未忍回	휘파람 불며 인간 세상에 내려와 차마 돌아가지 못하고 계시지.

"그분의 바위 함정만 있더라도 승리는 거의 손에 들어온 셈이겠구려."

"제 사부님께서는 하늘을 되돌리고, 해를 더하고, 안개와 구름을 빨아 삼키고, 하늘나라의 나는 검을 마음대로 써서 백 걸음 안에 있는 사람의 머리를 베는 것도 손바닥 뒤집듯이 하실 수 있사옵니다. 여덟 갈래 뿔이 달린 신령한 사슴을 타고 하늘에 오르고 땅속에 들어가는 것도 자유자재로 하실 수 있사옵니다. 또 그분이 가지신 수

화화람(水火花籃)이라는 꽃바구니에는 사람을 목을 딸 수 있는 수많은 보물이 들어 있어서 설사 하늘의 병사라 해도 그분 근처에 다가갈 수 없으니, 어디 돌 함정 하나뿐이겠사옵니까!"

"그렇다면 속세를 벗어난 신선이자 덕행을 모두 갖춘 분이시구려."

"도덕진군이라는 그분의 칭호는 그야말로 명불허전(名不虛傳)이오니, 이를 증명하는 다음과 같은 시가 있사옵니다."

羊角住羊山	양각이 양산에 있나니
瘠瘦如角立	뿔이 선 것처럼 홀쭉하다네.
一鹿駕長風	유장한 바람 속에서 사슴을 타고 다니시니
世網安能縶	세상의 그물로 어찌 잡을 수 있으랴?
朝隨白雲出	아침이면 흰 구름 따라 나오시고
暮採紫芝入	저녁이면 자줏빛 영지를 따서 들어가시지.
道靈未去來	영험한 도는 오고 감이 없고
德氣自呼吸	덕의 공기를 스스로 숨 쉬신다네.
月明響環佩	밝은 달빛 아래 패옥 짤랑거리면서
時有飛仙集	이따금 신선들의 모임에도 나가신다네.
我欲從之遊	나도 따라가서
共飮華池汁	신선 세계의 음료 마시고 싶구나!

"그럼 그분을 어떻게 산에서 내려오시게 할 수 있겠소?"

"대왕마마께서 조서(詔書)를 한 장 써 주시면, 제가 밤낮으로 달려가 모셔오겠사옵니다. 그러면 위로는 대왕마마의 금수강산을 지키고, 아래로는 도탄에 빠져 신음하는 백성들을 구제할 수 있을 것이옵니다."

왕은 즉시 조서를 써서 장 지네틴에게 주었다. 그녀는 조서를 받아 들자 석 자쯤 되는 붉은 비단을 바닥에 깔았다. 그러자 붉은 구름이 일어나 허공으로 치솟았다. 순식간에 양각산에 도착한 그녀는 구름을 내리고 붉은 비단을 챙긴 다음, 말을 끌고 향을 손에 든 채 사부의 이름을 부르며 양각동 입구로 갔다. 문을 지키고 있던 어린 도사가 그녀를 알아보고 맞이했다.

"사저(師姐), 또 오셨군요."

"잠깐 들렀어."

"저번에 사부님께서 다섯 가지 함정을 만드는 술법과 세 가지 탈출의 술법을 전수해 주셔서 천 길이 넘는 구름을 탈 수 있게 되었는데, 또 무슨 일로 찾아오셨나요?"

"사부님께 도움을 청할 일이 있으니, 안에 말씀 좀 전해 줘. 지난번에 도술을 배웠던 장 지네틴이 사부님을 보러 왔다고 말이야."

어린 도사가 동굴 안쪽에 알리자 양각도덕진군은 그녀를 불러들였다.

"저번에 이미 몇 가지 도술을 가르쳐 주었지만, 너는 여자인지라 여기 오래 두고 있기 불편해서 보냈구나. 그런데 무슨 일로 찾아왔느냐?"

그녀가 무릎을 꿇고 말했다.

"저번에 사부님께서 제게 몇 가지 도술을 가르쳐 주셔서 저희 금련보상국이 대국의 자리를 지키게 해 주셨습니다. 그런데 뛰는 놈 위에 나는 놈이 있다고, 도저히 당해 낼 수 없는 강적을 만나고 말았습니다!"

"강적이라니? 어떤 자이더냐?"

"남선부주 명나라 황제가 파견한 장 천사라는 도사와 국사라는 승려입니다. 그들은 전함들과 병사들을 이끌고 저희 금련보상국으로 와서 제 아비와 두 오라비의 남은 목숨을 끊어 버렸습니다. 제가 도술을 배울 때는 오로지 우리나라를 대국으로 만들기만을 바랐는데, 뜻밖에도 아비와 오라비들의 목숨을 지키지 못했습니다."

"다섯 가지 함정의 술법과 세 가지 빠져나오는 술법, 그리고 천길 구름을 타는 술법을 잘 써보지 그랬느냐?"

"그것들을 써보았지만 모두 장 천사에게 깨져 버렸습니다. 그래서 저희 국왕의 조서를 들고 사부님을 찾아뵙게 된 것입니다. 부디 잠시 하산하셔서 저희 국왕의 금수강산을 지켜주시고, 제 가족의 생명을 구해 주십시오."

"나는 이미 삼계를 초월하여 오행 가운데 있지 않은 몸인데, 어찌 속세의 쓸데없는 분쟁에 관여해 달라는 것이냐?"

쟝 지네틴이 통곡하며 땅바닥에 엎드려 하소연했다.

"사부님께서 하산해 주시지 않는다면 우리나라의 군주와 백성은 모두 가루가 되어 버릴 것입니다. 옛말에 '한 사람의 목숨을 구하는 것이 칠층 탑을 쌓는 것보다 낫다.'라고 하지 않았습니까? 사부님,

부디 우리나라 군주와 신하들의 목숨을 불쌍히 여겨주십시오!"

양각도덕진군은 자비를 바탕으로 상황을 고려하여 깨우침을 주는 신선이라서, 그녀가 이렇게 애절하게 하소연하자 측은한 마음이 들었다.

"얘야, 그렇다면 내가 하산하도록 하마. 다만 한 가지, 너희 금련보상국으로 가서 국왕을 만나지는 않을 것이다."

"저희 왕궁으로 오시지 않는다면 제가 어디서 사부님을 뵐 수 있겠습니까?"

"그냥 하밀서관의 황량한 풀이 우거진 언덕 앞으로 너희 나라 군대를 이끌고 오너라. 거기 있다가 내가 잡아다 주는 대로 묶으면 된다. 성공하게 되면 모두 너의 공으로 치고 나는 산으로 돌아오겠다."

장 지네틴은 머리를 몇 번 조아리고 금련보상국으로 돌아가서 국왕에게 보고했다. 그러자 국왕이 말했다.

"장 지네틴은 일개 여자 장수에 지나지 않는데도 자신을 희생하여 나라에 보답하려 하는데, 좌우 승상과 정찰대장은 나라를 팔아먹고 군주를 기만하는 짓을 해서는 안 될 것이다."

그러면서 그들을 옥에 가두고, 장 지네틴이 승리를 거두고 돌아오면 그들을 저자로 끌고 나가 처형하기로 했다. 장 지네틴은 본부의 군사들을 이끌고 황량한 풀이 우거진 언덕으로 가서 자기 사부를 기다렸다.

한편 양각도덕진군은 장 지네틴의 요청에 따라 하산하여 중국의 군대를 격퇴해주기로 약속한 후 속으로 생각했다.

'전쟁이란 흉험한 것이니 함부로 할 일이 아니지. 게다가 중국 군대는 팔백 리 연수양과 오백 리 흡철령을 지나 서양에 왔으니, 그 도사와 승려의 능력이 뛰어나지 않다면 불가능한 일이야. 그러니 우선 선봉을 보내서 일단 그들의 능력을 탐문해 본 뒤에 대책을 마련해야겠구나. 그나저나 선봉이라면 생김새를 괴상망측하게 하고 가야 그 사람들이 놀라겠지?'

그가 이렇게 생각에 잠겨 머뭇거리고 있을 때, 계단 아래에 키는 석 자요 긴 머리카락을 기르고 눈썹이 가지런하며 총명하기 그지없고 행동거지도 단정한 어린 제자가 있는 것을 보고 또 이런 생각을 했다.

'이 아이도 제법 신선이 될 재목을 갖추고 있으니, 이 아이한테 선봉의 역할을 맡겨야겠구나.'

그렇게 결정하고 그는 제자를 불렀다.

"얘야, 너는 누구냐?"

"무저동(無底洞)이라 하옵니다."

"왜 그런 이름을 갖게 되었더냐?"

"저도 모릅니다만, 전해 듣기로는 제가 태어날 때 부모는 보이지 않고 용아문(龍牙門)[1]의 산속 동굴에 갑자기 나타나 있는 것을 어느

1 용아문(龍牙門)은 옛날 섬 또는 해협(海峽)의 이름이다. 그곳은 지금의 싱가포르와 수마트라 사이의 링가(Lingga) 군도(群島)와 해협을 가리킨다는 설도 있고, 싱가포르의 케펠(Keppel) 만 또는 싱가포르 섬을 가리킨다는 설도

나무꾼이 거두었다고 하옵니다. 그런데 그 나무꾼이 보니 그 동굴이 바닥이 보이지 않을 정도로 깊어서, 제 이름을 무저동이라고 지었다고 하옵니다."

"너는 어떻게 해서 이 산에 오게 되었느냐?"

"그 나무꾼이 일찍 죽어서 의지할 데가 없어 이곳에 오게 되었사옵니다."

"여기 온 지 몇 년이나 되었느냐?"

"육 년이 넘었사옵니다."

"그 사이에 무슨 도술을 배웠느냐?"

"하나도 배우지 못했사옵니다."

"그렇다면 여기서 무슨 일을 하고 있었느냐?"

"육 년 동안 물 길어 오고 불 때고 소나무에 물을 주는 일만 배웠사옵니다."

"그 동안 수고가 많았구나."

"무슨 말씀을! 그저 이제부터라도 가르침을 조금 내려 주시기 바랄 뿐이옵니다."

"그래, 오늘 네게 가르침을 주마."

"감사합니다. 절을 받으시옵소서."

"절은 나한테 할 필요 없이, 뒤쪽 옥황각에서 삼청신에게 네 번

있다. 옛날에는 바다를 항해하는 배들이 말라카(Malacca) 해협을 드나들 때 이곳을 경유했다. 또 일설에는 싱가포르 남쪽 거버나도 해협(Governador Strait)을 가리킨다고도 한다.

의 절을 올리고 오너라. 그러면 내 즉시 네게 몇 가지 도술을 가르쳐 주겠다."

세상에 도술을 배우고 싶지 않은 이가 어디 있겠는가? 무저동은 그 말을 듣자 곧 사부에게 인사하고 옥황각으로 갔다. 옥황각은 산 뒤쪽에 있는 세 칸짜리 커다란 건물이었는데, 그 바깥에는 하얀 옥을 쌓아 만든 난간이 있었고, 그 난간 밖의 금수하(金水河)에는 한 줄기 맑은 물이 흐르고 있었다. 건물의 문은 주홍색이 칠해진 두 짝의 여닫이문이었는데, 거기에는 입을 쩍 벌린 짐승의 모양으로 만들어진 문고리가 달려 있었다. 건물 지붕은 모두 푸른 기와에 아름답게 단청이 장식된 들보를 얹었고, 양쪽 처마는 코끼리 코처럼 위로 치솟아 있었다. 건물 안으로 들어가자 윗자리에 상청신과 옥청신, 태청신의 신상이 모셔져 있고, 그 양쪽으로는 서른여섯 하늘신과 일흔두 존자(尊者)의 상이 늘어서 있었다. 중간에 놓인 탁자에는 두 개의 비단 등롱과 두 개의 정병(淨甁)이 놓여 있었고, 커다란 화로에서는 향 연기가 끊임없이 피어나고 있었다. 그 아래쪽에는 신선주 석 잔과 푸른 대추 세 개가 바쳐져 있었다.

도술을 가르쳐준다는 사부의 얘기에 이미 신이 나 있던 무저동은 이 맑고 그윽한 건물의 모습을 보자 더욱 기분이 좋아서 엎어지듯 네 번의 절을 올리고 나왔다.

'상에 올려 있는 술은 사부님의 신선주인데, 한 잔만 마셔도 수명이 하늘만큼 길어지고 흰머리가 검게 변하고, 빠진 이가 다시 나서 영원히 죽지 않는 몸이 될 수 있어. 사부님 시중을 들 때 그 향기를 맡으면 목구멍이 고양이가 간질이는 것 같아서, 정말 반 잔이라도 마셔보면 좋겠다고 생각했지. 오늘 절을 하러 왔다가 이 술을 보았으니, 이야말로 하늘이 내린 천재일우의 기회가 아니겠어? 게다가 이곳은 으슥해서 보는 사람도 없으니까, 한 잔 훔쳐 마시고 불로장생할 수 있다면 무슨 도술 따위를 배운 것보다 낫겠지.'

이런 생각으로 술잔을 들려 하다가 다시 다른 생각이 들었다.

'만약 사부님이 알게 되시면 육 년 동안 물 긷고 불 때며 했던 고생들이 모두 헛수고로 돌아가게 되겠지.'

그가 이런저런 생각을 하는 도중에 갑자기 한 줄기 바람이 불어와 그 신선주의 향기가 코를 찔렀다. 그러자 무저동은 사부고 뭐고 생각할 겨를이 없이 냉큼 잔을 들어 단번에 홀짝 마셔버렸다. 그런데 별다른 안주가 없어서 거기 놓인 푸른 대추까지 한 알 집어서 꿀꺽 삼켜버렸다. 그 술이 넘어가자 얼마나 기분이 좋았는지는 다음과 같은 시로 설명할 수 있겠다.

一任光陰付轉輪	모든 시간을 윤회에 맡기고
平生嗜酒樂天眞	평생 술을 즐기며 천진한 성품을 즐겼지.
笑呑竹葉杯中月	댓잎 술잔에 담긴 달 웃으며 삼키나니
香瀉桃花瓮底春	항아리 속 맑은 술 복사꽃 같은 향기 풍기는구나.
彭澤縣中陶靖節	팽택현의 도연명(陶淵明)
長安市上謫仙人	장안 저자의 쫓겨난 신선 이백(李白)

羊角半山千日醉　　양각산 중턱에서 천 일 동안 취하나니
直眠無底洞通神　　그대로 잠들어 무저동은 신통력을 갖게 되었지.

그러니까 무저동이 이 신선주를 마시고 나자 더욱 목이 간지러워서 도저히 참지 못하고 나머지 두 잔까지 마저 마셔버리고, 남아 있던 푸른 대추 두 알도 모두 먹어 버렸다. 그리고 산 앞쪽의 사부에게 가려 하는데, 어찌 된 일인지 두 다리에 맥이 풀리면서 꽈당 땅바닥에 쓰러져 버리고, 가물가물 잠이 들어 우레처럼 코를 골았다. 그는 한참 후에야 술이 조금 깨어서 꾸물꾸물 일어나더니 가슴을 치고 발을 구르며 중얼거렸다.

"이런! 사부님께서 절을 하고 오면 도술을 가르쳐 주신다고 하셨는데, 먹을 것을 탐내다가 큰일을 그르치고 말았구나!"

이렇게 두어 마디 후회의 넋두리를 늘어놓고 그는 서둘러 산 앞으로 달려갔다. 하지만 두어 걸음 내딛고 나자 마치 온몸에 개미가 기어 다니는 것처럼 가려워지는데, 아무리 긁어도 더욱 가렵기만 했다.

'이렇게 가려워서야 어떻게 사부님을 뵐 수 있겠어? 여기 난간 밖에 맑은 물이 있으니, 일단 목욕을 조금 하고 다음 일을 생각해 보자.'

그는 바로 옷을 벗고 목욕을 했다. 시원하게 목욕하고 나니 전혀 가렵지 않았다.

'나중에 여름이 되면 또 와서 목욕해야겠군.'

그는 곧 물가로 나와서 옷을 들고 왼손을 꿰자 갑자기 "쑥!" 하는 소리와 함께 왼쪽 겨드랑이에서 손이 하나 나왔다. 그리고 오른손을 꿰자 갑자기 "쑥!" 하는 소리와 함께 오른쪽 겨드랑이에서 손이 하나 나왔다. 그는 혼비백산 놀랐다.

'제사상에 올려놓은 술을 훔쳐 먹었다고 삼청신들께서 진노하셔서 두 개의 손이 나오게 만드셨나 보구나. 이런 몰골을 하고 어떻게 사부님을 뵙지?'

그런 생각이 끝나기도 전에 왼쪽 어깨에서 "쑥!" 하는 소리와 함께 머리가 하나 나타났고, 이어서 오른쪽 어깨에서도 "쑥!" 하는 소리와 함께 머리가 하나 나타났다. 왼쪽의 머리는 오른쪽의 머리를 향해 무슨 말을 하려는 것 같았고, 오른쪽 머리도 왼쪽 머리를 향해 무슨 말을 하려는 것 같았다. 중간에 있는 머리는 왼쪽도 오른쪽도 돌아볼 수 없었다. 무저동은 더욱 당황해서 어쩔 줄 몰라 하다가, 난간 밖의 물로 달려가 비춰보니 아무래도 자기의 모습이 아닌 것 같았다. 세 개의 머리에 세 개의 입, 세 개의 코, 세 쌍의 귀, 여섯 개의 눈, 여섯 개의 눈썹, 그리고 입 밖으로는 열두 개의 송곳니가 삐져나와 있었다.

무저동이 발을 구르며 탄식했다.

"맙소사! 이젠 굶어 죽게 생겼구나! 평소 머리가 하나만 있을 때도 쓸 모자가 없었는데, 이제 세 개나 되었으니 그 많은 모자를 어디서 구한단 말인가? 얼굴이 하나만 있을 때도 남의 눈을 피할 곳이 없었는데, 이제 세 개나 되었으니 그 사람들의 눈을 어디서 피한단 말인가? 입이 하나만 있을 때도 먹을 게 없었는데, 이제 세 개나 되었으니 그 많은 밥을 어디서 구한단 말인가? 송곳니 하나만 있을 때도 씹을 게 없었는데, 이제 열두 개나 생겼으니 어디서 그렇게 많은 씹을 것들을 구한단 말인가? 이러니 굶어 죽게 생기지 않았느냐고!"

그리고 다시 비춰보니 머리카락이 모두 빨갛게 변해 있었다.

"이제 홍해아(紅孩兒)[2]가 되어 버렸구나!"

또 한 번 비춰보니 세 개의 머리가 모두 검푸른 얼굴로 변해 있었다.

"이번엔 또 푸른 얼굴의 괴물이 되어 버렸구나! 이건 사람이라기보다는 귀신의 형상에 가까우니, 이런 꼴로 어떻게 사부님을 뵙고 친구들을 만나지?"

그는 가슴이 답답해서 세 개의 머리를 내저었는데, 갑자기 "쑥!" 하는 소리와 함께 하늘이 무너지고 땅이 꺼지는 듯한 장면이 펼쳐졌다. 그것은 전혀 그가 뜻한 바가 아니었다. 갑자기 그의 키가 쑥쑥 자라서 세 길이나 되어 버린 것이었다.

"이게 어디 사람 꼴이라 하겠어? 사부님을 보러 가지 않는다면

---

2 홍해아(紅孩兒)는 《서유기》에 등장하는 요괴로서 우마왕(牛魔王)과 나찰녀(那刹女, 즉 철선공주[鐵扇公主]) 사이에서 태어난 아들이며, 고송간(枯松澗) 화운동(火雲洞)에 살면서 성영대왕(聖嬰大王)으로 불린다. 그는 삼장법사를 납치했다가 구하러 온 손오공과 오행의 불을 이용하여 막상막하의 대결을 펼치지만, 결국 관음보살의 법력에 굴복해 선재동자(善財童子)로서 관음보살의 시중을 드는 몸이 된다.

이렇게 큰 키에 이렇게 큰 발, 이렇게 많은 머리와 손을 가지고 어디에서 옷이며 먹을 것을 구할 수 있겠어? 그렇다고 사부님을 뵈러 가자니 이렇게 큰 키에 이렇게 긴 팔, 이렇게 많은 머리와 이렇게 많은 입이 달렸으니 사람의 형상도 아니잖아? 하지만 옛말에 '못난 며느리라도 시어미를 보지 않을 수 없다.'고 했으니, 어쩔 수 없이 사부님께 돌아가서 구해 달라고 사정해 보자."

그는 다시 옥황각 건물 앞으로 갔다. 하지만 세 길이나 되는 키에 맞는 옷이 어디 있겠는가? 하는 수 없이 옛날 옷으로 앞쪽의 민망한 곳만 가려야 했다. 게다가 키가 그렇게 크다 보니 문을 지날 때도 엎드려 기어야 했다. 그렇게 사부를 찾아가자 그가 간절히 애원했다.

"사부님, 이 제자를 불쌍히 여기시어 구해 주시옵소서!"

하지만 양각도덕진군은 모르는 체하며 호통을 쳤다.

"네놈은 어떤 귀신이기에 감히 내 집에 들어왔느냐?"

그는 당장 노란 두건을 쓴 역사(力士)들을 불러 분부했다.

"저놈을 당장 음산(陰山) 뒤쪽의 저승으로 내쫓아 영원히 다른 몸으로 태어나지 못하게 만들어라!"

이에 당황한 무저동이 연신 소리쳐 하소연했다.

"사부님, 저는 귀신이 아니옵니다! 귀신이 아니라고요!"

"귀신이 아니라면 무엇이냐?"

"육 년 동안 물 긷고 마당 쓸고 소나무에 물을 주었던 그 무저동이옵니다."

"그런데 왜 생김새가 그렇단 말이냐?"

"제가 옥황각에서 절을 올리고 나서, 그래서는 안 될 일이었지만, 삼청신 앞에 올려놓은 석 잔의 술과 세 개의 푸른 대추를 훔쳐 먹었사옵니다."

"그래서 이런 꼴로 변장했다는 말이냐?"

"변장한 게 아닙니다. 술이 취하자 온몸이 가려워서 금수하에서 목욕하고 물가로 나와 보니 좌우 겨드랑이에서 손이 하나씩 나오고, 양쪽 어깨 위에 머리가 하나씩 나왔사옵니다."

"머리가 셋에 팔이 네 개가 된 것은 그렇다 치고, 키는 왜 또 그렇게 된 것이냐?"

"그냥 머리를 한 번 흔들었을 뿐인데 갑자기 이렇게 커져 버렸사옵니다. 이제 이런 모양이 되어 버렸지만, 제발 사부님께서 구해 주시옵소서!"

"이건 네가 자초한 일이니 어쩔 수 없다. 그 술은 나조차도 감히 손대지 못하는 것인데 왜 먹었단 말이냐? 그걸 마시는 거야 별일이 아니지만, 이제 너는 영원히 사람의 몸이 되지 못하고 그저 저승에서 악귀 노릇이나 하는 수밖에 없게 되었다."

그 말을 들은 무저동이 대성통곡했다.

"사부님, 제가 이 산에서 육 년 동안 시중을 들어드린 점을 생각하셔서, 부디 드높은 신통력으로 천한 이 목숨을 구해 주시옵소서!"

양각도덕진군은 이렇게 비통한 그의 모습을 보고 비로소 진심으로 제자를 달랬다.

“얘야, 당황하지 마라.”

“아니, 왜요?”

“내가 지금 하산해서 중국의 도사와 승려와 승부를 겨뤄야 하는데, 마침 선봉으로 세울 사람이 없구나.”

“그게 저하고 무슨 상관이랍니까?”

“네게서 인간의 몸을 벗겨내고 신선의 몸으로 바꾸어 선봉으로 삼아 저 도사와 승려를 사로잡을까 한다.”

“그런 복잡한 일이 있으면 사실대로 말씀하셨어야지요. 그러면 저도 이런 당황스러운 일을 당하지 않았을 거 아닙니까?”

“이건 범속한 세계를 벗어나 신선의 경지에 드는 것인데, 왜 당황스러워한단 말이냐!”

“어떻게 술 석 잔하고 푸른 대추 세 알로 범속한 세계를 벗어나 신선의 경지에 들어갈 수 있다는 말씀입니까?”

“석 잔의 신선주는 바로 신선의 몸 세 개를 가리키는 것이니, 너의 머리 세 개가 바로 그것이다. 세 개의 푸른 대추는 세 덩이 신선의 기운이니, 그 가운데 두 덩이는 네 몸의 옆으로 나와서 두 개의 손이 되었고, 하나는 위로 치솟아 네 키가 세 길이 되었느니라.”

“그렇다면 저의 원래 몸은 지금 어디 있는 것이옵니까?”

“때가 되면 네가 직접 보게 될 것이니라.”

“사부님, 이 흉측한 몰골에서 벗어나려면 어떻게 해야 하옵니까?”

"금수하의 물에 다시 가서 목욕하고 오너라. 그러면 내가 너를 구해 줄 방도가 있다."

무저동은 구원을 받을 수 있다는 사실에 무척 기뻐하며 서둘러 산 뒤쪽의 금수하로 달려갔다. 그런데 그 물 위에 시체가 하나 떠 있었다. 깜짝 놀라 달려가 살펴보니 바로 자신의 육체였다.

'내 육신이 여기 있으니 물에 들어가 봐야겠구나. 신선의 몸을 씻어서 사부님께서 구해 주시기 쉽게 하기도 해야 하고, 또 내 육신을 가져다가 잘 묻어 줘야 할 테니까 말이야.'

하지만 그가 물에 뛰어들어 살펴보니 육신이 보이지 않는 것이었다. 목욕하고 다시 다리 위로 올라가 살펴보니 세 개의 머리는 다시 하나로 되었고, 네 개의 팔도 다시 두 개로 변하여 원래의 모습으로 돌아와 있었다. 그가 다시 진인에게 찾아가자 진인이 말했다.

"이제 괜찮아졌느냐?"

"원래 몸으로 돌아왔으니 당연히 좋지요!"

"그럼 하산할 준비를 해라."

"그런데 제가 이제 본래 모습으로 돌아와 버렸는데 어떻게 선봉이 될 수 있겠사옵니까?"

"네가 교전을 시작할 때 '사부님!' 하고 외치면서 몸을 위쪽으로 굽히면 다시 세 개의 머리와 네 개의 팔, 세 길의 키가 나타날 것이다."

"그렇게만 된다면 제가 중국의 군사들을 모조리 쓸어서 한 척의 배도, 한 명의 병사도 제 나라로 돌아가지 못하게 만들겠사옵니다."

"네가 내일 세 개의 머리와 네 개의 팔, 세 길의 몸으로 출전하면 중국의 장수들은 놀라서 말에서 떨어질 것이다. 하지만 절대 그들을 죽이지 말고 쟝 지네틴이 그들을 묶을 때까지 기다리도록 해라. 따로 대책이 마련되어 있느니라."

"왜 죽이지 말라는 것이옵니까?"

"그렇게 되면 내가 살계(殺戒)를 범하는 셈이 되니, 천만 년의 수련이 물거품으로 변하기 때문이다."

"삼가 사부님의 명에 따르겠사옵니다."

양각도덕진군은 몇 가지 보물들을 챙겨서 꽃바구니에 가득 담고, 신선의 몸이 된 무저동을 데리고 하산하여 전투를 준비했다.

이후 승부가 어찌 되는지는 다음 회를 보시라.

삼보태감三寶太監

서양기西洋記 통속연의通俗演義 {2권}

초판 인쇄 2021년 6월 23일
초판 발행 2021년 6월 30일

저 자 | (명) 나무등
역 자 | 홍상훈
발행자 | 김동구
디자인 | 이명숙·양철민
발행처 | 명문당(1923. 10. 1 창립)
주 소 | 서울시 종로구 윤보선길 61(안국동)
우체국 010579-01-000682
전 화 | 02)733-3039, 734-4798, 733-4748(영)
팩 스 | 02)734-9209
Homepage | www.myungmundang.net
E-mail | mmdbook1@hanmail.net
등 록 | 1977. 11. 19. 제1~148호

ISBN 979-11-91757-02-6 (04820)
ISBN 979-11-91757-00-2 (세트)

20,000원